edition suhrkamp

Redaktion: Günther Busch

Jacques Hochmann, geboren 1934 in St.-Étienne, ist Oberarzt an der Universitätsklinik in Lyon und lehrt Psychiatrie und Psychologie. Publikationen: Verschiedene Arbeiten zur Kriminologie, medizinischen Psychologie und Psychotherapie sowie ein Buch: *La Relation clinique en milieu pénitentiaire* 1964.

Bis in die Gegenwart herein gilt der Geisteskranke als eine Art ›outcast‹, den die Gesellschaft ablehnt und vor dem sie sich glaubt schützen zu müssen. Die Psychiatrie hatte lange Zeit die Funktion, diese Trennung zwischen dem kranken Individuum und seinem Milieu zu stützen, ja, zu rechtfertigen. Die »Gemeindepsychiatrie« – in Großbritannien und den USA bereits seit längerem mit Erfolg praktiziert – zielt auf eine Therapie sowohl des Kranken innerhalb seines Milieus als auch dieses Milieus selbst, auf eine Einbeziehung der gesellschaftlichen Gruppe in den Therapieplan. Mit der Rolle dieser Gruppe, d. h. der Familie, der betroffenen Kliniken und Institutionen, mit theoretischen und praktischen Fragen der Verwaltung in der Gemeindepsychiatrie befaßt sich Hochmann in dem vorliegenden Buch, das aus den Erfahrungen eines derartigen Experiments hervorgegangen ist.

Jacques Hochmann
Thesen zu einer Gemeindepsychiatrie

Suhrkamp Verlag

Titel der Originalausgabe: *Pour une psychiatrie communautaire*, Éditions du Seuil, Paris 1971
Aus dem Französischen übersetzt von Grete Osterwald

edition suhrkamp 618
Erste Auflage 1973

Satz, in Linotype Garamond, Druck und Bindung bei Georg Wagner, Nördlingen. Gesamtausstattung Willy Fleckhaus.

Inhalt

Vorwort von G. Daumezon

Mehr oder weniger durch Zufall habe ich zwei völlig verschiedene psychiatrische Situationen erlebt: zuerst arbeitete ich in einer leitenden Stellung und hatte mit einer konkreten Tätigkeit in der Krankenhauspraxis bei der Therapie von Geisteskranken zu tun. Später arbeitete ich in einem Bereich, in dem ich keinerlei Verantwortung hatte und von der direkten Arbeit abgeschnitten war; dort habe ich mich mit der Analyse der bisherigen Arbeit der Psychiater beschäftigt.

Hochmann hat mich sicherlich wegen dieser doppelten Erfahrung gebeten, ein kritisches Vorwort zu seinem Buch zu schreiben. Die Vorbehalte, die ich hier formulieren werde, sollten jedoch richtig verstanden werden: sie betreffen nicht den Vorschlag Hochmanns, die vorwiegend individualistische Praxis durch Gruppenarbeit zu ersetzen. Hochmann plädiert dafür, den Arzt, der mit der Lösung der Gesundheitsprobleme seiner Kranken beauftragt ist, durch einen Therapeuten zu ersetzen, der die Gruppenprobleme lösen soll. Das wiederum veranlaßt ihn, den Aufbau einer Soziopathologie zur Behandlung von »Soziopathien« anzuregen. Er erklärt die individuelle Pathologie für uninteressant und veraltet. Auf diesen Punkt bezieht sich meine Kritik.

Wenn man sich über die Tragweite dieses Entwurfes klar wird und ihn auf den Stand unserer Zeit bringt, drängt sich die Feststellung auf, daß es heute unmöglich ist, die psychiatrische Arbeit auf die Kranken, die unlängst noch in Asyle oder Gefängnisse gesteckt wurden, zu beschränken. In einer Welt, deren Strukturen sich in einer vollständigen Umwandlung befinden, stellt der Mensch in bezug auf die Devianz andere Ansprüche als sein Vorfahr im letzten Jahrhundert: Hochmann und seine Kollegen in Lyon haben durch langfristige Milieuarbeit versucht, auf dieses Problem eine Antwort zu finden. Sie haben das, was sie von Geistesstörungen wissen, versuchsweise auf die Gruppe angewandt. Das daraus hervorgegangene Buch hat für die Gesellschaft den Stellenwert eines Aufrufs: »Dieses Angebot macht die Psychiatrie, wollt ihr es annehmen?« Es ist noch ungewiß, ob die Gesellschaft dieses Angebot akzeptie-

ren wird, denn es setzt eine tiefgreifende Veränderung der Rolle der Medizin voraus.
Die Medizin ist eine der ältesten Institutionen der menschlichen Gesellschaft: schon die archaischen Völker beauftragten Einzelne, sich mit den besonderen Problemen der Lebensunterbrechung, der Ansteckungsgefahr bei Krankheiten und dem Tod durch Krankheit zu befassen. Die Medizin hat eine restrukturierende, buchstäblich urteilende Rolle und spricht dem kranken Subjekt einen Status zu (es ist noch gar nicht so lange her, daß der Arzt lediglich dazu benötigt wurde, den Tod festzustellen und zu bestätigen).
Zweifellos ist man über den Medizinmann, den Schamanen und den Zauberer bis zum heutigen Arzt zu therapeutischen Erkenntnissen gelangt: Die Medizin ist eine angewandte Wissenschaft, die sich von der ihr zugrunde liegenden wissenschaftlichen Forschung stark unterscheidet; sie kann sich nur auf dem von der Gesellschaft vorgezeichneten Wege entwickeln. Die Psychiater meiner Generation sind nicht die ersten, die die Erfahrung gemacht haben, daß sie jedesmal, wenn sie die von der Gesellschaft vorgeschriebene Rolle durchbrochen haben, auf ihren »Platz zurückverwiesen wurden«. Wenn die Herrschenden die notwendigen Mittel für eine Herztransplantation zur Verfügung stellen, wenn in einer bestimmten Konjunkturperiode ein neues Krebsforschungsinstitut eingerichtet wird, so ist das eher eine politische als eine wissenschaftliche Entscheidung. Jeden Augenblick stehen wir vor der Frage: »Was erwartet die Gesellschaft vom Arzt?« Nolens volens ist der Arzt ein Delegierter der Gesellschaft; er kann sein Wissen nur mit Zustimmung der sozialen Gruppe benutzen; die Debatten über die Schwangerschaftsverhütung und Schwangerschaftsunterbrechung sind ein bezeichnendes Beispiel für den Status der Medizin.
Nun macht der Psychiater also das Angebot, das Problem der Devianz zu behandeln. Hochmann präzisiert: »Die Devianz konstituiert sich durch das Beziehungsnetz, das den Kriminellen, das Opfer und die Gesellschaft, [...] den Verrückten, seine Familie und das Viertel vereint«; »man muß die gesamte leidende Gemeinschaft verstehen und behandeln«. Ich will dem nicht widersprechen, aber ich frage mich, ob die Gesellschaft der Medizin diese Aufgabe zuweist. Der Abweichende stellt

eine Komponente der Gesellschaft dar; seine Rolle des Ausgeschlossenen ist in den Sozialstrukturen angelegt. Während also der Ausschluß zur gesellschaftlichen Liturgie gehört, paßt die »Behandlung« nicht in die Gleichgewichtsformen der Gesellschaft.
Schematisch kann man sagen, daß die Gesellschaft mit ihren Mythen und Riten den Abweichenden braucht. Sie stellt dem »Kranken«, so wie er sich in Funktion seiner Normen definiert, einen Arzt zur Verfügung. Dieser soll ihm den Status des Hilfebedürftigen, des Verrückten, des Invaliden, des zeitweise Unzurechnungsfähigen unterlegen. Die Gesellschaft hat verschiedene autopunitive Mechanismen eingerichtet, deren Objekt der Abweichende, der Sündenbock, ist. In einigen Masseninstitutionen wird vom Arzt verlangt, daß er die Gruppe im handlungsfähigen Zustand erhält: das ist die Rolle des Militärarztes, auch die des Arztes von Luftfahrtgesellschaften. Bislang hat die Gesellschaft jedoch noch keine ärztliche Intervention in der Gruppe oder bei der Gruppe gefordert. Die streng individuelle Perspektive der medizinischen Intervention wurde von den offiziellen Instanzen der Medizin vollständig übernommen: Ein Psychiatrieprofessor, Mitglied der ärztlichen Standesorganisation, verkündete kürzlich in *Le Monde*, daß er es als Skandal empfinde, wenn der Psychiater in der Gruppe arbeite (*Le Monde*, 28. August 1969, S. 6).
Der Vorschlag von Hochmann bezeichnet also tatsächlich eine kopernikanische Revolution der Medizin und der Rolle des Mediziners. Darüber hinaus begnügt er sich nicht damit, uns ein utopisches Modell vorzustellen, sondern er berichtet über eine Praxis, die seit mehreren Jahren betrieben und entwickelt wird. Es ist wichtig, daß seine Provokation das verdiente Echo findet und Überlegungen anregt, die der Veränderung dienlich sind.

Die weitreichende Bedeutung des Beitrages von Hochmann berechtigt diejenigen, die sich mit dem Autor solidarisch erklären, ihr Einverständnis durch eine harte Argumentation zu beweisen: Wenn man eine These vertritt, die man selbst für gut fundiert hält, ist man in bezug auf vorantreibende Argumente ganz besonders anspruchsvoll. Unter diesem Gesichtspunkt habe ich Hochmann einige Einwände dargelegt, und er hat mich gebeten, sie in diesem Vorwort noch einmal zu formulieren.

Ich mache ihm den Vorwurf, unnötigerweise die Nosographie karikiert zu haben. Dadurch ist er das Risiko eingegangen, seine eigenen Untersuchungen in die Irre zu führen und den Fortschritt zu hemmen. Er hat ein Schlachtpferd bestiegen, das vor ihm schon andere benutzt haben, ohne zu bemerken, daß sie den falschen Feind vor sich hatten. Sie hielten für boshafte Monstren, was in Wirklichkeit nur Windmühlen waren.

Die Klassifikation von Phänomenen, die uns begegnen, ist ein fundamentaler Akt des Verstandes, allgemeiner gesagt: jeder Handlung; man kann sich unmöglich ein Verhalten vorstellen, dem nicht eine Modellkonstruktion vorausgegangen ist, und die Vielzahl der Phänomene macht eine Vielzahl von Modellen und ihre Klassifikation unumgänglich. Die Klassifikation von Krankheiten, insbesondere von Geisteskrankheiten, hat keine zusätzliche Legitimation; diese jedoch ist notwendig, wenn nicht sogar hinreichend.

Wenn man gegen einen Mißbrauch angehen will, darf man sich nicht gegen die Klassifikation selbst wenden, sondern man muß gegen die mystifizierte Benutzung der Kategorien kämpfen. Tatsächlich gebrauchen viele Ärzte aus Trägheit (und ein großer Teil der Öffentlichkeit aus Unwissenheit) die Kategorien der Nosographie in einem Sinne, den sie gar nicht haben. Mit anderen Worten, die Krankheit wird zu Unrecht mit einem »Wesen« oder, wie man oft gesagt hat, mit einer »Einheit« gleichgesetzt, obwohl doch seit den ersten Phasen des medizinischen Denkens – seit Hippokrates – ausschließlich der Kranke für ein Wesen, die Krankheit jedoch allenfalls für ein »Phantasiewesen« gehalten wurde. In der modernen Medizin, und besonders in der modernen Biologie, kann die Krankheit nur das Modell sein, auf das der Arzt sich zur Bestimmung seiner Handlung bezieht (auf die Gefahr hin, daß man auch dabei die Einzigartigkeit des Patienten vernachlässigt).

Es steht fest, daß Restbestände der animistischen Denkweise immer wieder in das Krankheitskonzept Eingang gefunden haben; sogar die Ärzte sind darauf hereingefallen. Dennoch waren immer einige unter ihnen, die diese Interpretation verschmähten: gegen Ende des achtzehnten Jahrhunderts vermieden die Vitalisten aus Montpellier den Ausdruck Krankheit,

wenn sie von Erkrankungen sprachen. Liegt darin nicht schon die Vorstellung eines Modells?
Wenn man diesen Mißbrauch erkannt hat, ist es sicherlich wichtig, die Dinge richtigzustellen; man darf allerdings nicht das Kind mit dem Bade ausschütten. Die beste Möglichkeit, Irrtümer zu korrigieren, besteht darin, auf den exakten heuristischen Wert der betreffenden Modelle hinzuweisen. Das müßte übrigens auch der geschichtliche Lehrstoff der Medizin sein.
Ein nosographisches System wird nicht durch angeblich schärfere oder exaktere wissenschaftliche Gesichtspunkte, sondern durch die Handlungsmöglichkeiten, über die ihre Autoren oder Benutzer in einem gegebenen Moment verfügen, bestimmt. Auf den ersten Blick glaubt man oft, daß irgendein neues nosographisches System den »wahren Grund« der Krankheiten aufdeckt. Wenn die ätiologischen Überlegungen so wichtig sind, sollten sie allerdings auch an den richtigen Maßstäben gemessen werden: in der modernen wissenschaftlichen Denkweise ist die Vorstellung von Kausalbeziehungen fragwürdig geworden, meist dient sie nur der Operationalisierung eines Konzeptes: mit anderen Worten, der »Grund« ist das, was sich beeinflussen läßt oder in Funktion dessen man handeln kann; der Physiker nennt zum Beispiel Temperatursteigerungen (oder Temperatursenkungen) als Grund für das Auftreten eines Phänomens; dabei weiß er genau, daß es sich lediglich um eine Bedingung handelt.
Wir wollen aber bei der neueren klinischen Medizin bleiben. Die Entdeckung spezifisch wirkender Kräfte und ihre spezifische Bekämpfung sind immer noch die Grundlage der Nosographie infektiöser Krankheiten; unterdessen hat jedoch die tatsächliche Entdeckung dieser Kräfte zu einer Umgruppierung in neue Modelle, die früher noch völlig autonom waren, geführt: von den »Fiebern« in der Pinelschen philosophischen Nosographie gelangt man zu verschiedenen Bakterienerkrankungen. Wenn man die folgende, keineswegs absurde Überlegung anstellt, daß nämlich ein Antibiotikum mit Langzeitwirkung und sehr großem Wirkungsfeld erfunden wird, so wird die Infektionskrankheit selbstverständlich dennoch für einzigartig gehalten; sie wird durch die genannte antiinfektiöse Therapie einerseits und die Hemmung von Streßreaktionen andererseits bestimmt.

Im Bereich der geistigen Pathologie hatte der Arzt lange Zeit keine Möglichkeit, in die Entwicklung einzugreifen; der wissenschaftlich fundierte Entwurf Kraepelins beschränkte sich auf die Feststellung von Prognoseelementen. Heutzutage halten Autoren aus Übersee die Wirkungen von Antidepressiva für variabel und schlagen vor, der Nosographie von depressiven Zuständen das Kriterium der Reaktionsempfindlichkeit gegenüber verschiedenen Drogen zugrunde zu legen; damit fegen sie die uns geläufigen psychopathologischen Unterscheidungen vom Tisch. Falls das Vorhaben von Hochmann verfolgt und seine Wirksamkeit unter Beweis gestellt wird, kann man sicher sein, daß eines der Erfolgszeichen die Notwendigkeit der Ausbildung einer Nosographie von Soziopathien sein wird.

Es stellt sich also die Frage, ob die alten Modelle in der neuen Praxis gebraucht werden oder nicht, und wenn ja, in welchem Maße: die radikale und definitive Zurückweisung von alten Modellen ist nur unter der Bedingung denkbar, daß die neue Praxis in ihrer ursprünglichen Form zum totalen Erfolg führt, kurz, wenn man hoffen kann, daß durch Soziotherapie die Geistesstörungen verschwinden.

Es ist zur Mode geworden, bei allen Arten von Störungen, insbesondere bei Geistesstörungen, die sozialen Gründe hervorzuheben. Heute hält man die Theorien der Soziogenese für besonders progressiv; die Grundvoraussetzung einer soziogenetischen Theorie enthält jedoch ein Postulat, nämlich das der Universalität und Gleichheit der Reaktionen aller Mitglieder einer bestimmten sozialen Gruppe. Das hat notwendigerweise zur Folge, daß Reaktionsmodelle, die vielleicht durch die Soziogenese ins Schwanken kommen, sich jedoch zunächst von ihr unterscheiden, in das Modell aufgenommen werden müssen.

Konkreter gesagt, Kraepelin, einer der Begründer der transkulturellen Psychiatrie, stellte fest, daß eine gewisse Anzahl klinischer Typen sich auf allen Breitengraden, in allen Kulturen wiederfinden ließen. Clérambault bestätigte, daß die verschiedenen Reaktionstypen des Nervensystems in wenigen Kategorien schematisiert werden können und bei allen Individuen identisch sind. Auch wenn man der Psychiatrie von morgen die von uns geforderten Handlungsbereiche in der Gesellschaft zugesteht, so muß sie dennoch diese Dimension von individuellen Reaktionen berücksichtigen.

Manche unserer Vorfahren, die gewissermaßen mit ihren Kranken eingesperrt waren, haben in allen bemerkbaren Störungen eine *direkte* Konsequenz einer spezifischen Reaktion des Nervensystems gesehen. Die Erfahrungen einer wirklich privilegierten Generation ermöglichen uns heute, solche Urteile richtigzustellen: zum Beispiel das Problem der Leidenschaftspsychosen, die Clérambault in drei verschiedenen Formen beschrieb: die Erotomanie, der Wiedergutmachungswahn und der Eifersuchtswahn. Während vor 35 Jahren die Fälle von Erotomanie oder Wiedergutmachungswahn im Sinne von Clérambault noch sehr häufig waren, findet man sie heutzutage nur sehr selten, und selbst dann vorwiegend bei Individuen, die nach den Normen einer vergangenen Gesellschaft handeln. Im Jahre 1969 spielen die Stereotypen der ritterlichen Liebe in Beziehungserlebnissen kaum eine Rolle, der Glaube an eine absolute Gerechtigkeit ist geschwunden, zugleich sind die Stabilität des Geldwertes und manche anderen ehemals unantastbaren Strukturen ins Wanken geraten. Diese Situation macht es unmöglich, sich für ein heimliches ritterliches Liebesobjekt zu halten oder vom anderen die Zustimmung zu einem Vorurteil zu fordern und daraus ein Wahnsystem zu entwickeln. Wir sind also nicht nur Zeugen des Verschwindens einer nosographischen Einheit, sondern darüber hinaus wird uns die soziale Bestimmtheit pathologischen Verhaltens vor Augen geführt. Zur gleichen Zeit stellen wir jedoch fest, daß der Eifersuchtswahn weiterhin besteht. Ich würde nicht voreilig daraus schließen, daß der Ursprung dieses Wahnes mit sozialen Stereotypen nichts zu tun hat. Ein solches Beispiel beweist lediglich, daß wir die hier diskutierten Probleme mit äußerster Vorsicht betrachten müssen.

Jedenfalls muß bei dem Versuch, Geistesstörungen oder abweichendes Verhalten zu verstehen, die individuelle Reaktion jedes Gruppenmitgliedes berücksichtigt werden. Auch wenn man, wie Hochmann es an manchen Stellen tut, die Funktion, die eine Störung in einer Gruppe erfüllt, aufzeigen kann, hat man die Determinierung dieser Störung noch lange nicht von allen Seiten beleuchtet. Man könnte leicht irgendeine Beobachtung unseres Freundes herausnehmen und die Bedeutung der spezifischen Reaktionen eines Schizophrenen, Alkoholikers usw. betonen. Hochmanns These ließe sich in folgender Formel schematisieren: »Jemand ist schizophren geworden, weil er in einem Beziehungsnetz einen Platz einnahm, der eine schizophrenogene Psychose für das Gleichgewicht des Beziehungsnetzes forderte.« Dagegen lassen sich verschiedene Einwände vorbringen, zum Beispiel biologische, genetische oder persönliche Faktoren, die mit einiger Berechtigung angenommen werden können. Gehen wir aber davon aus, daß wir Hochmanns These akzeptieren, so besteht immer noch das Problem der besonderen Art des schizophrenoiden Wesens und seiner eigenen Determinierung. Wenn man nun behauptet, daß auch diese besondere Art für das Beziehungsnetz notwendig war, dann schiebt man die Lösung des Problems von sich weg.

Damit ist die Frage gestellt, wo sich die Psychiatrie befindet. Vor einigen Jahren stellte L. Le Guillant in der *Evolution psychiatrique* seine Gedanken zur Pathologie von Dienstmädchen dar; er beschäftigte sich eingehend mit den Problemen der Herrschaft, Sensibilität und Freizügigkeit sowie mit den sozialen Zwängen, die auf dieser Berufsgruppe lasten; dennoch würde ich ihm entgegenhalten, daß der psychiatrische Stoff ein anderer ist, nämlich die Untersuchung der erkennbaren Zusammenhänge zwischen den Zwängen, den Erniedrigungen und der relativen Spezifizität der vorliegenden Geistesstörungen.
Wenden wir uns nun der Schwierigkeit zu, die mit dem Buch von Hochmann zusammenhängt; er hat mich gebeten, die Kritik eines Psychiaters vorzubringen. Ich habe mein Versprechen zwar gehalten, sein Buch ist jedoch ein Buch über »Gesundheitspolitik«. Es sollte als politischer Hinweis gelesen und verstanden werden. Auch wenn Hochmann von vielen Seiten Zustimmung erhält und eine Psychiatrie von Gemeinschaften möglich wird, muß diese immer noch den Ansprüchen der Wisenschaftlichkeit genügen. Dahinter steht ein mühseliger Kampf; vom Arzt wird verlangt, daß er die Lebenskontinuität der Subjekte, deren Lebensperspektive gestört ist, rekonstruiert. Jahrtausendelang wurde diese Kontinuität durch die Sozialisierung konkreter Krankheitskonsequenzen magisch wiederhergestellt: Die medizinische Ideologie benutzt die Mythensysteme der Gesellschaft, zugleich aber ist sie ein wesentlicher Faktor bei der Entstehung von Mythen. Jeder Ethnologe muß bei der Untersuchung von Zeichensystemen einer bestimmten

Gesellschaft die medizinischen Mythen, die die Mythen des »menschlichen Wesens« der betreffenden Gesellschaft sind, berücksichtigen. Die Psychiatrie von Gemeinschaften kann nur entstehen, wenn die Gesellschaft gleichzeitig einen neuen Begriff vom »menschlichen Wesen« entwickelt. Wir sehen, welche Verheißungen und welche Gefahren in dieser unvermeidlichen Evolution angelegt sind.

Einleitung

> »Es gehört ja gerade zum Wesen eines philosophischen Bemühens, daß es sich einer genauen Bestimmung entzieht. Es benennen oder definieren wollen hieße, es zum Stagnieren bringen. Was bliebe dann von ihm übrig? Eine vergangene und schon überholte philosophische Mode, so etwas wie eine Seifenmarke, mit anderen Worten: eine Idee.«
>
> J.-P. Sartre, *Kritik der dialektischen Vernunft*

In den letzten zwanzig Jahren sind in der Psychiatrie einige Bewegungen entstanden, die die soziale Dimension, die Gruppe, in die therapeutische Arbeit aufnehmen. Die Therapie richtet sich heute nicht mehr ausschließlich an das kranke Individuum, sondern an Krankengruppen und an die Beziehungen, die die Kranken mit ihrer Umgebung unterhalten. Das psychiatrische Krankenhaus, der allgemeine Behandlungsrahmen, wurde zunächst zum privilegierten Instrument und später zum therapeutischen Objekt selbst. Diese Einbeziehung des »kranken« Krankenhauses in die Behandlung wird institutionelle Psychotherapie genannt. – Ebenso wurden die Familie des Kranken, die Bewohner des Hauses oder des Viertels und die Praktiker der verschiedenen sozialen oder medizinischen Disziplinen, die mit dem Kranken zu tun hatten, sowie sein Arbeitsmilieu zur Mitarbeit aufgefordert. Ganz allgemein kann man sagen, daß die Therapie zu ihrer Therapie geworden ist. Die familiale Psychotherapie und die Gemeindepsychotherapie benutzen die Kräfte der Umgebung unter therapeutischen Gesichtspunkten; sie stellen jedoch in gewissem Maße zugleich die zurückweisenden (oder überfürsorglichen) Einstellungen in Frage, kurzum, sie behandeln die Umgebung.

Die neuen Orientierungen werfen Probleme auf, zunächst im technischen, dann aber auch im theoretischen Bereich. Was ist eine Psychiatrie, die »Gemeinschaften« behandelt, die die Heilung von pathologischen Beziehungen innerhalb einer »menschlichen Gemeinschaft« (ob es sich um eine Institution, eine Familie oder ein Viertel handelt) zu ihrem Gegenstand macht? Auf welches theoretische Gerüst kann sie sich stützen?

Wir wollen versuchen, auf diese Fragen provisorisch und ohne

Festlegungen zu antworten, indem wir uns mit einigen der expliziten oder impliziten Hypothesen, die die heutige Psychiatrie anregen und ihre neuen Ansätze unterstützen, vertraut machen und sie, so weit wie möglich, organisieren.
Hinter diesen Bemühungen stehen noch weitergehende Interessen, die wir hier jedoch nur kurz skizzieren können. Wenn man eine »Psychiatrie von Gemeinschaften« anstrebt, ist die Frage nach dem Platz, der Funktion des Geisteskranken und derer, die sich beruflich mit ihm beschäftigen, in unserer Gesellschaft mit im Spiel. Das bedeutet, daß das allgemeine Problem der Beziehungen des Individuums und der Gruppe, das uralt und zugleich aktuell ist, erfaßt werden muß. Vielleicht müssen die Vorstellungen vom Individuum und der Gruppe, die miteinander verbunden sind und meist als Gegensätze dargestellt werden, problematisiert werden.
Bis in die letzten Jahre war die gesamte psychiatrische Aktivität von der dualistischen Philosophie des 19. Jahrhunderts beeinflußt. Man hielt das Individuum und die Gesellschaft für zwei nicht aufeinander zurückführbare, notwendigerweise gegensätzliche Einheiten, für die Quelle eines ewigen, unheilvollen Kampfes zwischen Natur und Kultur. Zwei Verfahrensweisen wurden unterschieden: *erstens* eine »soziale«, die darin besteht, daß der Hygieniker unter präventiven Gesichtspunkten Veränderungsvorschläge macht (eine bessere Wohnpolitik, die Reduzierung von Industrieansiedlungen, die Steigerung des sozio-ökonomischen und soziokulturellen Niveaus). Es muß betont werden, daß einzig und allein die unheilvollen Gegebenheiten des gesellschaftlichen Lebens, die es zu mildern galt, hervorgehoben wurden. Der zurückgebliebene, liberale Individualist, der die Natur von Gesellschaften im Grunde (und obwohl er sie schützt) pessimistisch beurteilt, der »Sozial«-Psychiater, schenkte den progressiven Kräften, die sich in jedem sozialen Kontext entwickeln können, keinerlei Beachtung. *Zweitens* das »individualistische« Verfahren. »Therapeutisch«, mit Pädagogik, Medikamenten und verschiedenen Hilfsmitteln der Psychotherapie ausgerüstet, in der Behandlung manchmal an spezialisierten Einrichtungen orientiert, wird die Bestrafung oder Dressur »pathologischer Fälle« betrieben.
Diese dualistische Trennung hat sich übrigens auf allen Ebe-

nen reproduziert: auf der Ebene der Familie, die einmal als Opfer bedauert, ein andermal als Ursache der Geisteskrankheit stigmatisiert wurde, jedoch immer als gesonderte Realität galt, die man sorgfältig von der anderen Realität, dem Kranken, fernhalten mußte; aber auch auf der Ebene des Krankenhauses, das manchmal als Hauptverantwortlicher für die Geisteskrankheit angeklagt, manchmal entschuldigt und als institutionelle Reaktion auf den Wahn interpretiert, aber immer unabhängig von seinen Insassen, als autonome Struktur, die mit der Struktur der einzelnen Kranken nichts zu tun hat, betrachtet wurde.

Dieser Schnitt zwischen dem kranken Individuum und seiner sozialen Umgebung hat eine Überbewertung dessen, was gemeinhin unter dem Namen »Einzelgespräch« bewundert wird, begünstigt, das heißt: ein medizinisches Monopol innerhalb der therapeutischen Arbeit. Durch einen langen Segregationsprozeß von seiner Umgebung getrennt, ist der Kranke zum Eigentum des Arztes, zu seinem Gut, seinem Forschungsfeld, zum Sammelpunkt seiner aufgeklärten Behandlung, zum lebendigen Denkmal des medizinischen Wissens geworden. Die Gesellschaft konnte von dem Arzt, der zum Magier stilisiert wurde, in ganz unabhängiger Weise beraten werden. Die mysteriöse Alchimie, die zur pathologischen Scheidung zwischen Krankem und Umwelt geführt hatte, die jedoch, umgekehrt, zu einer Rekonstruktion durch gegenseitige Behandlung hätte führen können, wurde durch den geltenden Dualismus endgültig gespalten.

Dieses therapeutische Monopol hatte sich mit einem ideologischen Panzer, einer Kategorisierung der Kranken gewappnet, aus der sich langsam ein Katalog der Geisteskrankheiten zusammenstellen ließ: die Nosographie. Es war Sache des Psychiaters, im Namen dieser »Wissenschaft« das Etikett zur Einordnung seines Patienten und eventuell auch eine Institution, die zu dieser Einordnung paßte, auszuwählen. So wurde die Irrenanstalt zum idealen Ort des Wahnsinns, zu einem Ort, an dem man ihn gefangenhielt, um ihn domestizieren, durch Zwang fruchtbar machen zu können. Im Gegensatz dazu wurde das Gefängnis, das im 17. Jahrhundert gemeinsam mit dem Asyl das allgemeine Krankenhaus bildete, zu einem Bereich der vernünftigen und verantwortlichen Devianz. Die schwer-

wiegenden Gründe, die zu ihrer Trennung führten, waren die einer gerichtsmedizinischen Psychiatrie, die die Ausgeschlossenen bei lebendigem Leibe zerteilte, um einen geschlossenen Raum des reinen Wahns gegen einen anderen der reinen Delinquenz abgrenzen und sie zu Gegensätzen machen zu können.
Die umwälzenden Veränderungen, von denen die psychiatrische Arbeit im Augenblick betroffen ist, und die unsere traditionelle, nosographische Konzeption der Devianz in Frage stellen, machen die Entwicklung ganz neu konzipierter Werkzeuge und gleichzeitig den radikalen Bruch mit dem alten Bezugsrahmen notwendig. Es ist weder Heiligendienerei noch reine Innovationslust, noch der Reiz einer intellektuellen Mode, die den Arzt veranlaßt, mit seiner Vergangenheit zu brechen.
Anscheinend geht hier die Evolution von Institutionen und Behandlungsmethoden der theoretischen Revolution voraus. Als Nachfolger einer nosographischen und klassifikatorischen Politik unterliegt die einzig bekannte institutionelle Praxis nun einem neuen Ansatz, der von den französischen Psychiatern seit dem Ende des Zweiten Weltkrieges umschrieben und in stetiger Arbeit entwickelt wurde: »der Bezirk«.[1] Nachdem in einer ersten Phase Kritik an den asylartigen Institutionen und der Krankenhausreform geübt wurde, befaßt der Arzt sich nun mit Stadt und Land, der Umgebung seines Bereiches und zugleich mit der Herkunft des Kranken.
Eigenartigerweise wurde zur gleichen Zeit der *Kennedy Mental Health Act* in den Vereinigten Staaten propagiert. Die Evolution der Psychiatrie in England, die sich nach dem Vor-

1 Mit dem Ausdruck »Bezirk« (franz.: »le secteur«) bezeichnet man ein neues Konzept innerhalb der Psychiatrie, das in einem Ministererlaß vom 15. März 1960 empfohlen wurde. Der Erlaß besagt, daß alle Abteilungen der öffentlichen Psychiatrie einem bestimmten geographischen Bezirk zugeordnet werden sollen. Der Bezirk soll das Rekrutierungsfeld für Kranke beiderlei Geschlechts sein und die Entstehung von offenen und halboffenen Institutionen für Therapie und Vorsorge fördern, so daß es die Kranken in ihrer gesamten Entwicklung möglichst immer mit demselben medikosozialen und pflegerischen Mitarbeiterstab zu tun haben. Wegen administrativer Verzögerungen, fehlender Geldmittel und Kredite, vor allem aber wegen des psychologischen Widerstandes auf allen Ebenen kann man heute die Abteilungen, die die ministeriellen Instruktionen tatsächlich befolgen, an den Fingern einer Hand abzählen. In Frankreich ist die sogenannte Association du XIIIe arrondissement von Paris unter der Leitung von Ph. Paumelle und S. Lebovici die bisher beste Verwirklichung der »Bezirkspsychiatrie«.

bild der amerikanischen Bewegung richtete, die neuen Initiativen in Quebec und das holländische Programm sind, um nur einige Beispiele zu nennen, Beweis genug für die Aktualität einer Politik, die sich in allen industrialisierten Ländern zur gleichen Zeit entwickelt.
Wenn die Reform durch aufkommende Schwierigkeiten verzögert wird, so nur deshalb, weil sie sehr viel mehr als eine einfache administrative Reorganisation der Aufteilung von Geisteskranken innerhalb eines Krankenhauses bedeutet. Zum ersten Mal seit dem Altertum ist die spezialisierte Institution, die vor »Ansteckung« schützende Bewahranstalt für Verrückte, nicht mehr der ideale Behandlungsort, sondern das Lebensmilieu des Kranken, seine Familie, sein Wohnhaus, sein Viertel, seine Arbeitsstätte. Psychiatrische Pfleger, Fürsorger, Psychologen oder Sonderpädagogen und auch die Sozialarbeiter der Gemeinde, die praktischen Ärzte und schließlich alle, die mit dem Kranken in Kontakt stehen, insbesondere seine Angehörigen, arbeiten mit dem Psychiater zusammen. Durch die Gemeindetherapie wird der Kranke von dem morbiden Prozeß der Isolierung im Asyl befreit, er ist nicht mehr der einzige Nutznießer der therapeutischen Intervention, sondern sie bezieht sich auf die gesamte Umgebung, auf die ganze Gemeinde, die als »Kranke« ihrer Verrückten, als neuer Behandlungsgegenstand definiert wird. Im gleichen Augenblick, in dem der Patient nicht mehr im Asyl lokalisiert wird, verschwindet auch die exklusive Lokalisierung der Krankheit im Individuum. Das Übel wird in einem System angesiedelt, in dem der Kranke, seine Angehörigen, die dahinterstehende Sozialstruktur und das Kollektiv derer, die für die Therapie zuständig sind, eine Rolle spielen. Da das ganze System der Pathologie zugrunde liegt, muß das System auch der Adressat der Behandlung sein.
Diese dreifache Ausdehnung: die Ausdehnung des therapeutischen Raumes vom Krankenhaus bis zur natürlichen Umgebung, die Ausdehnung der therapeutischen Macht des Psychiaters auf andere Berufskategorien und die Ausdehnung des therapeutischen Nutzens vom kranken Subjekt auf dessen Gemeinde, wurde sicherlich durch den Fortschritt der biologischen Aktivbehandlungen, die um 1950 entwickelt wurden und dem Wahn seine auffälligsten Aspekte nahmen, beschleunigt. Da

der Verrückte weniger sichtbar war, da er durch die Besonderheit des Wahns, der die Menschen verscheuchte wie einst die Schmerzensschreie der Leprakranken, nicht mehr so stark stigmatisiert war, haben die Angehörigen die Beziehung zu dem Delinquenten, dem chronisch Kranken, dem Clochard, dem Alkoholiker oder dem in existentielle Not geratenen Subjekt aufgenommen oder wiederaufgenommen. Alles wies darauf hin, daß der Verrückte, der nun minder aggressiv erschien, die Rolle des unvernünftigen Garanten der Vernunft, die ihm in 17. Jahrhundert zugeschrieben worden war, aufgeben könnte, um sich mit denen, die einst sein Unglück im »allgemeinen Krankenhaus[2]« teilten, wieder zu verbünden. Es schien, daß der Psychiater als Therapeut weniger durch seine Klientel diskreditiert wurde, daß auch er nicht mehr durch exklusive, beängstigende Aufmerksamkeit vom Wahn geprägt wurde, und daß alle ihn bewunderten, die die Ungewißheit des Lebens und der Kommunikation durchschaut und anerkannt haben. In diesem Sinne hat die Droge den Verrückten und den Psychiater in der Tat geheilt.

Es wäre allerdings sehr oberflächlich, wenn man den psychotropen Medikamenten die gesamte Evolution, die die psychiatrische Praxis heute durchmacht und die die Nosographie von allen Seiten angreift, zuschriebe. Die Industrialisierung der Gesellschaften – es klingt fast banal – verringert die Toleranzschwelle in bezug auf atypische Verhaltensweisen. Ein Alkoholiker, der einst amüsiert und komplizenhaft belächelt wurde, wenn er durch die Gosse nach Hause wankte, wird am Steuer eines über die Autobahn rasenden Autos zur öffentlichen Gefahr; er ruft eine soziale Reaktion hervor, die unter der zwangsweisen Behandlung Gestalt annimmt. Seit der zunehmenden Urbanisierung stehen wir außerdem einer wachsenden Bevölkerung, die unter schwierigen Bedingungen auf engem Raum leben muß, gegenüber. Mit der »schönen Ordnung« von früher ist es vorbei. Beziehungen entstehen und gehen anarchisch auseinander. Es ist die Regel, wegen einzelner Störungen Anzeige zu erstatten (Lärm, liegengelassener Sperrmüll

2 Der Begriff »allgemeines Krankenhaus« (franz. »hôpital général«) wird hier in dem Sinne gebraucht, wie er im 17. und 18. Jahrhundert verwendet wurde, das heißt als Bezeichnung für ein Gefängnis für alle, die die herrschenden sozialen Normen durchbrachen.

etc.). Für den wichtigsten Punkt halten wir jedoch die Schwierigkeit, Verhaltensweisen, die im Dorf noch toleriert werden konnten, im sozialen Wohnungsbau zu akzeptieren. In den Sozialwohnungen lebt der Deviante ständig unter den Augen der sozialen Gruppe, die er verrät und gegen die er sich auflehnt. Einst lebte er in einer Waldhütte – als drohendes Phantom, das mit der Dämmerung auftaucht, um sich unter dem doppelten Zwang seiner eigenen Angst und der der anderen sofort wieder zurückzuziehen –, wo er sich nach Lust und Laune seiner Abweichung überlassen konnte. Heute geht er ständig verbale oder averbale Beziehungen zu seiner Umgebung ein, die er skandalisiert, einschüchtert, stört oder, wenn man das Problem gründlicher betrachtet, in der er Schuldgefühle hervorruft. Zugleich wird sein Einzelgängertum durch die soziale Reaktion verstärkt. Mit der Gemeinde, die ihn trägt und erträgt, entwickelt er eine Dialektik des Bedeuteten und Bedeutenden. Eine Beobachtung soll diese wirkliche »Kulturrevolution« illustrieren, die die Grenzen zwischen Privatem und Öffentlichem aufhebt und das Problem des Wahnsinns auf ein Niveau stellt, auf dem die zwischenmenschliche Beziehung mehr bedeutet als die Beziehung zur biologischen oder mineralischen Welt: Seit seine Frau ihn verlassen hat, bewohnt M., ein verkommener Alkoholiker, eine Einheit des sozialen Wohnungsbaus. Früher hat er in einer Sackgasse vor sich hinvegetiert, und die Nachbarn, die an seiner verlotterten Unterkunft vorbeigingen, haben sich um seine Anwesenheit kaum gekümmert und Einzelheiten seines Lebens wenig beachtet – eine unauffällige Rauchwolke über seinem Kamin, die man sofort wieder vergessen konnte. So hat sich sein Verhalten nach eigenen Maßstäben entwickelt, vielleicht war er sogar überzeugt, sich im Bereich der Norm zu bewegen. Jetzt hat er den Hinterhof des Wohnblocks und eine Bank mitten auf dem Rasen zu seinem Jagdgebiet, zum Lieblingsplatz für seine Befreiungsversuche gemacht. Alle Küchen des Wohnblocks liegen auf der Hofseite, und in allen Wohnungen, auf allen Stockwerken, steht der Küchentisch vor dem Fenster, so daß die Bank, der Rasen und der Clochard zum Blickpunkt aller Haushalte wird. Niemand kann über die Absonderlichkeit von M. hinwegsehen. Seine Zügellosigkeit wirkt wie eine schreiende Herausforderung, die sich an alle Fenster richtet, wie eine obszöne

Erinnerung an den Alkoholismus, unter dem das gesamte Viertel leidet, der Ehen zerstört, die Familien aufwühlt und die jugendlichen Müßiggänger finsteren Zeiten entgegengehen läßt.

Wenn die Heranwachsenden dieses subproletarischen Viertels nach der Schulentlassung im Dreck der Hinterhöfe ihre Zeit verbringen und auf einen ungewissen Arbeitsplatz warten, vertreiben sie ihre Langeweile durch Plaudereien mit dem Clochard oder sie spielen Verfolgung mit ihm (was natürlich seine Devianz verstärkt und perpetuiert). Die Frauen, die in ihm ein Projektionsfeld für alle ihre Ängste finden, vereinigen sich, um den Trunkenbold zu verjagen und die herausfordernd zur Schau gestellte Verzweiflung hinter dieser besonderen Verzweiflung zu verstecken. Bei der Verwaltung des sozialen Wohnungsbaus wird ein Antrag auf Ausweisung des Unerwünschten gestellt, die eine Verschärfung der Desozialisierung zur Folge hätte. Eigenartigerweise zehrt die Abnormität von der Angst dieser Frauen und Jugendlichen.

Zugleich gehört M. jedoch zum Viertel, er gehört in die Landschaft. Man kannte ihn schon in besseren Zeiten, als er noch anders war. Vielleicht belebt er sogar durch die glänzend gespielte Rolle des Dorfidioten einen Traum der Einfamilienhäuser und Vorgärten, die einst das Viertel schmückten. Er wird zu einer Art lebendigem Mythos: eine Verbindung zur Vergangenheit, eine Voraussage der Zukunft. Wenn er vertrieben wird, wird er im gleichen Augenblick auch unterstützt. Man gibt ihm das Almosen, das, wie jedermann weiß, sofort vertrunken wird. Man bittet ihn um eine Gefälligkeit. Man bietet ihm sogar ein Glas an. Er schützt und bestätigt. Als ob man sich durch die Projektion des Elends, unter dem das ganze Viertel leidet, auf eine einzige Person magisch von diesem Elend befreien könnte, schreibt man ihm aufs neue eine Rolle zu, aus der auszubrechen es für ihn keinen Grund mehr gibt.

Als der Clochard auf Betreiben der Fürsorge ins Krankenhaus gebracht wird, damit Folgeerscheinungen des Alkoholismus behandelt werden können, reagiert das Viertel mit ehrlicher Trauer: Man hat ihm sein Schreckgespenst, den doppelgesichtigen Janus, der beunruhigte und zugleich bestätigte, weggenommen. Doch bald darauf beleben sich die Forderungen nach endgültiger Vertreibung wieder.

Wer ist krank? Diese angsterfüllten, ambivalenten Frauen, diese arbeitsscheuen, am Rande der Delinquenz stehenden Jugendlichen, die durch Arbeit und Verschuldung entfremdeten Männer, die meist mehr oder weniger trunksüchtig sind, oder der pittoreske Clochard? Wo liegt in dieser reziproken Verkettung die Ursache und wo die Wirkung? Das Individuum geht in einem umfassenden Interaktionsnetz auf, von dem man nicht mehr abstrahieren kann. Kranker und Umwelt beeinflussen sich gegenseitig so stark, daß sie unmöglich anders als gemeinsam begriffen und behandelt werden können. Eine streng individuelle Theorie, die das Komplexe vernachlässigt und das Einfache (den Kranken) sucht, verfehlt ihr Objekt und weigert sich, sich mit einer Epoche auseinanderzusetzen, in der der »isolierte Einzelne« nur noch eine Schreibtischfigur, das Überbleibsel einer räumlich ausgedehnten bäuerlichen Kultur ist, das in einem unter dem Zeichen der Übervölkerung stehenden sozialen Kontext anachronistisch erscheint – um so mehr, als das »Recht auf Gesundheit«, das in unserer Zivilisation allgemein anerkannt ist, höhere Ansprüche als früher stellt. Nachdem sie sich in bezug auf ihre Devianten lange in der Zwickmühle zwischen Repression und Barmherzigkeit, die beide auf einer moralisierenden Attitüde beruhen (»Das faulende Glied muß abgenommen werden« oder: »Man muß Mitleid mit den verirrten Schafen haben«), hin und her gewunden hat, evoluiert die Gesellschaft nun – wen sollte es wundern? – in Richtung einer technischen Position. Seit man sich von den theologischen Vorstellungen über Strafe und Gnade gelöst hat, hat sich auch die Therapie davon befreit und wendet sich nun gleichermaßen an alle Bedürftigen. Der Unterschied zwischen dem anomalen Devianten, den man behandelt, und dem normalen Devianten, den man bestraft, verschwindet, und die langwierigen gerichtsmedizinischen Explikationen, die der Psychiatrie zugrunde lagen, verlieren an Interesse. Jeder Abweichende hat ein Recht auf Beachtung. Das bedeutet natürlich nicht, daß der Zwang oder gar die Repression in einem allgemein konzipierten therapeutischen Programm nicht mehr vorkommen.

Nachdem die Krankheit sich von der teuflischen *Aura,* die sie umgab und sie als Strafe für begangene Sünden darstellte, befreit hat, bekommt das Recht auf Gesundheit eine positive Färbung. Es steht auf derselben Stufe mit dem Recht auf Erziehung sowie dem Anspruch auf Gerechtigkeit und verschmilzt mit ihnen in dem Recht auf »besseres Leben«, das die Basis der therapeutischen Arbeit bildet. Die Behandlung hat keinen »reinigenden Wert« mehr, und der Arzt ist nicht mehr der allmächtige Priester, der die Dämonen austreibt. Er kümmert sich sowohl um die Vorsorge als auch um die Therapie. Er steht im Dienst der Gesellschaft, um zur Kräftigung derer, die sie konstituieren, beizutragen. Die bisher unangreifbaren Barrieren, die die Neurotiker, Psychotiker und Delinquenten, die Normalen und Anomalen, den individuellen und sozialen Prozeß durch rigide Kategorien auseinanderhielten, brechen zusammen. Im Zusammenhang mit den neuen therapeutischen Erkenntnissen, aber auch mit der Veränderung der Sozialstrukturen werden viele Abgrenzungen hinfällig. Dies hinterläßt seine Spuren in der »Bezirkspolitik«.

Im Mai 1968 wurden die ersten Symptome der sozialen Veränderungen sichtbar. Es ist noch nicht an der Zeit, die Vorgänge genau zu analysieren. Ein ungeheurer Umbruch in der Kultur macht sich bemerkbar und weckt die Hoffnung, daß der Abweichende einen Sinn, einen neuen Wert bekommen könnte. Von einer Gesellschaft, die unvergänglich und unbeweglich bleiben wollte, zum Schweigen verurteilt, kann er vielleicht zum Anstifter einer permanenten Veränderung werden. Man verstehe mich recht, ich behaupte nicht, daß es eine Gesellschaft ohne Deviante geben kann. Ich meine nur, daß sie den unterdrückenden, entfremdenden, zerstörerischen Aspekten einer Kultur (jeder Kultur) Ausdruck geben. Ich glaube, daß man diese Negation zum Schweigen bringen wollte. Ich glaube außerdem, daß wir uns auf eine Zivilisation zubewegen, in der diese Negation in einer konstruktiven, kontinuierlich »autotherapeutischen« Form von einer sozialen Gruppe zur Geltung gebracht wird, die die Veränderung zum Prinzip macht.

Die Theorie ist leider noch nicht bis zu diesem Punkt gelangt und immer noch den nosographischen Schemata verhaftet. Dennoch kündigen sich Verschiebungen an. Die heutige Psychiatrie wird sich stärker nach dem Beziehungskonzept richten als nach der substantiellen Typologie, die die für invariabel gehaltene Krankheit innerhalb des kranken Individuums, aber außerhalb seiner Menschlichkeit ansiedelt. Das bedeutet, daß sie die Zusammenhänge, die zwischen den Symptomen bestehen und

die sie sinnvoll machen, zum Behandlungsgegenstand erheben wird: die interpersonelle Kommunikation. Sie mißt dem Komplexen, der Struktur, dem System größere Bedeutung bei als dem Einfachen, dem morbiden intrapsychischen »Wesen«. Sie zieht die Dialektik dem linearen Kausalismus vor, der die Krankheit auf einen bestimmten Faktor zurückführt. Ursache und Wirkung beeinflussen sich wechselseitig. Analog zu dem Heisenbergschen Prinzip, das besagt, daß der Beobachter auf den beobachteten Gegenstand einwirkt und umgekehrt von ihm beeinflußt wird, wird die zukünftige Psychiatrie das Prinzip der Unbestimmtheit in ihre Methodologie aufnehmen. Der Gegenstand der Wissenschaft wird nicht länger das sorgfältig ausgeschlossene, deviante Individuum sein, das einer unbeweglichen Kategorie zugeordnet und an übergeordneten Ursachen festgemacht wird. Im Gegenteil, es ist eine komplexe Struktur, ein insgesamt morbides System, in dem der Abweichende und seine Umgebung mit Hilfe individueller sprachlicher Symbole, von denen Geist und Körper aller Systemmitglieder geprägt sind, kontinuierlich interagieren. Dies bedeutet eine Umwälzung, die das gesamte System als System und nicht diesen oder jenen ihrer Bestandteile betrifft. Die pathologische Qualifikation wird sich nach der Struktur und nicht nach ihren Elementen richten. Der isolierte Kranke wird verschwinden. Man wird begreifen müssen, daß Geisteskrankheit sowie Delinquenz »Spiele« sind, die sich nur zu mehreren spielen lassen.
Eine Wissenschaft von der Devianz muß ein Beziehungsnetz in ihren Mittelpunkt stellen, das den Kriminellen, das Opfer und die Gesellschaft, den Verrückten, seine Familie und das Viertel, den Arbeitsscheuen, seinen Vorgesetzten und die Fabrik, den Alkoholiker, seine Frau und die Umgebung umfaßt. Gegenstand der Untersuchung und Adressat der therapeutischen Anstrengungen ist die leidende Gesellschaft, zu der auch der Therapeut gehört, der vor dem Leiden sich nicht schützen kann und nicht schützen können wird.
Wir wollen dieses besondere Beziehungsnetz Soziopathie nennen. Wir weigern uns, das Übel an einer anderen Stelle als in der zwischenmenschlichen Beziehung anzusiedeln und danach zu suchen, »wer angefangen hat«. Wir wollen die pathologische Realität auf der Stufe ihrer höchsten Komplexität erfassen, das heißt dort, wo sie den Beobachter und den Beobachte-

ten, den Behandelnden und den Behandelten in einer schmerzhaften Dynamik zusammenschließt, dort, wo sie den Charakter eines unglücklichen Zufalls verliert und konstitutiv für die Conditio humana wird.
Die therapeutische Arbeit muß auf diese Soziopathie ausgerichtet sein. Ihr Objekt ist nicht mehr die Individualität des »Kranken«, den der Psychiater und seine Gehilfen »wieder auf den rechten Weg bringen« oder dem sie helfen müßten, den »rechten Weg zu finden«; die Beziehung ist nicht mehr die eines Subjektes, das als einziges das Wissen verwaltet, zu einem nutznießenden Objekt. Es gibt keine isolierten pathogenen Sozialfaktoren mehr, die modifiziert werden müßten. Es gibt nur noch die Gemeinschaft, die der Kranke zusammen mit seiner medizinischen, pflegerischen, familialen, beruflichen etc. Umgebung bildet. An dieser Psychiatrie von Gemeinschaften muß noch viel gearbeitet werden, obwohl die Initiativen jetzt schon zu positiven Erwartungen berechtigen.
Wir werden keine unveröffentlichten Einzelheiten beschreiben, sondern vielmehr versuchen, eine umfassende Darstellung zu geben, die uns dazu dienen soll, das Konzept der Soziopathie, so wie wir es den theoretischen Bemühungen und der hier und da verwirklichten therapeutischen Praxis entnehmen können, auf die Probe zu stellen. Die Thesen, die hier aufgestellt werden, weisen vielleicht einige subjektive Züge auf. Dennoch sind wir überzeugt, daß sie das, was sich überall in der industrialisierten Welt und sogar in den sogenannten Entwicklungsländern anbahnt, widerspiegeln. Die Thesen lassen sich folgendermaßen zusammenfassen:
Die Therapie von Soziopathien, die als Pathologie einer Gemeinschaft definiert werden, ist Angelegenheit der Gemeinschaft selbst. Ob es sich um eine Patientengruppe einer Krankenhausstation oder eine psychopädagogische Institution, eine Familie oder ein Stadtviertel handelt, überall finden wir eine teils latente, teils evidente Interessengemeinschaft vor, die sowohl über autotherapeutische als auch über destruktive Möglichkeiten verfügt. Deshalb ist es falsch, ausschließlich und willkürlich den Kranken aus seinem Interaktionszusammenhang zu entfernen und ihn einem Spezialisten anzuvertrauen, vielmehr muß man der gesamten Gemeinschaft die Möglichkeit verschaffen, eine Behandlung zu beginnen und zu verfolgen. Das steht

im Gegensatz zur Readaption des Kranken an eine unbewegliche Gesellschaft, die sich damit begnügt, das »Wunderkind« mehr oder weniger tolerant aufzunehmen, ohne selbst in die Behandlung einbezogen zu werden.
Der Professionelle – und unter dem Professionellen verstehen wir nicht nur den traditionellen Psychiater – ist Bestandteil dieser »Gemeinschaft«. Er gilt nicht als *deus ex machina* – der das Wissen, die richtige Interpretation, das weise Urteil und das gute Rezept liefert –, sondern er ist ein von der Gesellschaft »beauftragter Vermittler«, der den im System vorhandenen therapeutischen Kräften zum Durchbruch verhelfen soll (zum System gehören sowohl das Arzt-Patient-Paar als auch die Institution oder der Mitarbeiterstab, der zur Therapie beiträgt und sich gleichzeitig selbst behandelt).
Das Hauptinteresse des Professionellen gilt einem evolutiven Interaktionsnetz, an dem er selbst beteiligt ist. Behandelt wird die Beziehung oder die Beziehungen, die alle Systemmitglieder miteinander verbinden, insbesondere, aber nicht ausschließlich diejenige, die die Systemmitglieder mit dem Therapeuten verbindet. Für den Therapeuten besteht das Ziel darin, innerhalb des Systems, *aus dem er hervorgeht*, zur Befreiung der unterdrückten Sprache beizutragen. Das kann allerdings nur dann geschehen, wenn man sich selbst als Person versteht. Der Therapeut (eine Bezeichnung, die sowohl die auf einen Einzelnen beschränkte individualisierte Funktion innerhalb eines Systems als auch ein therapeutisches Subsystem abdeckt) muß sich davor hüten, sich selbst hinter seiner Technik zu verschanzen. Die modischen Ausdrücke »Authentizität« und »Spontaneität« bezeichnen eher eine Richtung als einen Zustand; man *ist* nicht authentisch oder spontan, man *wir*d es.
Die entschiedene Stellungnahme für die Dynamik ist das letzte Thema dieser Arbeit. »Analysiert werden«, »psychotherapiert oder geheilt werden«, »seine Probleme gelöst haben«: auf dem Wege zum wirklichen Ziel tun sich viele Gefahren auf. Die psychologische Heilung, auch wenn sie sich auf eine Gemeinschaft bezieht, existiert genausowenig wie eine als Zustand oder Attribut verstandene psychologische Krankheit. Wie die Krankheit realisieren sich auch Heilung und Gesundheit kontinuierlich im Rahmen der Interaktionen mit anderen innerhalb des Systems. Dies qualifiziert die Dynamik einer Gemein-

schaft. Unabhängig von den synchronen und diachronen Bewegungen der Gemeinschaft kann die therapeutische Arbeit nur künstlich kodifiziert, gemessen und analysiert werden. Die Therapie darf nicht zum Stillstand kommen, die Behandlung muß permanent den der menschlichen Erfahrung inhärenten soziopathischen Prozessen entgegenwirken.[3]

Eine interpersonelle Konzeption der Pathologie und der Behandlung wirkt sich notwendigerweise auf die Art und Weise des Denkens und Schreibens aus. Auch diese Arbeit kann nicht als das Werk eines einzigen angesehen werden; wie stark auch die Veränderung durch eine individuelle Geschichte und verschiedene Einflüsse sein mag, es geht aus den Zusammenhängen eines Netzes hervor, über das hier ein Wort gesagt werden soll.

Unter Hinweis auf die Fußnoten des Textes will ich die zahlreichen Quellen, auf die ich mich gestützt habe, nicht noch einmal zitieren. Ich möchte mich vielmehr denen erkenntlich zeigen (im wahrsten Sinne des Wortes *erkennen*), die es mir ermöglicht haben, mich durch die lebendige Erfahrung des Dialoges zu definieren: zunächst all meinen »kranken« oder »sich wohlfühlenden« »Klienten«. Im Laufe von individuellen psychotherapeutischen und Gruppen-Sitzungen, Arbeitsgruppen und Mitarbeiter- oder Hausversammlungen im Krankenhaus zeichneten sich bestimmte Linien ab, die den von anderen übernommenen Rahmen ergänzt, modifiziert oder verstärkt haben. Besonders den Medizinstudenten, die sich an psychologischen Arbeitsgruppen beteiligt und zur theoretischen Ausarbeitung beigetragen haben, habe ich viel zu verdanken. Den internen und externen Ärzten, den Pflegern und Pflegerinnen der Deuxième Division des hommes im Krankenhaus von Vinatier möchte ich meinen Dank aussprechen. Ihre aufmerksame Mitarbeit hat es mir ermöglicht, das Kapitel über die Institution zu schreiben. Während unserer Mittwochsseminare haben sie sich als »Versuchsobjekt« zur Verfügung gestellt, an dem die ersten Kritiken der hier dargestellten Ideen erprobt wurden. – Zu-

3 Wir meinen an dieser Stelle nur die eigentliche psychiatrische Arbeit, die wir als kollektive verstehen möchten. Die verschiedenen Einzelbehandlungen, insbesondere die psychoanalytische, haben selbstverständlich auch ihren Platz in einem therapeutischen Programm. Dieser Aspekt ist jedoch im Augenblick nicht gemeint.

sammen mit François Dagognet hat Marcel Colin die Vorstellungen über die Soziopathie entwickelt. Durch tägliche Zusammenarbeit innerhalb der von ihm geleiteten Gruppe hat mein Projekt Gestalt angenommen, es wurde durch seine Ausführungen über die dynamische Soziopsychiatrie bereichert. Ich danke ihm und allen meinen Freunden im Centre d' études et de formation. – Jean Guyotat, dem Leiter einer psychologischen Arbeitsgruppe, an der ich drei Jahre lang teilgenommen habe und der Stationschef an meinem jetzigen Arbeitsplatz ist, verdanke ich meine Vorstellungen über psychoanalytische Realitäten und mein Engagement in der institutionellen Psychotherapie sowie der Bezirkspsychiatrie in Villeurbanne. Er hat meine theoretischen und praktischen Bemühungen stets unterstützt, mich angeleitet und beraten. Ich möchte ihm an dieser Stelle meine Anerkennung und Verbundenheit ausdrücken. – Die Mitarbeiter der Équipe d' hygiène mentale von Villeurbanne haben alle an der Entwicklung der Theorie, die ich in dieser Arbeit darzulegen versuche, mitgewirkt. Auch wenn sie nicht alle meine Ansichten teilen, haben unsere Diskussionen und unsere gemeinsame Arbeit mir in vielen Punkten zur Klarheit verholfen.
Meine Arbeit reiht sich in die revolutionäre Bewegung ein, die direkt nach dem Zweiten Weltkrieg begann und seitdem von den Ärzten der psychiatrischen Krankenhäuser Frankreichs forciert wird. Den Begründern, vor allem Paul Balvet und Henri Vermorel, bin ich zu größtem Dank verpflichtet. – An der Seite von Carl Rogers und seinen Kollegen des Western Behavioral Sciences Institute, die mich ein Jahr lang als Mitarbeiter aufnahmen, konnte ich sowohl im persönlichen als auch im beruflichen Bereich beeindruckende neue Erfahrungen machen. Durch Carl Rogers habe ich gelernt, die Reichweite des autonomen Denkens intensiv zu erleben, er hat mir den Mut gegeben, mich selbst in der Theorie zu versuchen. – Das Vorgehen der Spezialisten der Familientherapie, die unter Don Jackson im Mental Research Institute von Palo Alto arbeiteten, hat mir zur Systematisierung meiner bis dahin noch ungenauen Vorstellungen verholfen. – Einen Sommer lang konnte ich in den National Training Laboratories von Bethel an einer Intensivausbildung teilnehmen. Insbesondere James V. Clark, Ronald Lippitt, William Schutz, Donald Wolfe, Thomas Ben-

nett, John und Joyce Weir und Samuel Culbert bin ich zu Dank verpflichtet; sie haben mir neue Wege in der Gruppenarbeit gewiesen. – Für das große Entgegenkommen von Professor Henri Pequignot möchte ich mich besonders bedanken. Die Lektüre seiner Vorlesung in der Ecole nationale d' Administration hat mich in meinem Vorhaben bestärkt, die verschiedenen Formen der »sozialen Integration« unter einem einheitlichen Gesichtspunkt zu betrachten. Da ich viel von ihm gelernt habe, würde ich mich gern als seinen Schüler betrachten. – Max Pages hat als Vertreter der Gruppendynamik die Arbeiten von Carl Rogers in Frankreich bekannt gemacht. Durch ihn konnte ich die ersten Verbindungen zwischen den beiden großen Richtungen der zeitgenössischen amerikanischen Psychosoziologie herstellen. Seine Untersuchungen über das affektive Leben in Kleingruppen, die widerstandsbildende Bedeutung von Fusionserfahrungen in Gruppen und über die Wichtigkeit der Trennungsangst haben mir sehr geholfen. – Bei einer Begegnung mit Michael Woodbury wurden die folgenden Seiten praktisch redigiert. Da mein Vorgehen in gewissem Sinne dem seinen verwandt ist, hat mir der Kontakt mit ihm Sicherheit verliehen, und sein Seminar hat mich angeregt, die hier begonnenen Bemühungen fortzusetzen. – Ph. Paumelle hat unser Experiment in Villeurbanne aus der Taufe gehoben. Die freundschaftlichen Beziehungen und der auf allen Ebenen stattfindende Austausch zwischen unseren beiden Gruppen waren für mich die wichtigste Ermutigung. – Marcel Sassolas, meinem langjährigen Freund und unermüdlichen, oft harten Kritiker, bin ich zu besonderem Dank verpflichtet. Durch heftige und zugleich freundschaftliche Auseinandersetzungen mit ihm sind Teile dieser Arbeit erst möglich geworden. – Colette Hochmann, meine Frau, hat mich bei der Entwicklung dieser Theorie unterstützt und durch ihre therapeutischen Intuitionen korrigierend auf meine intellektualistischen Übertreibungen eingewirkt. Ihr sind die folgenden Kapitel gewidmet.

Die Arbeit wurde in der anregenden Atmosphäre Südkaliforniens[4], inmitten des vegetativen und intellektuellen Reichtums der Pazifikküste, begonnen. Abgeschlossen wurde sie an einem nebeligen Novembertag in Lyon, kurz nach den Mai-Unruhen,

4 Dank einem Forschungsstipendium der National Institutes of Health (Bethesda Maryland U.S.A.).

die den Anachronismus und die Naivität jedes (zugegebenen oder verleugneten) Glaubens an eine Zivilisation, die alle Konflikte gelöst, die Entfremdung sowie die Angst vor Leiden, Krankheit und Tod überwunden hat, bloßstellten. Die stilistischen Brüche und Widersprüche in dieser Abhandlung lassen sich durch die Überschneidung von zwei Richtungen, einer optimistisch-kreativen und einer anderen, die die ideologischen Illusionen denunziert, erklären. Ich habe sie als Beweis einer inneren Spannung beibehalten, anstatt eine »Einheit« vorzutäuschen. Ich weiß übrigens nicht, ob wir der Herausforderung des Wahnsinns anders begegnen können als mit zerrissenen Antworten.

La Jolla (Kalifornien), November 1965
Lyon, November 1968

I. Beitrag zu einer Theorie der menschlichen Gemeinschaften

> »Es wird manchmal nahegelegt, die innere Beschaffenheit eines Gerätes außer acht zu lassen und sich auf die Messungen seiner Ein- und Ausgaberelationen zu beschränken. Zwar trifft es zweifellos zu, daß diese Relationen oft Schlußfolgerungen erlauben, was innerhalb des Gerätes ›wirklich‹ vorgeht; für die Untersuchung der Funktion jedoch, die das Gerät als Teil eines größeren Systems erfüllt, ist dieses Wissen nicht wesentlich.«
>
> Paul Watzlawick, *Menschliche Kommunikation*

Die Gesellschaft bringt die, die sie für verrückt erklärt, durch die Art und Weise der psychiatrischen Behandlung tatsächlich zum Wahnsinn. Mit diesem Phänomen wollen wir uns hier kritisch beschäftigen und gleichzeitig unserem Wunsch nach Veränderung Ausdruck geben.
Bei einer vorwiegend praktischen Disziplin wie der Psychiatrie muß die Veränderung an den Institutionen und den durch sie geregelten Möglichkeiten der Interaktion von Individuen ansetzen. Die Entlarvung der Ideologie, die diese Institutionen rechtfertigt, ist zweitrangig und erst dann erforderlich, wenn ein ideologischer Ersatz notwendig wird. Man kann »die wirklich bestehende Welt nicht bekämpfen, wenn man nur die Phrasen dieser Welt bekämpft«.[1] Diesen Kampf, der zugleich theoretisch und praktisch ist, kann man allerdings nicht ohne konkrete Konzepte aufnehmen. Von ihnen soll zunächst die Rede sein, insbesondere von dem Begriff der »Soziopathie«. In einer Einleitung, die stark von freudianischen und metafreudianischen Arbeiten beeinflußt ist, wollen wir die Gesichtspunkte klarstellen, von denen aus wir die alltägliche psychiatrische Praxis beurteilen. In einer älteren Arbeit, in der wir dem Konzept von Marcel Colin gefolgt sind, haben wir zu definieren versucht, was wir unter »Soziopathie«[2] verstehen.

1 Karl Marx und F. Engels, *Die deutsche Ideologie*, in: *Die Frühschriften*, Stuttgart 1964, S. 346.

2 J. Hochmann, *Le Concept de sociopathie, vers une critique de la raison nosographique*, in: *La Criminologie clinique*, Brüssel 1968.

Die Theorie ist in diesem ersten Entwurf im Ansatz steckengeblieben. Heute sind uns die theoretischen Probleme klar, die den gesamten Komplex von Individuum und Gesellschaft und die ihm zugrunde liegenden Regeln betreffen.

Der Prozeß der Persönlichkeitsentwicklung in diachronischer Sicht

Racamier hat die Evolution, die zum »Bewußtsein der Person, der eigenen Person und der des Anderen«[3] führt, als »Prozeß der Persönlichkeitsentwicklung« bezeichnet. Wir kommen diesem Standpunkt zwar sehr nahe, wollen uns aber verstärkt der Untersuchung von Beziehungen zuwenden und von dieser Grundlage aus zu erklären versuchen, wie im Verlauf des ersten Lebensjahres die Unterscheidung von Ich und Nicht-Ich zustande kommt.

Ursprünglich verschmilzt alles im Medium des intrauterinen Lebens. Die »psychologischen« Erfahrungen des Fötus aus der Sicht des Erwachsenen heraus zu rekonstruieren, bleibt eine unüberprüfbare Angelegenheit. Zumindest ist dieses Verfahren zufällig und absurd, wenn man von einem interpersonellen Rahmen ausgeht, in dem »psychische Vorgänge« durch die Aktualisierung einer Beziehung definiert sind. Beschränkt man sich jedoch auf das Feld dieser Beziehung, so läßt sich ein symbiotischer Komplex beschreiben, in dem der Fötus als ein sicherlich privilegiertes Organ erscheint, der sich aber als Organ nicht vom Körper der Mutter unterscheidet. Das ist auch eine biologisch evidente Tatsache. Das besondere Organ, das sich in der Mutter bewegt, spricht sensibel auf ihre kleinsten Emotionen an; es ist Bestandteil des lebendigen Körpers, des »Körperschemas« der Mutter. Es ist in ihr, Fleisch von ihrem Fleisch, das auf ihre Ängste und Reizungen reagiert. Jedes Gefühl der Mutter löst eine innere Bewegung aus, die sich auf den Fötus auswirkt. Die Reaktion des Fötus auf diese Emotionen macht sich unmittelbar durch seine Bewegungen bemerkbar und modifiziert den affektiven Ausgangszustand der Mutter. Auf diese Weise entsteht ein Zirkel reziproker Handlungen,

3 Racamier, *Le Moi, le soi, la personne et la psychose*, in: *Evolution psychiatrique* 63, Nr. 28, S. 525–553.

der durch die Nabelschnur, die das symbiotische Gleichgewicht zwischen Mutter und Kind erhält, gesichert ist. Die Handlungen reichen bis zu Träumereien der Mutter über das erwartete Kind, die die Einheit bekräftigen. Das Kind in der Mutter ist kein losgelöstes, distinktes Wesen, sondern eine Art »Verlängerung«, auf die sie alle ihre Wünsche projiziert, und die ihre geheimen Hoffnungen erfüllen soll. In diesem Sinn kann die Beziehung Fötus–Mutter als eine extreme Vereinigung gesehen werden.
Dann folgt die Geburt. Otto Rank spricht vom »Trauma der Geburt«. Indem er die Geburt ausschließlich aus der Sicht des Kindes und mit den Verzerrungen seiner eigenen Phantasie rekonstruierte, machte er sie zu einem Erlebnis grausamer Verlassenheit, zum Paradigma aller zukünftigen Ängste. Ich weiß nicht genau, was ein Kind empfindet, wenn es geboren wird, noch weiß ich, ob es überhaupt etwas empfindet. Es wäre denkbar, daß eine Reihe automatischer Reflexe ohne jegliches Bewußtsein aufeinander folgen, in denen wir mit unserer ausgebildeten Wahrnehmung die Anzeichen eines ungeheuren Schreckens sehen. Aber um dieses Problem geht es hier nicht. Objektiver und objektivierbar ist die Tatsache, daß die Geburt sowohl für die Mutter als auch für das Kind das Gleichgewicht der Symbiose zerstört und eine plötzliche Unordnung bewirkt, die zugleich Ausgangspunkt für die künftige Ordnung ist. Für den Augenblick jedoch bedeutet sie das Ende einer Beziehung. In den Stunden nach der Geburt leidet die junge Frau häufig unter sonderbaren Alpträumen, in denen sie ihr Kind umbringt, es in einen Abgrund fallen läßt oder ein Monstrum aus sich hervorquellen sieht. Diese Phase extremer Anfälligkeit begünstigt bekanntlich psychotische Ausbrüche. Racamier ließ bei der Behandlung von Geburtspsychosen die Neugeborenen bei den Kranken und bewies durch diese Versuche die Wichtigkeit der frühzeitigen Wiederherstellung der Mutter-Kind-Beziehung. Auf die katastrophale Situation, in der mit der Abtrennung der Nabelschnur die Beziehung erlischt, folgt eine Phase der Restauration. Die Mutterbrust nimmt die Stelle der Plazenta ein. Durch das Stillen des Säuglings wird eine neue Einheit hergestellt. Wenn die Milch mit der Flasche gegeben werden muß, ersetzt der Schnuller die Brust und ist somit eine »Verlängerung« der Mutter.

Obwohl wir herausfinden können, was das Kind für die Mutter bedeutet, bleibt es unmöglich, einzuschätzen, was die Mutter für das Kind bedeutet. Die Hypothesen, die aus der Beobachtung von Psychotikern gewonnen wurden, beispielsweise aus der Beobachtung der Regression, in die der Patient während der psychoanalytischen Behandlung verfällt, erscheinen uns fragwürdig, zumindest soweit sie von dem Prinzip ausgehen, daß eine Identität zwischen der psychotischen Erfahrung bzw. der Erfahrung des Analysanden einerseits und den Erfahrungen der frühen Kindheit andererseits besteht. Dieses Prinzip impliziert, daß die Erfahrungen des Säuglings entweder schon bekannt oder erkennbar sein müssen; das heißt, daß dieses Prinzip ein Problem für gelöst erklärt, zu dessen Lösung es verwendet wird. Es ist also nicht zu beweisen und bleibt bestenfalls ein Postulat. Wenn wir die eindimensionale Vorstellung von einem isolierten psychischen Apparat überwinden und ein Beziehungssystem annehmen, wird die Notwendigkeit dieses Postulats hinfällig. Die analytische Situation oder der Dialog mit dem Psychotiker erscheinen als Systeme, die nach Freud und Lacan eine »nachträgliche« Verbalisierung erlauben. Hesnard spricht von einer in die Zukunft weisenden Vergangenheit (futur antérieur), die produziert wird. Es ist nicht wahr, »es wird wahr gewesen sein«, daß das Kind in einer Symbiose mit der Mutter gelebt hat. Die Verbalisierung gibt dem, was vorher sinnlos gewesen ist, einen Sinn – dem, was unformuliert geblieben war und nicht existierte, bis es seinen sprachlichen Ausdruck fand. Unsere folgenden Hypothesen müssen die in die Zukunft weisende Vergangenheit berücksichtigen.

Das Kind befindet sich in einem Zustand extremer Depedenz: der Säugling ist biologisch abhängig, da er sich nicht selbst ernähren, also nicht aus eigener Kraft überleben kann. Er ist auf die Hilfe einer erwachsenen Person, der Mutter oder eines Muttterersatzes, angewiesen; in unserem gesellschaftlichen Kontext, in dem viele Frauen arbeiten und die Aufgaben nach anderen Kriterien als denen des Geschlechts verteilt werden, kann auch der Vater diese Funktion übernehmen. Hinzu kommt die affektive Abhängigkeit des Kindes. Die Hospitalismuserscheinungen – Unterernährung, Hemmung der motorischen und intellektuellen Entwicklung bei Kindern, die in der anonymen

Atmosphäre von Heimen aufwachsen – sind bekannt. Sullivan hat die Dialektik der Angst in der Mutter-Kind-Beziehung sehr gut dargestellt: Die Mutter ängstigt sich aus einem Grund, der innerhalb oder außerhalb der Beziehung liegen kann. Sofort beginnt das Kind zu weinen, als ob es die geringsten averbalen Mitteilungen, die auf die Angst hindeuten, erfassen könnte. Durch diese Reaktion steigert sich die Angst der Mutter, die wiederum das Schreien des Kindes verstärkt etc., etc. Das äußerliche Moment, das die Angst ausgelöst hat (ein Ehestreit zum Beispiel), verschwindet schnell aus dem Bewußtsein der Mutter. Der Zwischenfall wird durch die geschlossene Welt der monadischen Beziehung ausgelöscht. Alles wird auf das Kind übertragen. Der Gedanke: »Wenn du weinst, bedeutet das, daß du leidest; wenn du leidest, leide ich auch«, kann sich schnell in die depressive Form verwandeln: »Ich bin eine schlechte Mutter«, oder aber aggressiv gewendet werden: »Sei still, du machst deiner Mutter nur Kummer.« Man wundert sich vielleicht über den behavioristischen Charakter unserer Beschreibung. Aber die monadische Beziehung ist per definitionem ein Bereich, in dem die Objektivität dominiert, das nicht Symbolisierbare und Partielle. Partiell ist diese Beziehung, weil sie durch Schreien, Saugen an der Brust oder Flasche und das Ausscheiden von Fäkalien oder Urin hergestellt und nicht durch übergeordnete sprachliche Mittel vermittelt wird; partiell ist sie außerdem, weil sie durch Abwesenheit, d. h. ohne die Nähe von Mutter und Kind, verkümmert.

Es ist bekannt, daß Kinder Spaß am »Versteckspiel« haben. Das Objekt, das man versteckt und dann plötzlich zur Erleichterung des Kindes wiederfindet, stellt in gewisser Weise eine Möglichkeit dar, die Trennungsangst magisch zu bewältigen: Was verschwindet, ist nicht für immer verloren; man kann es wiederfinden. Nach acht Monaten scheint die Mutter-Kind-Beziehung so viel Stabilität erlangt zu haben, daß sie kurzfristige Trennungen überstehen kann. Die Vorstellung des Kindes von der Mutter und die der Mutter von dem Kind sind so weit internalisiert, daß eine zeitweise Entfernung voneinander keine Zerstörung der Beziehung mehr bedeutet. Melanie Klein und ihre Schüler vertreten die Meinung, daß sich zu diesem Zeitpunkt auch die abgespaltenen Partialobjekte der »guten Mutter« und der »bösen Mutter« vereinigen. Der Säugling habe die Tendenz, diese voneinander zu trennen. Die abwesende Mutter, die Hunger und Angst hervorruft, bilde den Prototyp der »einverleibenden Mutter«, die einen verfolgt und verschlingt. Diese Vorstellung wird uns durch Märchen eingetrichtert, wir finden sie aber auch in den Phantasmagorien der Psychotiker und in den Alpträumen sogenannter »normaler« Menschen wieder; sie soll Urängste der Zerstückelung symbolisieren, deren physiologisches Substrat der schmerzhafte Hunger ist. Im Gegensatz dazu sollen die gute, angewärmte Milch, die sanft die Kehle hinunterrinnt, und das Völlegefühl im Magen das Bild der guten, zärtlichen, wärmenden und liebenden Mutter hervorrufen.

Im achten Monat vereinigen sich die »gute« und die »böse« Mutter. Sie wird für das Kind ein einheitliches Wesen, das manchmal an- und manchmal abwesend ist. Das Kind lernt, daß es zugleich lieben und hassen kann, es lernt Ambivalenzen (die Psychotiker nicht ertragen) zu ertragen. Zur gleichen Zeit jedoch, zu der den Illusionen von der Einheit ein Ende gesetzt wird, bemerkt es seine Einsamkeit und Isolierung und durchlebt eine »depressive Phase«, die alle Beobachter der frühen Kindheit bestätigt haben.

Vielleicht kann eine interpersonelle Betrachtung, die die Beziehung zwischen Mutter und Kind hervorhebt und sich nicht auf das durch Extrapolation rekonstruierte infantile Intimleben beschränkt, diese Hypothesen ergänzen. Tatsächlich entwickelt sich die Mutter-Kind-Monade Stück für Stück. Das Kind erwirbt eine autonome Persönlichkeit, und die Mutter löst sich in entsprechender Weise von ihm ab.

Dem elementaren Austausch von Lächeln und Zärtlichkeit, Saugen und Milchgeben folgt ein differenzierterer Austausch. Das Kind erkennt die Mutter, und diese beginnt, die infraverbale Sprache des Kindes zu verstehen, lernt seine Botschaften zu dekodieren; sie erkennt einen Sinn in seinen Gesten, dem Lächeln, dem Schreien, dem Vor-sich-hin-Plappern, ja sogar in der Bewegung der Schließmuskeln. Aber auch dieser Austausch weist auf die Trennung hin. Autonom werden heißt, aus einer Vereinigung heraustreten; Angst ergreift die Mutter-Kind-Monade, eine Angst, die sich beim Kind in Depression niederschlägt.

Der depressiven Phase folgt die manische Phase, in der das

Kind sich fröhlich und unbefangen verhält. Tosquelles sieht in der manischen Phase ein ähnliches Phänomen wie Jacques Lacan in der Spiegelphase.[4] Das Kind findet ein anderes Selbst und ein vollständiges Selbst im Spiegel vor. Aber es entdeckt dort ebenfalls, daß seine Mutter bei ihm ist. »Das Kind *und seine Mutter*[5] werden dadurch so vom Glück überwältigt, daß die depressiven Ängste und oft sogar die Zerstückelungsängste ausgelöscht, beiseitegeschoben oder vergessen werden. [...] Wenn aber ein solches Vergessen eine positive Funktion für die Entwicklung eines jeden von uns hat, dann muß man festhalten, daß es den Menschen in ein System von Hinterhalten, in einen Irrgarten führt, in dem er sich selbst belügt.« Es ist die Lüge einer eingebildeten Welt (einer Bilderwelt), in der wir uns nur an den äußeren Erscheinungsformen orientieren und uns Ähnlichkeiten einbilden, den Einen für das Abbild des Anderen halten. Durch ihr Verlangen nach Einheit vom Wege abgekommen, betrachten sich Mutter und Kind im Spiegel und suchen gegenseitige Ähnlichkeiten, um das ursprüngliche Paar wiederherzustellen und aufs neue ihre Trennungsangst, von der sie sich permanent bedroht fühlen und die dem symbiotischen Gleichgewicht im Wege steht, zu bewältigen.

Ungefähr im fünfzehnten Monat des extrauterinen Lebens wird die Monade aufs neue (und definitiv) in Frage gestellt. Das Kind beginnt zu sprechen und bestätigt durch die Sprache endgültig, daß es von seiner Mutter verschieden ist. Die Person konstituiert sich durch die Negation der Symbiose, sie überwindet die Neigung, mit dem anderen zu verschmelzen. Nach dem Lächeln im zweiten Monat, das schon eine persönliche Reaktion und Unterschiedlichkeit andeutete, nach der Depression im achten Monat, die auf die Erfahrung der Abwesenheit und damit der Autonomie der Mutter gegenüber dem Kind hin erfolgte, stellt das ausdrückliche *Nein* des Kindes nach Spitz den dritten und wichtigsten konstitutiven Faktor der Persönlichkeitsentwicklung dar. Indem das Kind *nein* sagt, zeigt es entschlossen, daß es von seiner Mutter verschieden ist, und umgekehrt wiederholt die Mutter die Entnabelung, indem sie zu ihrem Kind *nein* sagt und sein Bedürfnis frustriert.

4 F. Tosquelles, *Structure et Rééducation thérapeutique*, Paris 1967.
5 Die Hervorhebung haben wir hinzugefügt.

Der Unterschied bildet sich in der Sprache und durch sie aus. Jedes Wort ist im Grunde eine aggressive Negation der symbiotischen Vereinigung. Wenn wir in der vollkommenen Symbiose weiterleben und die intimste Bewegung des anderen spüren könnten, hätten wir nicht das geringste Kommunikationsbedürfnis. Daß wir sprechen, bedeutet, daß wir unterschiedlich sind. Durch unsere Worte aktualisieren wir die Differenzen. Mit dem Spracherwerb beginnt also die interpersonelle Problematik; zugleich wird die Sprache als Konsequenz der Trennung bezeichnend für die Trennung. Die simple Tatsache, sprechen zu wollen, kommunizieren zu wollen, macht offensichtlich, daß du meine Gefühle oder Wünsche nicht kennst (bevor ich sie nicht verbal oder averbal, gestisch oder mimisch ausgedrückt habe).

Die Sprache ist also mehr als nur ein Symptom der Trennung, mehr als eine Brücke, die über den interpersonellen Abgrund geschlagen wird. Bei jeder Nachricht, die gegeben wird, spielt auch die aktive, aggressive Trennung eine Rolle. Immer, wenn ich mit einem anderen kommuniziere, gleichgültig, welchen Inhalt, teile ich auch meine Autonomie mit. Ich sage *nein* – in Verzweifelung oder mit einer anmaßenden Geste der Forderung –, »nein, wir sind nicht gleich«, in diesem Nein gründet meine Existenz.
Da Mutter und Kind sich also fortan nicht mehr völlig ineinander versenken, sich nicht mehr dem Traum hingeben können, den die Sprache für immer zerstört hat, können sie versuchen, den »Schaden zu reduzieren«, indem sie eine Beziehung konstruieren, in der einer zum Manipulationsobjekt des anderen wird. Das Kind isoliert den ihm nützlichen Teil der Mutter, den es sich unterwerfen oder sogar einverleiben kann. Umgekehrt stellt es für die Mutter ein steuerbares Instrument dar. Indem das Kind versucht, sein versagendes Nerven- und Muskelsystem durch das der Mutter zu ergänzen, tut es so, »als ob« es den Körper der Mutter teilt. Stuhlgang und Nahrungsaufnahme dagegen richten sich nach der Uhr der Mutter. Auf diese Weise isolieren Mutter und Kind einen Sektor, ein begrenztes Beziehungsfeld, in dem sie sich gegenseitig Vorteile verschaffen.
Ein solcher Beziehungstypus, der an das von Martin Buber so

genannte Ich-Es[6] erinnert, in dem der andere mein Objekt und nicht mein Partner ist, in dem ich beobachte und benutze und die Unabhängigkeit des anderen mir gegenüber leugne, ist für den Erwerb der Körperkontrolle unerläßlich. Dieses Verhältnis ist zerbrechlich und stets gefährdet. Jederzeit kann eines der beiden Elemente versagen. Der Körper, der mir nicht wie mein eigener gehorcht, muß ein Körper sein, der von meinem verschieden ist.

Die Ich-Es-Beziehung enthält in der Tat ihre eigene Falle. In diesem Sinne handelt es sich um eine unmögliche Beziehung, ein immer ersehntes, aber nie erreichtes Ideal. Das ganze Werk des Marquis de Sade handelt von dieser vergeblichen Suche, die sich in düsterer Monotonie ewig wiederholt, von der totalen Versklavung des Anderen durch das Ego, die erst durch die Zerstörung des Anderen, der sich in die Objektivität des Todes flüchtet, aufgelöst wird. Die erfüllte Ich-Es-Beziehung wäre eine Beziehung von Leichen und zugleich das Ende jeder Beziehung, weil sie das Ich der tödlichen Einsamkeit, der Bestimmung zum Mörder, überließe.

Das Subjekt wird jedoch immerfort in subtiler Weise von dem Objekt beeinflußt. Das Benutzte ist das Echo des Benutzers, es bestätigt seine Anwesenheit und Verschiedenheit, indem es jede Homogenität negiert. Das Ich des versachlichenden Ich-Es wird seinerseits versachlicht und wird gewissermaßen zum *Es* des initiierenden *Es*. Diese dialektische Umkehrung wurde von Hegel hervorgehoben und von Brecht in einem Stück, in dem der Diener den Herrn knechtet, anschaulich dargestellt.[7] Selbst eine begrenzte Vereinigung erweist sich als unrealisierbar. Welcher Störfaktor, der das Gleichgewicht der Mutter-Kind-Dyade ständig bedroht, steht dahinter? Das Prinzip der Trennung ist verankert im Prinzip des Anderen, der Anderen. Die erste, die embryonale Trennung, wird durch die Existenz des Dritten, der Mutter und Kind zwingt, sich unterschiedlich zu entwickeln, hervorgerufen.

Nur der Einfachheit halber haben wir bisher harmonische Perioden des Zusammenschlusses mit schwierigen Perioden bru-

6 Martin Buber, *Dialogisches Leben. Gesammelte philosophische und pädagogische Schriften*, Zürich 1947.
7 *Herr Puntila und sein Knecht Matti.*

talen Auseinanderfallens alternieren lassen. In Wirklichkeit folgt die Dialektik von Zusammenschluß und Auseinanderfallen jeden Augenblick ihrem holprigen Rhythmus. Undifferenziertheit und Individualisierung prallen ständig aufeinander. Man könnte allenfalls den verschiedenen Lebensepochen Prädominanzen zuordnen; aber selbst dann bringt man einen lebendigen Prozeß willkürlich zum Stillstand. Auf den ersten Blick scheinen Vater, Brüder und Großeltern, kurz gesagt: die Anderen, in der Monade keine Rolle zu spielen, außer vielleicht, daß sie als Muttterersatz und Beauftragte, die die Anweisungen der mütterlichen Autorität befolgen, fungieren. Eine genauere Analyse bringt jedoch zum Vorschein, daß sie schon sehr früh von großer Bedeutung sind. Wir haben bereits weiter oben, allerdings unter einem sehr ungenauen Aspekt davon gesprochen. Nach Sullivan muß die Wichtigkeit der Überlegung: »Was wird man dazu sagen?« betont werden. Die Mutter hat nicht die Freiheit, das Kind nach ihrem Gutdünken zu behandeln. Mutter und Kind können sich nicht in einen Narzißmus zu zweit begeben, ihre Bedürfnisse gegenseitig vollständig befriedigen und sich wie Philemon und Baucis weltvergessen und ewig beglücken. Die Welt besteht und ruft sich in Erinnerung. Um den Großmüttern zu gefallen, muß die Mutter das Kind säuberlich pflegen; die Gewohnheit zwingt zur Regelmäßigkeit bei der Nahrungsaufnahme und zur Disziplin beim Stuhlgang. Das Kind muß sich diesen Gewohnheiten unterwerfen, um seine Mutter zu belohnen, das heißt, um sie in den Augen der anderen zu belohnen. Dieses sehr enge Verhältnis, in dem die Mutter das Kind wie ein Zierstück ihrer selbst wahrnimmt und die Mutter-Kind-Dyade sich den Bräuchen, das heißt: den anderen gegenüber als Einheit präsentiert, kann dennoch nicht in den Zustand der Undifferenziertheit zurückfallen, solange das Kind widerstandsfähig ist und seine Individualität unerwartet kundtut. Während die Schmerzen der Kindheit sich immer wieder auffrischen, nimmt eine Triade kontinuierlich Gestalt an und konstituiert die erste psychologische Realität des Kindes. Diese Triade wurde von Freud unter ihrem kennzeichnenden Aspekt untersucht: dem Ödipuskomplex.

Der Ödipuskomplex bedeutet für das Kind mit 3 oder 4 Jahren eine erneute Versuchung, das symbiotische Gleichgewicht mit der Mutter wiederherzustellen – dieses Mal über den Umweg der sexuellen Aktivität. Das Kleinkind sucht, zumindest in seiner Vorstellungswelt, die physische Einheit mit der Mutter, und die Mutter sehnt sich nach der Wiedervereinigung mit dem Kind. Die verbietende Intervention des Vaters arbeitet dem entgegen. Unter »verbietender Intervention« verstehen wir nicht notwendigerweise eine *aktive* Intervention. Allein seine Anwesenheit reicht aus, das Faktum, daß er da ist und einen Dritten repräsentiert. »Der Vater bedeutet dem Kind, daß es seine Mutter nicht besitzen kann, und der Mutter, daß sie sich ihr eigenes Produkt nicht wieder einverleiben darf.«[8] Der Vater steht (oder befindet sich) also zwischen dem Bedürfnis und seiner unmittelbaren Befriedigung, er bringt Spannung in die Beziehung.[9] Die Anwesenheit des Vaters impliziert die Unmöglichkeit, sich hier, auf der Stelle, zu vereinigen. Er besiegelt den Unterschied zwischen Mutter und Kind, Mann und Frau, zwischen allen Individuen.

Es wird deutlich, daß der Ödipuskomplex – genau genommen – für uns nur die Vollendung eines Prozesses ist, der früh begonnen hat, so wie die Kastrationsangst nur ein neues, sexualisiertes Gesicht der Trennungsangst ist. Das Kind erwirbt die Fähigkeit, Objektbeziehungen herzustellen, das heißt, daß der andere in einer Beziehung als gewünschtes Objekt verschieden von dem ist, der das Objekt begehrt. In der ödipalen Phase lernt das Individuum, in der triadischen Situation, die seine Identität garantiert, zu leben. Zur gleichen Zeit entdeckt es, teils in depressiver, teils in exaltierter Weise, die fundamentale Entfremdung als Preis für seine Freiheit.

Die grundlegende Struktur der ödipalen Situation darf freilich nicht nur im Hinblick auf die Zeit, in der das Kind seine Erfahrungen mit der Eltern-Kind-Triade macht, generalisiert werden, sondern sie muß auch auf das soziale Feld, in dem es außer der Eltern-Kind-Triade noch andere Triaden gibt, bezogen werden.

8 Jacques Lacan, zitiert von J. C. Trilling in: *Evolution psychiatrique*, 32, 1967, S. 766.

9 G. Deleuze, *Présentation de Masoch*, Vorwort zu *Venus im Pelz* von Sacher-Masoch, Frankfurt, 1968.

Der Prozeß der Persönlichkeitsentwicklung in synchronischer Sicht

Das gesamte Familienleben, Brennpunkt der Interaktionen, in denen die Persönlichkeit sich ausbildet und strukturiert, wird zu einem Ensemble von Triaden, die auf verschiedenen Stufen die ödipale Situation wiederholen. Der kleine Bruder, der als Dritter zwischen Mutter und Kind auftaucht, die Mutter zwischen Vater und Sohn, die Kindergruppe, die in das elterliche Leben einbricht, Großeltern, Verwandte und Freunde, die sich in die Eltern-Kind-Beziehung einmischen: dies alles sind besondere Situationen, in denen der Einfluß des anderen zum Vorschein kommt, Situationen, die die notwendigen und hinreichenden Bedingungen für eine Kommunikation erfüllen.

Das Kind, das Objekt und zugleich Subjekt eines weiten Tauschsystems ist, welches wie alle Tauschsysteme auf Unterschiedlichkeiten beruht, lernt hier, sich zu differenzieren; es entdeckt seine eigene Identität und seinen *Wert*. Tauschen heißt, etwas Gleichwertiges aber Unähnliches für etwas anderes geben. Niemand käme auf die Idee, ein Markstück gegen ein anderes Markstück zu tauschen, es sei denn, diese Geldstücke hätten einen besonderen Wert, wären Einzelstücke und fielen aus der anonymen Serie von Markstücken heraus. Das Kind wird auf den besonderen Wert beim Tausch durch Beobachtung der anderen (der Beziehung zwischen seinen Eltern, Brüdern und Schwestern) und durch seine eigenen Erfahrungen mit den Familienmitgliedern aufmerksam. Unter Tausch verstehen wir hier selbstverständlich auch den Austausch von Worten, Gesten, Objekten und Diensten und somit den Austausch von Gefühlen, bei dem das Tauschobjekt das Selbst ist.

Das Kind definiert sich durch das Beziehungssystem der Familie, insbesondere, aber nicht ausschließlich, durch das elterliche Subsystem. Aus dem Verhalten und der Differenzierung der Familienmitglieder untereinander und ihm gegenüber entwickelt das Kind sogenannte »Identifikationsmodelle«. Das Kind lernt besonders gut, sich selbst in Frage zu stellen, wenn es Gespräche der Eltern oder Verwandten verfolgen kann, in denen sie einander widersprechen und in jedem Satz eine bedeutsame Nicht-Übereinstimmung zum Ausdruck bringen. Die häufige Tendenz bei Eltern, ihre Meinungsverschiedenheiten vor den Kindern zu verbergen, ist ein ausgezeichnetes Mittel zur Begründung von Neurosen. »Weil sie ihre Unterschiedlichkeiten nicht wahrhaben wollten, weil sie sich nicht durch die Ambiguität von Nähe und Distanz bereichern lassen wollten, haben die Gruppenmitglieder die Notwendigkeit des Austausches und die Vielfalt der Kommunikation durch ihre Unifikation abgeschafft.«[10]

Das Kind bildet sich weder nach dem Modell seiner Mutter noch nach dem seines Vaters aus (höchstens, wenn es sich um eine gefährliche und illusorische spiegelbildliche Struktur handelt), sondern nach dem Muster des familialen Beziehungssystems, das die Mitglieder vereint und zugleich ihre Unvereinbarkeiten betont. Die Integration dieser Unterschiede darf nach Tosquelles »nicht systematisch in ihrer kannibalischen Form als Verschlingen [...] dessen, was draußen war, verstanden werden. Seine Beine in den Körper integrieren heißt nicht, die Beine in den Bauch einziehen. [...] Die integrierte Bewegung der Beine erfordert das Zusammenspiel verschiedener Gelenke.«[11] Die Integration kann gelingen und artikuliert werden, wenn die Familienatmosphäre es zuläßt, daß Unterschiede und Konflikte geäußert werden, wenn die Unterschiede nicht als liebeszerstörend empfunden werden, sondern die Liebe selbst diese Verschiedenheiten anerkennt. Alle intrafamilialen zwischenmenschlichen Äußerungen, die das Kind übernimmt und sich zu eigen macht, sind im Grunde von der triadischen Struktur geprägt, die die Persönlichkeit des Kindes charakterisiert. Der dritte Faktor bringt allein durch seine Anwesenheit ein ständiges Ungleichgewicht in die Beziehungen und arbeitet permanent allen Bestrebungen nach völliger Vereinigung entgegen. Er zwingt die beteiligten Personen zum unerträglichen Bewußtsein ihrer Einsamkeit und veranlaßt damit die ausgleichende Kommunikation.

Wenn die Eltern in der Gesamtstruktur eine privilegierte Rolle spielen, so nur in dem Maße, in dem sie die Familie aufgebaut haben und sich als »Baumeister« der Kinder verstehen. Das in der Familie erlernte triadische System ist auf alle Beziehungen übertragbar, die der Mensch im gesellschaftlichen Leben ein-

10 R. Carpentier, *Echec et communication*, in: *Les Hommes devant l'échec*, herausgegeben von J. Lacroix, PUF 1968.

11 F. Tosquelles, *Structure et Rééducation therapeutique*, a.a.O.

geht. Vom Kleinkind bis zum Erwachsenen ist niemand völlig dem Familiennetz verhaftet.

Die Gewohnheit, die man als generalisierten Anderen verstehen kann, beeinflußte schon die Beziehung der stillenden Mutter zum Säugling. Ist nicht das gesamte soziale Leben eine immer wieder neu beginnende Triade? In der Schule, in der Fabrik, auf der Straße, überall müssen wir uns mit der Notwendigkeit der triadischen Situation und ihren beängstigenden Implikationen auseinandersetzen. Die Werte, Regeln und Normen, die uns in jeder Begegnung bewußt werden, die Worte, die wir sprechen, die kodifizierten Gesten, die wir austauschen, und die sozialen Institutionen, die unseren Beziehungen den Rahmen geben, machen die Anwesenheit des Dritten jeden Augenblick deutlich.

In diesem Sinne kann man sagen, daß jede soziale Struktur entfremdend und repressiv ist. Die verbietende Anwesenheit des Vaters in der ödipalen Situation oder, allgemeiner, die soziale Institutuion an sich steht dem Wunsch nach Vereinigung im Wege.[12] Der andere ist der Faktor, der uns zwingt, verschieden zu bleiben, der uns immer wieder auf die unabänderliche Trennung und Isoliertheit verweist. Der soziale Dritte ruft dem Menschen die fundamentale Entfremdung ins Bewußtsein; zugleich gibt er aber den Antrieb zur Überwindung dieser Entfremdung und veranlaßt uns, mit Hilfe der Sprache gegen die Vereinzelung zu kämpfen und so zur gesellschaftlichen Existenz zu gelangen.

In dem Maße, in dem ich innerhalb der Gesellschaft anderen begegne und mit ihnen kommuniziere, stelle ich mich selbst, meine gesellschaftliche Existenz, her. Die Persönlichkeitsentwicklung ist ein sozialer Prozeß. Die Person existiert nur dann, wenn sie mit einer anderen zusammenkommt, von der sie sich unterscheidet und mit der sie sich auseinandersetzt. Sprechen heißt, Konflikte wecken. Erinnern wir uns daran, daß *ich* sagen bedeutet, zu der Vereinigung, die der andere mir aufdrängen will, *nein* sagen. Hier beginnt ein Konflikt; denn der Dialog

12 Man könnte hier einwenden, daß eine Massenkultur die Undifferenziertheit begünstigt. Aber die soziale Institution hat sich von dem, was sie repräsentieren sollte, entfernt. Sie stellt nicht mehr den sozialen Dritten dar, der den Dialog von Individuen direkt beeinflußt, sondern eine erstarrte Form. Wir werden später noch auf diesen Punkt eingehen.

grenzt reziprok zwei Welten gegeneinander ab, meine und deine, die beide voneinander verschieden sind und einander widersprechen. Sprechen heißt aber auch, »Bestätigung geben«.[13] Indem ich meine soziale Existenz durch die Unterscheidung von dir gewinne, bestätige ich dir deine eigene Existenz und bestätigst umgekehrt du mir meine.

Hier lassen sich Parallelen in der Linguistik feststellen. Saussure gab den Hinweis: »Die Phoneme sind in erster Linie Dinge, die einander entgegengesetzt, relativ und negativ sind.«[14] Nur durch ihren reziproken oppositionalen Gehalt werden sie wichtig und bedeutsam. Den gleichen Sachverhalt drückt der Satz aus: »Der Inhalt eines Zeichens ist nicht so wichtig wie die Frage, welche anderen Zeichen sich in seiner Nähe befinden.« Auch die Vorstellungen haben nur dann einen Sinn, wenn sie miteinander in Verbindung gebracht werden; nur ihre gegenseitigen Unterschiede sind von Bedeutung.

Wir wollen darauf näher eingehen. In der Terminologie von Saussure gehören die Vorstellungen zum Bezeichneten (signifié), die Phoneme zur Bezeichnung (signifiant) und das *Zeichen* (signe, das grundlegende Element der Linguistik) definiert sich durch die Beziehung

$$\frac{\text{Bezeichnetes (=Vorstellung)}}{\text{Bezeichnung (=Lautbild)}}$$

»Aber der Satz, daß in der Sprache alles negativ sei, gilt nur vom Bezeichneten und der Bezeichnung, wenn man diese gesondert betrachtet; sowie man das Zeichen als Ganzes in Betracht zieht, hat man etwas vor sich, das in seiner Art positiv ist. Ein sprachliches System ist eine Reihe von Verschiedenheiten des Lautlichen, die verbunden sind mit einer Reihe von Verschiedenheiten der Vorstellungen; aber dieses In-Beziehung-Setzen einer gewissen Zahl von lautlichen Zeichen mit einer entsprechenden Anzahl von Abschnitten in der Masse des Denkens erzeugt ein System von Werten. Nur dieses System stellt die im Innern jedes Zeichens zwischen den lautlichen und psychischen Elementen bestehende Verbindung her. Obgleich

13 M. Buber, a.a.O.

14 F. de Saussure, *Grundfragen der allgemeinen Sprachwissenschaft*, Berlin 1967, S. 142 u. 144.

Bezeichnetes und Bezeichnung, jedes für sich genommen, lediglich differentiell und negativ sind, ist ihre Verbindung ein positives Faktum. Und zwar ist das die einzige Art von Tatsachen, die in der Sprache möglich sind, weil gerade dies das besondere Wesen der Sprache ist, daß sie den Parallelismus zwischen diesen beiden Arten von Verschiedenheiten aufrechterhält.«

Was ist das Individuum anderes als eine kleine, zufällige Besonderheit in der historischen und geographischen Linie der menschlichen Gattung? Isoliert betrachtet, ist das Individuum sinnlos. Was es heraushebt, sind eine Reihe von Zufälligkeiten in seiner Geschichte, einige physische und verhaltensmäßige Züge, sein besonderer Platz, also nur differentielle, negative Elemente. »Das, was mir eigen ist, ist das, was du nicht hast.«

An dieser Stelle wird jedoch die besondere Struktur, die wir *Ich-Du* nennen, wichtig. Ich und Du sind nicht zwei Elemente gleichen Ranges, deren Gegenüberstellung einen negativen Sinn ergäbe. Das eine steht in der ersten Person und das andere in der zweiten. Einer sendet eine Botschaft und der andere empfängt sie. Wenn ich dich apostrophiere, bestätige ich dich, anders gesagt: ich gebe dir eine Bedeutung. Ich und Du bilden eine Beziehung der Bezeichnung zum Bezeichneten.

In der Anthropologie spricht man von einer unteilbaren Einheit, dem »einzig positiven Faktum«, welches für die Linguistik das Zeichen ist. Im Dialog gelangen Ich und Du simultan und durch reziproke Einflüsse zur vollen gesellschaftlichen Existenz. Außerhalb des Dialoges ist das Individuum ein negatives Element, das nur durch die dialogische Struktur zu einem positiven werden kann. Die Reziprozität dieser Struktur, auf die wir schon hingewiesen haben, läßt sich folgendermaßen beschreiben: ›Ich‹ gebe dir etwas, du gibst es mir zurück, indem du eine Bewegung vollziehst, in der du für dich ›Ich‹ wirst. Der permanente Übergang von der Bezeichnung zum Bezeichneten ist charakteristisch für menschliche Beziehungen: die Reziprozität im Dialog.

Diese Besonderheit bringt ein Risiko mit sich. Der ständige Austausch, bei dem jeder abwechselnd Bezeichnung und Bezeichnetes wird, kann in einem Versteckspiel hinter Spiegeln enden, in einem Hinterhalt, wo Ich und Du sich gegenseitig faszinieren und sich in einer täuschenden Vereinigung verlieren, die den Dialog zunichte macht (wenn man gleich ist, hat man sich nichts zu sagen), einer Falle der eigenen Einbildung. Der soziale Dritte interveniert als sichtbarer oder unsichtbarer Zeuge, als Referent. Angesichts der Gesellschaft können Ich und Du ihre Verschiedenheiten nicht leugnen und sind zu einem Austausch von Bedeutungen gezwungen. Ich unterscheidet sich vom anderen (und von der Reihe aller möglichen distinkten menschlichen Äußerungen), so wie sich Du von ihm unterscheidet. Aber Ich und Du haben differierende Verschiedenheiten, da sie aus der Sicht des anderen verschieden sind, da der andere sie verschieden benennt. Der Andere schiebt das Hindernis zwischen die Bezeichnung und das Bezeichnete; er verursacht den Bruch.

Ich und Du realisieren sich in dem und durch den Dialog, indem sie alle dialogischen Möglichkeiten ausschöpfen, und sie bleiben unterschiedlich (ein Dialog erfordert zwei Teilnehmer). Dies kann nur geschehen, weil eine viel weiterreichende Synthese sie umgibt, die wir das *Ich-Du-der-Andere* nennen wollen. Und genau diese Struktur scheint uns letztlich der Forschungsgegenstand der Geisteswissenschaften zu sein.

In dem Dreieckssystem definiert sich jedes Element aus seiner Beziehung zu den anderen und bestimmt sich selbst durch die Anwesenheit der anderen. Ich definiere mich durch den Gegensatz zu dir, und wir definieren uns durch den Gegensatz zur sozialen Gruppe. Umgekehrt hat die soziale Gruppe nur einen Sinn als Einheit, die jeden Einzelnen von uns umgibt, als Rahmen, der uns als Referent dient, als Gattung, deren Spezies wir sind.

Die menschlichen Beziehungen sind ein in ihrer Art soziales und in ihrer Besonderheit interpersonelles Phänomen. Jede Beziehung entsteht mit einem spezifischen anderen, aber immer in Anwesenheit einer Gruppe, die sich aus der Synthese aller interpersonellen Beziehungen definiert. Die Beziehung des Individuums zur Gesellschaft wird stets durch den interpersonellen Bereich hergestellt. Nur durch die Intervention eines anderen Individuums nimmt ein bestimmtes Individuum in einem bestimmten Augenblick zu einer bestimmten Gruppe Kontakt auf.

Hinter dieser Überlegung scheint sich die Möglichkeit der Überwindung des alten Konfliktes individuelle Realität / kollektive Realität zu verbergen. Das liberale Ideal einer individuellen Selbstverwirklichung, das der entfremdenden Gesellschaft entgegensteht, befriedigt uns genausowenig wie das kollektivistische Ideal einer sozialen Selbstverwirklichung, das gegen den Egoismus der Individuen kämpft. Wir sind überzeugt, daß die individuelle Selbstverwirklichung außerhalb der sozialen Gruppe, in der wir mit speziellen anderen Verbindungen kämpfen und in der wir die einzige Quelle unserer Unterschiedlichkeit und Individualität sehen, unmöglich ist. Die soziale Selbstverwirklichung hingegen ist nur dann sinnvoll, wenn sie ein Milieu schafft, das die besonderen Verbindungen erleichtert und zum Durchbruch bringt.

Das zwischenmenschliche System, in dem Ich und Du sich vor dem anderen begegenen, sich als unterschiedliche Wesen wahrnehmen und, vermittelt durch den Dialog, zugleich (und auf einmal) zu ihrer individuellen und sozialen Existenz gelangen, ist ein System der permanenten Bewegung. Die abgrenzenden Strukturen, die dieses System hervorbringt (soziale Institutionen, Regeln, Normen oder interpersonelle Zeichen), sind zugleich vom Veränderungsprozeß abgeworfene Schlacken: Die Überwindung alter Strukturen öffnet den Weg für eine neue Strukturierung.

Bei der Darlegung der Dialektik von Strukturierung (sich entwickelnd, also lebendig) und Struktur (entwickelt, also tot), könnte man auf den Gedanken kommen, daß es sich hier um eine »Dublette« handelt: die der Kultur und der Natur. Die Kultur als Antinatur zu begreifen, wäre in diesem Kontext eine Verschleierung. Die Kultur überwindet und umgibt die Natur; sie verleiht den Dingen – insbesondere den biologischen Prozessen – einen menschlichen Inhalt.

Angesichts des anderen und durch das Engagement in der Interaktion erhalten die Charakteristika meines Körpers einen Sinn und werden für dich und die anderen einmalig. Der spezifische Körper wird zum Symbol für meine Unterschiedlichkeit (und für meine Sterblichkeit). Das »Körperschema«, das heißt, das Gefühl, das ein jeder von seinem eigenen Körper als einem besonderen, vollendeten, vergänglichen hat, und das Bewußtsein seiner Grenzen machen die biologische Körperlichkeit sinnvoll. Das Gefühl des »Körperschemas« bildet sich in den ersten Lebensmonaten aus, es wird jedoch bei und in jeder einzelnen interpersonellen Aktion erneut auf die Probe gestellt.[15]

Die Persönlichkeitsentwicklung, die mit der Geburt – man könnte sogar sagen: mit der Befruchtung – beginnt, ist ein Prozeß ohne Ende. Jeden Augenblick muß sich die Person gegen die zerstörenden, identitätsgefährdenden Kräfte wehren. Die interpersonellen Erwachsenenbeziehungen bedeuten nicht, daß vollendete Personen miteinander verkehren. Daraus ergibt sich, daß in einer Untersuchung der menschlichen Beziehungen die Trennung der synchronischen Sicht (des Hier und Heute, wo zwei Menschen sich angesichts der Gesellschaft begegnen) von der diachronischen Sicht (der Geschichte jedes Individuums) rein willkürlich wäre. In gewissem Maße ist die Gegenwart von der Vergangenheit durchzogen. In der Beziehung, die ich mit einer besonderen Person eingehe, wiederhole ich einen Teil eines alten Dramas. Freud nannte die Prägung der gegenwärtigen Beziehungen durch archaische Modelle »Übertragung«. Der Erwachsene überträgt auf den anwesenden Partner Emotionen, die frühere Partner, insbesondere die Eltern, hervorgerufen haben. Im übrigen ist jedes synchronische Verhältnis zwischen zwei Lebewesen an sich lebendig. Wenn zwei Menschen sich begegnen, ereignet sich mehr als die Wiederholung vorhergegangener Beziehungen; sie verändern sich beide, miteinander und durcheinander. Vergangenheit und Zukunft vergegenwärtigen sich nur durch das interpersonelle Engagement. Mir liegt sehr viel an dem Ausdruck Engagement, da er philosophische, politische und militärische Assoziationen hervorruft; er erinnert an die Schlacht.

Sobald ein Mensch einem anderen oder einer Gruppe begegnet, sobald zwei Gruppen sich begegnen, entsteht ein Tauschsystem, das wie jedes andere Tauschsystem zur Entropie neigt; d. h. es versucht, einen »konfliktfreien« Gleichgewichtszustand auf dem niedrigsten Niveau herzustellen. Tauschen bedeutet, zwischen zwei Dingen eine Gemeinsamkeit errichten. Die Paradoxie des Tausches kann folgendermaßen beschrieben werden: »Ich gebe dir, was du nicht hast, und du gibst mir, was ich nicht habe.« Unsere Verschiedenheit wird bestätigt (wenn wir gleich wären, würden wir nicht tauschen), und zugleich soll diese

15 Dazu die Arbeiten von S. Schilder, *L' Image du corps*, Paris.

Differenz ausgeglichen werden. Wir wollen zu einem Punkt kommen, wo der Tausch vollzogen und beendet ist, wo wir das gleiche Informationsniveau, die gleichen Besitztümer, die gleiche Selbstverwirklichung erlangt haben, und wo wir konsequenterweise Träger der gleichen Werte sind, die nichts mehr auszutauschen haben. Der Tausch enthält die Bedingungen für seinen eigenen Untergang. Die Anwesenheit eines Dritten, der als Referent dient (und der selbst dem Prinzip der permanenten Veränderung unterworfen ist), bringt einen Störfaktor in das System, der zu immer neuem Austausch zwingt. Der Dritte ist Garant und Quelle der partikularen Werte, er verwaltet die Differenzen, die zwischen zwei Interaktionspartnern aufrechterhalten werden. Diese Differenz ist für jeden Beteiligten als individuelle psychologische Realität erfahrbar. Sie äußert sich als Angst vor Verlassenheit, durch Zustände völliger Verzweiflung oder fundamentale Trennungsangst. Um diese Ängste zu bewältigen, um die primären Bedürfnisse (nicht zu leiden) zu befriedigen, versucht der Mensch, mit einem anderen ein einheitliches Paar zu bilden. Aber durch die triadische Struktur, durch die Spannung, die der Dritte hervorruft, ist das zwischenmenschliche System zur Bewegung verdammt. Anders gesagt, wenn das Verlangen nach einer dualistischen Vereinigung zur menschlichen »Natur« gehört, dann gehören Verschiedenheit und Interaktion zur Rangordnung der »Kultur«. Menschliche Beziehungen, die unsere individuelle Existenz sinnvoll machen, sind ein *Produkt*, das die *Kultur* der *Natur* abgewonnen hat und das außerhalb des sozialen Kontextes, in dem die Beziehungen sich entwickeln, völlig unverständlich ist.[16] Dies erfordert den Zusammenschluß der Geisteswissenschaften, die bisher gespalten waren in Individualpsychologie, die die intra-

16 In einem neueren Artikel hat Ph. Rappart folgenden Gedanken von Marx zitiert: »Was heute Arbeit genannt wird, ist nur der widerwärtige und gefährliche Teil der Produktion, den Religion und Moral mit dem Namen Arbeit beehren, und unter diesem Namen wagen sie, alle möglichen Lehren anstelle des Segens zu verbreiten. [...] Die Moral der Welt, in der wir leben, hütet sich, auch die angenehmen und freien Aspekte der Beziehungen zwischen den Menschen als Arbeit zu bezeichnen.« Zitiert von Ph. Rappart in: *Aspects théoriques et pratiques sur la mixtité*, in: *Information psychiatrique 44*, Nr. 7, 1968, S. 650. Von »Beziehungsarbeit« sprechen heißt nicht, sich mit einer freiwilligen Moral, die auf den Imperativen der Produktion in einem Ausbeutungssystem beruht, identifizieren.

psychische Dynamik erforschte, Sozialpsychologie, die sich mit Gruppenphänomenen beschäftigte, und Soziologie, die soziale Institutionen untersuchte, zu einer allgemeinen anthropologischen Theorie, deren Ziel die Erforschung der »menschlichen Gemeinschaft« sein müßte. Unter »menschlicher Gemeinschaft« verstehen wir eine Struktur (besser gesagt: ein sich strukturierendes System), in der die Individuen durch die Botschaften (verbale, affektive, körperliche, ökonomische etc.), die sie innerhalb eines institutionellen Kontextes austauschen, eine Bedeutung erhalten.

»Menschliche Gemeinschaft« kann das Kommunikationsgewebe innerhalb einer Familie, eines Gebäudes, eines Unternehmens, einer pflegerischen oder pädagogischen Institution oder der Gesamtgesellschaft sein. Entscheidend ist die Anwesenheit eines Dritten, d. h. des institutionellen Rahmens des betreffenden Systems (die Gesamtheit der anderen »Individuen« und die Vereinbarungen und Regeln, die ihren Verkehr miteinander kontrollieren), sowie die Abfolge von »signifikanten Oppositionen«, kurz: eine »Ich-Du-der-Andere«-Strukturierung. Die drei konstitutiven Elemente erhalten erst dann einen Sinn, wenn sie aufeinander bezogen werden. Ich bin ich, weil ich du zu dir sagen kann, und umgekehrt. Aber die Interaktion ist nur möglich, weil wir verschieden sind, d. h. weil wir uns unter den Augen eines Dritten, eines Referenten, der uns als Verschiedene wahrnimmt, begegnen. Dieser Dritte hat seine Bedeutung wiederum durch die Tatsache, daß er sich zwischen uns befindet, daß er mit uns die drei Pole eines Dreiecks bildet und mit unserer Wirklichkeit konfrontiert wird.

Die menschlichen Paradoxien

Eine Reihe von Paradoxien, die konstitutiv für die sogenannte »Conditio humana« sind, beherrschen die oben definierten »menschlichen Gemeinschaften«. Während des ganzen Exposés haben sie zwischen den Zeilen eine Rolle gespielt. Jetzt wollen wir sie zusammenfassen, indem wir an eine für diesen Sachverhalt bedeutsame Formulierung von Oscar Wilde erinnern: »Der Weg der Paradoxien ist der Weg der Wahrheit. Nur wenn Wahrheiten als Seiltänzer erscheinen, kann man sie richtig erfassen. Um die Wirklichkeit zu begreifen, muß man sie auf dem gespannten Seil sehen.«[17]

a) Die Paradoxie der Kommunikation

Ich spreche, weil ich getrennt bin. Also spreche ich, um die Kluft zu überwinden, die mich vom anderen trennt; aber während ich spreche – und durch meinen Sprechakt –, mache ich diese Kluft erst zu einer Realität. Jede Kommunikation enthält also eine Falle. »Kommunikation des Bewußten wird nur dann Wirklichkeit, wenn in der Struktur die eigene Falle enthalten ist.«[18]

b) Die Paradoxie des Dialogs

In dem Maße, in dem ich anderen begegne und mit ihnen interagiere, erwerbe ich eine autonome Existenz. Meine Freiheit und meine Unabhängigkeit können mir nur durch andere gegeben werden. Man könnte ebensogut sagen, daß ich von dem anderen abhängig bin. Indem ich dem anderen meine Anwesenheit bestätige, bestreite ich seine Anwesenheit (ich begrenze den »Bereich seiner Möglichkeiten«), und dennoch ist diese Anwesenheit für mich notwendig.

c) Die Paradoxie der Nähe

Die Erfahrung der Interaktion ist zugleich die Erfahrung ihrer Grenzen. Je näher ich dem anderen bin, je mehr wir uns einander offenbaren, desto stärker bemerken wir gegenseitig unsere Undurchschaubarkeit und unsere unheilbare Trennung.

d) Die Paradoxie des Todes

Diese Paradoxie steht über allen anderen. Charles Morgan hat diese Ehe von Eros und Thanatos besonders deutlich beschrieben. In einem *Epitaph on George Moore*[19] bezeichnete er die »Kunst, die Liebe und den Tod [...] als drei Aspekte der gleichen instinktiven Kraft, [...] die den Menschen immer

17 O. Wilde, *Das Bildnis des Dorian Gray,* Berlin 1912.
18 R. Carpentier, a.a.O.
19 Zitiert von René Lalou, Vorwort zu *Sparkenbroke,* 1945.

wieder zu neuer Schöpfung treibt.« Erinnern wir uns an die Verse, die Lord Sparkenbroke an der Front seines Grabgewölbes eingravieren ließ:

»Wer klagt? Ein Narr mit totem Blick
Der weint umsonst um Sparkenbroke.
Bewein Dein eigenes Exil und nicht mein Leben.
Mit der Erde als Mutter, dem Schlaf als Frau,
Hier im Schoß ist der Winter Frühling.
Wer bleibt? Ein Narr. Wer klopft? Ein König.«[20]

Der Tod, Paradoxie der Paradoxien, erscheint uns als letzte Trennung und zugleich als wohltuende Erholung von allen anderen Trennungen. Um noch ein wenig an den nebeligen Ufern der englischen Literatur zu verweilen, erinnern wir uns an den düsteren Heathcliff in *Wuthering Heights*. Nachdem er im Leben und dann durch ihren Tod von Catherine Earnshaw getrennt war, besticht er den Totengräber und beschwört ihn, ein versetzbares Brett an dem Sarg seiner Geliebten und später auch an seinem eigenen anzubringen. Er plant, sich neben Catherine beerdigen zu lassen. Dann sollen die beiden Bretter entfernt werden, damit die beiden Liebenden in der gemeinsamen Verwesung miteinander verschmelzen können. Auf diese Weise will er den Dritten, hier verkörpert durch Catherines Ehemann, zum letzten Mal düpieren. – Die symbiotischen Bestrebungen suchen, die Unausweichlichkeit des Todes zu verschleiern und zugleich das System in ewiger Immobilität zu halten. Sie beschleunigen den Tod, den sie gleichzeitig negieren.

Die Dynamik der Soziopathie

Es ist nicht leicht, allein, als Seiltänzer in einer schwindelerregenden paradoxalen Welt zu leben; es ist nicht leicht, im Angesicht des Todes, mit der Antizipation seines eigenen Todes, sterbend zu leben. Der Mensch kämpft mit zahlreichen Waffen gegen die Unausweichlichkeit der Trennung – die Vertreibung

20 Ch. Morgan, *Sparkenbroke*, 1945.

aus der Ruhe des Mutterschoßes in die endgültige Vernichtung – und gegen die damit zusammenhängende Trennungsangst. Diese Waffen können durch das Begriffspaar Vereinigung-Verwerfung (forclusion), die tödliche Gefahr, die den »menschlichen Gemeinschaften« auflauert, ausgedrückt werden. »Forclusion« bedeutet in den Rechtswissenschaften, jemanden von dem Recht ausschließen, etwas zu produzieren, kurz, ihm das Wort verbieten. Jacques Lacan hat dem Begriff Bedeutung verliehen, als er »die generelle Zurückweisung eines wichtigen Zeichens (z. B. des Phallus als Zeichen für den Kastrationskomplex) aus dem symbolischen Universum eines Subjektes«[21] eine »Verwerfung« nannte.

Wenn ein zwischenmenschliches System versucht, der Konfrontation mit dem Dritten zu entgehen, um in der Vereinigung zur Ruhe zu kommen, geschieht unserer Ansicht nach das gleiche. Der Dritte soll »verworfen« werden, er soll aus dem symbolischen Bereich entfernt werden. Wenn das Zeichen der Unterschiedlichkeit verschleiert ist, können Ich und Du sich vereinigen oder sich Vereinigung vorstellen.[22] Die »Verwerfung« des Dritten bedeutet, die Wirklichkeit um ihren Sinn zu bringen, »so zu tun«, als ob es keine Unterschiede gäbe, sich in die Phantasie zu flüchten. Der »verworfene« Dritte ist nicht zerstört; er überlebt in Form einer toten Institution, eines lästigen Relikts, das den sozialen Konformismus fördert und jede Veränderung verhindert. Hier könnte man die hervorragende Formel Kropotkins anwenden: »Des Rätsels Lösung ist eine kristallisierende Aufzeichnung der Vergangenheit, die niedergeschrieben wird, um die Entwicklung der Zukunft abzuwürgen.«

Die verzweifelte Suche nach Vereinigung, die mit der Verwerfung des Dritten bezahlt wird; das Eintauchen in undifferenzierte Reflexe, wo alles »gleich« ist, sind der Grund für die schmerzhaften Verkrampfungen der »menschlichen Gemeinschaften«, die wir »Soziopathie« nennen wollen. Tut ein Delinquenter nicht so, »als ob« die Gesellschaft nicht existiere, »als ob« sein Opfer für die Befriedigung seiner Wünsche be-

21 Laplanche/Pontalis, *Das Vokabular der Psychoanalyse*, Frankfurt 1972.
22 Laplanche präzisiert bei der Erklärung der Halluzination, daß das, was aus dem symbolischen Bereich verworfen ist, im realen wieder auftaucht, als ob ...

stimmt wäre, wenn er sich der sozialen Normen und der repressiven Möglichkeiten der Gesellschaft für kurze Zeit nicht bewußt ist und beschließt, sein Opfer zur eigenen Befriedigung zu »benutzen«? Der Psychotiker, der sich aus der Welt zurückzieht und die Existenz der anderen verleugnet, sich aber von denjenigen, in denen er sein eigenes Abbild sieht, faszinieren läßt, der Narziß, der sich über sein Spiegelbild beugt und sich darin ertränkt, versuchen sie nicht, den »anderen« zu verwerfen und sich mit einem Doppelgänger zu vereinigen? Ein Psychotiker sagte: »Wenn alle so wären wie ich, meine Doppelgänger, dann könnte ich es aushalten. Aber hier sind alle verschieden, und weil die Leute so verschieden sind, reden sie miteinander. Der eine sieht es so, und der andere sieht es anders. Das macht mich schizophren.« Ein anderer, der sich jahrelang hinter Schweigen vergraben hatte, und dem auf die Frage nach seinem Alter die Antwort »33 Jahre« herausgerutscht war, hielt sich den Mund zu, als hätte er etwas Unpassendes gesagt. Es war tatsächlich unpassend, denn er hat durch die Sprache seine Unterschiedlichkeit bezeugt; er hat aller Welt erlaubt, wie er zu sein und alles von ihm zu wissen.

Haben umgekehrt nicht Verrückte und Delinquente eine bestätigende Funktion für die Gesellschaft der »normalen« und »ehrlichen« Leute? Durch ihre Eigenartigkeit geben sie jedem die Möglichkeit, sich in eine dualistische Struktur (eine Dublette) einzuordnen: verrückt – nicht verrückt, delinquent – ehrlich. Schließlich können die »Normalen« sich in einem großen Zusammenhang vereinigen, von dem der Delinquente ausgeschlossen ist, seines Sinnes beraubt und für eine »Anomalie« gehalten, ein Unfall in der gradlinigen Entwicklung des gesellschaftlichen Konformismus.

Das Konzept der Soziopathie deckt eine Reihe von Situationen, die bisher in Gut und Böse aufgespalten waren. Es zerstört den anekdotischen Charakter des abweichenden Verhaltens und sieht es als kennzeichnendes Phänomen der menschlichen Gemeinschaft, die die Delinquenz selbst erzeugt, unterhält und ständig bereichert. Claude Lévi-Strauss schreibt dazu: »Die ›Kranken‹ geben nur den Zustand einer Gruppe wieder und machen diese oder jene Konstante offensichtlich. Ihre im Vergleich zu einem Teilsystem periphere Position verhindert nicht, daß sie mit gleichen Ansprüchen integrierter Bestandteil des Gesamtsystems sind. Genauer gesagt, wenn es diese fügsamen Mittler nicht gäbe, würde das Gesamtsystem Gefahr laufen, in Teilsysteme zu zerfallen.«[23]

Es wäre falsch, die soziopathische Situation als »Beziehungstod« zu bestimmen. Diese Krankheit beinhaltet eine Entwicklung; ihre Dynamik ist sogar ihr Charakteristikum, die Reaktionskette, die ständig durch abweichendes Verhalten und Zurückweisung ausgelöst wird. Durch sein Verhalten ruft der Delinquente in seiner Umgebung oder der Gesamtgesellschaft Reaktionen hervor. Wir müssen uns hier natürlich von allen ätiologischen Vorurteilen frei machen. Sich zu fragen, wer angefangen hat, ich, du oder der andere, das psychotische Individuum, seine Mutter oder die Gesellschaft, ist völliger Unsinn, wenn man die Zusammengehörigkeit der triadischen »Gemeinschaft« anerkennt. »Uns interessiert nicht der Ursprung der Störungen, ob sie von Körper, Geist oder durch soziale Spannungen hervorgerufen werden. Wir müssen die Geisteskranken als Bestandteile kollektiver Gemeinschaften ansehen und ihre Situation strukturell erfassen.«[24]

Der Delinquente hat die Brücken zur Gesellschaft nicht abgebrochen, er bleibt durch zahlreiche Fäden mit ihr verknüpft; so angespannt diese auch sein mögen, sie vermitteln eine Menge Botschaften. Alles sieht so aus, als hätten die Delinquenten einen Pakt mit der Gesellschaft geschlossen, um das gesellschaftlich notwendige abweichende Verhalten zu garantieren. Th. Scheff[25] hat diesen Teufelskreis beschrieben. In seinem theoretischen Modell beginnt ein Individuum aus irgendeinem Grunde, oft auch zufälligerweise, ein ungewöhnliches Verhalten auszudrücken. Der Ursprung dieses Verhaltens ist die allgemeine Tendenz, manchmal und heimlich Regeln zu verletzen. Wir alle sind *residual rule breakers* (d. h., wir alle sind Kandidaten für die Vereinigung und für die Verwerfung des Dritten). Die Regelverletzungen laufen in ähnlicher Weise ab, wie die in der Natur häufig anzutreffenden Mutationen. Wenn die Umgebung »verstärkend« wirkt, wird das ungewöhnliche Verhalten vertieft. Meistens projizieren die Personen, die die

23 Cl. Lévi-Strauss, *Introduction à l' œuvre de Marcel Mauss,* in: *Marcel Mauss. Sociologie et Anthropologie,* PUF 1960.

24 R. Bastide, *Sociologie des maladies mentales,* Paris 1965.

25 Th. Scheff, *Being Mentally Ill. A Sociological Theory,* Aldine ed. 1967.

Umwelt darstellen, ihre eigenen Probleme und Schwierigkeiten auf das ungewöhnliche Verhalten. Die Verstärkung kann auf verschiedene Weise wirksam werden, z. B. durch rigide Zensur, die auf Verdrängungen beruht. Die amerikanischen Soziologen nennen eine andere Möglichkeit, den *labeling process*. Der potentielle Abweichler ist als solcher gekennzeichnet. Die Gruppe erwartet charakteristische, abweichende Aktivtäten von ihm. Sie bringt eines ihrer Mitglieder dazu, die Rolle des Delinquenten zu übernehmen. Diese Rolle ist uns allen mehr oder weniger bekannt. Wir erlernen sie unter anderem durch die Massenmedien. Jeder weiß, wie ein Verrückter aussieht und was er zu tun hat; jeder kennt das Verhalten eines jungen Delinquenten. Wenn wir uns dazu veranlaßt sehen, diese Rolle zu übernehmen, haben wir uns die virtuellen Modalitäten schon angeeignet; wir haben sie zur gleichen Zeit wie das sozial anerkannte Verhalten und als negative Umkehrung dieses Verhaltens gelernt. Zu dem Kind, das aus Spaß die Norm verletzt, sagt man: »Du benimmst dich wie ein Verrückter oder wie ein Straßenjunge!«

M. Opler macht darauf aufmerksam, daß die Gesellschaft nicht nur verbietet, sondern auch vorschreibt.[26] Der Mensch kann, ob krank oder gesund, nur in Übereinstimmung mit einer bestimmten Anzahl soziokultureller Variablen, die wiederum mit ökonomischen Erfordernissen zusammenhängen, zu seinem Ziel kommen. Genau wie der weiseste Konformist hat auch der Delinquent seine Rolle von der Gesellschaft gelernt. Jedes abweichende Verhalten wird durch eine bestimmte Kultur induziert, produziert und schließlich stigmatisiert; es ist keine archetypische, parasitäre Einheit. In dem Maße, in dem er sich der Rolle des idealen Abweichenden nähert, intensiviert der Patient den *labeling process*. Wenig später wird er zum Psychiater oder zum Psychologen gebracht und von der Gesellschaft definitiv als Verrückter etikettiert. Der Spezialist wird ihn nach einem elaborierten Code benennen. Die Reaktionen seiner Umgebung werden zunehmend durch die Etikettierung bestimmt; sie sind nun nicht mehr frei und spontan, sondern rigide und kodifiziert oder zumindest auf dem Wege der Kodifizierung. Eltern kommen zum Beispiel mit der Frage zum

26 M. K. Opler, *Culture and social Psychiatry*, New York 1967.

Psychiater, »wie man sich einem Kranken gegenüber verhält«. Es ist bemerkenswert, daß eine solche Frage in unserem täglichen Leben und in den einfachsten Beziehungen niemals auftaucht. Sie ist bezeichnend für einen Spontaneitätsverlust, für unsere Störung und unsere Entfremdung. Manchmal wird der Patient in eine Anstalt eingeliefert, wo er sich in die besondere Mikrokultur der Geisteskranken einfügt und als Eingekerkerter die Rolle des offiziellen Delinquenten übernimmt. Er lernt durch das Pflege- oder Aufsichtspersonal die Wir-Sie-Beziehung kennen, eine Beziehung, die seine Schwierigkeiten im Umgang mit der Außenwelt ganz klar macht. Erving Goffman hat in seinem Buch *Asyle*[27] eine überzeugende Darstellung von diesen Vorgängen gegeben. Die oben beschriebene Beziehung kann mit einem Initiierungs- oder Erziehungsprozeß verglichen werden. Goffman zeigt, wie alle Anstrengungen der Institutionen darauf hinauslaufen, das Subjekt zu entpersonalisieren, ihm jeden Kontakt zur normalen Gesellschaft zu zerstören, um es in die neue Rolle hineinzuzwängen. Gefesselt durch sein Krankheitsbild und durch die institutionellen Zwänge, endet der Abweichende in »chronisch abweichendem Verhalten« oder, wie Goffmann es nennt, in der *Career Deviant Role,* der Karriere des Abweichlers. Dennoch hält er die Interaktion mit seiner Umwelt aufrecht, manchmal um seine pathologische Beziehung zu den anderen zu vermindern, und manchmal um sie zu verstärken. Die verzweifelte Verkrampfung ist charakteristisch für die Situation des Soziopathen. Wir vermuten, daß ein Vergleich zwischen Delinquenten, Selbstmördern, Arbeitsscheuen, Geisteskranken, Clochards, Obdachlosenfamilien etc. mehr hervorbringt als einheitliche biographische Muster, mehr als eine symptomatische Gemeinsamkeit, die so viel Allgemeingültigkeit hat, daß sie kleine Differenzen verdecken kann, mehr auch als verwandte soziale Reaktionen. Wir vermuten, daß der Vergleich darauf schließen läßt, daß alledem eine identische soziopathische Situation zugrunde liegt, eine Leidensverbindung zwischen dem Zurückweisenden und dem Zurückgewiesenen – leidend ist sie, weil sie den verzweifelten Versuch markiert, in der Vereinigung und durch die Verwerfung die Realität der Trennung und des Todes zu verleugnen.

27 E. Goffman, *Asyle,* Frankfurt 1972. Siehe auch Kapitel III dieses Buches.

Jede interpersonelle Beziehung beginnt mit Leiden – der Trennungsangst – und gewinnt durch eine Arbeit, die auf den vereinigenden Kräften beruht. Um diese Arbeit zu erleichtern, spezialisiert die Gesellschaft eine gewisse Anzahl von katalysierenden Agenten, deren Rolle darin besteht, den Ablauf der ständig gefährdeten Dynamik zu gewährleisten; manchmal nennt man sie Psychiater, und bedauerlicherweise tendiert man dazu, sich auf ihren Meinungen auszuruhen.

Formen der Soziopathie

Wir haben versucht, einen Kontext herzustellen, der den Delinquenten in seinem sozialen Bezugsrahmen beläßt und eine Verbindung zwischen verschiedenen Kategorien schafft. Wir wollten auf eine Form der psychotherapeutischen Praxis hinweisen, die von den Gemeinsamkeiten bei den Problemen der Delinquenz, der Geisteskrankheiten und des Alkoholismus ausgeht.

Es scheint uns interessant, das Phänomen der Soziopathie in drei Richtungen zu verfolgen, die in jeder zwischenmenschlichen Beziehung vorkommen können.

Die erste wäre schlicht und einfach der Tod des Systems, das quasi totale Fehlen von Beziehungen und Austausch im Innern des Systems. Das Beziehungsnetz, das den älteren Schizophrenen, der im Asyl stumm und abgeschlossen in seinen Selbstgesprächen verharrt, mit der übrigen Gesellschaft verbindet, kommt diesem »Ideal« sehr nahe. Trotzdem bringen unvermutete Restbestände der Interaktion auch solche Kranke mit den Pflegern oder anderen Kranken zusammen.

Die zweite Richtung ist die der »narzißtischen Objektbeziehung«[28], wie die Psychoanalytiker sagen, d. h. die Verschmelzung von Ich und Du in einer unendlichen, phantastischen Spiegelwelt, in der der Blick nur noch Doppelgänger, die sich ewig widerspiegeln, wahrnimmt. Die Familien von Psychotikern bieten oft dieses beängstigende Schauspiel von kaleidoskopischen Spiegelungen, das an *Die Dame aus Schanghai* von Orson Welles erinnert.

28 Dazu: J. Guyotat, *Aspects du narcissme dans les psychoses*, angekündigt in *L' Evolution psychiatrique*.

Die dritte Möglichkeit korrespondiert mit der »Beziehung zum Partialobjekt« nach der Freudschen Terminologie oder dem »Ich-Es« bei Martin Buber, wo du für mich zu einer Sache wirst, zu einem Objekt, über das ich beliebig verfügen kann, das mir unterworfen ist, eine Verlängerung meiner selbst auf die gegenständliche Welt projiziert, mit der ich nur operationalisierte Beziehungen eingehen kann. Wir haben schon auf den Umschwung hingewiesen, der sich bei dieser Art und Weise, den anderen zu beeinflussen, einstellt und mit dem Tod des Objektes endet. Wenn die Modalität der Soziopathie den Delinquenten (und auch den Neurotikern, die ihre Umwelt unterdrücken) eigen ist, dann muß man dazu sagen, daß sie einige völlig »normale« Aspekte unserer Konsumgesellschaft kennzeichnet.

Kaum haben wir die drei Richtungen oberflächlich erwähnt, merken wir, daß sie sich in einem weiten Spektrum organisieren und mit großer Härte von den Objektbeziehungen der Erwachsenen (Ich-Du) zu den Beziehungen zu Partialobjekten, dann zu den narzißtischen Objektbeziehungen und schließlich zum Beziehungstod übergehen. Jedes zwischenmenschliche System kann sich auf den verschiedenen Entwicklungsstufen in die eine oder andere dieser Zonen begeben; jedes zwischenmenschliche System schwebt in Todesgefahr, besitzt aber eine strukturelle Lebens- und Entwicklungsfähigkeit (die triadische Struktur). Mit anderen Worten: man kann sagen, daß in jedem zwischenmenschlichen System, in jeder Gemeinschaft, ein Prozeß in Gang ist: die Sprache, die die Differenzierung ermöglicht. Dieser Prozeß ist dadurch gekennzeichnet, daß die Strukturen zwischen drei signifikanten Gegenspielern, die die Gemeinschaft konstituieren, immer wieder zurechtgerückt werden, daß die Aufrechterhaltung der Unterschiedlichkeiten garantiert wird, und daß die Interaktion in einem schmerzhaften, aber notwendigen Ungleichgewicht fortgeführt werden kann. Andererseits ist jede menschliche Gemeinschaft Fusionsbestrebungen unterworfen, die auf das gesamte System einen soziopathischen Einfluß ausüben. Der Dritte wird ausgeklammert, sein symbolischer Wert wird ihm entzogen, er wird zu einem starren Gesetz, einer toten Form, die die Anpassung nahelegt.

Wir haben uns die ganze Zeit auf die Freudsche Terminologie

gestützt, müssen sie aber ständig korrigieren, indem wir einen interpersonellen oder Gruppenfaktor hinzuziehen. Die Beziehung zum Partialobjekt oder die narzißtische Objektbeziehung und sogar der Beziehungstod beschreiben nicht den Zustand eines Individuums, sondern ein bestimmtes Organisationsniveau der Gemeinschaft. Wenn Ich und Du in das Ich-Es herabsinken, ist das eine reziproke Handlung. Jeder Partner wird durch den anderen »verdinglicht«, und zwar in einem Kontext, der diese »Dinglichkeit« erlaubt und begünstigt. Das heißt: Die menschlichen Gemeinschaften produzieren durch ihre Veränderungen im Lauf der Zeit die Bedingungen ihrer eigenen Entwicklung und ihres Untergangs.

Die Soziopathologie der Arzt-Patient-Beziehung

Die Theorie soll anhand der Untersuchung der therapeutischen Beziehung, insbesondere der Arzt-Patient-Beziehung, verdeutlicht werden. Letztere bietet ein ausgezeichnetes Beispiel für die menschlichen Gemeinschaften, die dem Gesetz der »Beziehungsarbeit« unterworfen sind und von den Gefahren einer soziopathischen Entwicklung bedroht sind. Der Arzt führt den Körper in die interpersonelle Dialektik ein. Körper heißt hier ein kleines Stück von dem Tode, der mich immer begleitet: mein kranker, schwacher und sterblicher Körper, die biologische Differenzierung, die sich in der Undifferenziertheit der Verwesung aufheben wird. Claude Bernard hat die Gesundheit als das Leben in der Stille der Organe definiert. In diesem Sinne leben wir, vor allem in der westlichen Kultur, als ob wir keinen Körper hätten, in einer Art Symbiose mit uns selbst und der inneren Repräsentanz des anderen. Der Körper ist ein Es, ein Ding, mit dem die Phantasie nichts anfangen kann, das fast in Vergessenheit geraten ist. Der westliche Intellektuelle ist ein Kopf ohne Körper. Aber plötzlich erhebt dieses Ding seine Stimme und sprengt das harmonische Konzert, stört unsere friedliche Einheit mit uns selbst und vernichtet unseren Traum von der Unsterblichkeit. Die Vorahnung eines vergänglichen Körpers ist die Ankündigung des Todes. (Ein Kranker sagte: »Der Körper wird alt, das ist ja verständlich; aber der Geist, der Geist altert nie« – eine schöne Art, von der Unsterblichkeit zu träumen.) Jede Krankheit und jedes Leiden weckt die Trennungsangst und ist im Grunde Trennungsangst, eine fürchterliche Vorahnung der Einsamkeit und des Todes (und der Einsamkeit im Tode).

Es ist verständlich, daß die Arzt-Patient-Beziehung als Paradigma für therapeutische Beziehungen benutzt wird. Implizit oder explizit ist sie durch den Körper vermittelt, der der tödlichen Trennung am nächsten steht und als Aushängeschild für Unterschiedlichkeiten fungiert. In jeder Soziopathie dreht sich alles um die Triade und die Symbiose. Das gilt auch für die Arzt-Patient-Beziehung; denn sie ist wie alle anderen triadisch strukturiert.

Arzt und Patient bestimmen sich gegenseitig, geben sich gegenseitig einen Sinn, sie bilden ein Paar »distinkter Oppositionen«, die sich in reziproker Weise »bezeichnen«. Wenn es keine Kranken gäbe, gäbe es keine Ärzte. Ist es paradox zu behaupten, daß es keine Kranken gäbe oder zumindest nicht das, was wir Kranke nennen, wenn es keine Ärzte gäbe? Die Anwesenheit des Arztes verleiht der Soziopathie einen besonderen Ausdruck. Die Eröffnung einer Anstalt für Geisteskranke ruft »psychiatrische« Pathologien hervor, die der Psychiater sicher nicht verursacht hat (dieser Vorwurf wird oft gemacht); aber durch die Konfrontation nimmt das Leiden eine andere Sprache an, es stellt sich anders dar als vorher (permanente Arbeitsunwilligkeit, Alkoholismus oder Delinquenz). Diese signifikante Durchkreuzung von Arzt und Krankem kann nur deshalb stattfinden, weil die Gesellschaft sich einschaltet und Arzt und Patient einen Status, eine Rolle, eine spezifische Funktion zuweist; zugleich definiert sie sich selbst als »Gesellschaft von Gesunden und Nicht-Ärzten«.

Die Soziologen behaupten, krank sein heißt, bestimmte Verpflichtungen übernehmen (technische Hilfe suchen, sich den Anweisungen des Technikers fügen etc.).[29] Es heißt auch, sich einer bestimmten medizinischen Ideologie unterwerfen, die selbst in einem dialektischen Verhältnis zu den Sozialstrukturen steht. Die Gemeinschaft akzeptiert das Engagement des

29 Dazu: Parsons, *Illness and the Role of the Physician*, in: *American Journal of orthopsychiatry*, 21, 1951, S. 452-460; E. Erikson, *Patient Role and Social Uncertainty*, in: *Psychiatry* 20, 1957, S. 263-274, und vor allem die Arbeit von Parsons *Patients physicians and Illness*, Glencoe 1958.

Kranken in seiner Rolle nur dann, wenn es sich um einen »echten« Kranken handelt; d. h. wenn sein Verhalten nach den üblichen Normen und Werten ein morbides Verhalten ist. Um nicht nur von eindeutigen Fällen zu reden, wollen wir an die bekannten Variationen dieser Werte und Normen erinnern, wenn es darum geht, Selbstmord, Delinquenz, Alkoholismus und jetzt auch Neurosen oder Psychosen zu definieren.
Arzt sein bedeutet, soziale Sanktionen erfahren, einem Regelsystem unterworfen sein (den Gesetzen der Sittenlehre); aber es bringt auch Privilegien mit sich, die zumindest darin bestehen, daß man anderen ungestraft ein Messer in den Körper stoßen darf. Der Arzt ist der einzige, der, beispielsweise bei chirurgischen Eingriffen, das Recht hat, andere zu »verletzen«, ohne verfolgt zu werden. Seit es in den industrialisierten Ländern verschiedene Arten der Krankenversicherung gibt, ist die Anwesenheit des Dritten in der Arzt-Patient-Beziehung noch greifbarer geworden. Sie materialisiert sich in Form von verschiedenen »Attesten«. Die Regeln des Gesundheitsamtes verpflichten dazu, ansteckende Krankheiten und Todesfälle unverzüglich bei den sozialen Körperschaften zu melden. Die Arzt-Patient-Beziehung ist heute mehr denn je eine triadische Beziehung, in der der Arzt, der Kranke und die Gesellschaft miteinander interagieren.
Ist das aber nicht schon immer so gewesen? Schon zur Zeit des Hippokrates haben die geltenden Regeln dem privaten Dialog von Therapeut und Klient den Stempel der Öffentlichkeit aufgedrückt. Selbst die Gesundbeter sahen sich durch die Aufgaben und Regeln, die ihnen ihre charismatische Funktion auferlegte, in ihrer Machtausübung eingeschränkt. Der Ausbruch der Pest in Theben war ein soziales Problem.
Die Kliniken sind aus einer politischen Einstellung heraus entstanden, die Scharlatane verdammt. Sie bringen das uns allen wohlbekannte medizinische Monopol mit sich. Der Gesundheitsrat ist schon in der pathologischen Anatomie von Bichat enthalten. Der Dritte war also schon immer Bestandteil der Arzt-Patient-Beziehung. Gesundheit und Krankheit können genausowenig wie der Tod zu einer privaten Angelegenheit erklärt werden.
Die Arzt-Patient-Beziehung, die lange Zeit dem Wahn des »Einzelgespräches« verfallen war, ist eine Dreierbeziehung, die

sich nur auf einer sozialen Plattform materialisiert und streng von der Gruppe kontrolliert wird. Man könnte daraus schließen, daß der Arzt die Vermittlerfunktion zwischen dem kranken Individuum und der Gruppe erfüllt, daß er der Kranke seines Kranken ist. In diesem Falle müßte man die Geschmacklosigkeit so weit treiben, daß man drei privilegierte Einheiten annimmt; man müßte den Kranken, den Arzt und die Gruppe absondern. Uns scheint es einleuchtend, die Beziehung Arzt-Patient-Gruppe als eine der menschlichen Gemeinschaften aufzufassen, in der sich der Kranke, der Arzt und die Gesellschaft der »Gesunden« nur durcheinander definieren können. Wir müssen also die Pathologie und die therapeutische Entwicklung dieser Gemeinschaft analysieren.

Die Arzt-Patient-Beziehung entsteht durch eine Soziopathie: von Anfang an ist sie selbst eine kranke Beziehung, eine Gemeinschaft, in der Kranker, Arzt und Gesellschaft durch ein gemeinsames Leiden miteinander verknüpft sind. Der Patient ist in seiner Krankheit gefangen, die Umwelt in ihrer Angst verkrampft, und der Arzt fürchtet, daß er die Zusammenhänge nicht richtig versteht und daß die Heilung nicht gelingt. Diese an sich schon soziopathische Situation müßte man noch genauer durchleuchten, als wir es hier tun. Man müßte über das darstellende Niveau der Analyse hinauskommen, das zu stark der Deskription der »Personen« (Arzt, Patient und Gesellschaft) verhaftet bleibt und mehr um eine Untersuchung der strukturierten Gemeinschaft bemüht sein. Das Drama, das die Beteiligten aufführen, das sie sich selbst spielen und dessen Spielzeuge sie zugleich sind, müßte in seiner Struktur entfaltet werden.

Wir werden uns hier damit begnügen, drei mögliche Perversionen der Arzt-Patient-Gesellschaft-Beziehung zu beschreiben. Theoretisch gibt es drei Möglichkeiten, um der triadischen Situation zu entgehen: der Zusammenschluß von Arzt und Krankem bei gleichzeitiger Zurückweisung des sozialen Dritten; der Zusammenschluß von Arzt und Gesellschaft bei gleichzeitigem Ausschluß des Kranken (der seines symbolischen Wertes als Kranker beraubt wird); und der Zusammenschluß von Krankem und Gesellschaft bei gleichzeitiger Verwerfung des »entheiligten« Arztes.

Der Mythos des Einzelgespräches ist die erste humanistische

und liberale Perversion der ursprünglichen Triade. Der Arzt verkörpert individuelle Werte der Diskretion, der Würde, der Ergebenheit und der Verkündigung, die im Gegensatz zu den sozialen Werten stehen. Der Kranke dagegen befindet sich unter doppeltem Druck, dem seiner Krankheit und dem der klinischen Durchleuchtung, die hinter seiner Körperhülle das Geheimnis seiner intimsten Verletzbarkeit enthüllen will, ihn auf den Seziertisch zwingt, wo die Krankheit schließlich ihre Wahrheit preisgibt. Um seinen leichenschändenden Blick vor sich selbst und den anderen zu verbergen, verbündet sich der Arzt im Namen des hippokratischen Ideals mit seinem Kranken, er vereinigt sich mit »seinesgleichen«, seinem »Bruder im Leid«. Es ist wahrscheinlich kein Zufall, daß die »humanistischen« Dissertationen über das »Einzelgespräch« und die priesterliche Mission des Arztes zur gleichen Zeit entstanden sind, in der auch die pathologische Anatomie zum Zuge kam.
Die Fusion hat an dieser Stelle eine doppelt defensive Funktion: sie wehrt die generelle und fundamentale ursprüngliche Trennungsangst ab, und zugleich verteidigt sie den Menschen gegen die besondere Form der Trennung durch den Tod, den sowohl der Arzt als auch der Kranke repräsentiert. Der Tod ist das Pfand auf eine neue Vereinigung, in die man sich hineinbegibt, um den Tod zu vergessen. Jean Guyotat hat in seinem Referat, das er auf dem französischen Kongreß für Neurologie und Psychiatrie gehalten hat, nachgewiesen, daß der Tod des Kranken, den der Arzt befürchtet (und wünscht?), auch seinen eigenen Tod bedeutet.[30] Aber diese tödliche Vereinigung, die den Kranken mit dem Arzt verbündet, um den Tod besser aus ihrer Interaktion ausschalten zu können, kann nur unter der Bedingung der beiderseitigen Aufgabe aller Aggressivität entstehen. Der Kranke vertraut sich seinem Arzt an und rezipiert seine Anweisungen wie ein Geschenk, nicht wie eine Strafe; er eliminiert die Ambivalenz. Der Arzt weist seinerseits den Sadismus zurück; er technisiert seine Untersuchung, um ihr die Affektivität zu nehmen. Wie auch immer ihre Rechtfertigungen aussehen mögen, die primäre Funktion der Technik ist die, sich von einem Körper zu distanzieren,

30 J. Guyotat et coll., *Psychiatrie et formation psychologique du médecin,* in: *Rapport de psychiatrie présenté au congrès de Psychiatrie et de Neurologie de langue francaise,* Masson et Cie Ed. 1967, S. 51 und 76.

der einem plötzlich als zu nahe und zugleich als zu entfernt erscheint. Laennec hat das Stethoskop aus Schamhaftigkeit erfunden, denn zu seiner Zeit »gehörte es sich nicht«, das Ohr direkt an die Brust geschlechtsreifer Leute zu legen. Trotz dieser Erklärung sind wir nicht sicher, daß der Affekt, der verdrängt wird, die genitale Verlockung ist. Wenn man unter die Oberfläche blickt, schützt der Arzt sich vielleicht vor einer Angst, vor einer Lust und einer Angst, die sich auf seine Begierde nach dem Tod beziehen, die ihm plötzlich durch die Nähe des Körpers bewußt wird, durch die Nähe des Körpers, der krank und gefährlich, aber auch beruhigend und vereinigend ist.

In dem Augenblick in dem die Aggressivität als Trägerin des Todes neutralisiert ist, flüchtet sie sich zum anderen Pol des Dreiecks: zur Gesellschaft. So kann man teilweise den permanenten Konflikt zwischen dem liberalen Arzt und der Krankenkassen erklären. Der Arzt ist dadurch irritiert, daß er seine Unterschrift unter die Krankengeschichten setzen muß, daß er als zuständige Instanz für Rezeptverschreibungen und soziale Ausgaben angesehen wird und damit einer Kontrolle unterworfen ist. Er beklagt sich über das Hindernis, das der soziale Dritte darstellt, der zahlende Dritte, der zwischen seinem Kranken und ihm steht. Im Mai 1968 hörte man plötzlich von frisch politisierten Studenten, die sich gerade der Aktion angeschlossen hatten, die Forderung nach »Mitbestimmung der Ärzte und Patienten bei der Krankenversicherung« – ein Traum von der Einheit, der übrigens völlig reaktionär ist. Die Gesellschaft mit der Implikation der Notwendigkeit von Triaden war vergessen. Die Arzt-Patient-Beziehung, die ihres sozialen Hintergrundes beraubt war, hat sich in die »eheliche Träumerei«, die Foucault[31] verspottet, zurückgezogen.

Die öffentliche Medizin ermöglicht eine andere Art der Deformation. In dem Zwang ausübenden großen Rahmen liegt es für den Arzt nahe, sich selbst mit den administrativen Instanzen, die ihn angestellt haben, zu verwechseln. Er unterscheidet sich dann in nichts mehr von dem Imperativ der sozialen Körperschaft und macht seine Wünsche von den Wünschen der anderen abhängig. Zu dieser »Rollenkonfusion« zwischen Arzt und Gesellschaft kann es nur dann kommen, wenn dem Kran-

31 M. Foucault, *Die Geburt der Klinik*, München 1973.

ken der Status des Kranken abgesprochen wird, wenn ihm die Qualifikation und sogar die Bezeichnung des Kranken streitig gemacht wird. Da der Arzt es nun nicht mehr mit einem Kranken zu tun hat, sondern mit einem »Fälscher«, einem »Simulanten«, einem »hinterhältigen Burschen«, kann er seinerseits zum Aufpasser werden. Die Gerichtsmedizin, die Militärmedizin, die Krankenkassenmedizin, das medizinische Rechtsgutachten und auch – besonders in der Vergangenheit – die öffentliche Psychiatrie: sie alle können Opfer einer solchen Perversion werden und dadurch ihren therapeutischen Wert verlieren. Der Arzt opfert seine Identität zugunsten eines Konformismus mit den (vermuteten) Zielen der Organisationen, die ihn bezahlen. Dem »verworfenen« Kranken, dem der Arzt, durch den er sich definiert, seinen Sinn genommen hat, bleibt als letzte Rettung die Theatralisierung seiner Schmerzen. Die Arzt-Patient-Beziehung verwandelt sich in einen Dialog von Schwerhörigen, in eine doppelte Manipulation. Der Kranke sucht unmittelbare Hilfe, und der Arzt weist sie zurück. Insbesondere wird dem Patienten das Etikett des Kranken verweigert.

Das triadische System Arzt-Patient-Gesellschaft (das unter Spannungen steht) kann nun nach einer dritten Koalitionsmöglichkeit suchen, als wenn es die Erniedrigung durch die oben genannte Praxis kompensieren wollte: dem Zusammenschluß von Patient und Gesellschaft. Dieses Mal stellt der Arzt den Feind dar. Er wird entwürdigt, seine merkwürdigen Kräfte und seine Privilegien werden ihm entrissen, er wird verletzbar. Man kann ihn vor ein Gericht bringen und ihn wegen »unterlassener Hilfeleistung gegenüber einer gefährdeten Person«, wegen »Schlägen und Verletzungen, die ohne Tötungsabsicht zum Tode geführt haben« oder wegen »willkürlicher Internierung« verklagen. Seine Handlungen und seine Buchführung werden kontrolliert. Die *vox populi* stigmatisiert ihn. Der Kranke unterscheidet sich nicht mehr von den Gesunden. Sind sie nicht selbst potentielle Kranke, und ist nicht durch die Schuld (oder die schuldhafte Enthaltung) des Arztes in der gesamten Gesellschaft ein Vorurteil entstanden? Vereint verfolgen Kranker und Gesellschaft den »entmachteten« Arzt, sie machen gemeinsam Jagd auf den, der zu einem einfachen Delinquenten geworden ist. Die Reaktionen der Öffentlichkeit auf den Ärztestreik in Belgien waren in diesem Punkt sehr aufschlußreich.[32]

So bilden sich eine Reihe von Koalitionen heraus, deren gemeinsame Wirkung darin besteht, einen durch die Dreierstruktur hervorgerufenen Mißstand zu beseitigen. Sie schließen einen der Beteiligten aus, um eine dualistische Situation wiederherzustellen, die die Vereinigung begünstigt und die immer vorhandene Trennungsangst verdeckt, die die Schwierigkeit, mit Differenzen zu leben, aufhebt. Bei näherem Hinsehen zeigt sich jedoch, daß keine der Konstellationen, die wir beschrieben haben, isoliert ist. So soziopathisch die Gemeinschaft Arzt-Patient-Gesellschaft auch sein mag, wenn sich plötzlich unter dem Druck dieser oder jener Deformation ihr Gesicht verzerrt, sie bleibt immer eine dynamische Gemeinschaft. Vereinigung und Verwerfung stellen sich her und lösen sich wieder auf.

Wir haben diese Konstellationen hier in einer fiktiven und willkürlichen Art beschrieben. In Wirklichkeit bestehen sie alle nebeneinander und führen wetteifernd ein widersprüchliches und konfliktreiches Dasein. »Das Paar, das Arzt und Kranker bilden, in dem sich alle Alienationsformen resümieren, verknüpfen und auflösen«[33], ist letztlich zwar ein unglückliches Paar, aber zugleich eines, das sich selbst heilt, indem es andere heilt. Die Arzt-Patient-Beziehung ist wie eine Theaterbühne, auf der alle Probleme der Triade und ihre Verzerrungen, Trennungs- und Todesängste aufgeführt werden, auf der dieses Psychodrama aber auch neu strukturiert werden und die Soziopathie sich in Interaktion auflösen kann. Da die Arzt-Patient-Beziehung schon *a priori* von der Soziopathie betroffen ist, diese darstellt und umbildet, kann sie auch »gesund werden« und dadurch eine Besserung der Beziehungen zwischen Individuum und Gruppe initiieren. Sofern sie sich gemeinsam den Fallen der Fusion entziehen, konstruieren Arzt und Patient ein Beziehungsmodell, von dem angenommen werden darf, daß es den übrigen therapeutischen Beziehungen innerhalb des Systems den Durchbruch (oder eine Generalisierung) erleichtert.

32 Dazu die Analyse von Michel Marie Cardine in: J. Guyotat et coll., *Psychiatrie et Formation psychologique du médecin*, a.a.O., S. 95-108.

33 M. Foucault, *Wahnsinn und Gesellschaft*, Frankfurt 1969, S. 534.

II. Die nosographische Vernunft

»Es gibt nur ein Mittel, um die Wissenschaft voranzutreiben: man muß die bestehende Wissenschaft ins Unrecht setzen; mit anderen Worten, man muß ihre Konstitution ändern.«

G. Bachelard, *La Philosophie du Non*

Das soziopathische Leiden, das am Anfang jeder Arzt-Patient-Beziehung steht und manchmal zu Perversionen führt, wird erst in der psychiatrischen Praxis voll offenbar. Da der Status, die Rollen und die Funktionen des »organisch« Kranken und seines Arztes durch strikte soziale Kodifizierungen festgelegt sind, können beide ihr gemeinsames Unbehagen verstecken. Niemand kann jedoch genau erklären, was ein Geisteskranker, ein Psychiater oder die Bindung zwischen beiden wirklich ist; niemand weiß genau, welche Funktionen die beiden eigentlich haben. Deshalb beläßt man sie in ihrer Ambiguität und in ihrer Angst.

Bisher wurde die soziale Praxis gegenüber Irren von der Ideologie bestimmt. Ihre Aufgabe besteht darin, die Ambiguitäten und Ängste durch eine Orientierung am beruhigenden Modell der organischen Medizin zu verschleiern. Die Ideologie entstand innerhalb der segregierenden Institutionen, nachdem es zur Konfrontation zwischen Kranken und Pflegern gekommen war. Als Bonus für ihre Unterstützung liefert die Ideologie den Institutionen Rechtfertigungen. Die »klassische« Psychiatrie thront auf der Festung der Asyle und verfolgt von dort aus ihr wichtigstes Ziel: sie verleiht der bürgerlichen Gesellschaft Sicherheit und bestätigt deren Unvergänglichkeit, die durch die Delinquenten in Frage gestellt wird. Durch ihre Klassifikationen, ihre explikativen Systeme und, noch stärker, durch die Mauern und Ketten bildet die »klassische« Psychiatrie einen majestätischen Schutzwall, der die soziopathische Beziehung, die die eigentliche Verbindung zwischen dem Irren und der Gesellschaft ist und sie zu Gegnern macht, in einem anderen Licht erscheinen läßt. Unter dem Titel *Die nosographische Vernunft* wollen wir uns mit der theoretischen Einstellung des Psychiaters befassen, der die Lebensschwierigkei-

ten des Menschen nach dem Vorbild der somatischen Krankheiten bestimmt, aufteilt und klassifiziert.
Man wird dagegen einwenden, daß die alte Krankheitsbeschreibung, die »methodische Aufteilung, in der sie [die Geisteskrankheiten] nach Klasse, Rangordnung, Gattung und Art geordnet sind«[1] – eine Theorie übrigens, die von Kraepelin noch ernsthaft erweitert wurde –, heute eine tote Form sei. Wir sind mit diesem Einwand einverstanden, aber nur, um mit unverminderter Stärke eine andere Tendenz zu entlarven. Wir meinen die Tendenz der Psychiater, die Kranken wie Sachen zu behandeln und den erschreckenden Durchbruch des Wahnsinns mit rigorosen und rationellen Mitteln zum Erstarren zu bringen. Diese Tendenz soll hier in Frage gestellt werden, nicht dieses oder jenes kontingente nosographische System.

Darstellung der nosographischen Vernunft

Wenn der Mensch auf Gegenstände aufmerksam wird, beginnt er sie zu klassifizieren und gründet auf diese Vorübung seine Sprache. Dies ist zumindest in historischer Sicht ein »normaler« Vorgang. Kann man aber immer so fortfahren und den Bezug zu den Dingen als Grundlage für die Generalisierung des Bezugs zum Menschen nehmen? Hat die Verwendung der Klassifikationsmethode in der Pathologie, die seinerzeit nützlich war, die sozialen Integrationsschwierigkeiten ebenso vollständig erfaßt wie die Erkrankung der Organe oder der Körperfunktionen? Verfügt die nosographische Vernunft überhaupt noch über einen praktischen Wert, seit die Komplexität der menschlichen Ordnung sich klar von der Ordnung der Natur unterscheidet? Macht sie nicht viel eher die Soziopathie einer abgeschlossenen Epoche zu einem dauerhaften soziopathischen Muster? »Die meisten der zeitgenössischen systematischen Krankheitsbeschreibungen in der Psychiatrie beruhen mehr oder weniger stillschweigend auf der Vorstellung, daß Geisteskrankheiten spezifische Einheiten konstituieren, von denen man annehmen kann, daß sie sich durch natürliche Klassifikationen ordnen lassen, vergleichbar denen, die in der Botanik

1 Definition des Littré.

oder in der Zoologie angewendet werden. Mit anderen Worten, man weitet das Prinzip der Spezialisierung, von dem Trousseau behauptet hat, daß es die gesamte Medizin beherrscht, auf die Psychiatrie aus. Diese These hat sich erst kürzlich in dem Bereich der Infektionskrankheiten bestätigt.«[2] Das heißt, daß der Psychiater durch das nosographische Vorgehen die von der Gesellschaft gestellte Frage »Was hat er denn eigentlich?« beantwortet. Er zeichnet den Kranken mit dem Attribut der Krankheit aus, d. h. einer Substanz, die dazu benutzt wird, Objektivität zu schaffen, zu analysieren, zu etikettieren und zu klassifizieren. Jede Diagnostik gliedert den Kranken in ein schon vorher bestehendes logisches System ein, das sich aus Arten, Gattungen, Ordnungen, Klassen oder Verzweigungen derselben zusammensetzt und dem er sich unterwerfen muß. Es gibt verschiedene solcher Systeme. Ellenberger macht auf drei Unterschiede aufmerksam. »Wenn man die Probleme der Krankheitsbeschreibung lösen will, muß man zunächst die Wahl zwischen drei Lösungsmöglichkeiten treffen (ohne die Zwischenlösungen zu berücksichtigen): die natürliche Klassifikation, die künstliche Klassifikation oder keine Klassifikation.«[3]

Galien, ein Vertreter des Systems der natürlichen Klassifikation, hat immer noch Nacheiferer, die weiterhin meinen, »daß man mit den allgemeinsten Klassen beginnen muß, um sukzessive Arten, Gattungen und Variationen herauszufinden, und daß man so lange damit fortfahren muß, bis man schließlich eine unteilbare Einheit erhält.«[4] Heute sind jedoch die Anhänger der »künstlichen« Klassifikationen zahlreicher. Sie berufen sich auf statistische Methoden, die es möglich machen, aus den Symptomen signifikante klinische Bilder zu rekonstruieren. Angenommen, man hat die Symptome a, b, c, d, e, . . ., so bildet man eine Gruppe 1 von Kranken, die statistisch die Symptome a, b, c gleichzeitig aufweisen; eine Gruppe 2, die die Symptome d, e aufweist etc.

Schließlich gibt es einige, die heute noch behaupten, was Neumann schon 1859 behauptet hat: »Es gibt keine Geisteskrank-

2 H. Ellenberger, *Les Illusions de la classification psychiatrique*, in: *L' Evolution psychiatrique*, Band 28, 1963, S. 221-242.

3 H. Ellenberger, a.a.O.

4 Galien, zitiert von H. Ellenberger, a.a.O.

heit, es gibt nur Kranke.« Sie denunzieren in Übereinstimmung mit dem amerikanischen Psychiater Szaz »den Mythos der Geisteskrankheit«.[5] Sie ziehen die Reihe der Klasse vor und nehmen ein *Kontinuum* an, das auf der Phänomenologie der Bewußtseinszustände beruht; mit unmerklichen Schritten wird der Weg vom klarsten bis zum dunkelsten Bewußtsein[6] zurückgelegt. Oder aber sie entwerfen ein *Kontinuum,* das auf der Kohäsion des Ich beruht (Karl Menninger). Diese Vorstellung von einem *Kontinuum,* das unmerklich vom Normalen bis zum Pathologischen reicht, verdanken wir insbesondere Freud. Sie leitet die Kritik an der nosographischen Vernunft ein, führt sie aber nicht zu Ende.

Hinter den Gegensätzlichkeiten der verschiedenen Klassifikationssysteme, und sogar hinter der Argumentation anderer, die sich angeblich von jeglicher Klassifikation distanzieren, verbirgt sich eine gedankliche Gemeinsamkeit, die wir entlarven wollen. Die nosographische Vernunft stützt sich auf vier Bestimmungen:

1. Eine Philosophie der Differenz und der Aufteilung. Die atypischen Formen der Kategorie A, die im Vergleich zu der typischen Form exzentrische Elemente sind, wirkliche Abweichungen, die an die Peripherie des kategorialen Feldes verwiesen sind, stellen enge Beziehungen zu der Kategorie B her. Die nach der kartesianischen Vorlage gebildete nosographische Vernunft verachtet gemischte Kategorien. Unfähig, die Komplexität zu begreifen, sucht sie wie besessen hinter allem Komplexen das Einfache. Sie macht sich also daran, das *Kontinuum* B, A, zu zerstückeln und entdeckt distinkte Elemente. Sie erklärt A nur dann für sinnvoll, wenn es B widerspricht.

»Archäologisch« konstituiert sich die nosographische Vernunft durch eine Reihe distinkter Gegensätze. In der Renaissance überschnitten sich Vernunft und Unvernunft teilweise, denn der Wahnsinn konnte eine vernünftige Sprache sprechen, und die Vernunft konnte wahnsinnig werden. Mit dem kartesianischen Zweifel im klassischen Zeitalter zeichnet sich eine Grenze ab, die später zwei Welten voneinander trennt, die sich durch

5 Th. Szasz, *The Myth of Mental Illness,* 1968.
6 H. Ellenberger, a.a.O.

ihre wechselseitigen Gegensätze definieren.[7] Es ist also wie »in jedem semiologischen System das Charakteristikum eines Zeichens zugleich sein konstitutives Element«.[8] Die Unvernunft ist eine ausschließlich negative Form, die nur im Gegensatz zur Vernunft einen Sinn erhält; umgekehrt definiert die Vernunft sich negativ als all das, was sich bei geistigen Tätigkeiten der Unvernunft entgegenstellt. Parallel zu dieser Entwicklung eröffnet die »Große Gefangenschaft« neue architektonische Möglichkeiten hinter den Mauern des allgemeinen Krankenhauses. Der Nosographie wird nun die Aufgabe zuteil, diese Entwicklungen zu vertreten und ihnen eine Bedeutung zuzusprechen.

Zu der Zeit, als nur eine primäre Trennung zwischen Vernünftigen und Unvernünftigen unterschied, waren im allgemeinen Krankenhaus alle versammelt: die Müßiggänger, die unwürdigen Väter, die Vagabunden, die Verrückten und die Diebe, kurzum: alle Verwirrten und Ausgestoßenen. Später werden sekundäre Differenzierungen vorgenommen. Die nosographische Vernunft wird ihres Spiels mit Licht und Schatten nicht müde; sie stützt sich auf eine Reihe kontrastierender Paare und teilt die Masse der Abweichenden in Subkategorien ein, von denen durch das Verfahren des reziproken Ausschlusses jede an der Spitze steht. Die Französische Revolution trennt dann den Verrückten endgültig vom Delinquenten und bildet zur Rechtfertigung dieser Trennung eine ganze Disziplin aus, die gerichtsmedizinische Psychiatrie, die übrigens historisch die Vorläuferin der Psychiatrie ist.

Heute wie früher wird der Experte oft aufgefordert, den Geisteskranken deutlich vom Delinquenten zu scheiden – heute würde man sagen: den Psychotiker vom Psychopathen. Im Grunde ist der Psychopath für die Gesellschaft das Subjekt, das sie nicht integrieren kann, obwohl er nicht psychotisch ist; im Gegensatz dazu definiert sich der Psychotiker durch die negative Vorstellung von der Unverantwortlichkeit.

Nachdem man sich lange über Verantwortlichkeit oder Unverantwortlichkeit den Kopf zerbrochen hat, macht man sich nun daran, das Übel des Wahnsinns gründlicher auszurotten. Zunächst grenzt man im Namen einer elementaren Nosogra-

7 Dazu die Analysen von M. Foucault, in: *Wahnsinn und Gesellschaft*, Frankfurt 1969.

8 F. de Saussure, *Grundbegriffe der allgemeinen Sprachwissenschaft*, a.a.O.

phie die Ruhigen von den Lebhaften, die Arbeitsamen von den Faulen, die Alten von den Jungen und die Privilegierten von den Habenichtsen ab. Die nosographische Vernunft, die ihr Werk durch Verkleinerungen fortsetzt, erinnert an das Prinzip der russischen Puppen, die ineinander verschachtelt sind und alle völlig gleich aussehen. Eine Zurückweisung zieht in der Art einer Kettenreaktion immer eine weitere nach sich, so daß der Freiraum, den die Intoleranz geschaffen hat, schließlich selbst intolerant wird.

Die »naive« Nosographie wird von der »weisen« Nosographie überlagert, welche durch eine zunehmend »schizophrenogene« Fragmentierung der Wirklichkeit ihre Kategorien vervielfältigt und sie immer weniger kommunizierbar macht. Die Kategorie der Psychotiker nimmt die Wahnsinnigen mit lichten Augenblicken oder die Monomanen nicht mehr auf. Später spalten sich die Neurotiker. Die Schizophrenen werden in Paraphrene (die manche gar nicht mehr für schizophren halten), Paranoide und Hebephrene eingeteilt, denen bald die Heboidophrenen hinzugesellt werden. Die Paranoiker schieben vor den chronisch Halluzinierenden die Wache. Um die Fäden in diesem unsinnigen Wirrwarr noch mehr durcheinanderzubringen, beziehen sich die Klassifikationen auf drei oder vier verschiedene Achsen der Referenz, und bald weiß der Psychiater selbst nicht mehr, woran er ist und wer er ist. Der Wahnsinn, der sich wegen seiner unendlichen Komplexität nicht auf das Einfache reduzieren läßt, rächt sich an der nosographischen Vernunft. Er läßt sich nicht ungestraft von ihr domestizieren.

Die Gefängniswelt, die lange Zeit von den Psychiatern vernachlässigt wurde und die die Gesellschaft vergessen hatte, wird nun in den hintersten Winkeln angetastet. Die Rückfälligen werden einfach von den Neulingen getrennt, man stellt die Alten in Gegensatz zu den Jungen, und schließlich endet die nosographische Vernunft in ihrer eigenen Karikatur und in ihrer Negation: in der Herrschaft der Zellen, wo jedes Individuum sich vom anderen absetzt und sich durch seine Nummer von seinesgleichen völlig isoliert.

Während dieser ganzen Entwicklung bahnt sich parallel zu den Spaltungen, die mit Unvernunft betrieben werden, eine institutionelle Zersplitterung an. Seit 1789 unterscheidet man zwischen psychiatrischen Asylen und Strafanstalten. Der Unterschied liegt in dem Freiheitsentzug ohne Sanktionen und dem Freiheitsentzug ohne Hilfeleistungen. Innerhalb des Krankenhauses selbst entstehen getrennte Bereiche. Die alten Krankenpfleger erinnern sich, daß sie beobachten konnten, wie auf einem einzigen Stockwerk die »Ecke der Hosenscheißer« und die der »Prinzessinnen« entstanden.

Die Anstrengungen der Nosographen regen die Verwaltung an; die morbide Form und die Institution sehen einander im Spiegel ins Gesicht. Die therapeutische Doktrin des »Spezifischen« (das heißt, eines Medikaments oder einer Institution, die besonders heilsam für einen bestimmten Zustand sind, die eine besondere Affinität zu einem bestimmten Übel haben) ist nur eine andere Bezeichnung für die nosographische Vernunft. Wer jedoch »spezifisch« sagt, verweist im Grunde auf die Vorstellung der Substanz. Die spezifische Medikation ist ein Gegengift, das ein Gift angreift und neutralisiert, eine Materie, die eine andere Materie zerstört.[9] Hier entsteht durch die institutionelle Realität eine entscheidende Veränderung der nosographischen Vernunft. Was zunächst nur die negative Form einer Unvernunft war, die sich im Gegensatz zur Vernunft befand, dann ein unverantwortlicher Wahnsinn, der der Delinquenz entgegenstand, und schließlich eine Psychose, die von sich selbst nichts weiß, die der Neurose gegenübergestellt wurde etc., bezieht seine Realität jetzt nicht mehr aus aufeinanderfolgenden Gegensätzen, sondern füllt sich mit einer eigenen Positivität. Der Verrückte ist nicht mehr der, der nicht vernünftig ist, sondern der, der im Asyl lebt und dem das Asyl Gestalt verleiht. Der »normale« Delinquente wird nicht mehr durch das Fehlen des Wahnsinns bestimmt, sondern durch seine Zugehörigkeit zur Sträflingskultur. Das abweichende Verhalten wird, so wie es ist, durch die Institutionalisierung zu einer Sache gemacht.

2. *Eine substantialistische Philosophie* befreit von der aufkommenden Besorgnis um die Unterscheidungen und verstärkt die Segregationstendenzen. Die Ausschließung des Abweichenden geschieht nicht nur dessentwegen, was er ist (abweichend), sondern *durch* das, was er *hat* (eine Geisteskrankheit oder eine

9 Siehe: F. Dagognet, *La Raison et les Remèdes*, Paris.

Perversität). Diese Auffassung, die Pinel als erster vertreten hat, macht die Nosographie zur Wissenschaft. Die Krankheit wird zu einem Modell, zu einer reinen Form, die aus einem mehr oder weniger vielfältigen Hintergrund herausgeschnitten wird, von der sich zahlreiche Varianten bilden lassen. Um eine positive Diagnostik zu erlangen, wählt der Psychiater aus der wahnsinnigen Zeichenmenge einige sichere Elemente aus, die sich als konstant erwiesen haben. Diese sicheren Elemente sind die größten gemeinsamen Nenner der verschiedenen Formen. Genauer: sie behandeln die Krankheit wie eine Substanz, die in Hinsicht auf Veränderungen widerstandsfähig ist, die als Archetyp mehr oder weniger invariabel ist. Der Zeitfaktor wird aus dem medizinischen Bild eliminiert. Der Kranke *hat* etwas, die Krankheit jedoch ist ein zeitloses Attribut, das dem Wesen des Kranken hinzugefügt wird. Dieses »positive Attribut« verschleiert die psychologische und soziale Realität sowie das Engagement des Individuums: Die Person des Kranken verschwindet hinter der Krankheit. Weit von der Individualisierung entfernt, verwischen die Differentialdiagnostik und die positive Dignostik die Grenzen zwischen den Individuen und verlieren sich in der amorphen Masse der Kategorie; allenfalls erscheinen die individuellen Differenzen als Fehler, als störende Mängel, die der Reinheit der nosographischen Kategorie abträglich sind.
Der Differentialismus des Nosographen ist also ein falscher Differentialismus. Statt durch Gegenüberstellung die Bedeutung der Symptome herauszufinden, macht er sie sinnlos, indem er sie hypostasiert und an eine Krankheitssubstanz bindet. Von nun an sind die Symptome keine Originalfassungen mehr, nichts Einmaliges, wodurch jedes Individuum sein Leiden ausdrücken kann, sondern sie werden zu groben Zügen eines pathologischen Bildes, das auf alles paßt und hinter dem man vergebens die Lebensdarstellung einer Person sucht. Auf Befehl der Gesellschaft entfremdet der Psychiater den Verrückten zum zweiten Mal, indem er ihn aus der Zeitdauer herausnimmt und ihn in das unbewegliche, anonyme Feld seiner Beschreibungen rückt.

3. *Eine mechanistische Philosophie von Ursachen und Wirkungen* verdeutlicht sich in der Logik dieses Ausschlußverfahrens.

Der verdinglichte Kranke muß der linearen Verknüpfung, die ein Kennzeichen der Newtonschen Physik ist, gehorchen. Die nosographische Vernunft unterstellt die menschliche Existenz einer Abfolge von starren Ursachen und determinierten Wirkungen. In dem geschlossenen System, in dem sie sich entwikkelt, ist keine Veränderung inbegriffen. Die Ursache erscheint immobil »an sich« und unbeeinflußbar durch rückwirkende Schocks. Ältere Autoren nehmen beispielsweise eine »kranke Konstitution« an, und einige mißbräuchliche Vereinfachungen der psychoanalytischen Theorie sprechen von einer »Ich-Schwäche«, einer extremen Herrschaft des »Über-Ich« oder einer übermächtigen Kraft des »Es«.
Die klassifizierten Ursachen können mit den Schulen und Epochen variieren, die philosophische Begründung bleibt jedoch identisch. In einem Bereich, der so stark von moralischen Erwägungen geprägt ist wie der der Geisteskrankheiten oder, allgemeiner, der Devianz, führt jede ätiologische Untersuchung zu einem Schluß, der entweder freispricht oder verurteilt. Der psychische Apparat, der Körper und die Umwelt konstituieren eine Art Trinom, in das die nosographische Vernunft eingreift, um die eine Seite weiß und die andere schwarz zu malen. In manchen Fällen wird die Biologie als Grund des Übels angegeben. Der Degenerierte ist bei Lombroso nicht im rechtlich-moralischen Sinne im »Unrecht«, da seine persönliche Verantwortlichkeit gar nicht betroffen ist. Auch die Gesellschaft wäscht ihre Hände in Unschuld. Das Unrecht wird auf die Erbmasse zurückgeführt und als eine Degeneration gedeutet, die unter der Schale der Zivilisation das Erbe der Affen wieder ins Leben ruft. Andere Autoren klagen die Gesellschaft des Blutvergießens oder des Mitgefühls an; sie vergessen dabei, daß die Gesellschaft sich aus Wesen zusammensetzt, die aus Fleisch und Blut sind. Man postuliert eine »flache Psyche«[10] ohne Tiefen, eine schwache Leinwand, die die sozialen Projektionen abbildet; letztere werden nur sehr oberflächlich erforscht.
Die meisten der soziogenetischen Theorien der Devianz haben eine doppelte Schwäche: sie arbeiten mit Gemeinplätzen, und ihre Stellungnahmen sind willkürlich. Die »großen Gemein-

10 Dieser Ausdruck stammt von J. Guyotat.

schaften«, der Lärm, die Verschmutzung, die Massenmedien, die Konsumgesellschaft, die zerfallenen Familien werden der Reihe nach zu den Schuldigen erklärt. Aber diese »Erklärungen« sind für eine Wahlkampagne nützlicher als für die Ausbildung eines soliden wissenschaftlichen Konzepts. Aus diesem Grunde hat schon mancher den Versuch aufgegeben, Theoreme über den Einfluß des Milieus auf Geistesstörungen und abweichendes Verhalten anderswo als im Café du Commerce zu entwickeln. Man zieht sich auf die Analyse der intrapsychischen Komponenten zurück. Alles resümiert sich in einem inneren Kampf zwischen unkoordinierten Tendenzen und Instanzen; die soziokulturellen Einflüsse, unter denen abweichendes Verhalten entsteht und gegen die es revoltiert, werden ausgeklammert.

Seit kurzem hat die »interdisziplinäre« Forschung auch die Zustimmung der Psychiatrie gewonnen, ohne jedoch Mittel zur Verfügung zu stellen, die es erlaubten, mit der geltenden Nosographie zu brechen. Die sogenannten »multifaktoriellen« Annäherungen und alle Theorien, die das abweichende Verhalten als ein »biopsychosoziales« Phänomen präsentieren, verbinden in vager Allgemeinheit drei explikative Schritte miteinander – allerdings ohne auf den Kausalismus zu verzichten und ohne die Vorstellung einer willkürlichen Kontinuität zwischen Körper, Geist und Umwelt zu revidieren; sie bleiben weiterhin dem mechanistischen Klischee verhaftet. Die Folge ist, daß man an lächerlichen Diskussionen teilnimmt, in denen versucht wird, die verschiedenen isolierten Faktoren in eine Rangordnung zu bringen: Hat ein psychotisches Individuum eine zerebrale Störung, weil es verrückt ist, oder sind die zerebralen Störungen der Ursprung seiner Verrücktheit? Leidet eine Familie unter dem anomalen Verhalten ihres schizophrenen Familienmitgliedes, oder ist die Familie der Grund der Schizophrenie? Reagiert die Gesellschaft repressiv auf das Verhalten des Delinquenten oder konditioniert die Repression das revoltierende Verhalten? Unermüdlich werden immer wieder dieselben Fragen gestellt: »Bei wem liegt die Verantwortung? Wer hat angefangen?« Eine ätiologische Diskussion wird schnell zu einer kasuistischen; man vergißt, daß das, was der Beobachter vor sich hat, niemals eine abgeschlossene Reihe ätiologischer Faktoren und Konsequenzen ist, sondern vielmehr eine schon konstituierte Struktur, eine lebendige, sich verändernde Struktur, in der Wirkung und Ursache miteinander interagieren und wo das eine nicht losgelöst vom anderen betrachtet werden kann.

4. *Eine »monadische« Philosophie* kommt also hinter den Formulierungen der nosographischen Vernunft zum Vorschein. Die Krankheit, dieses Attribut, dieses typisierte Ding, das differenziert ist und an eine Vielzahl von Ursachen gebunden ist, definiert sich in Zeit und Raum. Sie macht eine Entwicklung durch, d. h. sie hat einen Anfang, einen Verlauf (die Periode des Krankheitszustandes) und ein Ende; vor allem hat sie einen Ort. Bei der Medizin des Körpers befindet sich dieser Ort in einem Organ, in einem Organsystem bzw. in dem gesamten Organismus. Bei der Medizin des Geistes ist dieser Ort das Subjekt, das krank genannt wird, und nur in ihm darf man Klassen bilden, so wie man Akten, nach Klassen geordnet, in einen Schrank legt. »Um die Unangemessenheit des Vertrauens zu erklären, das wir der absoluten Lokalisierung schenken, reicht es übrigens aus, daran zu erinnern, daß diese Lokalisierung auf der Grundlage der Sprache erfolgt, und daß jede Syntax ihrem Wesen nach topologisch ist.«[11]
Es ist noch gar nicht lange her, daß Grasset die Geisteskrankheit in einer »zweiten Psyche« ansiedelte und Clérambault sich eine isolierte geistige Zone mit einem wirren Automatismus vorstellte. Unsere modernen Denker haben diese Schemata überwunden, ohne sich völlig von der nosographischen Vernunft zu distanzieren. Ohne Zweifel setzt der Psychiater sich heute immer mehr von diesen byzantinischen Spitzfindigkeiten ab. Seine Nosographie ist weniger intellektualistisch und möchte wirksam und anwendbar sein, sie möchte eine Praxis inaugurieren. Begriffe wie zum Beispiel Depression lassen uns sofort an eine Therapie durch Antidepressiva denken; man assoziiert mit ihnen also immer noch ein Vorgehen, das sich vom Komplexen abwendet und sich in der Vereinfachung erschöpft (Bachelard würde sagen: in der »Simplifikation«). Die Vorstellung von Syndromen, von symptomatischen Einheiten, die auf vielfältigen Ursachen beruhen, jedoch auf die gleiche

11 G. Bachelard, *Le Nouvel Esprit Scientifique*, Paris 1963, S. 126.

Therapie ansprechen, läßt die nosographischen Vorurteile nicht verschwinden. Kaum hat man sie unglaubwürdig gemacht, stehen die alten Themen wieder auf – »ein versteckter nosographischer Komplex.« Das gleiche gilt für den Gebrauch und den Mißbrauch, der heutzutage mit dem Begriff Struktur getrieben wird. Wenn eine Struktur (eine psychotische, hysterische oder zwanghafte) zu diagnostizieren nur darauf hinausläuft, wieder einmal mit individualistischen Zuweisungen zu arbeiten und das Übel als eine dem kranken Individuum »eigene Substanz« zu lokalisieren, dann erneuert sich die Nosographie, ohne über sich selbst hinauszukommen. Eine rein synchronische *Struktur*, die der Dauer, der Veränderung und der Diachronie keinen Platz einräumen will, ist eine Abstraktion, die der Entfremdung dient. Es muß noch einmal betont werden, daß die Geschichte des Menschen durch solche Verfahren zum Stillstand gebracht wird. Man sagt: »Das ist meine Struktur«, wie man sagte: »Das ist mein Verehrer« oder: »So ist es, daran kann man nichts ändern.«

Rechtfertigungen der nosographischen Vernunft

Man kann sich nun die Frage stellen, warum es überhaupt Nosographen gibt. Nachdem wir uns mit den Rationalisierungen, mit denen das nosographische Verfahren sich zu umgeben pflegt, beschäftigt haben, können wir nun beginnen, die dahinterstehende Motivation zu analysieren. Meist rechtfertigt der Nosograph seine Anstrengungen im Namen von drei Imperativen.

1. Die nosographische Vernunft ist deskriptiv. Sie beschreibt eine autonome Wirklichkeit, die schon vor der Beobachtung bestanden hat, und sie versucht, die Realität analog zu der Ordnung, die der Astronom hinter der scheinbaren Unordnung des Weltraums entdeckt hat, zu strukturieren.
2. Die nosographische Vernunft ist präskriptiv. Sie begründet eine Diagnostik, die für die Therapie unerläßlich ist. Man muß das Übel kennen, ehe man es heilen kann. Für die spezifische Behandlung müssen die kranken Bestandteile isoliert werden.
3. Schließlich ermöglicht die nosographische Vernunft Kom-

munikation. Sie erleichtert den Austausch zwischen den Spezialisten und fördert den Fortschritt der Geisteswissenschaften.
Wenn man diesen drei Argumenten nachgeht, tauchen ziemlich viele Widersprüche auf.

1. Hat die Nosographie heute noch einen deskriptiven Wert?
Man weiß heute, daß bei jedem kognitiven Prozeß derjenige, der die Realität kennt, schon durch diese Kenntnis eine Veränderung erzeugt. Das Kopernikanische System hat es vor Kopernikus noch nicht gegeben; die Sonne drehte sich gewissermaßen tatsächlich um die Erde, bis Galilei das Gegenteil bewies. Auch die Nosographie entgeht dieser Regel nicht. Das Objekt, das der Psychiater konstitutiert, verhält sich ihm gegenüber teilweise wie seine eigene Schöpfung. Wenn man behauptet, daß der Beobachter das Beobachtungsfeld in keiner Weise beeinflußt, wenn man seine Rolle als die des strukturierenden Agenten eingrenzt, der am Wesen der Wirklichkeit nichts modifiziert, dann stellt man ein unhaltbares Postulat auf. Einige, die in diesem Punkt puristischer als die Physiker sind, haben dennoch eine solche Behauptung vorgetragen. Sie gaben vor, die Unordnung zu ordnen, ohne sie zu beeinflussen, und rechtfertigten sich mit dem Hinweis, daß nicht einmal die Zeit einen Einfluß darauf hätte.[12]
Der zeitgenössische Psychiater hat derlei Naivitäten überwunden. Er kennt den Einfluß der »Gegenübertragung« auf den Ausdruck der Symptome genau. Er weiß, daß durch die Einstellung des Nosographen Prioritäten gesetzt werden.
Wenn der Schizophrene von seinem Delirium spricht oder suggestives Traummaterial preisgibt, wenn er inzestuöse Gedanken enthüllt oder wenn er primäre oder sekundäre Symptome erkennen läßt, die mit der Beschreibung, die Bleuler geliefert hat, genau übereinstimmen, so bemerkt er die glänzenden Augen des Psychiaters. Er lernt allerdings auch schnell, sozial anerkanntes Verhalten zu vermeiden, das, wie er erfahren hat,

12 An dieser Stelle müßte man mit Le Guillant über das Chronische der Geistesstörungen nachdenken, die man chronisch gemacht hat, das heißt, man hat den Zeitfaktor entfernt, um die Krankheit besser domestizieren zu können.

das Pflegepersonal langweilt. Jay Haley meint, daß die Schizophrenen in der Lage seien, zum Beispiel die Theorie ihres Arztes zu adaptieren, daß sie sich einem Kraepelinianer gegenüber anders verhalten als gegenüber einem orthodoxen Psychoanalytiker, einem Jungianer, einem Behavioristen oder einem Anhänger Sullivans.[13]
Wie jede andere wissenschaftliche Disziplin produziert auch die Nosographie ihr Objekt in dem Maße, in dem sie es beschreibt, und durch die theoretische Entscheidung des Arztes. Ellenberger sagt[14], daß diese theoretischen Entscheidungen oft »Illusionen« seien, manchmal die Projektion eines intellektuellen Schemas und manchmal durch ihre affektive Motivation parasitär. Auf jeden Fall aber stehen sie mit dem Unbewußten des Psychiaters und der Gruppe, die er repräsentiert, in Zusammenhang. Die nosographischen Systeme sind ganz besonders fest durch die Sprache strukturiert. Seit Durkheim und Mauss wissen wir, wie sehr alle Klassifikationssysteme von der Sozialstruktur oder, im Einzelfall, von der Familienstruktur einer gegebenen Zivilisation geprägt sind. Wenn der Psychiater also einmal seine Wahl getroffen hat und sie fest in seiner Vorstellung von sich selbst und seinem Verhältnis zur Kultur verankert hat, dann wird er diese Wahl um so mehr zu befestigen und zu legitimieren suchen, je mehr sie angegriffen oder von seinem Untersuchungsobjekt selbst, dem Kranken, in Frage gestellt wird. Jede neue Erfahrung mit dem Kranken ist eine Prüfung des Systems, die sich durch einen Erfolg, eine gelungene Klassifikation auszahlt. Knock proklamiert: »Über dem Kranken und über dem Arzt steht die Medizin«, d. h. die Validität des nosographischen Systems, dem Arzt und Kranker sich unterwerfen müssen, selbst wenn ihre Beziehung darunter leidet. Außerdem ist der Arzt der Repräsentant der Gesellschaft. Er verheimlicht seine Ideologie, die Nosographie, um die Rolle des Retters, die man ihm zugeschrieben hat, besser erfüllen zu können. Andererseits gibt er dem Richter, dem Polizisten, dem Verwaltungsbeamten und dem Strafvollzugsbeamten Anregungen; sie leihen sich seine Konzepte aus – am weitesten von ihrem Ursprung entfernt wird man sie wiederfinden –, um ihre institutionelle Praxis daran zu orientieren.

13 J. Haley, *The Art of being Schizophrenic*, in: *Voices*, Nr. 1, 1965.
14 H. Ellenberger, a.a.O.

Die Dialektik, die den Psychiater mit den sozialen Körperschaften verbindet, mündet in die architektonische und administrative Materialisierung der Nosographie: die Institution. Wenngleich die nosographische Vernunft nur die ideologische Fassade der zurückgewiesenen Verhaltensweisen ist, so macht sie sich doch durch einen unerläßlichen Apparat von Konzepten und Einrichtungen bezahlt.

Das Objekt der Nosographie, der Kranke, befindet sich also nicht nur in den Schlingen der Diagnostik, sondern auch in der Zange der Institutionen. Er muß sich ihnen ausliefern, um der Idee, die sich die Gesellschaft von ihm macht, nachzukommen. So erscheint das nosographische Objekt als Mitspieler bei einer bestimmten Art der Interaktion und in einer besonderen institutionellen Realität. Darin gründet innerhalb der nosographischen Institution die Beziehung zwischen dem nosographierenden Arzt und dem nosographierten Patienten.

Man wird einwenden, daß die triadische Beziehung zwischen dem Beobachter, dem Beobachteten und dem wissenschaftlichen System in jeder Wissenschaft vorkommt. Aber was hier beunruhigend ist, ist der anachronistische Charakter des Systems. Solange die medizinischen Klassifikationen auf die sozialen Bedürfnisse geantwortet haben, konnte der auf zweifache Weise konditionierte Kranke, auf den sein Therapeut und seine Umwelt eingewirkt hatten, sich ohne große Schwierigkeiten anpassen. Heute relativieren der soziale Druck und die gleichzeitigen Umwälzungen der psychiatrischen Praxis die Unterwürfigkeit des Kranken gegenüber den medizinischen und administrativen Normen. Die Nosographie erscheint deshalb als Anachronismus in der Strukturierung der Realität, als ideologisches Relikt oder, wie Henri Lefebvre sagen würde, als »Mythos«.

Diese Kluft zwischen einerseits einer aus dem 19. Jahrhundert überlieferten Ideologie, die durch Bewußtlosigkeit und institutionelle Projektionen überlebt, und andererseits der gegenwärtigen, lebendigen Realität hat ein Beziehungsdilemma zur Folge, in dem Kranker und Arzt in einen falschen Tanz, eine Art Simulation zu zweit, hineingezogen werden. Um sein System zu erhalten, muß der Psychiater gewisse Symptome erfinden und andere Symptome ignorieren, er muß eine Einstellung begünstigen und eine andere verachten. Es ist bekannt, daß manche Psychiater den Wahn aus ihren Kranken herauslocken und andere die Äußerungen des Wahnsinns lahmlegen. Wenn der Psychiater eine Institution für seinen Klienten finden will, kommt hinzu, daß er die Akten fälschen muß, um die bürokratischen Barrieren zu überwinden, und daß er den Patienten in die gebotene »Form« bringen muß (einmal ein Intelligenzquotient unter 60, ein andermal eine Schwerhörigkeit etc.). Der Abweichende muß seinerseits simulieren, um sich einem Klassensystem anzupassen, das nicht das seine ist und in dem er nur schwer seinen Platz ausfindig machen kann. Um gewissermaßen sozial integriert zu werden oder eine dürftige Hilfe zu erhalten, muß er hinreichend geschickt sein, in die Haut des gewünschten Devianten zu kriechen, der sozial anerkannt, d. h. so eingeordnet ist, »wie es sich gehört«. Er muß die Kleidung der »richtigen Kategorie« übernehmen. Das heißt: Der Schizophrene und der Neurotiker haben einen Anspruch auf Behandlung, der Delinquente auf Gefängnis und der Clochard auf Almosen. Der potentielle Deviante muß wählen (ungefähr so, wie der nosographische Kliniker sein System wählen muß), doch der Himmel sei mit ihm, wenn seine Wahl mehrdeutig ist. Hier wird er »Soziopath« genannt, dort »Psychopath« oder »Charakterneurotiker« oder »pervers« (denn um ihn unter Gewalt zu bekommen, um ihm den »bösen Geist auszutreiben«, braucht man einen Namen). Am Ende kann man ihn dennoch nicht einordnen, er wird der ständig Deklassierte, einer, von dem man nicht weiß, wo man ihn unterbringen soll und den man aus den Klassen ausstößt, in die er sich hineinmogeln wollte. Er wird zum Herausforderer der nosographischen Vernunft, auf den wegen dieses »Verbrechens« Jagd gemacht wird: »[...] Mit zehn Jahren wurde er ausgesetzt, und die Fürsorge kümmerte sich um ihn. Mit zwanzig Jahren reißt er aus und wird zum ersten Mal in die Abteilung der unruhigen Gemütskranken des allgemeinen Krankenhauses eingewiesen, weil er betrunken auf offener Straße gefunden wurde. Dann kommt er ins Gefängnis. Mit dreißig Jahren wird er delinquent und deshalb wieder eingesperrt. Da er aber gewalttätig und Alkoholiker ist, und weil er eine Anstaltsvergangenheit hat, meint man, er sei hier nicht am rechten Platze. Nach einem Selbstmordversuch wird er interniert. Weil er jedoch delinquent ist und aus dem Gefängnis kommt, wird er wieder aus dem psychiatrischen Krankenhaus entlassen. Wenig später heiratet er eine Frau, die zahlreiche Kinder zu versorgen hat. Da seine Ehe schlecht läuft und seine Kinder auf der Straße lungern, nimmt die Fürsorge ihn unter ihre Vormundschaft. Selbst hier bewirkt seine Vergangenheit als Delinquenter und Geisteskranker, daß er als Außenseiter behandelt wird. Oft wird ihm vorgeworfen, daß er simuliere.« Über diesen Vorwurf kann man sich nur wundern, da ja das Simulieren zu den Regeln des Systems gehört, das man ihm aufzwingen will. Die Wirklichkeit, die der Nosograph verteidigt, ist in der Tat eine simulierte Wirklichkeit. Alles verläuft »so, als ob«, und die grundlegende Wahrheit, die hinter der Devianz steht, wird verleumdet. Hier wird der erste Widerspruch der nosographischen Vernunft offensichtlich. Da sie der Realität gerecht werden will, strukturiert sie sie – diese Eigenschaft hat im Grunde jede Wissenschaft –, aber auf eine irreführende Art und Weise. Der deskriptive Wert der nosographischen Vernunft kann paradoxerweise nur durch Lügen und gefälschte Krankenbilder überleben.

2. Hat die Nosographie noch einen präskriptiven Wert?

Wir haben schon gesagt, daß die Individualisierung der Krankheit dem Glauben an die spezifische Behandlung wie ein Spiegelbild entspricht. Wenn man die klinischen Formen purifiziert, dann tut man das angeblich deshalb, um sie für eine angemessene Therapie, die die Krankheit Stück für Stück bekämpfen will, tauglich zu machen.

Dieser Traum, der die Mediziner bis ins 19. Jahrhundert begeistert hat, setzt sich nun fort in der Psychiatrie, obwohl die benachbarte Disziplin der somatischen Pathologie inzwischen nicht-spezifische Therapien vorzieht (Antibiotika, entzündungshemmende Mittel).[15] Angeblich ist die nosographische Vernunft wirkungsvoll, angeblich kodifiziert sie die Beziehung des Behandelnden zum Behandelten nach einem heilkräftigen Schema. »Ein Kranker, dem unsere Klassifikationen geläufig waren, sagte uns: ›Trotz allem, ob Sie mich für einen Paranoiker, einen Schizophrenen oder einen Charakterneurotiker hal-

15 François Dagognet, a.a.O.

ten, Sie werden mich immer mit neuroepileptischen und euphorisierenden Mitteln (denn Kranksein ist nicht lustig) behandeln und mir eine Psychotherapie verabreichen, weil das zur Mode gehört.‹« Man könnte dieser Bemerkung noch viele andere hinzufügen und zum Beispiel die Nutzlosigkeit verschiedener kriminologischer Typologien nennen, die praktisch alle auf Gefängnis, Bewährung oder andere Modalitäten der gleichen »Behandlung« hinauslaufen: die Beschränkung der Freiheit. Aber in der Scholastik gibt es Schlimmeres als die einfache Nutzlosigkeit. Die nosographische Vernunft, die angeblich den Wahnsinn reduziert, macht in Wirklichkeit wahnsinnig. Sie erhält die Devianz des Abweichenden. Die von der Nosographie bestimmte Therapie wird zu einem Zwang; sie produziert eine Situation, in der Behandelnder und Behandelter beide aus der Rolle fallen und nur in der inauthentischen Art einer simulierten Beziehung miteinander kommunizieren können. Zu Beginn des Spiels eröffnet die Nosographie eine Art schwarzen Markt, wo der Kranke, um in den Genuß der Behandlung zu kommen, die von dem Arzt diktierte Psychologie anerkennen muß. Im gleichen Augenblick wird der Kranke etikettiert, in einer Kategorie fixiert (wie bei einer anatomischen Präparierung) und darin konserviert. *Die Krankheit spezifizieren heißt, den Kranken in seiner Krankheit spezifizieren, also ihn in seiner Krankheit erhalten* – ein bitterer Widerspruch der nosographischen Vernunft. Sie greift in krankhafte Auswüchse ein, um Ordnung zu schaffen und um besser mit ihnen fertig zu werden. Sie befiehlt die Perpetuierung des Wahnsinns[16] und nagelt den Arzt auf den Status dessen fest, der objektiv klassifizieren muß, der der Persönlichkeit des Kranken alle positiven und individuellen Elemente entreißen, der ihn in den Schatten stellen muß, um an ihm ein paar handfeste, aber sehr allgemeine Symptome zu entdecken. Hinter der nosographischen Strategie verbirgt sich die Beziehung eines Voyeurs zum Beobachteten, die in direktem Gegensatz zu einer therapeutischen Beziehung steht. Befangen in seinen diagnostischen Interessen, deformiert der Therapeut seinen Patienten zu

16 Der krankmachende Charakter der medizinischen Verordnung, der Diagnostik, wurde ausführlich von Maud Mannoni beschrieben. Siehe: M. Mannoni, *Das zurückgebliebene Kind und seine Mutter*, Olten-Freiburg i. Br. 1972; und *L' Enfant, sa »maladie« et les autres*, Paris 1967.

einer Sache. Er entfernt sich von ihm als Person, verliert den Sinn für das, was in ihm selbst und in dem anderen wirklich vorgeht, er verschließt sich gegen sich selbst, gegen andere und gegen die zwischenmenschliche Kommunikation, kurz: er verliert jede therapeutische Effektivität und nebenbei auch noch die Möglichkeit, den anderen kennenzulernen.

3. Ich habe die Einwände des Nosographen schon im Ohr:
»Sie verdammen die Klassifizierungen in Theorie und Praxis. Nun gut. Aber wie wollen Sie ihre Erfahrungen weitergeben? Wie wollen Sie Ihre Forschungsergebnisse anderen mitteilen, wenn Sie sich auf den nichtverbalisierbaren Kern der Beziehung zurückziehen und auf jegliche Typologie verzichten? Entschlagen Sie sich dann nicht der Sprache?« Das Problem ist erheblich. Man muß allerdings sehen, daß diese letzte Rechtfertigung der nosographischen Vernunft den Interessen und Bedürfnissen des Psychiaters mehr Gewicht beimißt als denen seiner Patienten.
Was ist übrigens eine Überlieferung der Erfahrung wert, wenn sie in Termini geschieht, die dieser Erfahrung völlig fremd sind? Kann eine trügerische und wirkungslose Beschreibung tatsächlich unsere Kommunikation erleichtern? Wenn man an die nationalen und internationalen Kommissionen denkt, die die Schwierigkeiten der Kommunikation zwischen Psychiatern beklagen und deshalb Nomenklaturen zusammenstellen, um ein wenig Ordnung und Klarheit in das Durcheinander der zahlreichen Klassifikationen zu bringen, dann kommen einem Zweifel. Sicherlich ist die Sprache der Geisteswissenschaften nicht vollendet, zweifellos müssen wir noch viel für die Verbesserung unserer Kommunikationen tun. Vielleicht bleibt uns nichts anderes übrig, als unser eigenes Zeichensystem, unsere Mathematik zu entdecken. Wir glauben nicht, daß die nosographische Vernunft, die auf allen Ebenen nur Hindernisse erzeugt hat, etwas dazu beitragen kann. Wir sind sogar überzeugt, daß die verschiedenen nosographischen Systeme, die voller persönlicher und kultureller Rechtfertigungen ihrer Anwender stecken, dem Austausch eher schaden als ihn erleichtern.

Die Funktion der Nosographie für den Psychiater

Die Nosographie dient also weder der Deskription noch der Präskription, noch der Kommunikation. Sie konstitutiert sich durch zwei wesentliche Interessen: das des Psychiaters, der ein Arzt wie alle anderen bleiben möchte, und das der Gesellschaft, die besorgt ist, die Ausschließung ihrer Wahnsinnigen nicht rechtfertigen zu können.

Unter dem Schutze der Bayleschen Entdeckung (der syphilitische Ursprung einer Geisteskrankheit: die völlige Lähmung, die auf eine Meningoenzephalitis zurückgeführt wurde) hoffte der Psychiater, in die Medizinergruppe reintegriert zu werden. Außerdem schien eine psychiatrische Vorliebe dem fundamentalen Gesetz der klinischen Anatomie zu entsprechen: eine Ätiologie, eine Schädigung, ein symptomatisches Bild.[17] Man kann das Schicksal entfremdeter Humanität, die sich in ein administratives und soziales Ghetto zurückgezogen hat, nicht ungestraft 150 Jahre lang teilen. Der Mythos des Psychiaters verdeckt eine bestimmte Anzahl komplexer Realitäten. Der Psychiater ist verrückt oder, vielmehr, er ist wie der Verrückte. Wie der Verrückte ist er durch die Reglementierung lahmgelegt, durch administrative Aufgaben entwürdigt und durch seine bedingungslose Unterwerfung unter die Forderungen der Öffentlichkeit entfremdet. (Es geht nicht darum, der bürokratisierten Medizin einen Strick zu drehen. Es geht uns um die Feststellung, daß in einer Gesellschaft, die die bürokratisierte Medizin für minderwertig hält, diese tatsächlich der Abschaum der Medizin ist, und daß der bürokratische Arzt von ihr verachtet und entwürdigt wird.)

Daher rührt die hoffnungslose Suche nach einem Status durch Anpassung an die herrschende medizinische Kultur, die sich noch heute in zahlreichen Widersprüchen vor unseren Augen abspielt. Es ist das gemeinsame Los aller erniedrigten Gruppen, die Unterschiede auszulöschen und sich um jeden Preis mit den Werten zu identifizieren, von denen sie unterdrückt werden. Der Jude wird Antisemit, der Neger glättet seine Haare, und der Psychiater nosographiert.

17 Diese Hoffnung täuschte: einerseits kann eine vollständige Lähmung verschiedenartige psychische Symptome hervorrufen, andererseits haben die übrigen Geisteskrankheiten nur in wenigen Ausnahmefällen ein bekanntes anatomisches Substrat.

Um seinen Wunsch, ein Arzt wie alle anderen zu sein, zu befriedigen, täuscht er vor, Krankheiten zu studieren, zu kennen und möglicherweise auch zu behandeln, deren Schäden oder deren ursächliche funktionelle Störung man vielleicht eines Tages erkennen wird. Wie sein beneideter Bruder begibt der Psychiater sich in die Spitzfindigkeiten der Differentialdiagnostik, der positiven und ätiologischen Diagnostik und treibt seine klinischen Raffinessen so weit voran, bis er bei ein und demselben Kranken zwei Krankheiten unterscheiden kann (auf diese Weise hat Clérambault bei einem Kranken einen Eifersuchtswahn und einen Interpretationswahn festgestellt). Da ihm therapeutische Mittel noch mehr fehlen als dem Somatiker, versucht er, sie auf der nosographischen Ebene zu ersetzen. Wenden wir uns noch einmal dem Archaismus seines Modells zu. Während der Somatiker langsam die Krankheit gegen das Syndrom eintauscht und seine Forschung immer stärker an der Therapie orientiert, kultiviert der Psychiater – auf der Suche nach »angesehenen« Identifikationen – den »Garten der Arten«, den die somatische Medizin gerade hinter sich zu lassen beginnt. Seine Medizin mit ihren Kategorien und Spezifizierungen ist der des 18. Jahrhunderts sehr ähnlich.
Manchmal jedoch glaubt der Psychiater an seinen Erfolg. M. wird kurz nach dem Krieg hospitalisiert; er »hört« in seinem Kopf kleine Küken, die mit ihm sprechen und ihm zuflüstern: »Du bist Christus, du bist der König, du bist allmächtig.« Es handelt sich um einen erbarmungswürdigen Mann, der intellektuell unbegabt ist, von seinen Verwandten verstoßen worden ist und verachtet wird. Ironischerweise erinnert sein Nachname zu allem Unglück noch an seinen kleinen Wuchs und seine geistige Armut. Der nosographisch interessierte Psychiater, der ihn sieht, hält sich nicht mit Kleinigkeiten auf. Er will den Appell, der hinter dem Wahn steckt, ignorieren. Wird er nicht dafür bezahlt, zu ignorieren und unvertretbare Proteste zum Schweigen zu bringen? Also entwirft er eine biomedizinische Theorie, die dem fehlerhaften Funktionieren einer bestimmten Region des zerebralen Cortex eine Halluzination (egal welchen Inhalts, der Inhalt gilt hier als Nebensache) hinzufügt.[18] Daraufhin wird ein Eingriff be-

18 F. Tosquelles schreibt: »Aus der Vorstellung und der Angst vor dem zerfallenen Körper kann nur die mechanistische Physiologie eines Roboters

schlossen, der die verdächtige Zone zerstören soll. Am Tag nach dem Eingriff ist M. stumm. Durch eine lokale Komplikation wurde das Ziel des Eingriffs überschritten. Er hat die Sprache und einen Teil seiner motorischen Beweglichkeit eingebüßt. Nach einigen Monaten erholt er sich, aber er besteht weiterhin hartnäckig auf seinem Wahn. Die Situation hat sich in der Tat nicht verändert. Er ist immer noch armselig, ja sogar noch etwas mehr, seit er zum Krüppel geworden ist. Seine Brüder können sich nun durch den Vergleich mit ihm in ihrem Glück bestätigen. Der Psychiater wundert sich und fragt sich, ob dieser Kranke sich nicht über ihn lustig macht. »Er spinnt vielleicht«, schreibt er in die Akte. Später notiert er: »Der Eingriff war vielleicht nicht ausreichend, man muß von der anderen Seite aus herangehen.« Ein erneuter chirurgischer Eingriff verschlimmert die motorischen Störungen von M. und lähmt ihn fast ganz; er ist unfähig, sich zu ernähren, und ans Bett gefesselt. Das ist kurz und bündig der tragische Schluß. Dem Psychiater, der ihn auf seinen Wahn hin befragt, antwortet M. ohne Umschweife, aber wegen der post-operativen Störungen mit fast tonloser Stimme: »Die kleinen Küken haben Angst bekommen. Sie sind weggelaufen.« Zwanzig Jahre später ist er immer noch in einem psychiatrischen Krankenhaus. Er sitzt den ganzen Tag in einer Ecke, stumm, unbeweglich, ein menschliches Wrack – dies alles, weil der Geisteskranke sich der Anmaßung des nosographisch arbeitenden Psychiaters, der vorgibt, klinische Anatomie zu betreiben, nicht gefügt hat. Die Geistesstörung hat ihr Geheimnis dem Seziertisch nicht preisgegeben (auch nicht den anthropometrischen Messungen, mittels derer Lombroso die pathologische Anatomie überflügeln wollte).

Die Nosographie bildet, nicht zuletzt, die Geschichte einer großen Enttäuschung und des kompensatorischen Bedürfnisses, sich den Normen und Anforderungen des bestehenden Sozialsystems zu beugen. Von der Gesellschaft ausgeschlossen, in seiner Forschung verraten, mit den Verrückten ins Asyl geschickt, um sie zu verwahren und die Gruppe vor ihnen zu bewahren, sucht der Psychiater nun die Situation umzukehren und wappnet sich gegen den, der sich nicht unterwerfen will. Der Para-

hervorgehen.« *Pédagogie et Psychothérapie institutionelle* (Sondernummer der *Revue de Psychotherapie institutionelle* 1966).

noiker ist sicherlich als ein mißtrauisches Subjekt definiert, vor allem jedoch als Subjekt, dem man mißtrauen muß. Der Schizophrene ist gespalten, aber in erster Linie bezeichnet er die Gefahr, die Ordnung der Umwelt zu spalten. »Der Psychiater sagt ja, der Verrückte ist wirklich gefährlich, und man hat seine Gründe, ihn einzusperren.« Durch seine Diagnostik schützt und bestätigt er seine Auftraggeber, er macht ihnen ein gutes Gewissen und rüstet sie mit neuen Waffen; er verteidigt und stabilisiert die bürgerliche Ordnung.

Die »Geisteskrankheiten« sind, den Beschreibungen des Psychiaters zufolge, von einer *Aura* der Schuld umgeben. Solche Beschreibungen findet man sogar in wissenschaftlich anmutenden Darstellungen. Konzepte wie das der »Degeneration«, der »Perversität« oder der »kranken Konstitution« dienen genausogut zur Anklage wie zur Diagnose, ebenso zur Umschreibung des Unglücks wie zur Erniedrigung des Kranken durch seine schmähliche Behandlung im Asyl. Der Kranke verliert seine Qualität als Kranker und wird zu »dem Irren«, zum gefährlichen Internierten. Der umgangssprachliche Ausdruck »sich behandeln lassen« ist symptomatisch. Man läßt sich »wegen« einer Krankheit behandeln. Absolut genommen heißt »sich behandeln lassen«: sich herabsetzen lassen. Der Satz »Wenn du krank bist, laß dich behandeln« hat eine völlig andere Bedeutung als: »Man muß Ihren Ulcus behandeln«. Später, als die Psychiatrie von der »Behandlung der Nerven« spricht, beschreitet sie bereits den Weg der Wahnverminderung. In der Zwischenzeit jedoch sah man den Wahn und die Prahlerei der Psychotherapie gedeihen.

Es ist keineswegs Freuds Verdienst, die Zitadelle des Asyls ins Wanken gebracht zu haben. Ein Arzt aus Wien (wahrscheinlich ist dabei nicht unwichtig, daß er eine Randfigur gewesen ist und zumindest am Anfang außerhalb des institutionellen, universitären oder krankenpflegerischen Kontextes gearbeitet hat) stellte die Grenzen zwischen dem Normalen und dem Pathologischen in Frage, die bis dahin von seinen Kollegen rigoros respektiert worden waren. Der Einsturz der Mauern, die das Asyl umschlossen und die Welt in zwei Teile, der Verrückten und der Nicht-Verrückten teilten, war im Licht der psychoanalytischen Entdeckungen unvermeidlich.

Freud betonte, daß die Beziehung des neurotisch Kranken zu

seinem Therapeuten den bevorzugten Ort für die Wiederholung des pathologischen Dramas darstellt, an dem der Kranke seine Neurose noch einmal durchleben kann. Als er den Analytikern den Rat gab, sich auf die sogenannte »Übertragungsneurose« zu konzentrieren, macht er klar, daß die Beziehung Psychiater-Neurotiker (und, allgemeiner, die Beziehung Arzt-Patient) an sich eine mit krankhaften Elementen durchsetzte pathologische Beziehung ist.

Meist macht der Arzt einen Rückzug, wenn er merkt, daß er in das Leiden seines Kranken hineingezogen wird. Es kann auch sein, daß er mit einem quasi-chirurgischen Schnitt die Beziehung abbricht oder sich zu einer Mitleidsbekundung herabläßt oder gar zu verleugnen sucht, daß es überhaupt Leiden gibt. Die einschneidende Entdeckung Freuds impliziert genau das Gegenteil; sie verlangt zu begreifen, daß man diese neurotische Beziehung kultivieren muß und aus ihr heraus die aufgeblähte und scharf umrissene Pathologie analysieren kann, daß man die »Übertragungsneurose« als therapeutischen Hebel benutzen muß.

Die Geschichte lehrt uns, daß man unvollendeten Revolutionen mißtrauen soll. Sie begünstigen häufig Persönlichkeits- und Bürokratiekulte. Das psychoanalytische Werkzeug, das in aller Eile von dem Anerkennung heischenden medizinischen Subproletariat (den Psychiatern) übernommen wurde, läuft Gefahr, schnell in ein neues Unterdrückungs- und Entfremdungsinstrument verwandelt zu werden. Perrier beschreibt den »Pensionär« der modernsten psychiatrischen Institutionen folgendermaßen: »Im allgemeinen ist er eine ernsthafte, höfliche, langweilige und wohlerzogene Person. Er stellt sich als Produkt einer dreifachen Konditionierung vor. Er hat einen Analytiker für sein Unbewußtes gehabt, einen Chemotherapeuten für seine Nerven und einen Ratgeber für seine soziale Anpassung. Diese drei Referenzen erlauben ihm, seinem Titel als Psychotiker treu zu bleiben. Seine Devise ist: Arbeit (die Arbeitstherapie), Familie (die psychiatrische) und Vaterland (das Freudsche).«[19]

Der Text ist grausam, wahrscheinlich ungerecht und wenig futuristisch. Die Zehntausende Geisteskranker, die die Klien-

19 F. Perrier, *La Psychoanalyse entre le psychotique et son thérapeute*, in: *Evolution psychiatrique*, 1968, 33, Januar-März, S. 53-74.

tel der psychiatrischen Kliniken in Frankreich bilden und die mit Ärzten und Pflegepersonal unterbesetzten Stationen überfüllen, haben noch lange nicht jeder einen Chemotherapeuten, einen Berater und einen Analytiker.[20] Aber ist es nicht trotzdem eine berechtigte Warnung? Es liegt nahe, daß sich unter dem analytischen Mantel, den der zeitgenössische Psychiater sich umgehängt hat, der verstockte Nosograph versteckt. Die Psychotherapie (selbst wenn sie »psychoanalytisch inspiriert« ist) entkommt den Nosographien nicht notwendigerweise. Für den Arzt (und manchmal auch für den Kranken) ist es vielleicht beruhigend, den Kranken in »Augenblicke« einzuteilen, ihn Stück um Stück auszuschälen, seine Triebe, seine Abwehr- und Übertragungsmechanismen zu klassifizieren oder alles durch seine »Struktur« zu verdunkeln, die eine kaum verschleierte Neufassung der alten »kranken Konstitution« ist und im Grunde den gleichen therapeutischen Pessimismus verdeckt. Auf diese Weise wird die Soziopathie ausgedrückt und in einem starren Bild aufgezeichnet; aber das Problem kann so nicht behoben werden.

Hinzu kommt, daß die Mythologie der Technik eine eher zweifelhafte Angelegenheit ist. Der Psychiater, der sich vergewissert hat, eine eigene Technik zu besitzen, läuft Gefahr, im Namen von psychotherapeutischen Forderungen zusammenfassende Kodifizierungen zu entwerfen, um sich besser gegen seinen Kranken abschirmen zu können, und sich jetzt, endlich anerkannt, den Schablonen der wissenschaftlichen Medizin anzupassen. Außerdem ist zu befürchten, daß die psychoanalytische Bewegung selbst in der Exegese der »heiligen« Texte steckenbleibt und sich darin verfängt. Fast kommt es einem vor, als hätten die Disziplinen Angst, ihren Meister zu überflügeln, Angst, sich von ihm zu trennen oder ihm gar zu widersprechen, Angst vor einer Veränderung. So hat sich denn die psychiatrische Bewegung in einer Art von triumphierender Unbeweglichkeit organisiert, um die Angst besser ersticken zu können. »Doktor Schlacher steckte sich eine Zigarette an und

20 Es kommt häufig vor, daß für 300 oder 400 Kranke, die in baufälligen Abteilungen untergebracht wurden, nur ein Arzt und ein oder zwei Medizinalassistenten zuständig sind. Trotz der offiziellen Bestimmungen kann immer nur ein Pfleger für eine Gruppe von 20 bis 25 Kranken abgestellt werden.

betrachtete die von Freud signierte Photographie auf seinem Schreibtisch. Dann hob er melancholisch den Kopf und sagte: ›Ach Sigmund, was sind wir für Idioten, wir, die wir unsterblich sind.‹«[21]

Die öffentliche Psychiatrie ist also dem Risiko ausgesetzt, sich in ihrer praktischen und theoretischen Misere zu vergegenständlichen und sich durch eine Psychoanalyse faszinieren zu lassen, die sich zwar nicht mehr bewegt, die aber endlich für sich und die gesamte Psychiatrie einen anerkannten Status erobert hat.

Die soziale Funktion der Nosographie

Diese Situation änderte sich, wenn die sozialen Erwartungen sich änderten. Denn weder die Eitelkeit, vom medizinischen Berufsstand anerkannt zu werden, noch die verzweifelte Wut reichen aus, den Psychiater dazu zu motivieren, an der Nosographie festzuhalten. Die Nosographie hat wie jeder Mythos eine bestimmte soziale Funktion. Heimlich übernimmt sie die zurückweisende Geste, die willkürlich den normativen Raum der Gruppe eingrenzt – eine Geste, die für jede Gesellschaft konstitutiv ist. Innerhalb dieses Raums darf man sich bewegen und außerhalb »darf man es nicht mehr«. Dieser innere Raum kann nur im Verhältnis zu einem äußeren Raum definiert werden. Für das Bestehen der Gruppe ist eine Antithese notwendig, eine Nicht-Gruppe, die sie in ihrem Gruppenstatus bestätigt, eine Negation, die ihre Existenz ermöglicht. »Wir sind delinquent, damit ihr ehrlich sein könnt, damit ihr euch weiterhin im Vergleich zu uns ehrlich fühlen könnt«, sagte eines Tages ein Gefangener. Jean-Paul Sartre hat die bestätigende Funktion des Bösen einleuchtend dargestellt. Er beschreibt die Lokalisierung der »Alterität des Bösen« in der Person des Devianten als Mittel, die uns »erschreckende« Unruhe – übrigens eine Eigenschaft der Freiheit – zu besänftigen. Michel Foucault macht mit anderen Worten auf dasselbe Phänomen aufmerksam; er erinnert daran, daß der Verrückte der Garant der vernünftigen Ordnung ist. »Die Wahrnehmung, die der abend-

21 Georges Baxt, *Drôle de sauna*, Paris 1967.

ländische Mensch von seiner Zeit und seinem Raum hat, läßt eine Struktur der Ablehnung erscheinen, von der aus man eine Rede denunziert, indem man sagt, sie sei nicht Sprache, eine Geste denunziert, indem man sagt, sie sei nicht Tat, und eine Gestalt denunziert, indem man sagt, sie habe kein Recht, in der Geschichte Platz zu nehmen. Diese Struktur ist konstitutiv für das, was Sinn und Nicht-Sinn ist, oder vielmehr für jene Reziprozität, durch die sie miteinander verbunden sind. Diese Struktur allein kann über jene allgemeine Tatsache berichten, daß es in unserer Kultur keine Vernunft ohne Wahnsinn geben kann, selbst wenn die rationale Kenntnis, die man vom Wahnsinn erwirbt, ihn reduziert und ihn entwaffnet, indem sie ihm den zerbrechlichen Status eines pathologischen Fehlers verleiht. Die Notwendigkeit des Wahnsinns [. . .] ist an die Möglichkeit der Geschichte gebunden.«[22]

Eine Gruppe von Medizinstudenten war begeistert von der vernünftigen Idee, Veranstaltungen zu machen, in denen Kranke und Pflegepersonal gemeinsam die materiellen Probleme des Lebens auf einer Station diskutieren sollten. »Sie sprechen wie ganz normale Menschen und machen keinen verrückteren Eindruck als wir alle«, sagte ein Student, und ein anderer fuhr fort: »Aber auf der einen Station, die Sie uns nicht zeigen, da muß es doch wohl richtige Verrückte geben.« Die »richtigen Verrückten« mußten existieren, damit die Vernunft nicht den Boden unter den Füßen verlor. Viele Geisteskranke bestätigen auf diese Weise ihre Umwelt. In den Familien von Schizophrenen erscheint der Kranke manchmal als der, der sich geopfert hat, der den Fluch auf sich genommen hat, damit die anderen sich auch weiterhin »in Ordnung« fühlen können. Die nosographische Vernunft übersetzt dieses Wahnsinnsbedürfnis, den Devianten nach dem Prinzip der chemischen Konservierung in seiner Devianz zu konservieren. Werden unsere Strafanstalten und Asyle nicht oft genug mit einer Art Kühlschrank verglichen? »Konservieren« und »verwahren« sind ambivalente Worte; sie implizieren eine Zurückweisung und zugleich eine Protektion. Man verwahrt die Verrückten weit entfernt von den Normalen, die Delinquenten weit entfernt von den »ehrlichen« Leuten; damit sie nicht ausreißen und in der Stadt keine

22 M. Foucault, *Wahnsinn und Gesellschaft*, a.a.O.

Unruhe stiften können, sind sie in »guter Verwahrung«; aber zugleich verwahrt man sie, damit sie so bleiben, wie sie sind. Wir haben den Eindruck, daß die nosographische Vernunft auf der Infrastruktur dieser Ambivalenz aufbaut. Die Widersprüche klären sich langsam auf und die realen Ziele werden deutlich. Es ist nicht unwesentlich, daß die für die »Behandlung« (oder vielmehr für die Konservierung durch Züchtigung) ausgewählte Person ein Arzt war, der Psychiater getauft wurde.[23] Die Berufung auf das Modell der somatischen Medizin hat außer seinem Wert für den Psychiater selbst noch verschiedene Vorteile für die Gesellschaft: *1. Sie ermöglicht die Errichtung einer von dem zoologischen System Linnés beeinflußten Nosographie, die eine bessere Verwaltung der Wahnsinnigen zur Folge hat.* Handfeste Interessen stehen hinter der Klassifikation der Objekte, die man konservieren will; der Psychiater, der bürokratische Arzt, ist in erster Linie Verwalter von entmenschlichten Pachtstücken, die man in Ordnung halten muß.

2. Sie begünstigt den Abbau von Skrupeln. Worüber könnte der zurückgewiesene Deviante sich beklagen? Vertraut man ihn nicht einem Arzt an, einer guten und gratifizierenden Mutter, die den Auswirkungen der Zurückweisung entgegentritt oder sie lindert? Die physische Pflege, mit der die Gefangenen und Geisteskranken versehen werden, hat zum Ziel, das Überleben des eingesperrten Devianten zu ermöglichen, da man nicht auf ihn verzichten kann. Zugleich soll sie sein Leiden verringern. Der Gefängnisarzt, der eine Art Anti-Sanktion darstellt, tritt schon sehr früh in die Welt der Sträflinge ein, lange bevor der Psychiater versucht, eine wirkliche Therapie der Delinquenz zu entwickeln und damit die Sträflingsinstitution in Frage stellt.

3. Sie rechtfertigt die Ausschließung des Verrückten aus der menschlichen Gemeinschaft. Wenn man sich zu sehr auf die affektive, intellektuelle, kurz: die menschliche Dynamik des Wahnsinns einläßt, was später dann auch geschieht, geht man das Risiko ein, rasch enge Verwandtschaften zwischen dem

23 »Lange Zeit waren das medizinische Denken und die Praxis der Internierung einander fremd geblieben. [. . .] Gegen Ende des 18. Jahrhunderts kommen diese beiden Gestalten sich näher.« M. Foucault, *Wahnsinn und Gesellschaft*, a.a.O.

Verrückten und dem Nicht-Verrückten zu entdecken. Im Gegensatz dazu geht eine Verdinglichung der Geisteskrankheit, eine Übersetzung des wirren Verhaltens in Termini von Prozessen, die der Beschreibung organischer Prozesse vergleichbar sind, über den alten Mythos der Besessenheit durch einen kranken Geist hinaus. Vom Teufel besessen sein heißt immerhin noch, sich auf der Ebene des Wesens befinden, Mensch bleiben. Eine Paraphrenie haben heißt dagegen, einer extra-psychologischen Degradierung, einer ursächlichen Kraft aus der Welt der Dinge unterliegen und aus dem Feld der menschlichen Sprache verschwinden.

Das am meisten beruhigende Modell ist das Beschreibungsmodell der Infektionskrankheiten, dem Pasteur später die Geister austrieb. Michel Foucault macht darauf aufmerksam, daß der Wahnsinnige zu Beginn des klassischen Zeitalters den Platz in der Gesellschaft einnimmt, den die Leprakranken und Syphilitiker zuvor geräumt hatten. Man könnte diese Analogie noch weiterführen. Werden die Verrückten und Delinquenten nicht wie Seuchen angesehen? Wer als Kranker in die psychiatrische Klinik eingeliefert wird, befürchtet die Ansteckung. Der üblichen Verallgemeinerung gemäß ist immer der andere der Verrückte. »Wenn ich hier bei den Verrückten bleiben muß, werde ich selbst verrückt, Herr Doktor.« Ebenso klagt der Delinquent als Grund für sein abweichendes Verhalten den »Umgang in schlechten Kreisen« an. Wenn man die Delinquenten in Kategorien einteilt, um ihnen am Ende das Zellenregime aufzuzwingen, ist ebenfalls die Ansteckungsgefahr, dieses Mal in ihrer subtilsten Form, der Homosexualität, ausschlaggebend. Das Spektrum, das die Nosographie ausbreitet, reicht von der Ansteckung unter Devianten bis zur Ansteckung zwischen Devianten und »Normalen«. Da sie dem Substantialismus treu sind, der aus der Devianz ein pathologisches Vermögen, ein »Surplus« macht, einen Parasiten, der sich fortpflanzen könnte, scheinen weder der Arzt noch der Verwalter noch die Gesellschaft bedacht zu haben, daß die Seuche zurückschlagen könnte, daß sie zum Beispiel aus einem Gesunden einen Therapeuten für den Irren machen kann.
Die Infektionskrankheiten sind der Triumph der nosographischen Vernunft; sie lassen sich in Kategorien von perfekt trenn-

baren Typen bringen: Wie könnte man die Röteln mit Scharlach verwechseln? Trotz atypischer Formen lassen sie sich leicht unterscheiden. Zugleich sind sie eine Bedrohung für die Nosographie. Die Ansteckung bringt das Moment des interpersonellen Einflusses zutage. Der Keim ist nicht nur eine wirkende Kraft, eine toxische Substanz; er wird auch von jemandem übertragen. Verschiedene Zusatzinfektionen, die von der Umgebung herkommen, verschlimmern die Krankheit und berauben sie ihres erkennbaren Charakters. Sie wird verschleiert und ist nicht mehr zu identifizieren. Die Theorie der Krankheitsstoffe, die Pasteur und seine Schüler widerlegt hatten, wird nun durch die Epidemiologie wieder aufgefrischt. Damit die Krankheit fortdauern und zugleich erstickt werden kann, muß der Kranke weit entfernt von seiner Familie in einem »spezialisierten Etablissement«, in dem die Ansteckung sich entwickeln und alle Phasen bis zu ihrem Abklingen durchlaufen kann, isoliert werden. Das Krankenhaus wird der Ort der reinen Krankheit, die der Arzt in aller Ruhe beobachtet und behandelt. Die Isolierung schützt die Gesellschaft und die Nosographie zugleich.

Jetzt wird verständlich, wie sehr dieses Modell die Zurückweisung des Devianten erleichtert hat. Der Psychiater, das Asyl und die Nosographie haben die Aufgabe, die Entwicklung der verschiedenen Formen des Wahnsinns in ihren Eigenarten zu ermöglichen und zur gleichen Zeit jegliche Annäherung der Wahnsinnigen untereinander zu verhindern. Eine Gesellschaft von Wahnsinnigen wäre allzu bedrohlich, aggressiv. Wenn sie sich in einer Neo-Gesellschaft konstituieren könnten, würden die Wahnsinnigen zu organisierten Feinden; sie verlören ihre Funktion als unorganisierte Asoziale, die der Rechtfertigung der Gesellschaft in ihrer Sozialität und ihrer Organisation dienen. Die moralische Ordnung, die aus der Nosographie hervorgeht, verbietet übrigens jeglichen aufregenden Kontakt mit den Devianten. Die Devianten sind negative Zeugen unserer Konformität, ohne jedoch diese Konformität in Frage zu stellen. Der Zurückgewiesene und der Zurückweisende werden durch den Psychiater, das hygienische Tampon, den Hausmeister an der Anstaltstür, vor gegenseitiger Ansteckung geschützt. Der Psychiater erzwingt allein durch seine Administration und durch die Errichtung eines geschlossenen und schützenden Raumes absolute Ruhe. Im Lichte dieser These kann man verstehen, daß lange Zeit die wichtigste Aufgabe der Psychiatrie darin bestand, Simulanten und Heuchler zu verfolgen – die, die ihre Schwierigkeiten verstecken wollten, um dem Asyl zu entgehen, und die, die Wahnsinn vortäuschten, um sich vor dem Gefängnis zu retten. Man versteht auch den Luxus der Vorsichtsmaßnahmen, die in dem Gesetz von 1838 zur Verwaltung der psychiatrischen Krankenhäuser festgelegt wurden, um zufällige Internierungen zu vermeiden. Wieder einmal steht die skandalöse Vermischung von Devianten und Nicht-Devianten im Vordergrund. Wenn ein Arzt das Gutachten für die Internierung eines Kranken unterschreibt, kann man ihn verdächtigen, dem Druck der Zurückweisung, der durch die Umgebung ausgeübt wird, nachgegeben zu haben. Deshalb muß ein anderer Arzt den ersten kontrollieren, indem er 24 Stunden später und dann noch einmal nach 15 Tagen ein Gutachten erstellt, das die Internierung rechtfertigt. Der Kranke hat jederzeit die Möglichkeit, den Staatsanwalt zu benachrichtigen. Der Arzt eines psychiatrischen Krankenhauses darf nicht selbst die Einweisung in das Krankenhaus unterschreiben. Damit sucht man zu verhindern, daß die Situation für die Rekrutierung einer Klientel ausgenutzt wird.

So auffallend die Widersprüche auch sein mögen, die nosographische Vernunft erscheint gleichwohl als Ideologie, die zur Rechtfertigung der gesellschaftlichen Ambivalenz angesichts der Zurückgewiesenen konstruiert wurde: zur Rechtfertigung des Bedürfnisses, die Devianten abzusondern, und des gleichzeitigen Bedürfnisses, sie als Arznei gegen die gesellschaftlichen Widersprüche zu erhalten. »Was man psychiatrische Praxis nennt, ist eine gewisse moralische Taktik zu Ende des XVIII. Jahrhunderts, die durch die Riten des Anstaltslebens konserviert und durch die Mythen des Positivismus verdeckt wird.«[24]
Dem gesellschaftlichen Auftrag entsprechend hat der Psychiater als Funktionär die Devianz rekonstituiert und verordnet; unter dem Vorwand, sie zu heilen, hat er sie geschützt und erhalten. Durch diese Praxis ist der Psychiater, der mit seinem Kranken eingemauert in einem geschlossenen Bereich lebt, auch mit ihm verrückt geworden.

24 M. Foucault, *Wahnsinn und Gesellschaft*, a.a.O.

III. Die Institution[1]

»Die totale Institution zeigt auch heute noch ihr monströses Gesicht der Inhumanität. Da sie jedoch in Form einer hyper-rationalisierten sozialen Existenz erscheint, karikiert sie das normale soziale Leben, indem sie den Menschen mit ihrem einseitigen Projekt identifiziert. Für den Triumph ist ihr jedes Mittel recht.«

Robert Castel

Seit den fernen Tagen der »Großen Gefangenschaft« haben die Gesellschaften versucht, die Devianz durch Institutionalisierung zu verringern, d. h. durch die Isolierung der Devianten in spezialisierten Institutionen und die Bestimmung der Devianz auf der Stufe einer sozialen Institution.

In über hundert Jahren – hundert Jahren, in denen die Nosographie und das Asyl sich konstituiert und gefestigt haben – hat die institutionelle Behandlung sich mehr und mehr auf einen Wachtposten zurückgezogen. Die Chronik der Reformen, die die Geschichte des Asyls (welche übrigens weniger

1 Die psychiatrischen Institutionen und die kritische Bewegung, die »institutionelle Psychotherapie« genannt wird, sind zum Gegenstand zahlreicher Arbeiten geworden. Wir wollen hier auf einige grundlegende Werke hinweisen: M. Woodbury, *L' équipe thérapeutique*, Sondernummer der *Information psychiatrique, 1966;* F. Tosquelles, *Structures et rééducation thérapeutique*, Paris 1967; F. Tosquelles, *Pédagogie et Psychotherapie institutionelle*, Sondernummer der *Revue des psychothérapie institutionelle* 1966; A. H. Stanton und M. S. Schwartz, *The Mental Hospital*, New York 1954; Maxwell Jones, *The Therapeutic Community*, New York 1953; E. Goffman, *Asyle, Über die soziale Situation psychiatrischer Patienten und anderer Insassen*, Frankfurt 1972. F. Basaglia, *Institution psychiatrique et société*, in: *Information psychiatrique*, Sept. 1969; F. Basaglia, *Die negierte Institution*, Frankfurt 1971; D. Cooper, *Psychiatrie und Anti-Psychiatrie*, Frankfurt 1971; P. C. Racamier, *Le Psychoanalyste sans divan*, Payot 1970. *La Révue de Psychothérapie institutionelle* herausgegeben von der Société de Psychotherapie institutionelle, und die Zeitschrift *Recherches*, herausgegeben von der Fédération des Groupes d' Etudes et de Recherches institutionelles, enthalten zahlreiche Artikel über das Thema. – Die Equipe de Oury im Schloß von la Borde in Courcheverny, die Gruppe von Ayme in Moisselles, die von Vermorel in Chambéry-Bassens, die von Gentis und Torrubia in Fleury-les-Aubrais und die von Koechlin in Plaisir zählen im Augenblick zu den aktivsten Zentren der Bewegung der institutionellen Psychotherapie in Frankreich, deren Vorläufer Sivadon, Daumezon, Tosquelles, Balvet etc. waren.

verfälscht ist als die Geschichte der Strafanstalten) illustrieren, ist mit Widersprüchen durchsetzt. Zu Beginn der Französischen Revolution haben die Reformatoren die Wahnsinnigen aus den Ketten entlassen. Wir dürfen dabei allerdings nicht vergessen, daß diese philanthrophische Handlung mit einer Zurückweisung einherging. Dadurch, daß die »besten« Insassen der allgemeinen Krankenhäuser herausgenommen wurden, entstand eine rigide Grenze zwischen denen, die Mitleid und Pflege verdienen, und denen, die ausschließlich eine Bestrafung verdienen. Es ist kein Zufall, daß dies zur gleichen Zeit geschah, als das Gefängnis die Funktion der Bestrafung übernahm. Fünfzig Jahre später muß alles wieder erneuert werden. Bedrängt von der Vielzahl der Kranken und in ihren Traditionen gefangen, konnte die Institution ihre Versprechungen der »moralischen Behandlung« nicht erfüllen. Sie wurde wieder zu einem reinen Wach- und Segregationsinstrument; zu den Ketten und Mauern traten die nosographischen Schranken hinzu. Esquirol und später Parchappe machten neue Reformversuche; aber die Unterdrückungsstrukturen pervertierten jeden therapeutischen Erneuerungsversuch in neue Unterdrückungsinstrumente.
Die psychiatrische Institution erscheint uns als Modellfall der »geschlossenen Gesellschaft«, auf deren Weg das industrielle Zeitalter uns führt, die nach Marcuse die »gegensätzlichen Kräfte und Interessen« aufnimmt und aus den Gegensätzen einen neuen »Kohäsions- und Bestätigungsfaktor«[2] macht. Es scheint, daß die Institution, die von der Gesellschaft als Verteidigungssystem gedacht war (als Verteidigung gegen den Wahnsinnigen und die Ängste, die durch ihn erzeugt werden, als Verteidigung gegen unseren eigenen Wahnsinn, den wir auf den Devianten projizieren, um ihn besser »verarbeiten« zu können, und schließlich als Verteidigung gegen die Trennungsangst, die in der glücklichen Vereinigung der Gesunden »geheilt« ist), nun Verteidigungen zweiten Grades hinzuzieht, die die Erhaltung ihrer Substanz ermöglichen. Die nosographische Vernunft ist eine dieser Verteidigungen.
Im folgenden Abschnitt wollen wir auf der Ebene des alltäglichen Lebens untersuchen, wie die Unterdrückung des Verrückten und der Ängste, die er erzeugt, organisiert wird.

2 H. Marcuse, *Der eindimensionale Mensch*, Neuwied/Berlin 1968.

Die Verrückten zu verwahren und die Verrückten (als Garanten einer vernünftigen Gesellschaft) zu bewahren: so lautet die Mission, die das Asyl vorzüglich erfüllt. Die bürgerliche Gesellschaft des 19. Jahrhunderts, die man gewöhnlich als »viktorianische« bezeichnet (aber auch unsere heutige), ist eine individualistische und liberale Gesellschaft. Ihre Werte sind individueller Erfolg, Privatheit und Intimität. Die Öffentlichkeit – die Ansicht des anderen – ist das Böse; »öffentliches Mädchen« oder »öffentliche Anstalt« dienen als Schimpfworte. Die Verrückten oder Delinquenten, deren Handlungen Skandale auslösen, d. h. die in kürzester Zeit öffentlich bekannt werden, symbolisieren vermutlich einen Teil dieser öffentlichen, bedrohlichen Welt. Solange sie keine öffentliche Klage auslösen, sind weder Delinquenz noch eine verrückte Phantasie eine gesetzlich verfolgte Missetat – ein Pech für den, dem der Skandal passiert. Der Abweichende ist der Böse. Dieser Böse wird seines Sinnes beraubt, indem man ihn in ein »öffentliches« Krankenhaus sperrt und ihn unter ständiger Kontrolle des anderen hält. Als Zeuge eines allgemeinen soziopathischen Prozesses reproduziert die Institution die Soziopathie – zwar in reduzierter Form, aber mit einer Überbetonung aller ihrer Züge. Aus der Gewalt geboren, wird sie selbst zur Gewalt.[3]

An dieser Stelle muß eine wichtige Tatsache hervorgehoben werden: das Asyl ist kein Ort der absoluten Verbannung, wo alle Fäden abgeschnitten sind und eine isolierte Devianz, unabhängig vom sozialen Kontext, sich entfalten kann. Es ist kein abgeriegelter Bezirk, innerhalb dessen der Wahnsinn in aller Freiheit verrücktspielen kann. Die Fesseln von draußen werden auch drinnen wieder angelegt. Die Gesellschaft dringt mit ihren Psychiatern und ihren Wächtern ins Asyl ein. Die psychiatrische Institution ist also eher der Ort kodifizierter, protegierter und sterilisierter Interaktion zwischen Devianten und Nicht-Devianten – eine an der Peripherie des sozialen Feldes liegende Exklave, in der die Absonderlichkeiten sich frei entwickeln können. »In totalen Institutionen besteht eine fundamentale Trennung zwischen einer großen, gemanagten Gruppe,

3 Dazu die Arbeiten von Basaglia und seinen Mitarbeitern.

treffend ›Insassen‹ genannt, auf der einen Seite, und dem weniger zahlreichen Aufsichtspersonal auf der anderen. Für den Insassen gilt, daß er in der Institution lebt und beschränkten Kontakt mit der Außenwelt hat. Das Personal arbeitet häufig auf der Basis des 8-Stundentages und ist sozial in die Außenwelt integriert. [...] Wo das Personal ebenfalls in der Institution zu leben gezwungen ist, steht zu erwarten, daß es unter besonderen Härten zu leiden meint und daß sein Status in einem Maß vom Leben innerhalb der Mauern abhängig ist, wie sie dies nicht erwartet hatte. [...] Jede der beiden Gruppen sieht die andere durch die Brille enger, feindseliger Stereotypien. Das Personal hält die Insassen häufig für verbittert, verschlossen und wenig vertrauenswürdig, während die Insassen den Stab oft als herablassend, hochmütig und niederträchtig ansehen. Das Personal hält sich für überlegen und glaubt das Recht auf seiner Seite, während die Insassen sich – zumindest in gewissem Sinn – unterlegen, schwach, tadelnswert und schuldig fühlen. Die soziale Mobilität zwischen den beiden Schichten ist sehr gering. In der Regel besteht eine große und oft formell vorgeschriebene soziale Distanz. Und sogar ein Gespräch über die Trennlinie hinweg wird mitunter in einer bestimmten Tonlage geführt [...], es [...] haben die Wärter u. a. die Funktion, die Kommunikation zwischen den Insassen und den höheren Ebenen des Stabes zu kontrollieren. [...] Es entwickeln sich zwei verschiedene soziale und kulturelle Welten, die mit einigen offiziellen Berührungspunkten nebeneinanderher bestehen, sich jedoch kaum gegenseitig durchdringen.«[4] So organisiert sich ein bestimmtes Beziehungsmuster, das Goffman die Wir-Ihr-Beziehung nennt und das die Existenz einer unüberwindbaren Schranke zwischen Wir und Ihr postuliert. Die Wir-Ihr-Beziehung ist eine Art Karikatur der Ich-Du-Beziehung. Ohne Zweifel ist auch sie eine triadische Beziehung, an der Wir, Ihr und die Institution beteiligt sind; aber es ist eine Beziehung, die unbeweglich bleiben möchte.

Das Problem, das die Gesellschaft ihren Delegierten, die sich um die Wahnsinnigen bekümmern sollen, stellt, ist schwer zu lösen. Letzten Endes handelt es sich um folgendes:

1. Den Verrückten in seiner Verrücktheit zu bewahren, damit

4 Goffman, *Asyle. Über die soziale Situation psychiatrischer Patienten und anderer Insassen*, a.a.O., S. 18 ff.

er auch weiterhin der Vernunft bestätigt, daß sie vernünftig ist.

2. Um dies tun zu können, müssen sie einen Dialog mit dem Verrückten führen, in dem die beiden Beteiligten (der »unvernünftige Abweichende« und der die »vernünftige soziale Körperschaft« repräsentierende Wärter) sich durcheinander definieren und infolgedessen eine gewisse Nähe und eine klare Differenz aufrechterhalten.

3. Sie sollen sich konsequenterweise vor der Ansteckung schützen. Wir haben bereits von dieser großen Ansteckungsangst, die sowohl die juristischen Texte als auch die psychiatrische Praxis prägt, gesprochen.

Der Verrückte muß verrückt bleiben, und der Wächter muß Wächter bleiben, obwohl sie gemeinsame Zeichen austauschen, die ihnen erlauben, sich durcheinander zu definieren. (Ein Kranker sagte uns: »Wenn wir nicht verrückt wären, würden Sie nicht existieren.«) Das wesentliche Merkmal der Kommunikation von Ich und Du ist hingegen, daß der Dialog das Vehikel zur Veränderung des einen wie des anderen ist. Das Ideal des Asyls gebietet, daß sie sich durcheinander definieren, ohne sich gegenseitig zu verändern.

Jede Institution basiert auf diesem Antagonismus. Und je stärker er zu fühlen ist, um so mehr Energie wird auf ihn konzentriert. Wenn der Verrückte gefährlich ist, dann ist er es vor allem wegen des labilen, zerbrechlichen Beziehungsgewebes, das um ihn herum aufgebaut wird, um ihn zu schützen und sich selbst vor ihm zu schützen, um außer mit der gewöhnlichen Trennungsangst auch noch mit der dumpfen Ahnung einer unauflöslichen Gemeinschaft zwischen dem Devianten und dem, der den Auftrag gegeben hat, die Devianz zu unterdrücken, fertig zu werden.

Es ist also das Hauptprinzip der Institution, zu bewahren (und sich zu bewahren), indem die Kommunikation aufs äußerste reduziert und der Dialog auf einen kodifizierten Austausch, der so wenig wie möglich individualisiert ist, beschränkt wird. Die institutionelle Mechanik erfüllt eine wesentliche Funktion: die Zerstörung von individuellen Bedürfnissen, und die Vernichtung des Ich zugunsten eines amorphen Wir und eines unbestimmen Ihr. Zwischen diesen beiden Polen darf nichts passieren, was einem Austausch gleicht. Die Institution des Asyls beruht auf einer Reihe von Spaltungen. Man muß sehr genau zwischen Trennung und Spaltung unterscheiden. Durch die Spaltung entsteht zwischen mir und dir eine Kluft, in der unsere Phantasien verschwinden und zu nichts werden. Die Kranken drehen sich im Aufenthaltsraum um die eigene Achse, das Pflegepersonal schließt sich in den Zimmern ein, und die Ärzte isolieren sich in ihrem Ärztebüro. Zwischen ihnen gibt es keinen Kontakt, also auch keine empfundene Trennung, sondern nur einen Riß in dem Bedeutungsnetz, der für alle Flickarbeiten der Einbildungskraft ein vorzügliches Objekt ist. Wenn ich weit von dem anderen entfernt bin, wenn die Reihe der signifikanten Gegensätze zu dem anderen zerrissen und gespalten ist, so kann ich die Einbildung unserer Gleichheit weit entfalten; ich beraube den anderen seines symbolischen Wertes und leugne, daß er das Zeichen meiner Unterschiedlichkeit und meiner Individualität ist.

Wenn man erkannt hat, daß diese Spaltungen mit den Erlebnissen des Psychotikers in seiner eigenen Familie übereinstimmen, daß diese Beziehungserlebnisse, die sich in seinem Unbewußten häufen, durch die Spaltungen reproduziert werden, dann wird verständlich, daß die psychiatrische Institution als Wiederholung des Wahnsinns erscheint. Im Unbewußten des Wahnsinnigen ist der Faden der eigenen Erlebnisse ebenfalls zerrissen. War ich vor einem Jahr, vor zehn Jahren, als ich mit diesem oder jenem zusammen war, derselbe oder war ich ein anderer? So lautet seine Frage. Er gestaltet seine Umgebung zu einem Bruch und stellt die Guten (die unabänderlich Guten) auf die eine und die Schlechten (die unheilbar Schlechten) auf die andere Seite; eine Beziehung zwischen ihm und ihnen, behauptet er, gibt es nicht. Zwischen Wahnsinn und Institution findet also sehr wohl ein Austausch statt, nur wird er durch einen imaginären Spiegel vermittelt.

Einige Theoretiker vertreten die Auffassung, die geistige Entfremdung sei Ausdruck der sozialen Entfremdung und die Bedingungen des Wahnsinns wurzelten in den Bedingungen der Unterdrückung. Wenn man diese Argumentation auf die Spitze treibt, dann erscheint der Verrückte als ein Ergebnis der sozialen Zurückweisung und der Unterdrückung im Asyl, die ihrerseits in einer intoleranten Gesellschaft ihre Ursache haben. Andere vertreten eine gegensätzliche Meinung, daß nämlich das Asyl genau nach dem Vorbild des Wahnsinns konstruiert sei und diesen mit allen Vor- und Nachteilen reproduziere. Wir haben schon mehrfach unser Desinteresse an diesem alten Streit bekundet, der immer noch vom nosographischen Kausalismus (»Wer hat angefangen?«) bestimmt ist; wir meinen, daß in der Institution (und mit der Institution) Kranke und Pfleger eine komplexe Struktur bilden, die man analysieren muß, um herauszufinden, wie ihr Interaktionsfeld organisiert ist, ohne sich darum zu kümmern, wer angefangen hat.

Dieses Feld scheint uns unter dem Zeichen eines unbeweglichen Gegensatzes zwischen zwei Figuren zu stehen, die einander Punkt für Punkt widersprechen und sich dennoch ähnlich sind, wie zwei Abbilder, die, wenn man sie in Beziehung setzt, als Umkehrungen erscheinen. Zwischen diese beiden Abbilder tritt als Spaltung (nicht als Trennung) die Institution.

Das totale Fehlen von Identifikationen mit der Institution und ihren Zielen in der Psychiatrie (wie auch im Gefängnis) ist frappierend. Niemand hat wirklich das Gefühl, »dazuzugehören«, weder der Kranke noch der Pfleger, noch der Arzt, selbst der Verwalter kann sich nicht identifizieren.[5] Der Dreiecksbeziehung Ich-Du-der Andere, in der wir die konstitutive Realität des Individuums gesehen haben, wird auf diese Weise ständig ein Streich gespielt. Der andere ist nur verschwommen in einer Abstraktion zu erkennen. »Sie sind hier nicht im Krankenhaus, Herr Doktor«, sagte uns ein Gefängnisdirektor, »das hier ist ein Gefängnis.« Entsprechend hört der Arzt im

5 Man kann allenfalls ein vages Gefühl des »Zuhauseseins« feststellen, das ständig bekämpft wird und sich durch die Anwesenheit der anderen als falsch erweist; genauer gesagt, ist es das Gefühl, aus einem eingebildeten »Zuhause« ausgeschlossen zu sein. Ein »chronisch« Kranker sagte: »Dies ist mein Haus«, und sofort beklagte er sich, daß alle in sein Haus »einbrechen«. Wenn ein Kranker versucht, sich mit ärztlicher »Genehmigung« in einem Zimmer einzurichten oder seinen Gewohnheiten nachzugehen, klagen die Pfleger, daß sie »sich nicht mehr zuhause fühlen«. Wenn andere öffentliche Organe dem psychiatrischen Krankenhaus einen Teil ihres Territoriums abnehmen wollen, wehren sich Ärzte und Verwaltung mit den Worten: »Man will ihnen ihren Bereich wegnehmen.« In all diesen Beispielen ist das Eigentum des Raumes kein positives Eigentum, keine Zugehörigkeit. Es ist das des Negativs: der Ausschluß. Man erprobt kein wirkliches »Zuhause«, sondern vielmehr das fehlende »Zuhause«. Dieser Tatbestand wird rationalisiert, indem man »den anderen« vorwirft, daß sie einen böswillig vor die Tür einer Bleibe setzen wollen, in der man sich in Wirklichkeit nie richtig eingerichtet hat.

psychiatrischen Krankenhaus, der materielle Unterstützung für ein therapeutisches Vorhaben verlangt, sich selbst entmutigt antworten: »Was soll's, da kann man nichts machen, wir sind doch hier im psychiatrischen Krankenhaus.«
Der andere ist immer ein anderer. Niemand ist das Subjekt, niemand steht zu einem Vorschlag. Jeder ist unaufhörlich von dem Wunsch der anderen, besser gesagt, von dem Wunsch der Institution, die zugleich für den Ausschluß des Wunsches verantwortlich ist, erfüllt. »Das Asyl ist an allem schuld.« Die »Verwaltung« und die »Anordnungen«: alle diese großgeschriebenen Worte aus dem Bereich der institutionellen Rigidität zeugen von der Dauerhaftigkeit dieses Wunsches. Die Verwerfung hindert jeden Einzelnen an der Erfüllung dieses Wunsches und reduziert das Individuum auf den Status einer Marionette, deren Fäden ein Unbekannter hinter der leeren Szene in den Händen hält.

Die institutionellen Verteidigungsmechanismen

Um diese außergewöhnliche, durch den Spiegel vermittelte Beziehung zwischen den behandelnden und den behandelten Marionetten aufrechterhalten zu können, vervielfältigt die Institution ihre Mechanismen.
Der erste Mechanismus dieser Art ist *das Gesetz der Homöostase.* In der Institution darf sich nichts verändern. Jede Veränderung, so gering sie auch sein mag, wird als Gefahr empfunden, da sie ein immer bedrohtes Gleichgewicht gänzlich in Frage stellen könnte. Wenn die Institution sich wandelte, könnten Wahnsinnige und Pfleger sich gegenseitig verändern und auf diese Weise zu einem Austausch kommen. Unter der Einwirkung des Unvorhersehbaren könnte der Spiegel in Stükke zerspringen.
Wir wollen durch die Schilderung eines Ereignisses aus dem Anstaltsleben dieses Gesetz und seine Anwendung erläutern. Während einer Versammlung macht ein Kranker darauf aufmerksam, daß zum Frühstück nur schwarzer Kaffee ausgeschenkt und die Milch zum Mittag- und Abendessen verteilt wird. Er schlägt vor, morgens zum Kaffee ein wenig Milch zur Verfügung zu stellen, so daß die, die lieber Milchkaffee statt

schwarzen Kaffee trinken, auch zufriedengestellt würden. Dieser schüchterne Ausdruck eines individuellen Wunsches wird prompt von einigen älteren Kranken und einigen Pflegern als beunruhigend empfunden. Die erste Reaktion ist Ablehnung. Diesen Vorschlag aufzugreifen, sei sehr schwierig. Die Begründung lautet: Die Milch wird in einem großen Behälter kalt in die Küche gebracht, und der Kaffee kommt (heiß) in einem anderen Behälter an. Man kann die Milch nicht im kalten Zustand ausschenken, da der Kaffee nicht sehr heiß ist. Andererseits hat man keine Zeit, die Milch anzuwärmen. Sie wird um 7 Uhr 20 geliefert, und das Frühstück muß um 7 Uhr 30 serviert werden, weil einige Kranke danach zur Arbeit müssen. Ein Kranker, der sich auf komplizierte Lösungen spezialisiert hatte und dessen Funktion auf der Station anscheinend die ist, jedes Veränderungsbegehren in übermäßiger Komplizierung (manchmal auch im Wahn) zu ersticken, schlägt ein völlig unverständliches System vor (an das ich mich nicht erinnern kann; ich weiß nur noch, daß er den Kosmos und den Weltfrieden mit ins Spiel brachte). Die Diskussion kommt einen Augenblick ins Stocken. Dann verlangt der »aufrührerische« Kranke eine Abstimmung. Eine wichtige und handlungsbereite Minorität (die zum größten Teil aus Alkoholikern besteht, die erst seit kurzem in der Anstalt sind) stimmt für den Milchkaffee. Daraufhin schlägt ein Pfleger vor, die Küche zu bitten, statt schwarzen Kaffees Milchkaffee zu servieren. Sofort erfolgt (war das nicht auch das erwünschte Ergebnis?) ein heftiger Einspruch einiger alter Schizophrener, die an den schwarzen Kaffee gewöhnt sind. Die Situation ist verfahren. Ein älterer Pfleger rät schließlich zur Rückkehr zu einem manichäischen System, das angeblich früher einmal gut funktioniert hat: An drei Tagen in der Woche soll es schwarzen Kaffee und an drei Tagen Milchkaffee geben. Dieses System, das den seltenen Vorzug hat, niemandem zu behagen, wird abgelehnt. Erneute Verwirrung.

Die erste konstruktive Lösung wird von dem Oberpfleger angeboten. Im Anstaltsbereich gibt es einen Lebensmittelladen. Warum sollten die, die lieber Milchkaffee mögen, sich nicht Dosenmilch kaufen und sie nach eigenem Bedürfnis benutzen? Diese Lösung scheint generalisierbar zu sein. Wir müssen dennoch feststellen, daß sie die individuelle Bedürfnisbefriedigung

aus der Station hinaus verlagert, wo sie für die Ökonomie einer homöostatischen Struktur weniger gefährlich ist. Zum Schluß wird auf Vorschlag eines Pflegerschülers, der noch nicht lange im Dienst ist und dem durch die unvollständige Integration in die Struktur der Station zweifellos noch ein wenig Vorstellungsfreiheit geblieben war, eine Übereinstimmung erzielt. Warum sollte man die Milch (ein wenig Milch, die von der täglichen Ration abgezogen würde) nicht am Abend kochen; man könnte sie am Morgen anwärmen, und das Problem wäre gelöst. Die restliche Zeit der Sitzung vergeht damit, einen Verantwortlichen für die Befriedigung dieser kulinarischen Bedürfnisse zu finden. Es liegt nahe, den Urheber des Projekts »Milchkaffee« vorzuschlagen. Aber jetzt, wo er mit seinem Wunsch und den daraus erwachsenden Konsequenzen konfrontiert wird, lehnt er ab. Er wird ja ohnehin bald entlassen. Schließlich bietet sich ein anderer Kranker (unter dem leichten Druck des Arztes) für die Aufgabe an. Man glaubt, nun alles geregelt zu haben. Einige Tage vergehen. Die ersten Probleme tauchen auf. Zunächst hat der verantwortliche Kranke seine Arbeit nicht getan, weil er vergessen hat, wofür er sich engagiert hatte. Er hat die Milch am Abend nicht gekocht. Der diensthabende Pfleger verweigert ihm daraufhin das Recht, sie am Morgen anzuwärmen und interpretiert den Beschluß des Kollektivs rein formalistisch. An einem anderen Tag läuft die Milch über. Ein Pfleger beschließt, den versagenden Kranken selbst zu ersetzen (der Kranke stand kurz vor der Entlassung und war selbst schon Ersatz für einen anderen) und – als Resultat des Geheimnisses schlechter Kommunikationen – schüttet er einfach Milch und schwarzen Kaffee zusammen und verhindert die Wahl derer, die schwarzen Kaffee wollten.
Neue Anweisungen vermutend, beschließt ein anderer Pfleger, die Verteilung der Milch am Mittag zu stoppen (um die am Morgen zu ermöglichen). Man muß zwar sparen, aber nichts hindert einen daran, die Küche um etwas mehr Milch zu bitten oder mittags ein halbes Glas statt eines ganzen zu verteilen. Hier handelt es sich in der Tat um eine binäre Struktur (zwei Verteilungen am Tag), die die Entwicklung einer ternären Struktur verhindert. – Vierzehn Tage später ist alles vergessen. Man spricht nicht mehr von der Milch.
Wir wollten mit diesem Beispiel zeigen, wie sehr der Ausdruck

eines individuellen Wunsches das homöostatische System in Frage stellt und auf welche Art die Institution sich dagegen verteidigt. Daran können wir überdies die Entstehung eines zweiten Gesetzes entdecken, das wir *das Gesetz der Homologie* nennen wollen.

Der störende Faktor ist insgesamt die Tatsache, daß einige Milchkaffee und andere schwarzen Kaffee wollen. Die Vielfältigkeit ist in der Institution untersagt; Uniformität ist auf allen Ebenen die Regel. Für den Kranken, der seines persönlichen Ausdrucks beraubt ist und tief in einer grauen Gewohnheit steckt, deren Häßlichkeit allen Besuchern auffällt, ist das offensichtlich.[6] Es ist auch offensichtlich, wenn man die unermüdliche Forderung nach Stationen, die sich aus identischen Kranken zusammensetzen, richtig versteht. Die ältesten Insassen, die durch das von den »Neuen« erzeugte Durcheinander, das selbst ein therapeutisches Mittel ist, verwirrt werden, verlangen obskurerweise die Rückkehr zu dem alten System von »Aufnahmestationen« und »geschlossenen Stationen«, wo sich alles mehr oder weniger in einer konfliktlosen Fusion befand. Die neuen Behandlungsmethoden der Psychiatrie schafften mit dieser Bequemlichkeit auch langsam die Unterschiede zwischen »offenen Stationen« und »geschlossenen Stationen«, den »Stationen der Unruhigen« und den »Stationen der Ruhigen«, den »Faulenzerstationen« und den »Arbeitswilligenstationen« ab. Schon die Tatsache, eine Station für alle Eingänge aus einem geographischen Bereich zu öffnen, unterbricht eine Reihe von binären Oppositionen und stellt eine neue Dialektik her, bei der sich trotz allen Schwierigkeiten *einer* im Verhältnis zu den *anderen* definieren muß, bei der er sich nicht mehr in der weit entfernten und schon vergessenen undifferenzierten Masse, die einer anderen undifferenzierten Masse gegenübersteht, verlieren kann. Kurz, die Spaltung verschwindet zugunsten einer erlebten Trennung – die allerdings schlecht erlebt wird. So entsteht wieder das alte Bedürfnis nach Verschmelzung und nach Auslöschung des störenden Dritten. »Man müßte die Algerier absondern«, aber auch die Alkoholiker und die Jungen und die

6 Der institutionelle Druck ist so unerbittlich, daß die Kranken, die einige Tage auf einer Abteilung mit vorwiegend »Chronischen« verbracht haben, »spontan« ihre Anstaltskleidung zurückhaben wollen, selbst wenn sie die Möglichkeit haben, ihre eigene Kleidung zu tragen.

Alten. Ein Kranker, der sich selbst den Spitznamen »bärtiges Baby« zulegte, wünschte eine Station für die bärtigen Babys. Die schizophrene Forderung nach »spezialisierten Einrichtungen« ist übrigens bei weitem keine Eigenart der Geisteskranken; die planende Verwaltung erhebt ihrerseits einen Anspruch darauf, wenn sie sich unter dem Vorwand, die Geisteskranken würden von den Gefängnissen und die Delinquenten von den psychiatrischen Krankenhäusern abgewiesen, »vermittelnde Stationen« vorstellt, halb Krankenhaus, halb Gefängnis. Wir wollen die Bedeutung spezialisierter Einrichtungen oder Stationen nicht in Abrede stellen. Sicherlich bedürfen die stark Retardierten oder die Alten einer besonderen Pflege, die nicht immer mit dem Therapiekonzept für Schizophrene auf einer Station kompatibel ist; ebenso fühlen sich einige Kranke geschützt, wenn die Türen der Abteilung geschlossen sind, und für andere scheint die Freiheit unerläßlich zu sein. Wir wollten nur klarmachen, daß das Gesetz der Homologie, das Unterschiedlichkeiten übergeht, für die Kranken Spaltungen institutionalisiert und sie gegen Trennungen abschirmt.[7] Unter den Pflegern herrscht gewöhnlich ein starker »Gruppengeist«. Wir erwähnen ihn hier nur nebenbei, um darauf aufmerksam zu machen, daß er alle Aufgabendifferenzierungen blockiert. Alles ist so eingerichtet, daß der Pfleger unveränderlich ist und bleibt, ein Bauer auf einem Schachbrett, der jedem anderen Bauern ähnlich sieht und dessen Platz einnehmen kann.

Das irrsinnige Gruppensystem, das schwer modifizierbar ist, erzwingt diese Homogenisierung. Die Gruppen der Pfleger arbeiten drei Wochen lang morgens und drei Wochen nachmittags (um überhaupt mit dem Arzt, der vorwiegend morgens kommt, in Kontakt zu bleiben). In jeder Gruppe werden die freien Tage so eingeteilt, daß nacheinander jeder einen Sonntag frei hat. Diese kontinuierlichen Veränderungen machen es den Pflegern unmöglich, regelmäßige persönliche Aktivitäten

7 Ein weiterer Ausdruck des Gesetzes der Homologie ist das geheime oder offene Verbot, daß der Internierte sich keine »eigene« Ecke schaffen darf. In den Benediktinerklöstern und übrigens auch in den Gefängnissen muß der Einzelne ständig die Zelle wechseln. Diese Rotation führt zwangsläufig zur Undifferenziertheit. Die Einrichtung von eigenen Schränken, Zimmern und Ecken, in die man sich zurückziehen kann, bedeutet für die psychiatrischen Krankenhäuser einen großen Fortschritt auf dem »anti-totalen« Wege.

zu verfolgen. Wenn ein Pfleger auf einer Station fehlt, muß ihn ein Pfleger einer anderen Station vertreten. Die Masse der Pfleger steht auf diese Weise unter dem Zwang, in der Verschmelzung zu bleiben, da jeder jederzeit zur Vertretung eines anderen abberufen werden kann. Nicht wenige fortschrittliche soziotherapeutische Initiativen, die sich der Zusammenarbeit mit den Pflegern rühmen, verstärken diese Gleichmacherei.
Man verlangt »einen« Pfleger, um an dieser oder jener Gruppe teilzunehmen; der unbestimmte Artikel ist sehr aufschlußreich. Man sagt auch »die« Pfleger und nicht dieser oder jener, als ob die Pfleger eine Einheit bildeten. Diese Situation verwurzelt sich so tief in den institutionellen Gewohnheiten, daß jeder Versuch, einem bestimmten Pfleger eine besondere Aufgabe zuzuteilen (zum Beispiel die Arbeitstherapie oder die Sorge für eine besondere Krankengruppe) auf Widerstand stößt und denen, die »nicht von der Partie sind«, den Eindruck vermittelt, benachteiligt zu werden. Alle müssen mit den gleichen Merkmalen ausgestattet sein. Jede besondere (dualistische) Beziehung zwischen einem Kranken und einem Pfleger wird sofort bekämpft, vielleicht weil sie einen Wunsch weckt und an dessen Existenz erinnert. Man darf keine Vorlieben haben. Man darf niemanden begünstigen. Das ist das Gesetz.
Dieses Gesetz beeinflußt auch die Beziehung der Ärzte untereinander. Im Namen eines pathologischen Egalitarismus gibt die Verwaltung sich Mühe, die Balance zwischen den einzelnen Stationen zu halten. Bei einem Versagen würde sich die Armee der vereinten Kollegen gegen sie erheben. Wenn eine Subvention zu verteilen ist, zieht man es vor, sie völlig zu zerkleinern, statt hier oder dort nach realen Bedürfnissen sinnvoll zu investieren. Wenn eine Station mit irgendeiner Technik oder einem Organisationstyp besonders gut vorankommt, dann hat sie schon sehr bald das Gefühl, einen geheimen Pakt zu brechen, das »Alle-sind-gleich« zu unterwandern. Der individuelle Wunsch eines Arztes muß sofort kastriert werden, um das Auftauchen anderer Wünsche und den Wettkampf, der beim Erwerb von Individualitäten entsteht und Originalität anregt, zu verhindern. Individualität zu besitzen und sie zu zeigen, ist doppelt beängstigend: beängstigend für den, der sie besitzt und der sich beneidet glaubt, und beängstigend für den, der die Individualität nicht hat und sich um so stärker beschnitten fühlt.

Aber genau genommen liegt der Ursprung dieses Phänomens weit hinter den individuellen Bestimmungen. Die bei all ihrer Absurdität unerbittlichen Verwirrungsmechanismen, die die »totale«[8] Institution kennzeichnen, zerstören alle Versuche der Individuierung.

Die Versuchung, die Gesellschaft des Asyls in disziplinierte, asexuelle und undifferenzierte Massen, die im einheitlichen Isomorphismus verschmelzen, aufzuteilen, entsteht immer wieder. Das, was das Ritual der Einkerkerung signalisiert, ist die Verwerfung des anderen, des Unterschiedes oder des Bösen, je nach dem. Der Mensch der modernen Gesellschaften kann sich nur eine konformistische, kastrierte, durch das devote Grau in Grau der Asylmauern eingeschläferte Unvernunft vorstellen; dies entspricht seiner eigenen Neigung zum sozialen Konformismus. Um den Ausbruch eines Wunsches, d. h. eines Unterschiedes, zu unterbinden, entfaltet die Kontrolle auf allen Ebenen ein Netz der Verdinglichung.

Der besondere Beziehungstypus von Voyeur und beobachtetem Objekt wird – im psychiatrischen Krankenhaus – zweifellos durch ein medizinisches Modell begünstigt, welches notwendigerweise von der pathologischen Anatomie und dem Prinzip der Deskription beeinflußt ist.[9] Der heilige Text der »Beobachtung«, der jeden Tag vom Arzt angefertigt wird, ist nichts anderes als eine Deskription, das Ergebnis einer optischen Wahrnehmung. Nebenbei bemerkt, räumt er dem Negativen mehr Platz ein als dem Positiven.[10] Man berichtet selbstgefällig über Symptome, die den Wahn kennzeichnen, über Normverletzungen und jede Art von Fehlverhalten. Die »Besserungen«, die die Pathologie verringern, werden fast mit Bedauern erwähnt. Man verschweigt alles, was nach den geltenden Standards aus dem Devianten einen Menschen oder gar einen Überlegenen machen könnte. Schwierigkeiten aller Art (schulische, familiäre, eheliche oder berufliche) werden sorgfältig verglichen, nicht aber die Erfolge.

8 Wir übernehmen hier den in der deutschen Übersetzung verwendeten Ausdruck für den englischen Terminus »total institution«, mit dem Goffman die Asyle, aber auch die Gefängnisse, die Klöster und die Armee bezeichnet.
9 M. Foucault, *Die Geburt der Klinik*, a.a.O.
10 E. Goffman, *Asyle*, a.a.O.

Es wäre dennoch naiv, in dem medizinischen Modell den »Ursprung« des in den Institutionen herrschenden Voyeurismus zu suchen. Ein solches Modell entwickelt sich nicht zufällig, und nicht ohne Grund hat man einen Mediziner (unter dem Namen Psychiater) zum obersten Sachwalter der Verrückten ernannt. Übrigens entwickelt sich das Gefängnis, das vielleicht noch für eine kurze Weile der Kontrolle des Arztes entgehen kann, auf ähnliche Weise. Es ist ein Ort der Bewachung, aus dem jede Intimität, jedes Privatleben sorgfältig ausgeschlossen wird. Es wird mehr und mehr zu einem in sich gekehrten Glashaus, das nach außen undurchsichtig und nach innen durchsichtig ist, in dem jederzeit alles gesehen und kontrolliert werden kann. Das Polizeisystem (der »Imperativ der Sicherheit«) wird auf das medizinische System übertragen. Aber beide sind austauschbar, denn es handelt sich bei beiden um die gleiche Sicherheit: die Sicherheit der Gesellschaft und ihrer Delegierten, die Sicherheit des Devianten, dem seine Devianz bestätigt wird, die Sicherheit einer Beziehung, die nicht angetastet werden darf und deren Bedingungen nicht modifiziert werden dürfen. Wenn man sein Objekt unverändert haben und sich selbst nicht verändern lassen will, dann ist die »Bewachung« ohne Zweifel das am besten geeignete Mittel. »Bewachen« heißt, »von oben herab Wache halten«, das Objekt für eingeschlafen erklären, es für einen großen Kadaver halten, den man bewacht; man selbst ist der einzige Wachsame.

Der Verrückte und der Gefangene, die durch die Bewachung verdinglicht werden, können nur in einer starren Haltung verharren, die durch das Auge des Wächters fixiert wird. Dennoch kommt es vor, daß der Eingeschlafene wach wird und sich bewegt. Man muß deshalb die Bewegung unter Kontrolle bringen und aus der Bewegung eine unbewegliche Bewegung machen.

Die Verrückten eignen sich gut für eine solche Erniedrigung und vervielfältigen mit Begeisterung die mechanischen Gesten, diese Karikaturen der Bewegung, die anscheinend keinen Sinn haben, die sich immer wiederholen und die allzu leicht »stereotyp« genannt werden. Sie stehen auf, sie setzen sich hin, sie reiben sich die Hände, sie drehen sich um ihre eigene Achse, jeder in seinem eigenen, aber immer gleichbleibenden Rhythmus. »In der Nacht«, sagte ein Wächter, »kenne ich alle Geräusche. Ich weiß, wer aufsteht, und ohne ihn zu sehen, weiß ich, was er tut.« Eine eigenartige Übertragung, wenn das Ohr zum Auge wird ... Die »Marotten« jedes Kranken sind bekannt und werden als mechanische Wiederholung angesehen. »Warum ist X. heute so traurig?« »Das hat er alle sechs Monate. Er hat seine Gewohnheiten, er nimmt sich seine Depression.« Und sofort macht die Bewachung mehr Spaß. Das Unvorhersehbare kann erfolgreicher ausgeschaltet werden, und die Beziehung zwischen dem, der sieht (ohne gesehen zu werden), und dem, der gesehen wird (ohne das Recht, selbst zu sehen), ist besser abgesichert.

Wenn ein neuer Kranker in die Institution kommt, muß man ihn an diese Beziehungsmodalitäten gewöhnen. Zunächst wird er beobachtet. Alle Institutionen für die Devianten haben eine Beobachtungsstation. Im psychiatrischen Krankenhaus ist es die Aufnahmeabteilung, außerdem befindet sich auf jeder Station ein besonderes Krankenzimmer. Im Gefängnis kann es ein besonderes Gebäude sein. Manchmal wird man während der Untersuchungshaft in eine geschlossene Zelle gesperrt, deren Tür mit einem Guckloch versehen ist, an das sich das Auge des Wächters drückt (ein Sehender, der von innen nicht gesehen werden kann). Die Vorbeugehaft vor dem Gerichtsurteil schafft eine Beobachtungsmöglichkeit. Wenn er dann verurteilt ist, muß der Häftling ein Beobachtungszentrum passieren – ein Beobachtungszentrum, das man überall wiederfindet: bei den delinquenten Minderjährigen, bei den Kindern, die in ihrer Kindheit von der Fürsorge unterstützt werden, und bei denen, die Erziehungsschwierigkeiten machen. Die gesamte institutionelle Strategie, die sich auf die Devianz bezieht, basiert auf der Dichotomie einer »Beobachtungsphase« und einer »Behandlungsphase«. Wie könnte man bei allen theoretischen Rechtfertigungen diese Praktiken interpretieren, wenn nicht als eine Art Initiationsritus?[11]

Während der Beobachtung wird der Beobachtete gezwungen, seine Individualität abzulegen. Seine Kleidung, sein persönlicher Besitz, seine Papiere, kurzum: seine Außenwelt wird bei seiner Ankunft beschlagnahmt. Es folgt dann die Auflösung seiner Innenwelt, d. h. der besonderen Beziehungen, die er zu

11 Dazu: E. Goffman, *Asyle*, a.a.O.

seiner Umgebung unterhalten hat und die ihn als eine spezifische Person kennzeichneten. Er muß mit seiner ursprünglichen Kultur brechen, sich für die Asylkultur gefügig machen.[12] Schlimmstenfalls muß er in diesem KZ-Universum seinen Namen gegen eine Nummer tauschen, die in seine Haut eingebrannt wird. Danach kann die »Behandlung«, d. h. die Beziehung zur Kontrollinstanz, beginnen.

Diese rein visuelle Beziehung, die einseitig ausgerichtet ist, erzeugt eine generelle Zerstörung der Sprache. Sprechen heißt, etwas von sich hören lassen; sich bewegen, gestikulieren heißt, sich einem Blick aussetzen. Wir haben schon gesagt, daß es die Ohren sind, die sehen, und umgekehrt die Augen, die hören. Die Geste kann Sprache sein (d. h. einen dechiffrierbaren Sinn haben, etwas bedeuten), und die Sprache kann ausschließlich zur Geste werden. Ist das armselige motorische Wahnverhalten der alten Asylinsassen nicht einer alten Platte vergleichbar, die sich bei gleichbleibender Geschwindigkeit immer wiederholt? Ihr einziger Sinn ist der, die Monotonie der Umstände aufzuzeigen; man ist eingesperrt und steht einem Aufpasser gegenüber, der beobachtet, aber nichts hört, und der sich wundern würde, wenn der Wahnsinnige plötzlich aufhörte, seinen Wahn zu zeigen. Es ist nicht der Verrückte, der in seinem Wahn redet, sondern es ist der Rest seines kleinen, vernichteten Wunsches oder, besser gesagt, es ist der Wunsch der anderen, der Institution, der hier zur Sprache kommt. Da die Sprache zwischen Bewacher und Bewachtem verboten ist, verkümmert sie auch im Gesamtzusammenhang der Insassen. Bis vor nicht allzu langer Zeit war es den Wächtern im Gefängnis streng verboten, mit einem Häftling zu sprechen oder die Häftlinge miteinander sprechen zu lassen. Das Asyl ist darin nicht so ehrlich; es vermittelt aber latent dieselben Tabus. Wächter und Bewachte kommunizieren, indem sie einen Blick gegen ein Verhalten (das so mechanisch und vorhersehbar wie möglich ist) austauschen. Die Bewachten dürfen im Prinzip nicht miteinander kommunizieren. Im idealen Beobachtungsraum läuft jede Kommunikation über den Wächter, der die Schlüssel des Tauschsystems ver-

12 Aus guten »medizinischen« Gründen wurde die Besuchszeit bei Geisteskranken lange Zeit eingeschränkt oder sogar abgelehnt. Tatsächlich entspricht das manchmal dem realen Bedürfnis der Familie, eines ihrer Mitglieder auszuschließen, um »heilen zu können« (Siehe auch Kapitel IV).

waltet: Der Briefwechsel mit der Familie wird von ihm zensiert, das Geld kann nur mit Erlaubnis des Arztes »freigegeben« werden, sexueller Austausch ist im Prinzip verboten oder rigide beschränkt.

Da sie ausschließlich in den Händen der Pfleger liegt, wird die Beziehung zur Bewachung eine *hierarchische Beziehung*. Die Asylgesellschaft und die Gesellschaft der Strafanstalten sind kraß hierarchisierte Gesellschaften, in denen sich auf jeder Stufe instrumentelle Paare bilden. Der stellvertretende Direktor geht vor dem Direktor her, er verbreitet dessen Aura und ist seine rechte Hand. Ebenso ist der Pfleger Gehilfe des Arztes. Der Oberpfleger beherrscht die Pfleger, und der Aufseher beherrscht die Oberpfleger. Im psychiatrischen Krankenhaus (und im Gefängnis) hat die Hierarchie zwei formale Kennzeichen:

1. Zunächst handelt es sich um eine »hoffnungslose Hierarchie«. Einige Stufen sind mit *Einbildungsschranken* versehen, die die Spaltung der Gruppen oder Klassen verstärken und Identifikationen verhindern. Ein Kranker kann innerhalb seiner Hierarchie aufsteigen, er kann sich verbessern oder Einfluß auf die anderen gewinnen (Woodbury hat diese Abteilungskönige beschrieben); er kann sogar einen besonderen Status erlangen (für die Verwaltung arbeiten oder Nachtdienst machen), aber er wird niemals Pfleger oder Arzt werden (außer in Ausnahmefällen, die an Irrealität grenzen). Ein Pfleger kann die Stufenleiter emporklettern, er kann Gruppenleiter, Aufseher und oberster Aufseher werden, aber im Prinzip wird er niemals Arzt. Nur der junge Arzt kann hoffen, Stationsleiter, Klinikchef oder gar Professor zu werden. (Aber bis heute beschränken auch die Universitätsstrukturen den Zugang zu dieser »schulmeisterlichen« Karriere, indem sie zu früh diejenigen, die noch »hoffen« können, von denen, die die Internatsphase in den universitätsklinischen Zentren nicht durchlaufen haben, absondern.) Dieser Zug ist in den psychiatrischen Krankenhäusern deutlich ausgeprägt. In den anderen Institutionen für Abweichende ist er nicht ganz so auffällig. Ein einfacher Soldat kann davon träumen, General zu werden, ohne daß ihm Größenwahn vorgeworfen wird, und die internen Wettbewerbsstrukturen der Industrie lassen abstrakt den Aufstieg zum Direktorposten zu. Ein Internierter oder Gefangener wird niemals Direktor eines psychiatrischen Kranken-

hauses oder eines Gefängnisses. Diese »Einbildungsschranken« ziehen einen weiteren Schnitt durch die düstere Realität der sozialen Klassen. Im psychiatrischen Krankenhaus gehören die Kranken vorwiegend dem Proletariat oder dem Subproletariat an[13], die Pfleger und die Verwaltungsangestellten bilden ein »white collar«-Proletariat, und die Ärzte sowie die Direktoren mitsamt ihren Gehilfen stellen die Bourgeoisie dar. Die »Schranken« repräsentieren also einen Sachverhalt der gesellschaftlichen Wirklichkeit, der aber hier im Dienst eines spezifischen Mechanismus steht, der den Wunsch ausrotten soll. (Es wäre interessant, die Erstarrung der Arbeiterklasse in der sogenannten Überflußgesellschaft als Folge dieser generellen Vernichtung des Wunsches zu analysieren. Ist das Asyl der Vorläufer der verrückten Gesellschaft, die uns bedroht?) Der Wunsch, der hier zur Debatte steht, ist der Wunsch, die Macht zu ergreifen, d. h. seine Rechte wahrzunehmen, selbst zur Macht, zum Wert der Macht zu werden. Der vergeblichen Suche nach dem, was die Macht repräsentiert, geben wir – in Anlehnung an die psychoanalytische Lehre – den Namen Phalluswunsch, d. h. Wunsch nach dem symbolischen Repräsentanten der Macht. »In der Psychoanalyse unterstreicht die Anwendung dieses Ausdrucks die symbolische Funktion des Penis in der intra- und intersubjektiven Dialektik, während der Ausdruck Penis vielmehr dazu dient, das Organ in seiner anatomischen Realität zu bezeichnen. [...] Schließlich bedeutet der Phallus im gleichen Maße, ja mehr, als er selbst zum Symbol wird (im Sinne einer bildlichen und schematischen Darstellung des männlichen Organs), das Symbolisierte in den verschiedensten Vorstellungen. [...] Auf dieser Denklinie kann man den Phallus als ein ablösbares, wandelbares Objekt charakterisieren, das sich in den verschiedenen bildhaften Verwandlungen wiederfindet und in diesem Sinne ein Partialobjekt darstellt, [...] das gesehen, exhibiert werden oder auch zirkulieren kann, das man geben und erhalten kann. [...] In Frank-

13 Man denke nur an die Unruhe und Verwirrung, die das Erscheinen eines bourgeoisen Kranken auf einer Station des öffentlichen psychiatrischen Krankenhauses hervorruft. Dieser Kranke, der in gewisser Weise den Ärzten nahesteht und den Pflegern »überlegen« ist, unterscheidet sich so stark von den anderen, daß allein durch seine Anwesenheit das gesamte Pyramidengebilde zusammenbricht. In den Privatkliniken stellt sich dieses Problem sicherlich anders dar.

reich hat J. Lacan versucht, die psychoanalytische Theorie wieder auf den Begriff ›Phallus‹ als ›Signifikant des Wunsches‹ zu zentrieren. Der Ödipuskomplex, wie er ihn neu formuliert, besteht in einer Dialektik, deren Hauptalternativen sind: der Phallus sein oder nicht sein, ihn haben oder nicht haben, und deren drei Glieder auf die Stellung zentriert sind, die der Phallus in dem Wunsch der drei Protagonisten einnimmt.«[14]

In der hierarchischen Institution ist der Phallus in Sicherheit, an seinem Platze eingeschlossen. Der Wunsch, mit den anderen in einen Wettkampf einzutreten und sich in dessen Verfolgung zu individualisieren, ist objektiv unmöglich und vollkommen wahnsinnig. Von der Möglichkeit der symbolischen Realisierung abgeschnitten, fährt der Wunsch fort, sich in der Einbildung, d. h. im Wahn, zu verwirklichen.

Ein Kranker identifizierte die Hierarchie mit dem Professor der Klinik. Für ihn waren die Ärzte, die ihn vor zehn Jahren im Krankenhaus aufgenommen hatten, die, die ihn zur Zeit betreuten. Die Pfleger und die Fürsorge, also alle, die dem Professor untergeben waren, hielt er für Agenten eines monströsen Handels zwischen seiner Mutter und dem Professor. Als Beweis gab der Kranke eine auf mysteriöse Weise verschwundene Summe von 400 000,– Franken (die »letzten Pfennige«) an. Es hat hier tatsächlich ein Austausch stattgefunden, aber er wurde in der Vorstellung vollzogen: der Austausch einer unauffindbaren Summe zwischen einem unsichtbaren Professor und einer eingebildeten Mutter. Diesen verlorengegangenen Phallus konnte der Kranke seinerseits nur dann besitzen, wenn er Generaldirektor der Sud-Aviation, also allmächtiger Produzent der stärksten Flugzeuge, wurde. »Ich werde hier nur herauskommen, wenn ich die Sud-Aviation leiten darf. Sonst ist es unmöglich«, wiederholte er beunruhigt.

Wenn also der Phallus das Symbol (aber nicht die Realität der Macht) ist, dann folgt daraus, daß er nur dann sinnvoll ist, wenn er begehrt wird, genauer gesagt, wenn er einen Wunsch bezeichnet. Ein Symbol (z. B. ein Geldstück, das symbolisch eine bestimmte Menge Güter repräsentiert), das nicht dem Tauschsystem angeschlossen ist (gegeben, erhalten und gewünscht wird), wird entwertet und verschwindet. Sofern er

14 J. Laplanche und J. B. Pontalis, *Das Vokabular der Psychoanalyse*, a.a.O., S. 385 ff.

keinen Wunsch mehr repräsentiert (außer im Wahn, wo der Wunsch durch die fiktive Realisierung zerfällt), stirbt der Phallus ab. Er kann sich nur durch den Wunsch der anderen erhalten. Eine absolute Macht, die durch niemanden in Frage gestellt werden kann, ist eine Machtillusion. Die Macht bedeutet Kampf: den Kampf um ihre Erhaltung. Die übermäßig perfekten Regeln lassen die unteren Sprossen der Unterdrückungsleiter im Asyl brechen. Dadurch konjugiert die Macht sich nur noch im passiven Bereich; sie wird erlitten, man handelt nicht; und der, der die Macht besitzen sollte, trägt nur noch ihr Erscheinungsbild. So ist Moses bei Vigny »mächtig und einsam«, und es bleibt ihm keine andere Wahl, als »in den irdischen Schlaf zu fallen«, d. h. sich in eine Situation zu begeben, in der seine Unterschiede erlöschen, und mit ihnen alles, was die Unterschiedlichkeit begründet: seine Macht. Er kann sich allenfalls noch in der größenwahnsinnigen Illusion von Macht wiegen.

2. In Wirklichkeit ist die Hierarchie, auf deren Gipfel der Chef sich zu befinden glaubt, eine *vielfältige Hierarchie.* Die Verwaltungshierarchien (vom Direktor bis zu seinen Angestellten), die Pflegerhierarchien (vom obersten Aufseher bis zum Pflegerschüler) und die medizinischen Hierarchien (vom Chefarzt bis zum Medizinalassistenten) überschneiden sich, ohne sich abzudecken. Zweifellos ist der Direktor der Chef, der straf- und zivilrechtlich für die Institution verantwortlich ist und der ein Augenmerk auf alle Klassen des Personals haben darf. Aber durch die »ärztliche Macht« wird in seine Macht eine Bresche geschlagen, da allein sie für die Therapien zuständig und im Namen von therapeutischen Imperativen in der Lage ist, das Krankenhaus in diese oder jene Richtung zu lenken. Diese »parallele Macht« wird besonders schlecht von den Gefängnissen geduldet, wo der Arzt auch nicht so gut eingerichtet ist wie im Krankenhaus. Ein Gefängnisdirektor sagte: »Dem Arzt kann ich nichts vorschreiben«, und in der Therapie sah er eine intolerierbare Limitierung seiner Allmacht.

Der Pfleger wird durch diese doppelköpfige Organisation in Schwierigkeiten gebracht. Seine technische Arbeit und seine Beurteilung sind vom Arzt »abhängig«; zugleich muß er die Anweisungen der Verwaltung befolgen, da sie ihn einstellt, ihn bezahlt und über sein Weiterkommen bestimmt. Diese Vielfäl-

tigkeit der Hierarchien begünstigt die Anonymität. Schließlich weiß niemand mehr, wo die Macht ist, wer sie hat und wer sie darstellt.
Hinter diesen formalen Kennzeichen profilieren sich indes andere verwirrende Elemente. An den manifesten Hierarchien schmarotzen geheime Hierarchien, und im »institutionellen Unbewußten« kann irgendein völlig autistischer und regredierter Kranker an der Spitze der Hierarchie stehen.
Eine Station war traumatisiert durch den Tod eines Kranken. Ein Unfall hatte eine peinliche Pressekampagne ausgelöst, und diese wiederum hätte beinahe eine unangenehme juristische Ermittlung zur Folge gehabt. Da fand man plötzlich ein Feuerzeug bei einem alten, senilen Wahnsinnigen, an den niemand gedacht hatte, und das ließ, wenn ich so sagen darf, das Pulverfaß in die Luft gehen. Die Macht, die er nun besaß, konnte Emotionen anfachen, die die gesamte Ökonomie der Institution zerstören könnten. Diese geheimen hierarchischen Systeme sind schwer greifbar und schwer zu analysieren. Sie belegen die psychotische Strukturierung des Asyls. Da der Wunsch ausgeschlossen wurde, entsteht nun die Frage, wo er sich niedergelassen hat. Wer trägt ihn mit sich herum? Wer zeigt ihn? Man weiß es nicht mehr und wird verrückt. Die Verschmelzung im Asylleben ist brüchig. Die Angst ist überall, die Angst vor der Manipulation und der Zerstückelung kommt der paranoiden Angst, die Melanie Klein beschrieben hat, sehr nahe.
Die Macht ist niemals da, wo man sie vermutet, und der, der sie besitzt, sieht sie zwischen seinen Fingern in viele widersprüchliche Teile zerspringen. Vielleicht steckt die Macht vor allem in den Regeln und Verboten, in den geheimen Tabus und den Routinen, in diesem leeren, mysteriösen *Man*, das zur institutionellen Tradition gehört, in dem »Das tut man« und »Das tut man nicht«? In den Rahmenbedingungen seiner Subjektivität erscheint der Arzt, der sich weise und mächtig glaubt, als ein Blinder und läßt sich von seinem Oberpfleger und seinem Direktor, ja sogar von der Frau des Direktors manipulieren, wie Oury und seine Mitarbeiter bemerkten.[15] Eine ganze Reihe hierarchischer Netze durchflechten sich, und ihre ironische Wirkung besteht darin, sich gegenseitig aufzuheben. Der

15 Siehe: J Oury et coll., *Discussions du vendredi soir à La Borde. Apropos de la Mixité*, in: *Information psychatrique* 44, Nr. 7, 1968, S. 643.

Phallus war eine Chimäre; ein Nadelstich hat sie platzen lassen. Aber wer hat mit der Nadel gestochen, und von wem war der, der gestochen hat, beauftragt? Dieses Parasitentum, das eine Vielzahl von Infrasystemen, schlimmstenfalls ein unpersönliches Nicht-System, mit einem System von offensichtlicher Macht verknüpft, erklärt die gegenseitigen Zensuren und schließlich auch die Selbstzensur, die sich die Mitglieder der Institution auferlegen. Eine Initiative ergreifen heißt, seine Macht aufs Spiel setzen und, letzten Endes, den Verlust seiner Illusionen über den vermeintlichen Machtbesitz riskieren und die Endlichkeit und Trennung aufdecken. Deshalb verdammt das Gesetz des psychiatrischen Krankenhauses (das des Gefängnisses sowie das der Armee und auch die Gesetze aller anderen Institutionen, die Goffman unter dem Namen »totale« Institutionen gruppiert) jede Art von Innovation. »Vor allen Dingen keine Initiativen ergreifen.« In dem deutschen Film *Die Brücke* faßt ein Feldwebel folgendermaßen zusammen, was er in sieben Jahren bei der Armee gelernt hat: »Niemals auffallen.«

Um die Angst unter Kontrolle zu bringen, erhalten die Hierarchien die Bewachung aufrecht und verstärken sie durch Rollenstratifikation einerseits und kodifizierte Kommunikationssysteme andererseits. Beeinflußt durch die Arbeitsteilung in den Produktionsbetrieben versucht man, durch Rollenstratifikation die hierarchische Verwirrung zu bändigen. Jeder ist bemüht, seinen Bereich abzugrenzen: den Verwaltungsbereich, den ärztlichen und den pflegerischen Bereich, den Bereich der Fürsorge, den des Psychologen und die Rollen des Medizinalassistenten und des Chefarztes. Manchmal nimmt man die Psychoanalyse zu Hilfe, um zu beschließen, daß der Arzt »die Rolle des Vaters spielen« soll und der Pfleger »die Rolle der Mutter«. Auf diese Weise soll durch Verordnungen ein direktiver und ein permissiver Pol erzeugt werden (wir werden noch darauf zurückkommen).

Die Rollenstratifikation in weibliche und männliche, aktive und passive, übergeordnete und untergeordnete Rollen findet in einigen modernen Institutionen ihren Höhepunkt. Die Betreuerfunktionen werden in Fächer eingeteilt, wo sich jeder seinen Platz mit dem Ziel suchen muß, den Routinen und Verwirrungen des alten Asyls zu entgehen. Das Krankenhaus bemüht sich um eine »über-logische« Struktur (wenn uns diese Wortschöpfung gestattet wird), die voll ausgerüstet aus dem Hirn ihres Schöpfers entspringt. Sie ist durch ebenso rigide Verknüpfungen gekennzeichnet wie die Postulate, Theoreme und Folgesätze in der *Ethik* von Spinoza. Weil man das Irrationale, das doch ein konstitutives Element der menschlichen Erfahrung ist, verbannen wollte, taucht es als ein Traum wieder auf, der sich als unwiderruflich erweist, als versteinertes Phantom, das sein Leben ausgehaucht hat und die Veränderung ausschließt. Jeder Zusatz und jede Modifikation, so gering sie sein mögen, würden das Risiko enthalten, die Struktur grundlegend zu zerstören. Auch wenn die Folter, die ein solches System unterhält, auf den ersten Blick wirksam erscheint, so ist sie im Endeffekt doch nichts anderes als eine Limitierung der Explosion; die Individualisierung des Beobachters wird mit der Entindividualisierung des Beobachteten bezahlt. Eine unbewohnte Rolle, die die Sprache verloren hat, ist nur eine Hülse.

Das psychiatrische Krankenhaus hat außerdem fortschreitend ein *Kommunikationssystem* gefördert, in dem die Bewertung des Schriftlichen zur Zerstörung des Mündlichen führt. Hefte für die Berichterstattung, Anschläge mit Verhaltensanweisungen und Beobachtungsdossiers haben sicher ihre Nützlichkeit. Aber wofür sind sie nützlich? Wem nützen sie? Sobald sie geschrieben wird, ist die Sprache weniger gefährlich, das Personalpronomen verschwindet. In einem Bericht sagt man nicht »Ich«, sondern viel diskreter »Der Pfleger X.« Die einzige autorisierte Sprache, nämlich die des Arztes, wird gesetzgebend. Kaum ist sie ausgesprochen, kristallisieren sich schon Sentenzen, Regeln heraus: »Der Arzt hat gesagt« oder »Der Arzt hat nicht gesagt« (denn auch sein Schweigen ist ein definitives Wort). Gleichgültig, was er sagt, Gutes oder Böses, der Arzt kann nichts sagen, ohne daß seine Worte sogleich eine körperliche Gestalt annehmen, zu einem Gewicht und einer schwer veränderbaren Realität werden. Die mehr oder weniger geheimen Regeln, die das Leben der Anstalt beherrschen, sind oft Restbestände dieser gegenständlich gewordenen Worte, die dem Munde eines Chefarztes oder der ihm nachgefolgten Chefärzte entschlüpft sind. Man weiß nicht mehr, woher sie kommen, aus welcher Zeit sie stammen; aber sie sind da.

Die gesprochene Kommunikation würde die Hierarchie aufs

Spiel setzen. Jedes Wort ist Austausch und folglich eine potentielle Verseuchung. Die verschiedenen Stufen der Hierarchie werden sorgfältig voneinander isoliert. In der volkstümlichen Vorstellung schlafen die Medizinalassistenten mit den Krankenschwestern (was manchmal auch stimmt; Romane und Filme popularisieren diese Liebesverhältnisse). Allerdings geschieht das nur im Rahmen des öffentlichen Krankenhauses; im psychiatrischen Krankenhaus wären derartige Verbindungen nicht einmal vorstellbar, und noch stärker werden hier mögliche Beziehungen zwischen Kranken und Pflegern verdrängt. Wie kann man sich überhaupt darüber wundern, daß der psychotherapeutische Handel, der emotionale Austausch zwischen Kranken und medizinischem Personal im Milieu des Asyls so schwer zu akzeptieren ist und wider die Natur erscheint?

Bevor man einen neuen Dialog beginnt, muß die Sprache (die geschriebene oder gesprochene) da, wo sie ist, und so, wie sie ist, analysiert werden. Wir haben in groben Umrissen eine solche semantische Untersuchung mit Hilfe einer Gegenüberstellung von psychiatrischen Pflegern und Pflegerinnen gemacht. Die Studie hat uns gezeigt, daß die Sprache innerhalb der hierarchischen Gruppen eine andere ist als die, die zwischen den Gruppen gebraucht wird. Wenn sich heute zwei Psychiater treffen, glauben sie sich beim Gespräch über einen Kranken verpflichtet, die Freudsche Terminologie zu benutzen und in Termini des Ödipuskomplexes und der Objektbeziehungen zu argumentieren. Wenn ein Pfleger mit einem anderen Pfleger über einen Kranken spricht, sagt er: »Der redet unsinniges Zeug, der geht mir auf die Nerven«, dem Arzt jedoch meldet er: »Der und der halluziniert, er ist desorientiert, er spricht im Wahn.« Der Arzt antwortet ihm annähernd in denselben Termini, nur fügt er eine nosographische Nuancierung hinzu, die er seinem Kollegen gegenüber vermeidet: »Er ist ein Schizophrener.« Dieses diagnostische Etikett zu benutzen, wäre für den Pfleger eine Schändung, es hieße, mit einem heiligen Vokabular, das nicht das seine ist und zu dem er keinen Zugang hat, Mißbrauch zu treiben. Er würde sich über den Kranken eher folgendermaßen äußern »Er ist gespalten, ambivalent.«

Obwohl die Sprache innerhalb einer Gruppe relativ gesichert ist, wird sie in der »freien Atmosphäre« korrumpiert, und bei der Vermittlung von einer Gruppe zur anderen treten Risse und Fehlerquellen auf. Der Gebrauch moderierender Verben macht diese Kommunikationsschwierigkeit deutlich. Der Pfleger sagt: »Er scheint sich verfolgt zu fühlen.« Eine ganze Geheimsprache muß dekodiert werden, um den Inhalt der Botschaft klarzumachen: »Er ist ein Paranoiker, aber ich will keine Diagnose stellen, das ist nicht mein Beruf.« Auf diese Weise wird der Kranke zum Träger des Austausches der verschiedenen Stufen. Er ist »Ihr«, der dem »Wir« eine sukzessive Individualisierung ermöglicht.

Unsere Untersuchung hat uns auch auf den großen Reichtum der Sprache der Pfleger hingewiesen, auf die versteckten Erfahrungen, die diese Sprache aufnimmt und die sie durch die mündliche Überlieferung fast heimlich weitergibt. Zwischen »erregt«, »aufgeregt«, »aggressiv« und »auflehnend« gibt es eine ganze Reihe von Nuancen, eine Graduierung der Beschreibung.

Tatsächlich kohabitieren zwei Sprachen. Die eine ist die wissenschaftliche, quasi heilige, die Sprache der Geistlichen, die zu gebrauchen ein Pfleger niemals wagen würde, und die andere ist die »vulgäre«. Dubletten kommen häufiger vor als gegenseitige Anleihen. Damit ist alles über die durch die Hierarchie verursachte Sprachzerstörung gesagt. Wichtig ist jedoch, daß die Pfleger trotz aller Hindernisse miteinander sprachen (auch wenn sie überhaupt nicht mit dem Arzt und nur wenig mit den Kranken sprachen), und daß wir auch unter den Kranken ein heimliches Leben, das wir erst allmählich richtig kennenlernen, entdecken konnten.

Das heimliche Leben in der Institution und seine Reduktion aufs Groteske

Die Wächter aller Art haben das heimliche Leben schon seit langer Zeit als bedrohliche Wirklichkeit für die Ordnung, die sie zu erhalten suchen, empfunden. Es liegt im Interesse der institutionellen Praxis, die Organisierung dieser Anti-Gesellschaft, die eine Gesellschaft von Wahnsinnigen (oder von Delinquenten) wäre, zu unterbinden. Die Verdinglichung des Menschen läßt sich sowohl an der Verwaltung messen, die sorgfältig mit Personen und Gütern umgeht, das Inventar kleinlich aufreiht und Buch führt über die »Bewegungen« (Eingänge, Entlassungen und Sterbefälle), als auch an der Nosographie, den medizinischen Dossiers etc. Dennoch entstehen geheime Tauschnetze, die zwar laufend zerstört werden, jedoch immer wieder auferstehen. Ihre Unterdrückung kann verschiedene Formen annehmen. Manchmal zeigt sie sich brutal (wenn nicht grausam). Doch die Isolierung in der Zelle, die totale Abschließung, wird im psychiatrischen Krankenhaus kaum noch praktiziert und im Gefängnis immer seltener. Unser Zeitalter verfügt über subtilere Unterdrückungsmethoden. Die Arbeiten von Freud über den Zusammenhang zwischen dem Witz und dem Unbewußten sind uns wohlbekannt. Solange es der Unterdrückung entgeht, versucht das »institutionelle Unbewußte«, d. h. der Wunsch, sich auf die gleiche Art zu manifestieren. Es sucht eine Erscheinungsform, die, um geduldet zu werden, eine Karikatur sein muß. Der Lebens- und Kommunikationstrieb[16] tritt hervor, jedoch auf *groteske* Art und Weise. Wir wollen damit nicht sagen, daß das Leben im Asyl komisch ist; wir behaupten nur, daß der Verrückte den Hanswurst spielen muß, wenn seine Worte Träger von Inhalten sein sollen. Er muß für seine Tauschmodalitäten eine »humoristische« und abwertende Einschränkung akzeptieren. Im Krankenhaus schlafen die Kranken nicht miteinander, sondern sie begatten sich; sie tauschen nicht, sondern sie handeln; sie sprechen nicht, sondern sie reden irre. Diese Entmenschlichung ihres Austausches, dieser Übergang zum Mechanischen, zum Buchstäblichen, gibt ihren Bewegungen einen grotesken Aspekt.

Wir wollen die *Reduktion aufs Groteske* (die nach unserer

16 Nur der Einfachheit halber haben wir uns so ausgedrückt. Wir haben vorher gesagt, daß unserer Ansicht nach die Kommunikation, der Dialog, nicht auf der Ebene des Triebes oder der Natur liegt, sondern auf der der Struktur einer sich ständig verändernden triadischen Gemeinschaft, die den Fusionsbestrebungen durch die Anwesenheit des Dritten Schranken setzt. Der Dialog ist ein immer neu zu schließender Kompromiß zwischen dem Fusionswunsch und der materiellen Unmöglichkeit der Fusion. Der Fusionswunsch läßt sich nur durch den Tod verwirklichen. Die Verwerfung des Dritten führt nur zu illusorischen Fusionen. Genau genommen bedeutet das, daß es der totalen Institution wie allen anderen zwischenmenschlichen Gemeinschaften nicht gelingt, ihr Ideal der konfliktfreien Fusion zu verwirklichen. Trotzdem versucht der unrealisierte Wunsch ständig, sich zu manifestieren, er erleidet jedoch eine Sekundärveränderung, die ihn zur Karikatur seiner selbst macht.

Meinung das Asylleben charakterisiert) auf den drei klassischen Ebenen des Tausches untersuchen: dem sexuellen Austausch, dem Austausch von Gütern und Dienstleistungen und dem verbalen Austausch.

Die psychiatrischen Krankenhäuser (sowie die Gefängnisse) sind für eingeschlechtliche Massen hergerichtet. Diesem seltsamen Phänomen fehlt es nicht an Rationalisierungen. Die geläufigste ist die *eugenische:* Man muß die Vermehrung der Geisteskranken einschränken. Die Genetik (mit ihrem Konzept der »Erbkrankheiten«) hat dieser These eine Zeit lang ihr wissenschaftliches Gütezeichen zur Verfügung gestellt, heute ist die genetische Vererbung der Geisteskrankheiten nur noch ein volkstümlicher Glaube (kein ernsthafter wissenschaftlicher Beweis für die biologische Erblichkeit der meisten »Geistesstörungen« konnte jemals erbracht werden). Jetzt holt man sich den Beistand der Psychologie: Die Verrückten könnten ihre Kinder nicht richtig erziehen. – Andere Argumente sind moralischer Natur, Vermischungen von Recht und Religion: Die Promiskuität im Asyl bedeutet den Tod der Familie. Man bemitleidet das arme Mädchen, das (unschuldig) auf einen Verführer hereinfällt. Aber es gibt keine Sünde ohne Bewußtsein, deshalb gibt es auch keine Liebe, die nicht sündhaft wäre. Die Theologen spitzen die Ohren. Wenn man mit jemandem schläft (vor allem, wenn man Ehebruch begeht), muß man wissen, was man tut. Wie könnte der, der per definitionem nicht weiß, was er tut, der Wahnsinnige, der Unfähige, nach der großen sozialen Kastration durch die Internierung weiterhin ein verantwortliches Sexualleben führen?

Heute wird viel von der Mischung in den psychiatrischen Krankenhäusern gesprochen, von gemischten Krankenhäusern (es gibt noch viele, die die Geschlechtertrennung aufrechterhalten), von gemischtem medizinischen Personal (welches noch selten ist) und sogar von gemischten Abteilungen (die es nur in Ausnahmefällen gibt).[17] Es ist jedoch leicht möglich, daß auch diese Revolution, wie so viele andere, sich verdunkelt. Die Sexualität ist im psychiatrischen Krankenhaus in Wirklichkeit schon lange unter der Bedingung erlaubt, daß sie verkleidet wird, zurückhaltend und *grotesk* ist. Der sexuelle Akt, seines

17 Dazu die Sondernummer der *Information psychiatrique 44*, Nr. 7, Sept. 1968.

interpersonellen Tauschwertes beraubt, wird zu einer mechanischen Wiederholung herabgesetzt. Reizende Anekdoten werden erzählt wie die, daß ein Kranker sich für die Begattung von einer Frau bezahlen ließ, um daraufhin seinerseits einen Mann zu bezahlen, den er besitzen wollte. In dieser Anekdote ist alles enthalten: die Umkehrung der gewöhnlichen Normen (in unserer Gesellschaft kauft der Mann die Frau, ein gekaufter Mann ist nur ein verspottetes Objekt mit künstlichem Penis), die passive und lächerliche Homosexualität und der komische Handel mit Geld, das vorne gewonnen und hinten wieder reingesteckt wird. »Das macht ihnen zu schaffen, das müssen sie loswerden.« In einem phantastischen und grotesken Ballett, einer Art von neuem, makabrem Tanz, paaren und trennen sich die Verrückten, als müßten sie einer absurden Brownschen Bewegung folgen. Oder aber es bleibt bei der Homosexualität, die besser ertragen wird als die Heterosexualität, da sie sich in einem Universum des Gleichen bewegt und den Austausch und den Dialog karikiert, ja sogar ihre eigene Negation mit sich bringt. Im Gefängnis werden die Schranken gegen die Homosexualität durch die Wächter und Verwaltung noch verstärkt. In den Zellen sind die Gefangenen entweder allein oder in Dreiergruppen, und dort, wo noch Schlafräume existieren, sind sie durch Gitter getrennt. Im psychiatrischen Krankenhaus wird die Homosexualität weitgehend geduldet – vielleicht weil die Insassen den Verzicht auf die Conditio humana vollständiger geleistet haben. Nur die, die den verschmelzenden Kräften noch Widerstand entgegensetzen – die Alkoholiker beispielsweise, die versuchen, sich von den Verrückten abzugrenzen –, protestieren manchmal gegen die notwendigerweise öffentlichen Praktiken.

Der heterosexuelle Beischlaf wird nur dann zum Problem, wenn er fruchtbar ist. Die juristisch-medizinischen Probleme, die eine Schwangerschaft im psychiatrischen Krankenhaus mit sich bringt, sind zweifellos Störfaktoren. Aber der Skandal liegt auf einer anderen Ebene. Wie könnte die wahllose Begegnung von zwei Dingen, wie könnte die rein mechanische Reibung von Kolben und Zylinder – als die sich die Sexualität der Kranken in den Augen der Institution zusammenfassen läßt – ein Leben erzeugen? Eine rechtzeitige Verschiebung rettet die Situation. Der Urheber des Verbrechens, der Schuldige, ist nicht mehr dieser oder jener Kranke, sondern der Phallus-Träger, der Chefarzt; er ist es, der angeklagt (oder angeschnauzt) wird, wenn eine Insassin seiner Station durch einen »kranken Mittelsmann« schwanger wird. Selbst hier wird der Kranke auf eine rein instrumentelle Rolle beschränkt. Allein der Arzt verfügt über die Macht der Fruchtbarkeit. Die Schwangerschaft einer Kranken ist eine Übertretung des geheimen Gesetzes, das die Vermischung zweier ungleicher Kategorien in der Hierarchie verbietet.

Das Groteske und das Verbot der »Inzest«-Beziehungen zwischen zwei Kategorien finden wir auf der Ebene des ökonomischen Tausches wieder. Seit langer Zeit arbeiten die Internierten – sowohl in den psychiatrischen Krankenhäusern als auch in den Gefängnissen. Foucault berichtet, daß zu Colberts Zeit solche Arbeit in großem Umfange angeboten wurde, um Vagabunden und Faulenzer zu beschäftigen, daß diese Arbeit schließlich großen Unternehmen Konkurrenz machte, sie zum Konkurs zwang und damit die Zahl der Arbeitslosen und Bettler stark ansteigen ließ.[18] Es wäre interessant, die Implikationen der Asyl- und Gefängnisarbeit im Hinblick auf die heutige ökonomische Situation des Landes zu untersuchen. Begünstigen die Gefangenen und die Geisteskranken durch die Annahme eines rein symbolischen Lohnes die Unterbezahlung anderer Arbeiter? Wie dem auch sei, die Arbeit im Asyl oder Gefängnis ist meist beschränkt auf triviale Verrichtungen – auf das Zusammenstecken von Plastikspielzeug, das Zuschneiden von Schürzen oder das Aufkleben von Etiketten: lauter überflüssige Tätigkeiten, kurzfristige Reflexe des Konsumfiebers. Im Krankenhaus hat man sie Arbeitstherapie getauft, um den Ausbeutungscharakter, die groteske Ausbeutung (wenn man durch Plastik, falschen Schmuck und Schundware entfremdet wird, wird man doppelt entfremdet) besser zu verschleiern. Im Gefängnis hat man diese Namengebung noch nicht gewagt. Wenn der Kranke arbeitet, tut er es zu seinem Wohl (tatsächlich geht es ihm manchmal besser, wenn er regelmäßig arbeitet). Die mechanische Wiederholung, die Stereotypie der psychotischen Gesten und die lange Unbeweglichkeit, die die Institution und die Krankheit dem Kranken auferlegen: all das wird durch die

18 M. Foucault, *Wahnsinn und Gesellschaft*, a.a.O.

Parodie der Behandlung und der Arbeit, die im Nähen von Bettwäsche mit Nadel und Faden besteht, ausgewischt. Ein durch Unbeweglichkeit und Passivität verursachter Skandal hätte die Institution in ihrer Basis erschüttern können, hätte sie zur Einsicht in ihre repressive und Aufpasserfunktion bringen können; aber die Arbeitstherapie macht das Gewissen rein: Arbeit ist Gesundheit.

Das gilt auch für die anderen Formen der Arbeit, die in der Versorgung des Krankenhauses bestehen. Man kann es nicht oft genug sagen: die Maschinerie des Asyls bewegt sich nur mit und durch die Kranken.[19] Sie betätigen sich in den Heizungskellern, den Waschhäusern und beim Putzen der Räume. Man muß zugeben, daß sie dadurch oft eine Art Gleichgewicht, einen Kontaktmodus zu den anderen, insbesondere zu den Pflegern, finden. Manchmal bedeutet das den ersten Schritt auf dem Weg der Genesung; wenn man nicht aufpaßt, kann es jedoch eine Neoadaptation an die chronische Dienerrolle im Asyl bedeuten – eine neue Paradoxie, eine neue Verwandlungsform des institutionellen Grotesken. Wenn er arbeitet, arbeitet der Kranke gegen sich selbst. Die Tagessätze in den psychiatrischen Krankenhäusern sind die niedrigsten, die es gibt (kaum mehr als 50,– frs täglich, während die öffentlichen Krankenhäuser Tagessätze von 80,–, 100,–, sogar 250,– oder 300,– frs für die sogenannten teuren Spezialbehandlungen nehmen und sich außerdem noch Ärztehonorare bezahlen und sich verschiedene chirurgische Eingriffe, Bestrahlungen oder Laboruntersuchungen extra erstatten lassen). Der geringe Preis wird mit der Arbeit der Kranken begründet, die Personalkosten spart. Aber weil der Preis so niedrig ist, kann man kein Personal einstellen. Der Pfleger, der durch die Vielzahl und Vielfalt seiner Aufgaben erdrückt wird (pflegerische Aufgaben, Aufgaben des Haushalts, der Bewachung und in letzter Zeit auch der Psychotherapie), kann nicht mehr so disponibel sein, wie er möchte. Der Kranke wird nicht mehr richtig versorgt. Er kehrt wie ein monotoner Roboter ins Waschhaus und die Heizungskeller zurück – und dort bleibt er.

Da die »therapeutische« Motivation nicht überzeugungskräftig ist, führt man einen Lohn ein, um die Arbeit im Asyl zu recht-

19 Zu diesem Thema sollte man das erschütternde Pamphlet von R. Gentis lesen: *Les Murs de l'asile*, Paris 1970.

fertigen. Aber dieser Lohn ist ein falscher Lohn, ein grotesker Lohn. Früher beschränkte er sich auf einige Päckchen Zigaretten, ein zusätzliches »Frühstück« für die »Arbeiter« oder auf Süßigkeiten. Als die Ärzte auf die Unzulänglichkeit dieser Gratifikationen hinwiesen, wurde das Geld eingeführt, was schon einen Fortschritt bedeutet. Dennoch ist es lächerlich, da das Geld ein rein symbolischer Wert bleibt. Was ist das Symbol eines Symbols anderes als eine Farce, ein Witz, ein ausgetüftelter Scherz? Der Lohn im Krankenhaus (wie im Gefängnis) ist tatsächlich ein Hungergroschen, d. h. eine Entlohnung, die in keiner Weise den geltenden gesellschaftlichen Normen entspricht und mit keiner der sozialen Entlohnungsrichtlinien in Übereinstimmung zu bringen ist. Der Häftling hat zum Beispiel selbst dann, wenn er arbeitet und seinen Hungergroschen bekommt, kein Anrecht auf Leistungen der Sozialversicherung. Im Krankenhaus bekommt man bei regelmäßigem 8-Stundentag und 5 Tagen Arbeit pro Woche in den Arbeitsstätten der Arbeitstherapie oder den allgemeinen Dienstabteilungen weder Urlaub noch eine Rente, und die Entschädigung kann 1.50 frs. pro Tag nicht überschreiten.

Der Tausch wird durch einen rein privaten »Vertrag« zwischen Krankem und Krankenhauspersonal oder zwischen Häftlingen und Wärtern, zwischen Wir und Ihr geregelt, ohne die regulierende Intervention der sozialen Gesetze. Er ist also eine Parodie auf den ökonomischen Tausch. Das Geldproblem in den psychiatrischen Krankenhäusern und den therapeutischen Beziehungen im allgemeinen verdient Aufmerksamkeit; wir verweisen an dieser Stelle auf die Studie von Michel Marie-Cardine[20] und beschränken uns hier auf einige Punkte, die das permanente Tauschverbot (außer dem grotesken Tausch) bestätigen.

Racine erzählt eine eigenartige Geschichte[21]. In einem psychiatrischen Krankenhaus saßen zwei Kranke nebeneinander. A hatte ein Fünfmarkstück und B eine Zigarette. B zog einmal an der Zigarette und tauschte sie dann mit A gegen das Fünfmarkstück. A nahm seinerseits einen Zug und gab B die Zigarette gegen das Fünfmarkstück zurück. So ging es weiter bis zum letzten Zug. Dieses eigenartige System illustriert den

20 Doktorarbeit, Lyon 1968.
21 Y. Racine, *L'Argent à l'hôpital psychiatrique*, Paris 1966.

üblichen »Handel« innerhalb einer »totalen Institution«. Der Wert hat überhaupt keinen sozialen Charakter, er repräsentiert kein durch einen Dritten geregeltes Gleichgewicht zwischen Angebot und Nachfrage, man verhandelt ausschließlich in einer dem Spott preisgegebenen Dualität. Weil A Lust auf einen Zug von der Zigarette hatte und B auf ein Fünfmarkstück, tauschen sie, ohne sich darum zu kümmern, welchen Wert die Zigarette oder das Fünfmarkstück auf einem offenen Markt hätte, wo die anderen eine Rolle spielen. Je mehr sich die Zigarette ihrem Ende nähert, um so mehr steigt ihr »Wert« (und um so mehr verringert sich der des Geldstückes). Der Handel ist nur ein Spiel, eine Nachahmung des Tausches. Man gibt etwas gegen etwas anderes (das kennzeichnet jeden Tausch), aber man tut es außerhalb des sozialen Produktions-, Distributions- und Konsumtionskreislaufes, der allein den Handelswert bestimmen kann. Der Tausch zu zweit findet also unter Ausschluß des Wertes statt. Das Ding, das gegen ein anderes getauscht wird, repräsentiert lediglich die groteske Materialisierung der Tauschgeste.

Die Eröffnung eines Lebensmittelgeschäftes oder einer Cafeteria auf dem Krankenhausgelände ist also von hoher therapeutischer Bedeutung, da sie die Tauschenden zwingen, einem extremen Wert Rechnung zu tragen, sich an der Triade zu beteiligen. Das Tauschobjekt hat von Stund an einen bestimmten Preis im Lebensmittelgeschäft; dadurch wird der Tausch ernsthaft. Wenn der Tausch sich jedoch von einer Gruppe zur anderen vollziehen soll, ist er immer noch genauso schwierig wie vorher. Man hat sich gegenseitig schon immer kleine Dienste erwiesen, aber in einer Atmosphäre, wo alles quasi kostenlos war. Die Kranken besorgten den Haushalt oder ordneten den Garten des Arztes, des Verwaltungspersonals oder der Pfleger; sie erhielten dafür mehr oder weniger wichtige Geschenke, deren Wert jedoch der Einschätzung ihrer Spender überlassen blieb. Wieder einmal wurde dem sozialen Dritten keine Rechnung getragen.

Ein Pfleger oder ein Arzt darf von einem Kranken kein Geld annehmen. Das für die Verhinderung der Ausbeutung von Kranken vorgesehene System rechtfertigt sich zwar, aber es verschleiert damit tieferliegende Motivationen. Wenn das Verbot des ökonomischen Inzests durch zeitgenössische Praktiken

durchbrochen wird, machen sich Widerstände bemerkbar, die Licht ins Dunkel bringen. Ein Beispiel: In einem psychiatrischen Krankenhaus erlaubt eine neue Praxis, die sogenannte »Nachtklinik«, den Kranken, außerhalb der Anstalt zu arbeiten. Sie verdienen einen »normalen« Lohn und können gleichzeitig die Versorgung durch die Sozialversicherung oder die Fürsorge in Anspruch nehmen. Um das Schockierende der Unterstützung eines Menschen, der zugleich seinen Lebensunterhalt verdient, auszubalancieren, ist vorgesehen, daß der Kranke 20% seines Lohnes in einen Solidaritätsfond einzahlt. Dieses Geld sollen die Pfleger einkassieren. Die Pfleger lehnen sich sofort dagegen auf, sie protestieren gegen die zusätzliche (wirkliche) Verantwortung und gegen die Modifizierung der Beziehung zu den Kranken. – Ein anderes Beispiel: Einer Station wird angeboten, den Pflegern ein Arzneimittelexperiment anzuvertrauen. Sie sollen sich zur Belohnung eine kleine Summe teilen, die ein Labor zur Verfügung gestellt hat. Die Pfleger sind damit einverstanden, daß die Summe im ganzen zu ihrer beruflichen Weiterbildung verwendet wird (Bücher, Zeitschriften oder verschiedene Übungen), aber sie weisen den Gedanken einer direkten Auszahlung an jeden Teilnehmer des Experiments zurück. Durch die Vermittlung des Arztes »mit« den Kranken Geld zu verdienen: dieser doppelte Inzest kann keinen Spaß machen; das ließe sich nur im Namen eines kalten beruflichen Selbstmordes rechtfertigen.
Was die spärlichen Worte angeht, die die Kranken untereinander austauschen, so lassen sie sich in einem grotesken Wettbewerb um das »Wer redet am irrsten« zusammenfassen. Es kommt sicherlich vor, daß die Kranken sich von Wahn zu Wahn verstehen; aber allzu oft beruht ihr Dialog auf einer tragischen Parodie des Dialoges. Das Verbot des »verbalen Inzests«, die Schwierigkeit, zwischen verschiedenen hierarchischen Gruppen zu kommunizieren, haben wir weiter oben bereits dargelegt.

Die institutionelle Psychotherapie

Das psychiatrische Krankenhaus, in dem der Tausch von Frauen, Gütern, Dienstleistungen und Worten sich in Hohn auflöste, hat sich erst kürzlich der Sprache geöffnet; es hat versucht, den Wahn – der nur eine Illusion von Sprache war –, die mechanische Begattung und die Parodie auf den ökonomischen Tausch durch die therapeutische Erklärung dieser Phänomene zu überwinden.

Jede institutionelle Psychotherapie beruht auf der therapeutischen Verwendung der in der Institution existierenden Tauschsysteme, d. h. sie beruht auf der Verbalisierung dessen, was passiert. Wenn man die Institution und den Kranken behandeln will oder, anders gesagt, wenn man die Gesamtheit der soziopathischen Beziehungen von Kranken und Personal heilen will, dann muß man alle Interaktions-Möglichkeiten innerhalb der Institution ausschöpfen. Genauer: wenn die Institution des Asyls ein Bündel sich auflösender Kräfte, eine Maschine zur Zerstörung des individuellen Wunsches ist, dann kann sie auch eine Quelle für signifikante Beziehungen werden – wenn man sie zu lokalisieren und freizusetzen weiß. Daher rührt das Interesse des institutionellen Therapeuten an den intakten Bestandteilen des sozialen Gewebes, die der Benutzung durch das Asyl widerstanden haben. Diese Bestandteile, das unterirdische Leben, können Ausgangspunkt für eine kritische Bearbeitung der Unterdrückungsstrukturen sein. Das therapeutische Team kann den institutionellen Kontext ändern, wenn es von den revolutionären Möglichkeiten der Wahnsinnigen Gebrauch macht und ihnen den Ausdruck erleichtert. Auf diese Weise modifiziert sich der Kontext von selbst und schafft eine ausreichende Grundlage für die Rekonstruktion der zerstörten Beziehungsnetze, an deren Schnittpunkten sich die befinden, die man Kranke nennt.

Gewiß war die *Einführung der Psychotherapie* in das Innere des Asyls ein revolutionärer Akt, der die Umwälzung der veralteten Strukturen erwarten ließ. Aber es stellte sich sehr schnell heraus, daß es unerläßlich war, die psychotherapeutische Bewegung auf den gesamten Krankenhauskontext zu beziehen. Den therapeutischen Anstoß nur auf die individuelle oder gruppentherapeutische Sitzung zu beschränken heißt nicht nur Ineffektivität, sondern auch den Ausbruch von antitherapeutischen Reaktionen innerhalb des Krankenhauses, sowohl bei den Kranken als auch bei den medizinisch-pflegerischen Mitarbeitern, zu riskieren.

Dem Kranken muß eine Psychotherapie, die völlig aus der täglichen Realität herausfällt, absurd erscheinen. Einerseits nimmt das Asylleben seinen unterdrückenden Lauf, ein gigantischer Dehumanisierungsapparat tut seine Wirkung, und die Aufforderung, auf Individualität zu verzichten, um mit den anderen in einem einfarbigen Haufen zu verschmelzen, vervielfältigt sich. Andererseits erhebt die Psychotherapie den Anspruch, dem Kranken zur Erkenntnis seines Wunsches zu verhelfen, sie leitet ihn an, Ich zu sagen, und führt ihn in eine verbalisierte Beziehung zu der Welt der Oberen ein. Zwischen diesen beiden Bereichen, die in tragischem Kontrast zueinander stehen, dehnt sich für den Psychotiker eine unüberwindbare Kluft, eine ihm allzu geläufige Realisierung des Wahns, der eine übermäßig starke Tendenz zur mechanischen Unterscheidung von Gut und Böse hat. Die Psychotherapie, die notwendigerweise durch die repressive Kultur der Umgebung kompromittiert wird, erscheint unter dem Nimbus der Ambivalenz wie eine Figur, die angeblich permissiv ist, in Wirklichkeit jedoch jeden Augenblick mit der linken Hand nehmen kann, was sie mit der rechten gegeben hat – ein ähnliches Verhalten wie das, das die Mütter von Schizophrenen häufig zeigen.

Vor diesem »Maitre Jacques« (Diener, der mehrere Stellungen zugleich hat), der einmal als neutraler und wohlwollender Psychotherapeut, ein andermal als autoritärer und repressiver Chefarzt auftritt, kann der Kranke sich nicht mehr zurechtfinden. Seine Pathologie findet eine solch einleuchtende Korrespondenz in der Wirklichkeit, die aktuelle Situation ist der seiner Familie, die Ursprung und Träger seiner Psychose war, so ähnlich, daß er sich nur noch durch einen Modus des Wahnsinns retten kann. Dadurch, daß die Psychotherapie (der Austausch zwischen Behandelnden und Behandelten) als Inzest erscheint, wird dieses Verhalten noch verstärkt. Ist nicht das Auslöschen der ödipalen Situation, die Aufgabe des Wunsches, dessen Realisierung mit Ängsten und Schuldgefühlen beladen ist, das Kennzeichen psychotischer Familien?[22] Um verheerende Schädigungen zu vermeiden, hat Racamier in Anlehnung an die Psychoanalytiker von Chestnut-Lodge in den USA den

22 Wir werden im nächsten Kapitel darauf zurückkommen.

»Bifokalismus« empfohlen, der in den französischen psychiatrischen Krankenhäusern begeisterte Zustimmung fand, wo er die Erinnerung an eine schon im 19. Jahrhundert von Esquirol angepriesene Methode weckte. Der Sachverhalt läßt sich folgendermaßen zusammenfassen: Wenn die psychotherapeutische Beziehung Erfolg haben soll, muß sie sich auf das beschränken, was zwischen dem Therapeuten (oder dem Analytiker) und dem Patienten (oder den Patienten, wenn es sich um eine Gruppensituation handelt) innerhalb der Beziehung selbst vorgeht. Der Therapeut darf nur ein Ziel haben: er muß seinem oder seinen Patienten helfen, sich selbst zu durchschauen und durch das Brennglas der wiedergefundenen Freiheit des Phantasielebens sowohl sich selbst als auch die anderen positiv wahrzunehmen. Er muß der äußeren Realität mit Desinteresse begegnen. Er lehnt jeden anderen Beziehungstyp, vor allem den der autoritären Beziehung, mit dem Patienten ab und bejaht nur die psychotherapeutische Beziehung selbst. Er klammert die Institution aus. Je weniger er mit ihr zu tun hat, um so besser ist es für die Entwicklung der Psychotherapie. Alles, was außerhalb der Sitzung geschieht, betrifft ihn nicht. Er postuliert, daß die emotionale Freiheit und die neuen Beziehungsmodelle, die der Patient in der therapeutischen Situation gelernt hat, ihm dazu verhelfen, sich der Institution, die als Element der Realität verstanden wird, besser einzufügen. Die »Autoritätsrolle« innerhalb der Institution wird unterdessen von einem anderen Arzt ausgeübt.[23]

Die Hoffnungen, die man in dieses Modell gesetzt hatte, wurden nicht immer erfüllt. Die Struktur institutioneller Arzt, psychotherapeutischer Arzt und Kranker hätte die Erlernung der Dreiecksbeziehung ermöglichen müssen, pervertierte jedoch häufig in eine Reihe von Zweier-Koalitionen. Einmal verschließen sich Psychotherapeut und Kranker in einem Wahn zu zweit (M. Woodbury hat es unter dem Namen »paranoisches Duo« beschrieben), ein andermal wird der Psychotherapeut durch die Koalition von Institution und Krankem verworfen. Der Kranke bleibt dann regelmäßig den Sitzungen fern (manchmal zugunsten anderer institutioneller Aktivitäten, von denen man den Eindruck hat, daß sie erfunden wur-

23 Dazu: P. C. Racamier, *Le Psychanalyste sans divan,* a.a.O.

den, um ihm die Flucht zu erleichtern) oder, wenn er kommt, weigert er sich den leeren Raum auszufüllen, der ihm durch die psychotherapeutische Sitzung angeboten wird, indem er sein affektives Leben auf den institutionellen Tausch beschränkt. Bisweilen entsteht auch eine Konkurrenz zwischen dem Psychotherapeuten und dem Institutionsarzt, der seinerseits Therapeut sein möchte. Wieder einmal fühlt der Kranke sich verloren. Seit die analytische Kultur sich auf die werdenden und die fertigen Psychiater ausgeweitet hat, sind Psychotherapeut und Institutionsarzt meist damit beschäftigt, ihre eigenen Konflikte auszutragen, sich mit ihren Differenzen und der Spaltung, die zwischen sie getreten ist, auseinanderzusetzen. Sie erotisieren diese Arbeit und »vergessen« darüber den Kranken. Derjenige, der der ursprüngliche Adressat war, ist nur noch ein Vorwand, der zwischen seiner »Mutter« und seinem »Vater« hin und her gestoßen wird, der als Instrument für ihren Tausch, ihren Lustgewinn und ihre Streitigkeiten fungiert.

Dieser Konflikt, der über den Kranken als Mittler läuft, berührt das gesamte medizinisch-pflegerische Personal. Die Einführung privilegierter Unterhaltungen in das Krankenhaus, »Psychotherapie« genannt, belebte viele unterschwellige Schwierigkeiten. Auf einer Station wurde heftig und ausgiebig vor der Tür des Ärztezimmers geputzt, während der Arzt und sein Klient »schwätzten«. Die sich von dem Dialog ausgeschlossen fühlenden Pfleger hatten keine anderen Argumente als die von störenden und abgewerteten Tätigkeiten wie des Putzens. Aufschlußreich sind auch die Worte, die zwischen Pflegern und Ärzten gewechselt werden. Einen Kranken, der sich in Psychotherapie befindet, wagt niemand mehr anzurühren; man will nicht »interferieren«, deshalb läßt man ihn lieber in seiner Ecke. Oder: »Die Ärzte machen ihre Kranken wahnsinnig, vorher ging es ihnen viel besser« (das entspricht oft der Wahrheit: Eine Psychotherapie in einem unvorbereiteten Milieu ist gefährlich und destruierend, genauso gefährlich wie eine Operation in einer septischen Umgebung). »Ihr kriegt die schönen Kranken, die Intellektuellen und die Schizophrenen, und wir die Alten und Clochards, ihr die Psychotherapie und die Sprache und wir die Sch ...«, meinen die Pfleger (sie haben ganz Recht). Unter dieser Oberfläche erscheinen Neid und Angst vor den Kenntnissen und der »Technik« des Arztes, aber auch der Wunsch, daß man sich auch um sie kümmern möge. Der Arzt neigt leider allzu leicht dazu, dies als eine Bitte um ärztliche Beachtung zu verstehen und als Therapeut seiner Mitarbeiter zu antworten. Diese fühlen sich dadurch ungeheuer bedrückt, da sie sich in den Augen des Psychiaters auf den Zustand des Verrückten reduziert sehen und damit noch eine Stufe tiefer gerutscht sind.

Die Psychotherapie, der intime Raum in einer öffentlichen Welt, das permissive Intervall in einem repressiven Universum, verlangt – wie, Lenin zufolge, die Revolution – nach »objektiven Bedingungen«. Man könnte fast fordern: »Keine Psychotherapie, solange man die Toiletten nicht verriegeln kann«, keine genitalisierte dialogische Aktivität im Privaten, solange das Analverhalten der Öffentlichkeit preisgegeben ist.

Die ursprüngliche Sorge um die »keimfreie« Institution hat Balvet und Tosquelles dazu gebracht, das psychiatrische Krankenhaus als ein Feld von signifikanten Beziehungen zu organisieren. Ihre Bemühungen, die auf die von Hermann Simon zurückgingen, enthielten einige Elemente der Kommunikationstherapie von Maxwell Jones. Langsam entwickelte sich eine Bewegung der »institutionellen Therapie«, die verschiedene Einflüsse zur Geltung kommen ließ (insbesondere die von Lacan in der Gesellschaft für institutionelle Psychotherapie) und die ursprünglichen Ziele überholte.

Zu Anfang handelte es sich nur darum, einen neutralen und unberührten Raum zu schaffen, in dem die individuelle Psychotherapie sich frei entfalten konnte. Nach und nach kommen jedoch die therapeutischen Dimensionen des sozialen Lebens in der Institution zum Vorschein. Die institutionelle Psychotherapie ist heute gleichzeitig die Behandlung des Kranken durch die Institution und die Behandlung der Institution selbst, die sich als Asyl immer wieder reproduziert, als Segregations- und Einschließungsstätte, als Entfremdung, die aus einer Entfremdung hervorgeht, dieser aber immer wieder Zugang verschafft, um sie zu erhalten. In der heutigen Institution (Krankenhaus, Gefängnis) ist jeder krank. Davon muß man ausgehen. Psychiater, Pfleger, Direktor und Wächter teilen mit den Insassen (Häftlingen oder Kranken) die gleichen soziopathischen Bedingungen. Von einer Klasse zur anderen und sogar innerhalb derselben Klasse sind die Beziehungen verdorben, verlogen und gequält. Die Therapie, d. h. die Einrichtung signifikanter Beziehungen, richtet sich daher auf das gesamte Personal (Wächter und Bewachte, Behandelnde und Behandelte) der Institution. Es kommt vor, daß ein Kranker besser mit einem anderen fertig wird als jemand vom Pflegepersonal. Es kommt auch vor, daß der Pfleger oder der Arzt genausoviel Gewinn durch die Therapie haben wie der, dem sie zugedacht war. Alles, was das Kommunikationsnetz verbessert, alles, was den Einzelnen erlaubt, aus den Klassen und Klassifikationen herauszutreten (den Kranken, Pflegern, Ärzten, Verrückten, Normalen, Schizophrenen, Alkoholikern und den Wahnsinnigen), um sich als Subjekt zu entfalten, hat therapeutischen Wert.

Die *Mitarbeiterversammlung* wurde von Paul Balvet als das beste Werkzeug zur Umwandlung der Institution beschrieben. Sie erfüllt diese Rolle nur unter der Bedingung, daß sie sich den verdinglichenden Ritualen entzieht, daß sie sich fortschreitend dezentralisiert und die Klassifikation des Kranken (die nosographischen Lektionen, die der Psychiater den Pflegern erteilt) zugunsten einer Analyse der Einstellung des Personals den Kranken gegenüber und der Mitarbeiter untereinander fallen läßt. Wenn sie diese Bedingungen erfüllt, kann sie dem Personal, das in und durch die Mitarbeiterversammlung auf allen Ebenen ausgebildet wurde, gestatten, die individuelle oder Gruppentherapie von Kranken zu beginnen. Das ist allerdings nur möglich, wenn sich die Mitarbeiter tatsächlich aus allen Disziplinen rekrutieren. »Eine Gruppe von relativ beschränkter Zahl, von Mitarbeitern, die so nahe wie möglich in Kooperation arbeiten, ist der beste uns bekannte Weg, um unsere therapeutischen Ziele zu erreichen.«[24]

Diese Vorstellung von einem Mitarbeiterteam, die auch bei den Überlegungen eines Woodbury im Vordergrund steht, läuft auf die Konstituierung eines behandelnden Sub-Systems hinaus, das einem behandelten Sub-System gegenübersteht. Beide sind von einem einzigen und demselben System umgeben: der therapeutischen Gemeinschaft. Unter den Mitarbeitern

24 Alan Kraft, *Une introduction à la thérapie communautaire comme moyen de traitement*, ein maschinenschriftlicher Text, der vom Centre de Santé mentale in Fort Logan, Colorado, USA, herausgegeben wurde und uns freundlicherweise vom Autor zur Verfügung gestellt wurde.

desselben Teams kann man das, was Kraft eine »Rollenerweiterung« nennt, beobachten. Es wird schwierig, klare Demarkationslinien zwischen den Rollen und Funktionen der verschiedenen Mitglieder zu ziehen. Das Personal wird freier in seinem Umgang mit den Patienten, freier für das Erlernen neuer Techniken. Unter den Mitarbeitern werden die hierarchischen Fronten, die zur Zeit die Disziplinen voneinander trennen, abgebaut. Jeder beteiligt sich mit seinen Techniken und seiner besonderen Ausbildung, aber auch als Person an der Arbeit. »Diese Entdeckung kann eine große Angst auslösen. Zum Beispiel wünscht der Arzt nach dem langen und schwierigen Weg, der ihn zu dem Beruf des Psychiaters gebracht hat, nun von einem gewissen Status und gewissen Privilegien zu profitieren. Er bedarf großer persönlicher Kraft, um einen Kollegen einer anderen Disziplin als gleichwertigen Psychotherapeuten anzuerkennen.«[25]

Gleichheit bedeutet nicht Undifferenziertheit, sondern impliziert eine Differenzierung, die vorwiegend auf den innerhalb einer Struktur, an der der Kranke beteiligt ist, ausgeübten Funktionen und nicht auf Berufsrollen beruht. Die Rollen des Pflegers, des Arztes, des Fürsorgers und des Psychologen wurden viel zu oft angegriffen. Man vergißt darüber, daß es sich in Wirklichkeit um defensive Haltungen handelt, die symptomatisch für die Angst sind, die jeden angesichts des Wahnsinns und seiner institutionellen Materialisierung packt – eine Angst, die von den Problemen der neuen und sozial unzureichend gesicherten Berufe zehrt (wie z. B. dem Beruf des psychiatrischen Pflegers, der sich noch nicht ganz von seiner Uniform als Asylwächter befreit hat, oder dem zwiespältigen Beruf des Psychologen).

Allzu oft wird leichtfertig gesagt, daß der Arzt (gleichgültig welchen Geschlechts) ein Vater sei und der Pfleger oder die Pflegerin eine Mutter. Ich habe sogar gehört, daß der Psychologe sich als Ohr versteht (sicherlich im Gegensatz zum Arzt, der in diesem Fall ein Auge wäre). Auf dieses »im Gegensatz zu« bezieht sich unser Einwand. In Wirklichkeit sind die Mitarbeiter nur eine Reihe distinkter Oppositionen, die sich in ihrer gemeinsamen therapeutischen Funktion versammeln, d. h.

25 Alan Kraft, a.a.O.

daß sie sich selbst nur durch den Bezug zum Kranken und zur Institution definieren. Sie werden dadurch zum projektiven Feld des Kranken und fiktiv in ein »gutes Objekt«, das den Verschmelzungswunsch unterstützt, und in ein gefürchtetes »böses Objekt«, welches die Fusion zerstören möchte, eingeteilt.

Die Mitarbeiterversammlung muß ein Ort für die *»Heilung von Spaltungen«* sein. Die Mitglieder müssen auf die Lösung ihrer Konflikte bedacht sein, um zu vermeiden, daß sie die Phantasien der Kranken in Realität umsetzen; denn das würde bedeuten, sich in ein psychotisches Universum zu stürzen. Stanton und Schwarz haben diese dialektische Beziehung zwischen den Konflikten unter den Mitarbeitern und dem pathologischen Verhalten der Kranken eingehend beschrieben. Sie haben ein doppeltes Theorem ausgearbeitet, das die Basis jeder institutionellen Therapie ist und folgendermaßen formuliert werden kann:

1. Wenn unter den Mitarbeitern wegen eines Kranken ein Konflikt ausbricht, reproduziert dieser Konflikt den Konflikt des Kranken, und die beiden Pole seiner Ambivalenz vergegenständlichen sich in den beiden gegensätzlichen Standpunkten.
2. Ein Konflikt unter den Mitarbeitern wird sofort von den Kranken wahrgenommen; ihr Zustand verschlimmert sich, wenn der Konflikt nicht durchschaubar gemacht und verbalisiert wird.

Das ist die Grundlage für das große therapeutische Interesse, diese Konflikte *vor den Kranken selbst aufzudecken.* »Die Frage ist nicht die, ob das Personal seine Sorgen und Probleme bezüglich der Behandlung teilen muß, sondern im Gegenteil, man muß sich fragen, inwieweit eine Beteiligung notwendig ist. Wenn sich das Personal einer Station des psychiatrischen Krankenhauses besondere Sorgen wegen eines Kranken macht, der zum Selbstmord neigt, wissen die Kranken dieser Station meist darüber Bescheid. In einer therapeutischen Gemeinschaft würde das Personal mit den Kranken über diesen Selbstmord sprechen und sie bitten, bei der Unterstützung dieses vom Selbstmord bedrohten Mitgliedes der Gemeinschaft behilflich zu sein. Es ist unnütz zu versuchen, die Gruppe der Kranken von der Kenntnis der Probleme des Personals auszuschließen. Die

Kranken wissen und fühlen sehr viel mehr von den Interaktionen des Personals und ihren Einstellungen, als man vermutet.«[26]

Wir haben ein Experiment mit öffentlichen Mitarbeiterversammlungen, d. h. unter Anwesenheit der Kranken, gemacht. Die ersten Sitzungen waren für uns außerordentlich beängstigend. Wir hatten das Gefühl, uns zur Schau zu stellen und geheime Beziehungen zu enthüllen. Zugleich schienen uns diese Versammlungen jedoch notwendig, da die Kranken lebhafte Neugier erkennen ließen für alles, was sich im Ärztezimmer abspielt. Vielleicht war es diese Neugier, die wir nicht ertragen konnten, das Gefühl, etwas, das sich auf sie bezieht, hinter ihrem Rücken zu tun (ein französisches Sprichwort sagt ganz klar und hart: »faire un enfant dans le dos de quelqu' un«).

Die öffentlichen Versammlungen – und die eigenartigen Schuldgefühle – wurden durch die Vorwürfe eines Kranken ausgelöst, der Ärzte und Pfleger erbittert anklagte, tolle Autos zu fahren und ihr Geld auf dem Rücken der Unglücklichen zu verdienen. Die symbolische Macht, der Phallus, fühlt sich nicht wohl, wenn sie sich jemandem verweigert, der sie dermaßen begehrt. Die schwelenden Anklagen einer Abteilung gegen eine verführerische Krankenpflegerin, die angeblich mit dem Arzt auf der Couch des Ärztezimmers geschlafen haben soll, erklären die Notwendigkeit, sich zur Schau zu stellen (als ob wir unser moralisches Verhalten dokumentieren müßten). Und sehr schnell waren wir nicht mehr die Eigentümer des Phallus. Als sie uns so unglücklich sahen, vor Scham verlegen, näherte sich erst einer, dann zwei und dann mehrere Kranke, um uns zu unterstützen. Sie boten uns beratende Hilfe an und klärten uns über unsere Schwierigkeiten auf (in dialektischer Beziehung zu den ihren): sie wurden zu Betreuern und wir zu Betreuten.

Eine solche Überschreitung konnte jedoch nicht von Dauer sein. Die Kranken gaben uns unser Eigentum zurück, indem sie konstatierten, daß »wir uns um sie kümmerten und daß das bewundernswert sei«. Wir hatten nichts Eiligeres zu tun, als unseren Besitz im hintersten Schlupfwinkel zu verstecken.

In der Tat hatte eine einfache Inversion in der Aufsichtsbezie-

26 Alan Kraft, a.a.O.

hung stattgefunden: Aus uns Voyeuren waren Exhibitionisten geworden. Da wir nicht imstande waren, den Besitz des Phallus als Zeichen unserer Unterschiedlichkeit zu ertragen und den Neid zu dulden, wollten wir wie sie kastriert sein. In dem Augenblick, in dem durch die Entwicklung auf der Abteilung Aktivitäten der Phantasie möglich wurden, wollten wir sie durch die Realisierung wieder zerstören.

Der Grund dafür liegt in der Tatsache, daß auch die Mitarbeiterversammlung als wesentliches Element für das Erlernen von Unterschieden und der Enthierarchisierung sich ihrerseits pervertieren kann. Unserem Experiment zufolge können drei soziopathische Modalitäten, die sich schon in unserer Darstellung gezeigt haben, der Mitarbeiterversammlung eine Falle stellen:

1. Die Verkalkung der Rollendifferenzierung und der vom Arzt vorgeschriebenen Erwartungen, die vom Pfleger nicht persönlich übernommen werden.

2. Der Exihibitionismus, der gegeben ist, wenn die Mitarbeiter den Kranken ihre Schwierigkeiten erläutern.

3. Die anwachsende Hysterie in der Mitarbeiterversammlung selbst. Diese wird zum Theater, wenn man Ernst spielt, ein »Spiel mit der Wahrheit«, das darin besteht, seine wahren Gefühle zu beschreiben. Dabei vergrößern sich sämtliche Konflikte. Ein anderes Mal jedoch schließt man sich in der Lust, anwesend zu sein und einander gut zu verstehen, in einer Art irrealem Ghetto ein.

Man muß vorsichtig sein. Das Groteske in der Institution ist immer noch am Werk, und die Anregung der Phantasie ist ein zusätzliches Mittel, um sie zu zerstören.

Die *Hausversammlung* (oder »Gemeinschaftsversammlung«) vereinigt alle Betreuer und Betreuten. Ihr Ziel ist die Heilung der *Spaltungen* zwischen Wir und Ihr, die Organisation eines gemeinsamen Raumes, wo der Dialog zwischen »denen, die über ihn verfügen«, und »denen, die nicht über ihn verfügen«, sich entfalten kann, ohne die Flucht in die *Realität* von Krankheit oder Gesundheit zu suchen. Im Idealfall sieht die gemeinschaftliche Gruppe folgendermaßen aus:

1. Sie ist eine Gruppe, die durch ein Projekt vereint ist: die Behandlung der Institution und derer, aus denen sie sich zusammensetzt.

2. Sie ist eine enthierarchisierte Gruppe, in der Entscheidungen gemeinsam getroffen werden.
Die therapeutische und die Entscheidungsmacht (psychotherapeutische und Autoritätsfunktion) sind in der Gruppe weit gestreut.

I. Die Streuung der Therapie
Auf dem angedeuteten gemeinschaftlichen Organisationsniveau beginnt der Unterschied zwischen Betreuern und Betreuten zu schwinden. Die behandelten Kranken werden ihrerseits Behandelnde. Dadurch spielen sie eine wichtige Rolle für die Neuankömmlinge; sie sind durch ihre Zwischenposition Mittler zwischen zwei Kulturen: der normalen und der devianten. Damit leisten sie zugleich einen Beitrag zu ihrer eigenen Behandlung. Sie identifizieren sich mit der Rolle des Therapeuten. Sie werden Teil der »normalen« Gesellschaft, sie heilen sich selbst. Die therapeutische Gemeinschaft entwickelt sich zu einem organisierten System, das alle Beziehungen und Aktivitäten innerhalb der Institution für die therapeutischen Ziele nutzbar macht. Hinfort ist alles, was im Krankenhaus geschieht, wichtig und brauchbar für die Therapie. Mit anderen Worten: die Gemeinschaft wird als grundlegende therapeutische Kraft, aber auch als wichtigstes Therapieobjekt hervorgehoben. Es gibt kein Element, das sich außerhalb des therapeutischen Rahmens befindet; alles, was sich auf einer Station abspielt, kann eine therapeutische Wirkung haben. Maxwell Jones schreibt: »Wir haben den Eindruck, daß man manchmal, wenn nicht immer, viel durch die Beobachtung des Kranken in einer relativ gewöhnlichen und familiären sozialen Umgebung lernen kann. Auf diese Weise kann man sein gewöhnliches Verhalten in der Beziehung zu anderen Leuten oder seine Reaktionen auf einen emotionalen Schock beobachten. Wenn er sich zugleich der Wirkung seines Verhaltens auf andere Leute bewußt werden kann, und wenn man ihm helfen kann, gewisse Motivationen, die hinter bestimmten Handlungen stehen, zu verstehen, ist die Situation potentiell therapeutisch. Wir glauben, daß dieses die besondere Qualität therapeutischer Gemeinschaften ist. Ganz klar ausgedrückt: es ist möglich, daß jede beliebige Beziehung zwischen zwei Personen therapeutisch oder antitherapeutisch

ist. Die Einführung eines gut ausgebildeten Personals in die Gruppensituation, die organisierte Kollaboration von Kranken und Personal in allen oder zumindest den meisten Lebensbereichen der therapeutischen Einheit verstärkt die therapeutischen Möglichkeiten von sozialen Erfahrungen.«[27] Daher rührt die Wichtigkeit, Kommunikationen zu analysieren. »Darunter verstehen wir«, sagt Alan Kraft, »Kommunikationen aller Art, manifeste und latente, verbale und averbale, bewußte und unbewußte auf allen Ebenen: Kranke – Kranke, Kranke – Personal und das Personal unter sich. Die Verzerrungen in den Kommunikationen all dieser Beziehungen werden sorgfältig beobachtet.«[28]

2. *Die Streuung der Autorität*

In der Hausversammlung werden alle (administrative und andere) Beschlüsse gefaßt, die das Leben der Gruppe berühren. »Dort, wo das Pflegepersonal den Kranken eine Chance gibt, sich an Entscheidungen zu beteiligen, kann man ein Vertrauensklima und die gegenseitige Achtung von Kranken und Personal feststellen. Die psychiatrischen Kranken kommen oft mit der Vorstellung zur Behandlung, daß sie passive Empfänger sein werden, denen etwas gegeben, mit denen etwas gemacht wird. Die biologisch und medikamentös orientierten Therapeuten unterstützen diese Phantasien. Die Psychotherapie und die institutionelle Therapie hingegen verderben diese Phantasien. Viele Patienten leisten Widerstand, ehe sie ihre Hoffnungen aufgeben. In vielen Fällen ist ihre Wunschvorstellung in dem gleichen dynamischen Komplex verwurzelt, aus dem auch ihre Schwierigkeiten entstanden sind. Viele Kranke begegnen dem Angebot von Verantwortungen mit Mißtrauen und vermuten, daß das Personal ihnen eine Falle stellen will. [...] Die Regierung der Kranken hilft den Kranken, ihre Verpflichtungen und Verantwortungen als Mitglieder der Gemeinschaft zu erfüllen. Wenn sie wirksam sein soll, muß die Regierung der Kranken auch von Kranken organisiert und geleitet werden; wenn sie durch das Personal zur Befriedigung eigener Bedürfnisse manipuliert wird, wird sie zu einer Farce, und die Kranken merken sehr schnell, daß sie aufgefordert werden, einen

27 Maxwell Jones, a.a.O.

Schein zu erzeugen und die wirklich Betroffenen zu spielen.«[28] Diese Konzeption einer Regierung von Kranken ermöglicht tatsächlich eine Therapie durch die Realität. »So gesehen kann die therapeutische Gemeinschaft als Lektion betrachtet werden, die einem das Leben beibringt.«[28] Man hat verschiedene Modelle für das *self government* vorgeschlagen; manche gründen sich auf einen vereinfachten Kommunismus, andere auf eine repräsentative Demokratie und noch andere auf eine Art Feudalstatut. Im Grunde ist es unwichtig, welches Modell gewählt wird. Wichtig ist, daß es vollständig und real praktiziert wird und zu einer Auflösung der totalen Rollen oder, besser gesagt, der totalen therapeutischen Rolle in der Institution führt. Vor allem ist es unerläßlich, daß das in der Institution angewandte politische Modell genau erläutert und mit allen Konsequenzen ausgeübt wird. Nichts wäre ähnlich pathogen wie eine Karikatur der Demokratie, die nur danach trachtet, die »krankhafte Sucht nach Politik« des Psychiaters zu befriedigen (Tosquelles). Die therapeutische Gemeinschaft muß ihre politischen Institutionen einrichten und nach sorgfältiger Analyse der objektiven Realität, die die ihre ist, Rechnung tragen. Marx und Lenin haben uns gelehrt, daß der Staat die ökonomischen Infrastrukturen der Gesellschaft widerspiegelt, und daß bestimmte objektive Bedingungen die Voraussetzung für die Revolution sind. Die therapeutischen Mitarbeiter müssen ähnlich wie die »Avantgarde des Proletariats« nach Möglichkeiten suchen, die hier und jetzt zur Veränderung der Institution beitragen können, und zugleich die Geschehnisse innerhalb der Abteilung sowie den allgemeinen äußeren Kontext: das Krankenhaus und die Gesellschaft, die das Krankenhaus repräsentiert, im Auge behalten. Wenn die Entscheidungen einmal getroffen sind, müssen die Mitarbeiter sich bemühen, diese so klar wie möglich weiterzugeben. Außerdem müssen sie über die Realisierung wachen. Das primäre Ziel der institutionellen Therapie ist die Errichtung eines Kommunikationssystems, das die Einkreisung der Zwiespältigkeiten und möglichst kongruente Beziehungen zwischen den Mitgliedern der Gemeinschaft zuläßt. Wenn das System ein diktatorisches ist, darf es nicht vorgeben, ein demokratisches zu sein; wenn man ein demokratisches gewählt hat, darf man sich nicht zur Diktatur hinreißen lassen.

28 Alan Kraft, a.a.O.

In manchen Fällen können alle Beschlüsse (einschließlich der Entlassungen und der Arzneimittelverschreibung) in der Hausversammlung gefaßt werden. Manchmal behält der Arzt ein Vetorecht und manchmal nicht. In anderen, weniger entwickelten Abteilungen befaßt sich die gemeinschaftliche Versammlung nur mit kollektiven Angelegenheiten oder sie ist nur ein Organ der gegenseitigen Information. Das Ausmaß, das diese Verantwortlichkeiten erreichen, ist nicht so wichtig wie die genaue Definition des Ausmaßes und die Verwirklichung der Beschlüsse.

Es muß noch einmal betont werden, daß die Versammlung sich pervertieren kann und die freigesetzten kritischen Kräfte in einer ewigen Institution aufgehen können. Das erste Risiko ist, daß die Versammlung sich nach der Uhr der »Verrückten« dreht, letzten Endes jedoch jeden in seiner Rolle bestätigt und die Aufseher-Beziehung, die sie eigentlich zerstören wollte, befestigt. Die Verrückten stellen sich zur Schau, und die Pfleger »wischen sich die Augen«. Die Lust, mit der dieser Austausch betrieben wird, stellt allerdings einen Fortschritt dar. (Die Aufsichts-Beziehung war sonst trocken und lustlos.) Ein anderes Risiko ist die Entwicklung zu einem Pseudo-Parlament, das nur eine Mystifikation ist. Man läßt die Verrückten wählen; man zählt ihre Stimmen, und dann werden sie verhöhnt. Oder aber man vermengt sich in einer Art von psychotischem Clan. Im Namen eines egalitären Mythos gibt es keine Pfleger und keine Pflegebedürftigen mehr. Es gibt keine rigiden Grenzen mehr, die sich auslöschen lassen, keine Spaltung, die sich heilen läßt, sondern eine Trennung, die einfach verleugnet wird. Um das Problem der Spaltung zu lösen, begibt man sich in eine verschmelzende Undifferenziertheit. Die Extreme verschwinden. Von da an muß jeder alles wissen, jeder ist Urheber von allem, und wieder einmal ist jegliche persönliche Initiative unmöglich geworden. Sicherlich sind die hierarchischen Barrieren zersprungen, aber nur um der Verdunkelung durch ein Universum des Mythos Platz zu machen. Die Unterdrückung des Verrückten hat ihn noch nie geheilt, aber die Verrücktheit des Pflegepersonals ist auch keine bessere Therapie.

Der Fusion von Pfleger und Pflegebedürftigen in der Ausweitung der Psychose geht bisweilen die »Rollenumkehrung« voraus, die wir schon an einem Beispiel erläutert haben. Aber in

beiden Fällen wird eines ausgespart: die Schwierigkeit, etwas »mit jemandem zu tun«, die Unterschiede zu erhalten und gleichzeitig an einem gemeinsamen Projekt zu arbeiten.
Das Inzestverbot besagt für das Kind, daß es von seinem Vater kein Kind kriegen darf. In der Institution, die die ödipalen Wünsche negiert, wird zum Verbot, daß verschiedene hierarchische Gruppen kollaborieren. Die Ärzte haben große Schwierigkeiten, die Pfleger an den therapeutischen Bemühungen zu beteiligen. Sie ziehen es vor, den Kranken allein zu behandeln, während der Pfleger seine eigenen Aufgaben erledigt. Die Psychotherapie von Kranken durch eine Gruppe von medizinisch-pflegerischen Mitarbeitern stößt bei beiden Seiten auf Widerstand. Auf einer Station, auf der die Pfleger ihre Verhaltensvorschläge redigieren und die Ärzte die »Beobachtungen« notieren, ist es nicht möglich, ein gemeinsames Dossier zu führen. Jeder bei sich, und jeder für sich; man darf den Putzlappen nicht mit einem Handtuch verwechseln.
Pfleger und Kranke haben gleichfalls große Schwierigkeiten bei der Kollaboration. Wenn einer oder mehrere Kranke die Verantwortung für ein Projekt übernehmen (z. B. ein Fest zu organisieren), tendiert der Pfleger zum Desinteresse oder, im Gegenteil, er kümmert sich selbst darum. Etwas zusammen mit anderen zu tun und dabei unterschiedlich zu bleiben, ist sicherlich die schwierigste Aufgabe, die einem menschlichen Wesen gestellt werden kann, aber auch die wichtigste.
Der verschmolzene Clan, in dem sich die Differenzierungen aufheben, kann nur überleben, wenn die Aggressivität nach außen verlagert und dort investiert wird. Die Verwaltung eignet sich gut für diese Rolle des verfolgenden und außenstehenden »bösen Objektes«. ›Wir‹ impliziert von nun an alle Vorgänge innerhalb der Abteilung, und ›Ihr‹ ist alles, was draußen ist. Im gleichen Sinne kann man den Gegensatz zwischen offenen Stationen (Nachfolger der früheren Aufnahmestationen) und geschlossenen Stationen (Nachfolger der früheren chronischen Stationen) interpretieren. Die letzteren empfinden sich als »Strafkompanien« der ersteren und klagen über Schikanen. In der letzten Zeit führen die Streitigkeiten zwischen Psychiatern und Neurologen, zwischen psychiatrischen Krankenhäusern und der Universität manchmal zu einer Phantasmagorie, die typisch für die Institution des Asyls war:

Sie erträumen sich ein »ideales Reich«, das inmitten einer Umgebung von Bösen und Beschränkten Verständnis und Wissenschaftlichkeit ausstrahlt.

Wir fassen zusammen: In der Institution entwickelt sich ein besonderer Beziehungsmodus: das Wir-Ihr, das dem doppelten Gesetz von Homöostase und Homologie innerhalb eines bewachten Raumes gehorcht. Die Hierarchie ist, als Ursprung einer Rollenstratifikation und einer Kodifizierung der Kommunikation, das Knochengerüst des Systems. Sie behält sich die Macht des Wunsches vor, indem sie der Phantasie Riegel vorschiebt und sogar der Einbildung Beziehungen von einer Kategorie zur anderen verbietet. Sie belebt sich wieder, sobald sie in Frage gestellt wird, und verleibt sich die Kritik ein. In einem solchen System kann der Wunsch nur noch den Weg der Vergegenständlichung wählen, den, der durch das *institutionelle Groteske* entstellt ist.

Alle Tauschsysteme, sogar die Benutzung des Tausches zu einem therapeutischen Zweck, z. B. die Einrichtung von Psychotherapien, Mitarbeiterversammlungen oder Hausversammlungen, laufen Gefahr, eine ähnliche Reduktion zu erfahren, sich in die Parodie zu verkehren oder zur verschmelzenden und zerstörerischen Überschreitung des Inzestverbots zu gelangen. Das bedeutet, daß die Kritik immer wieder erneuert und aktualisiert werden muß. Die institutionelle Psychotherapie hat nicht zur Aufgabe, diesen oder jenen Institutionentyp zu entwickeln. Jede Institution wird eines Tages zu einer entfremdenden; jede Institution versteinert und wird zum Unterdrükkungsinstrument. Da sie aus dem Widerstand gegen die Einsamkeit und den Tod entstanden ist, verbirgt sie die Verteidigungsmechanismen, die ihr das Überleben ermöglichen.[29]

29 Dieser Punkt scheint mir besonders wichtig: Die instititionelle Psychotherapie ist keine Überwindung des psychiatrischen Krankenhauses durch die »richtige Form«, die Kranke und Pflegepersonal gemeinsam herausgefunden haben, sondern ein unaufhörlicher Kampf all derer, die die Institution bilden, gegen ihre unheilvollen, permanenten Widersprüche. Ein »ideales« Krankenhaus gibt es nicht und kann es nicht geben. Es wäre krimineller Unsinn, wenn man sich mit dem Wahnsinn und den ihm entsprechenden Institutionen abfinden würde. Wenn die Krankheit auf der Ebene der institutionellen Gemeinschaft anzusiedeln ist, ist ein psychiatrisches Krankenhaus per definitionem immer krank. Die institutionelle Psy-

Die institutionelle Psychotherapie ist eine permanente Revolution. Sie ist immer und auf allen Ebenen der Hierarchie kritisch, zugleich reproduziert sie sich ständig aus dem ewig mystifizierenden Grotesken und der ewig drohenden Fusion. In die Struktur der Institution selbst werden »Leerstellen« einbezogen, deren Existenz zur Bewußtwerdung zwingt, deren Vorhandensein Protest auslöst und die das Interpretationsgleichgewicht in dem individuellen analytischen Diskurs garantieren. Die Existenz von »Anti-Institutionen« innerhalb des institutionellen Gewebes verursacht ein ständiges Ungleichgewicht, ein »Chaos« (Koechlin)[30], das an sich schon therapeutisch und präventiv ist.

Es gibt verschiedene Arten von »Anti-Institutionen«; einmal ist es ein Klub, der von Kranken und Pflegepersonal verwaltet wird, ein andermal eine psychotherapeutische Gruppe oder eine individuelle Therapie. Die immer neu entstehende Versuchung, diese Protest auslösenden Elemente zu verwerfen, sie ihrer Bedeutung zu berauben, sie zu reduzieren, erklärt unser Interesse zur Genüge. Die progressiven Faktoren werden ständig zur Seite geschoben oder rückgängig gemacht. Die Pfleger wollen mit einer Gruppe von Alkoholikern nichts mehr zu tun haben. Der Arzt, der sich nun allein um sie kümmern muß (was schon ein Zeichen der Verstoßenheit ist), wird nach und nach »vergessen«. Aus angeblich materiellen Gründen setzt man die Gruppe Samstag morgens (wenn alle anwesend sind) vor die Tür und vertröstet sie auf Freitag abend, eine Zeit, zu der weniger Pfleger im Hause sind. Oder aber es werden Versammlungen abgehalten – wie die Hausversammlung oder die Mitarbeiterversammlung –, die langsam in einer bestätigenden Routine erstarren.

Der chronische Konflikt zwischen den Institutionen und den Pflegeorganen außerhalb des Krankenhauses, die Schwierigkei-

chotherapie befindet sich auf dem gleichen Wege wie eine Philosophie, »die sich nicht zur Dienerin der Unterdrückung macht und den Tod durch die ›Große Weigerung‹«, die Weigerung von Orpheus, dem Befreier, überwindet. (H. Marcuse, *Triebstruktur und Gesellschaft*) (Natürlich enthält das auch eine klare, jedoch keineswegs resignierte Bestätigung der Endlichkeit.) In diesem Sinne entspricht die institutionelle Psychotherapie genau der Definition des therapeutischen Engagements.

30 Zitiert von Basaglia in: *Information psychiatrique*, Nr. 9, 1967, S. 1124.

ten, innen und außen zusammenzuarbeiten, müssen von diesem Standpunkt aus betrachtet werden, ebenso die im Krankenhaus häufig vertretene Einstellung zugunsten des Kranken und gegen die Familie.
Wir sind überzeugt, daß für uns, die Psychiater der öffentlichen Krankenhäuser, der nützlichste Protest nur von außen kommen kann. Die institutionelle Psychotherapie, die Reformbewegung, die seit 1945 von den Ärzten der psychiatrischen Krankenhäuser betrieben wird, ist heute in Gefahr, dem Druck der fusionierenden Kräfte zu erliegen. Man spricht bereits von einer »verratenen Revolution«. Wir haben den Eindruck, daß das revolutionäre Werk unserer Vorläufer durch neue Therapieformen aufgehoben werden muß, die über die Therapie der Krankeninstitution hinausgehen, und daß wir, um neuen Atem zu schöpfen, ein neues Feld erschließen müssen. Vielleicht ist es möglich, den Kranken innerhalb seiner Familie aufzusuchen, zu lernen, die Gemeinschaften, in denen er lebt, zu behandeln: die Familie selbst, den Wohnblock, die Gemeinde. Vielleicht könnten wir dann auch die Kritik am Asyl, diesem Krebs, der immer wieder neu am Rande der Gesellschaft heranwächst, vernünftig fortsetzen. Goffman schreibt: »Zwischen den totalen Institutionen und der fundamentalen Arbeit-Lohn-Struktur unserer Gesellschaft besteht also ein Widerspruch. Auch mit einem weiteren Kernstück der Gesellschaft, nämlich der Familie, sind totale Institutionen unvereinbar. [. . .] [Umgekehrt] bietet die Bildung von Haushalten eine strukturelle Garantie dafür, daß totalen Institutionen ein gewisser Widerstand entgegengesetzt wird.«[31]

31 E. Goffman, *Asyle*, a.a.O., S. 22.

IV. Die Familie[1]

Heutzutage wird die Behandlung des Geisteskranken innerhalb seiner Familie und die Behandlung der Familie selbst, die als kranke Institution angesehen wird, immer häufiger zum Forschungsgegenstand gemacht. Wir wollen in diesem Kapitel zeigen, wie diese neue Orientierung aus einem dreifachen Interesse hervorgeht: dem *politischen,* dem *klinischen* und dem *doktrinären.*

Das medizinische Feld umfaßt nach Foucault drei Ebenen. Die *erste,* abstrakte Ebene ist die nosographische. Die Krankheit wird zunächst in Arten geteilt und dann durch klassifikatorische Operationen wieder ineinandergefügt. Wir haben diese Ebene als einen Abstellraum betrachtet, der nur noch die Lumpen und Phantome unserer Vorfahren beherbergt.

Die *zweite* Ebene, die sehr konkret ist, von der Erfahrung durchzogen, ist der geheime Bereich der Begegnung. Kranker und Arzt geben der Krankheit in der Intimität des Einzelgespräches einen Sinn. Ein Symptom, das im »Garten der Arten« dahinsiechte, erhält in dem Maße Bedeutung, in dem es von einem Kranken ausgedrückt und von einem Arzt, der ihn untersucht und anhört, interpretiert wird.

Im Augenblick wollen wir uns mit der *dritten* Ebene beschäftigen: derjenigen, die aus den Gesten besteht, mit denen die Gesellschaft auf die durch die Krankheit aufgeworfene Frage antwortet: der »politischen« Ebene. Sie scheint der Ort einer dialektischen Bewegung zu sein, die sich ständig von außen nach innen und dann von der Institution zurück zur Natur vollzieht. Wo soll man die Kranken behandeln?

Von Hippokrates wird behauptet, daß er das Familienklima

1 Beim Redigieren dieses Kapitels hat mich die Arbeit eines wöchentlichen Seminars über die familiale Pathologie und Therapie angeregt. Das Seminar fand im Laboratoire de Psychologie médicale von Professor Guyotat in der Universität von Lyon statt. All denen, die sich an diesem interdisziplinären Austausch beteiligt haben – insbesondere Jacques Pellet, der sich vor mir um die Untersuchung psychotischer Familien bemüht hat, sowie Michel Marie Cardine –, möchte ich für ihre Mitarbeit danken. Die erste Version dieser Arbeit wurde im September 1969 unter dem Titel *Le Postulat fusionel* in *Information psychiatrique* veröffentlicht.

und die aufmerksame Pflege durch die Nächsten hoch eingeschätzt habe. Durch die Ausbreitung des Landstreichertums im Mittelalter und in der Renaissance, die mit der Auflösung der feudalen Institutionen zusammenhing, wurde die Familie im Milieu der Armen geschwächt. Aus dieser Situation entstand das allgemeine Krankenhaus, das sich später in das Gefängnis einerseits und das Asyl andererseits gliederte. Aber gegen Ende des 18. Jahrhunderts kam die institutionelle Praxis ins Schwanken. Mit seinen Greueltaten verletzte das öffentliche Krankenhaus die »romantische Sensibilität«, und eine neue Politik der Hilfeleistung zeichnete sich ab. Turgot machte sich aus ökonomischen und philanthropischen Gründen zu ihrem Vorkämpfer. »Die Familie, der soziale Raum in seiner einfachsten Erscheinungsform, der moralisch sicherste Raum, der zugleich undurchsichtig und völlig transparent ist, in dem die Krankheit sich selbst überlassen ist«[2], in dem sie lebt, um von selbst zu verschwinden, dieses natürliche Milieu – die Familie – steht im Gegensatz zur Künstlichkeit des Krankenhauses. Es war eine gute Zeit für die »Theorie der Miasmen«. Man spricht von einem »Fieber in den Krankenhäusern und Gefängnissen«, einem pathologischen Artefakt, das die Reinheit der erkrankten Bestandteile verschleiere, das sie kompliziere und degenerieren lasse. Die von Rousseau gepriesene gute Natur war der Ort der Positivität. In einem »natürlichen« Milieu, in der Pflege der Natur sich selbst überlassen, würde die Krankheit nach ihrer reinen Entfaltung heilen. Die Akkumulation von Krankheiten im Krankenhaus dient ihnen als Versteck und verschlimmert sie schließlich durch eine unglückselige soziale Überdetermination.

Zugleich, meinte Turgot, ließe sich eine Menge Geld sparen, wenn man die Kranken der Pflege ihrer Nächsten anvertrauen könnte. Gibt es eine bessere Krankenschwester als die Mutter, einen besseren Arzt als den Vater, eine bessere Arznei als das selbst gekochte Essen und die Liebe der Angehörigen? »Man begibt sich in eine im 18. Jahrhundert kaum bekannte Form der institutionellen Raumerforschung der Krankheit. Die Medizin der Krankheitsgattungen wird sich darin verlieren.«[3]

Wenn die Krankheit sich stark in der Stadt ausbreitet, wirft

2 M. Foucault, *Die Geburt der Klinik*, a.a.O.
3 M. Foucault, a.a.O.

sie durch ihren ansteckenden Charakter Probleme auf. Schon nach kurzer Zeit erlebte die erwartungsvolle Medizin eine Enttäuschung. Sie wehrte sich gegen den hygienischen Standpunkt oder, besser gesagt, sie verbündete sich mit ihm. Es stellt sich nun das Problem der »Ausweitung der Medizin«[4] mit präventiven Zielen. »Jeder Praktiker sollte die Aufsichtsaktivitäten in seiner Lehrerrolle verdoppeln«, er sollte die Bürger bei der Behandlung informieren und gleichzeitig über die Gesundheit der Gemeinde wachen. Mit der Revolution blühte sogar der Traum von einer nationalen Gesundheitsversorgung auf, die aus Kirchensteuern finanziert werden sollte.

Wenn man Foucault glauben darf, war die Revolution ein privilegierter Augenblick, in dem die alten Antithesen für kurze Zeit eine Lösung gefunden und sich in neue Synthesen verwandelt haben. Während des gesamten 18. Jahrhunderts wollte die ›Société royale de Médecine‹ parallel zu dem Konflikt zwischen Krankenhausmedizin und Familienmedizin durch ihr vorwiegend epidemiologisches Interesse einen Triumph über die nosologischen Konzepte der Fakultät erringen.

Durch den allgemeinen Strukturwandel, eine Folgeerscheinung des Sturms auf die Bastille, liefen die beiden Strömungen auf einem freien Feld zusammen. Die »Außer-Betriebsetzung aller medizinischen Institutionen, die den neuen Anforderungen gegenüber undurchlässig waren« (Foucault), hatte das Feld freigemacht. Die Kritik an der Krankenhausinstitution und die Neuzuordnung der medizinischen Rolle bereiteten die Entstehung der Klinik vor. Auf dem Schmutz des öffentlichen Krankenhauses waren bestimmte Praktiken gediehen: die, die, selbst wenn sie dabei alles auf den Kopf stellten, auf die Hygiene der Stadt zielten. Aus der neuen Verstrickung mit der Klinik wurde später wieder das Krankenhaus, und aus diesem ging die pathologische Anatomie hervor, eine große Bereicherung für die praktischen Ärzte.

Die Entwicklung der Psychiatrie liefert Anhaltspunkte für verschiedene Stufen einer ähnlichen dialektischen Bewegung. Im Mittelalter vagabundierte der Verrückte durch Städte und Felder; manchmal wurde er verbrannt, meistens toleriert, selten behandelt. Zurückgewiesen, im öffentlichen Krankenhaus in-

4 M. Foucault, a.a.O.

terniert und dann plötzlich von seinen Ketten »befreit«, wurde aus ihm schließlich der Geisteskranke, den Pinel und seine Schüler beschrieben haben. Von der Nosographie wurde er dargestellt (und eingeschlossen), aber man begann auch mit der Therapie.

Die private Psychiatrie, die in der zweiten Hälfte des 19. Jahrhunderts sich entfaltete, erfuhr durch das Krankenhaus wichtige Anregungen. Entsprechend drang die im Herzen der Stadt entstandene Psychoanalyse in das Asyl ein, und die psychotherapeutischen Ansprüche lösten jene revolutionäre Bewegung aus, die Daumezon »institutionelle Psychotherapie« nannte.

Nach der Rückkehr in die Stadt finden wir dort Behandlungsinstitutionen, unter ihnen die Familie, wieder. Zur Schematisierung dieses dialektischen Weges könnte man den Slogan: Von der Familie zur Krankenhausinstitution, von der Krankenhausinstitution zur Familieninstitution, vorschlagen. Die Rückkehr zur Familie, die sich heute abzeichnet, ist noch längst nicht abgeschlossen. Wer weiß, ob unsere traditionelle Psychiatrie sich nicht darin »verlieren« wird? Unterdessen fährt der Psychiater der öffentlichen Anstalten fort, mit seiner Fiktion einer rein präventiven Medizin zu arbeiten. Auf seinem Gehaltszettel findet man die Bemerkung: Dr. X., Epidemiologe.

Das Krankenhaus bleibt – zumindest seiner administrativen Definition nach – der einzige Behandlungsort (außerdem, und insbesondere, der einzige Ort der Kontrolle und der verantwortlichen Nosographie). Theoretisch ist die alleinige Funktion der Anstalt die, aufzuspüren und vorzubeugen, kurzum, den »geistigen Gesundheitszustand« einer gegebenen Bevölkerung und eventuell die Aufklärung dieser Bevölkerung zu »überwachen«. Die Sozialversicherung zahlt im Namen therapeutischer Handlungen den Tagessatz für die Hospitalisierung ihrer »Untergebenen«.

Die Beteiligung der Versicherungen am Budget der Anstalten steht unter dem Zeichen sanitärer und sozialer, also präventiver Akte. Im übrigen werden die Anstalten von den Ländern, also vom Staat und von kommunalen Vereinigungen getragen, die auf diese Weise gegen die »großen Seuchen« (Tuberkulose, Geisteskrankheiten, venerische Krankheiten) ankämpfen.[5]

5 Das ist zumindest in den meisten Departements der Fall.

Hinter den administrativen Abmachungen verbirgt sich eine ganze Doktrin, die die Prävention (in der Stadt) von der Therapie (im Krankenhaus) abspaltet. Wenn die »politique de secteur« sechs Jahre nach dem sie begründenden Ministererlaß noch so viele Schwierigkeiten hat, sich durchzusetzen, dann liegt das sicherlich auch daran, daß sie der unvollendeten institutionellen Revolution um einiges voraus ist. Es ist nicht unerheblich, daß die Anwendungsvorschriften dieser Politik niemals öffentlich bekanntgegeben wurden. Bis heute weiß niemand, ob der finanzielle Träger des »Bezirks«, der dem Krankenhaus nicht angeschlossen ist, weiterhin das Land (mit seinem Reservebudget) sein soll, oder ob das Geld von den therapeutischen Tagessätzen der psychiatrischen Krankenhäuser, die von der Sozialversicherung oder anderen vorsorgenden Organen erstattet werden, abgezweigt werden soll. Solange die Wahnvorstellungen einer topographischen Dissoziation von Prävention und Therapie bestehen, werden die psychiatrischen Institutionen außerhalb und innerhalb des Krankenhauses wahrscheinlich weiterhin »den neuen Anforderungen gegenüber undurchlässig« sein. Die Rückkehr zur Familie als Ort und Thema der psychotherapeutischen Tätigkeit bedeutet den Angriff auf diese undurchlässige Wand. Es ist Aufgabe der Psychiater, hier Wege zu öffnen, die auch von den anderen Ärzten eingeschlagen werden können. Die augenblickliche Entwicklung der Krankenhäuser in Richtung auf hochgradige Spezialisierung führt zu diagnostischen Zentren und Behandlungsmethoden, die beträchtliche materielle und menschliche Investitionen verlangen. Die hohen Kosten begrenzen die Anzahl solcher Krankenhäuser auf ein Minimum. Umgekehrt lassen die wissenschaftlichen Ansprüche der modernen Medizin die Nachfrage nach der »Bilanz« erheblich steigen. Um diesen Ansprüchen mit einer nach wie vor beschränkten Ausrüstung zu genügen und um die teuren technischen Ausstattungen rasch zu amortisieren, müssen die Krankenhäuser die »Rotation« der Kranken beschleunigen. Bestimmte Therapieformen, die zur Zeit noch den Krankenhäusern vorbehalten sind, müssen – in steigendem Maße – zu Hause vorgenommen werden. Man beruft sich auf die »Behandlung zu Hause« *(home care)*, die in den angelsächsischen Ländern schon weit verbreitet ist. Dem Kranken wird in seinem familialen Rahmen technische Hilfe zur Verfügung gestellt, die der des Krankenhauses vergleichbar ist. Außerdem sollen die therapeutischen Möglichkeiten des Familienmilieus neu entdeckt werden. Es wird ein maßgeschneidertes Miniaturkrankenhaus rekonstruiert. Die Erfahrung, die aus den Krankenhauspraktiken hervorgegangen ist, überträgt man auf den familialen Kontext.

Wir haben es hier mit einer neuen institutionellen *Praxis* zu tun: einer Praxis, die aus einfachen alltäglichen Überlegungen entsprungen ist.

Jeder, der beruflich mit Geisteskranken zu tun hat, kann eine Vielzahl von Patienten nennen, die im Krankenhaus »geheilt« waren und sofort nach ihrer Rückkehr zu den Angehörigen einen Rückfall erlitten. Umgekehrt sind zahlreiche psychologische Dramen bekannt, die die Angehörigen der Kranken an die Grenze ihrer eigenen geistigen Gesundheit brachten. Häufig entstehen auch Störungen des Familienklimas durch einen Kranken, der sich in Psychotherapie befindet. Alle Phänomene des institutionellen Widerstandes, die wir am Krankenhaus beobachten konnten, als sich dort die individuelle Psychotherapie entfaltete, tauchen in der Familie wieder auf. Die Therapie wird unwirksam oder gar für das gesamte familiale Gleichgewicht gefährlich. Es kommt auch vor, daß ein anderes Familienmitglied dekompensiert, wenn es dem Patienten besser geht. Ich könnte einige Fälle nennen; der deutlichste ist der des Ehepaares M., wo die Frau jedesmal, wenn es dem Mann, der unter einem chronischen Wahn litt, besser ging, mit Anfällen von tiefen Depressionen ins Krankenhaus gebracht werden mußte. Reziprok erlitt der Mann einen Rückfall, sobald sich der Zustand seiner Frau besserte. – Oft wird ein Kind der Familie im Gegensatz zu dem Kranken, der der Inbegriff der Sünde ist, als »Engel« hervorgehoben. Es verfügt über alle guten Eigenschaften, während der Kranke ausschließlich »aus Fehlern besteht«. Macht der Kranke infolge einer psychiatrischen Behandlung Fortschritte, so zeigt sich häufig eine Störung bei dem »Engel«. Er wird gereizt, obwohl seine immer gute Laune schon sprichwörtlich war; er tritt mit den Füßen um sich, obwohl ihn jedermann als liebes Kind zu rühmen gewohnt war. – Die Häufigkeit von Geisteskranken unter den Angehörigen derselben Familie ist ebenfalls eine bekannte Tatsache. In einer einzigen Abteilung des Hôpital du Vinatier, um die wir uns seit zwei Jahren kümmern, haben wir mehrere Psychotiker kennengelernt, die mindestens einen Bruder oder eine Schwester haben, die ihrerseits psychotisch sind. Die erstaunlichste Beobachtung machten wir an Pierre N., dem ältesten Sohn in einer Familie mit sechs Kindern (drei Jungen und drei Mädchen). Er hatte einen tiefen psychotischen Schub erlitten. Der Vater, ein tapferer, intelligenter und sensibler Mann, ließ sich durch den Wahn seines Sohnes nicht aus der Ruhe bringen; er war überzeugt, daß das – zumindest in seiner Familie – ein »normales« Phänomen sei; seine beiden ältesten Töchter hätten das schon »durchgemacht« und es gut überstanden. Pierre folgte einer ganz gewöhnlichen Entwicklung.

Man hat lange auf der Erblichkeit von Geisteskrankheiten bestanden; tatsächlich findet man in den verschiedenen Generationen der Familien von Psychotikern häufig weitere Psychotiker. In der letzten Zeit wird Wert darauf gelegt, das Verhalten der nächsten Verwandten des Kranken zu untersuchen und zu beschreiben. Auf diese Weise konnte gezeigt werden, daß die Einstellungen der Verwandten, selbst wenn sie oberflächlich ganz »normal« schienen, oft eine psychische Labilität aufwiesen, die mehr oder weniger gut »kompensiert« wurde, für das Kind jedoch pathogen sein konnte. Das Konzept der »schizophrenen Mutter« fand insbesondere im psychiatrischen Milieu, aber auch darüber hinaus, großen Anklang. So grob es auch sein mag, es stellt auf jeden Fall eine Veränderung der klassischen Ansätze dar.

Lange Zeit wurden die laufenden Beobachtungen im Lichte einer streng biologischen Denkweise interpretiert. Wenn die anderen Familienmitglieder durch den Geisteskranken »angesteckt« werden, heißt das, daß die Krankheit »ansteckend« ist, daß der Verrückte gefährliche »Keime« in seine Umgebung trägt. Deshalb muß er isoliert werden. Sicherlich behauptet heute niemand mehr, daß der Wahnsinn auf Mikroben oder Viren zurückzuführen sei. Die Begründung, die ihm eine Fortpflanzung auf dem Wege der Ansteckung unterstellt, ist aber ähnlich; sie postuliert, daß sich alles so abspielt, als ob übertragbare Mikroben des Wahnsinns existierten. Schließlich läuft sie darauf hinaus, den Verrückten für seine Umgebung für gefährlich zu erklären und die Internierung als rettenden Akt für die übrigen Familienmitglieder zu verordnen. Auch hier gelingt es der biologisch orientierten Denkweise nur schlecht, ihren fundamentalen Pessimismus hinsichtlich der Therapiechance mit pseudowissenschaftlichem Rauschgold zu kaschieren. Die »biologische« Denkweise steht im Dienste der Segregation. Wenn eine Familie mehrere Geisteskranke aufweist, wird ebenfalls behauptet, dies sei ein Indiz, daß die Geisteskrankheiten erblich seien und daß sie nicht nur durch Keime, sondern sogar durch besondere Gene übertragen würden. Daher rührt die eugenische Perspektive – pessimistisch und segregierend –, die dem Geisteskranken das Recht auf Fortpflanzung abspricht (oder es wenigstens einschränkt); sie bestimmt die Krankheit als eine biologische Fatalität, für die es keine Arznei gibt. (Wir wollen allerdings klarstellen, daß diese Position, die jeder wissenschaftlichen Grundlage entbehrt, von dem größten Teil der Psychiater nicht vertreten wird.) Es lohnt nicht, sich lange bei der Kritik dieser Theorien aufzuhalten. Die These von der epidemischen Verbreitung von Geisteskrankheiten gehört in den Bereich des Mythos, ebenso das Gerede von der Erblichkeit – keine ernsthafte Untersuchung kann unter streng genetischen Gesichtspunkten die Existenz einer Erblichkeit von Geisteskrankheiten bestätigen. Außerdem macht der Fatalismus dieser Theorien sie unfähig, neue therapeutische Praktiken zu inaugurieren.

Die Tatsachen, die wir oben genannt haben, bleiben dennoch bestehen. Das Ziel einer Untersuchung, die sich auf die familiale Einheit bezieht, ist eine Erklärung, die unserem heutigen Kenntnisstand entspricht und sich zur Begründung neuer Behandlungsmethoden eignet. Hinter dieser Forschung steht außerdem ein wichtiges *theoretisches* Interesse für den, der die Dialektik zwischen Öffentlichem und Privatem, Kultur und Natur, Individuum und Gesellschaft begreifen will. Die Familie als »Sozialisationsagent« (wie Parsons sie bezeichnet hat) erscheint schon viel früher als die Schule, Jugendgruppen, jugendliche Banden oder einfach gleichaltrige Freundesgruppen (die *peer group*) als Mittler zwischen dem Individuellen, Natürlichen und Privaten einerseits und dem Gesellschaftlichen, Kulturellen und Öffentlichen andererseits. Genauer gesagt, die Familie ist exakt der Typ der »menschlichen Gemeinschaften«, den der Psychiater zu verstehen und zu ergründen versucht.

Zwei semantische Reihen, die sich lange als Gegensätze gegenüberstanden (Individuum, Natur, Privatheit – Gesellschaft, Kultur, Öffentlichkeit), die sich durch analytische Reduktion leicht trennen ließen, können in der Familie nur als eine einzige Sprache erfaßt und als nicht dissoziierbarer Komplex untersucht werden.

In der Familie ist das Individuum vorwiegend das Produkt von Interaktionen zwischen allen Mitgliedern, insbesondere natürlich das Produkt des sexuellen Austausches zwischen den Eltern, aber auch das des affektiven Austausches zwischen Mutter-Kind, Vater-Kind, Mutter-Vater, Bruder-Schwester etc. Jedes Individuum stellt in der Familie einen Knotenpunkt in dem Tauschnetz dar; es bestimmt sich durch die besondere Beschaffenheit seiner Beziehungen zu den anderen Familienmitgliedern und durch den Familienkontext, d. h. durch die Gesamtheit der Beziehungen, die die anderen miteinander verknüpfen. Diese Beziehungen stehen selbst wieder im Zusammenhang mit dem sozialen Kontext, vorab mit dem kulturellen und ökonomischen Kontext.

Ethnologische Untersuchungen haben gezeigt, daß die Verwandtschaftsstrukturen den Leitfaden in einer gegebenen Gesellschaft darstellen. Der intrafamiliale Tausch steht in dialektischer Beziehung zu der Gesamtheit des gesellschaftlichen Tausches; der erstere konditioniert den letzteren und wird seinerseits durch die Normen und Werte der Gesellschaft konditioniert.

Die Unterscheidung zwischen geistiger Entfremdung und sozialer Entfremdung hat heute noch Gültigkeit. In seinem Vorwort zu der französischen Übersetzung von Goffmans Buch *Asyle* definiert R. Castel die soziale Entfremdung des Eingeschlossenen, der in einem psychiatrischen Krankenhaus interniert oder in einer Strafanstalt gefangen ist, als Entfremdung, die die primäre geistige Entfremdung überlagert. Das heißt: die »öffentliche« Krankheit ist eine »asylbedingte« Komplikation (analog zu dem veralteten »Fieber in den Krankenhäusern und Gefängnissen«) der »privaten« Krankheit.[6]

Das Familienkonzept wird diesen Unterscheidungen gerecht. Alles, was die Psychoanalyse uns über die frühe Kindheit lehrt,

6 Siehe R. Castel, Vorwort zur franz. Ausgabe von E. Goffman, *Asiles*, Paris 1968.

ist in dieses Konzept mit einbezogen. Wir verstehen langsam, auf welche Weise die Familie in der Lage ist, eine Neurose oder Psychose zu »fabrizieren«, welche Störungen der Kommunikationssysteme dem zugrunde liegen. Das Individuelle und Soziale wird auf dem Niveau der Familieneinheit ausgedrückt, während das »entfremdende« psychiatrische Krankenhaus als die in groben Maßstäben reproduzierte »entfremdende« Familie erscheint, welche selbst in Beziehung zu einem Verwandtschaftssystem und zu der Gesellschaft steht und nur dann Bestand hat, wenn sie hier und dort pathologische Felder entwickeln kann, die für ihr Funktionieren unerläßlich sind.

Die Fortschritte der Gesundheitspolitik, Überlegungen zur psychiatrischen Praxis und eine gewisse theoretische Bewegung haben die Entwicklung der »familialen Psychotherapie« mit sich gebracht. Sie blieb zunächst auf die angelsächsischen und skandinavischen Länder, die inzwischen eine beeindruckende Bibliographie hervorgebracht haben, beschränkt.[7] In Frankreich liegen erst wenige Arbeiten über die familiale Psychopathologie und Psychotherapie vor. Dennoch wurden auf Drängen von Ph. Paumelle und Michel Woodbury im 13. Arrondissement von Paris und von Jean Guyotat in Lyon einige solcher Untersuchungen durchgeführt.[8] Außerdem verdient das lebhafte Interesse, das Quebec der Gemeindepsychiatrie erweist, einen besonderen Hinweis.[9]

Alle diese Versuche oder Arbeiten haben über die Verschiedenheit der Lehren hinaus, die sowohl die Psychoanalyse als auch die Sozial- und Kulturanthropologie, die Sozialpsychologie und die Informationstheorie aktivieren, eine Gemeinsamkeit: sie betrachten die Familieneinheit als ein Ganzes. Dieses

7 Besonders viele Hinweise finden sich in einer neueren Zeitschrift über die grundlegenden Theorien, die unter Leitung von G. Handel von einem Kollektiv herausgegeben wird: *The Psychosocial Interior of the Family*, Chicago.

8 Siehe vor allem: J. Pellet, *Problèmes de psychiatrie familiale*, Lyon 1966; C. Martinand de Preneuf, *Frères et sœurs face à la maladie mentale*, Lyon 1967; J. Hochmann, *La Psychothérapie familiale, une arme nouvelle pour le sociopsychiatre*, in: *Information psychiatrique*, Nov. 1967, Nr. 7, S. 1157-1170. Die Zeitschrift *L' Information psychiatrique* veröffentlicht in Kürze eine unter der Leitung von M. Woodbury zusammengestellte Sondernummer über die familiale Psychotherapie und Psychopathologie.

9 In diesem Zusammenhang erschien 1967 eine Sondernummer der *Information psychiatrique*.

Ganze muß behandelt werden. Der Kranke erscheint so als *manifestes* Element, das man mit dem *latenten* pathologischen Inhalt der gesamten familialen Einheit in Verbindung bringen muß. Der Kranke ist das symptomatische Moment eines diffusen Elends.

Wir haben gelernt, dieses Elend in einem *Postulat der Verschmelzung* zu lokalisieren. Es läßt sich folgendermaßen ausdrücken: »Wir, die Mitglieder einer Familie, sind alle identisch: wir denken und fühlen das gleiche und sind untereinander vollständig durchschaubar.« Dieses Postulat – das natürlich unausgesprochen bleibt – beherrscht das gesamte familiale Leben. Es geht aus einem mehr oder weniger geheimen Regelsystem hervor, das kritische Aktivitäten verbietet, andererseits jedoch eine Reihe von Verhaltensweisen, die selbstverständlich auf die Stärkung des Systems ausgerichtet sind, vorschreibt. Oft ist es schwierig, diese Regeln sichtbar zu machen. Tief versteckt, stellen sie das Unbewußte der Familie dar, und nur durch langwierige Beobachtungen kommen die regelhaften, sich wiederholenden Verhaltensweisen ans Licht. Das entscheidende Merkmal dieser Regeln ist, daß man sie nicht durchbrechen kann; sie ähneln den Tabus der archaischen Gesellschaften. Die hinter ihnen stehende Drohung stellt das psychische Überleben der Familie und des Individuums, das sich der Regelverletzung schuldig gemacht hat, direkt in Frage. Eine solche Verletzung ist nicht einmal vorstellbar, da sich das Verbot sowohl auf die verbalen und averbalen Verhaltensweisen als auch auf die Phantasietätigkeit bezieht. In Familientypen mit dieser Struktur findet übrigens die gewöhnliche Unterscheidung zwischen Phantasie und Realität gar nicht statt: Vorstellung, Sprache und Handeln haben dort identische Bedeutungen. Die theoretischen Prämissen, auf die wir unsere Argumente begründet haben, lassen den Endzweck dieses *Postulats der Verschmelzung* begreifen und die rigorosen Schutztabus verstehen.

Wir hoffen gezeigt zu haben, daß Fusionsbestrebungen jedem menschlichen System inhärent sind, und daß sie ständig durch die systemimmanente Notwendigkeit der Differenzierung der Individuen im Gleichgewicht gehalten werden. Die triadischen Erfahrungen, die diese Notwendigkeit mehr oder weniger deutlich ins Bewußtsein rufen, frustrieren den Verschmelzungswunsch und generieren die Trennungsangst. Das durch den Verschmelzungswunsch hervorgerufene Mißtrauen (in Gestalt dieser fundamentalen Angst) wird deshalb zur wesentlichen Antriebskraft der menschlichen Beziehungen. Da der Wunsch sich niemals vollständig realisiert (und deshalb auch niemals vollständig erlischt), außer im Tode, ermöglicht er das Funktionieren des Systems. Wie jede totale Institution organisiert sich die pathologische Familie in einem Verteidigungssystem gegen die Trennungsangst; sie bildet einen allgemeinen Mechanismus zur Zerstörung der Individuation.

Der individuelle Wunsch darf nicht benannt werden. Er verschwindet in dem Mythos seiner unverzüglichen Realisierung; er wird immer wieder auf den Nullpunkt zurückgeführt, konkreter ausgedrückt: Die Mutter erträgt den Wunsch des Kindes nicht, sie empfindet diesen Wunsch als einen persönlichen Angriff. Wenn ihr Kind Hunger hat, bedeutet das, daß sie es schlecht ernährt hat, daß sie schuldig ist. Sie wird es deshalb sofort mit Nahrung überschütten, um das Leiden zum Schweigen zu bringen, das ihr eigenes Leiden an ihrer Begrenztheit und Sterblichkeit weckt und das schmerzhafte Bewußtsein ihrer eigenen Trennung zur Folge hat. Oder aber sie bestraft ihr Kind und frustriert es noch mehr, indem sie ihre Schuldgefühle auf das Kind projiziert, es für böse und unzufrieden hält; kurz, sie belastet den Wunsch des Kindes mit Schuldgefühlen (ein weiteres Mittel, es zum Schweigen zu bringen). Wenn man diese Selbstbestrafungsmechanismen oder die der Bestrafung anderer genauer untersucht, erkennt man, daß die Depression der sich schuldig fühlenden Mutter oder die Aggression der Mutter, die die Schuld auf ihr (böses) Kind zurückweist, darauf hinausläuft, die Entropie des Systems zum Zwecke der Bewältigung der Trennungsangst wiederherzustellen. Der individuelle Wunsch bezeugt im Grunde die Existenz einer autonomen Person und das Ende des Verschmelzungsmythos. Das darf jedoch nicht ausgesprochen werden.

Das Postulat der Verschmelzung stellt die Familie als eine symbiotische Einheit dar, die die Differenzierung verbietet, die sogar den Wunsch nach Verschmelzung verbietet, da die Verschmelzung als schon existente der Zensur unterliegt. Der Wunsch nach ihr würde die Problematisierung ihrer Realität bedeuten.

Das Spezifische der hier schematisch dargestellten Mutter-Kind-

Beziehung gilt auch für die Ehebeziehung, die Beziehung zwischen Vater und Kind, Bruder und Schwester etc. In der symbiotischen Familie gibt es übrigens – wir werden darauf zurückkommen – weder Vater noch Mutter, weder Ehefrau noch Ehemann, weder Eltern noch Kinder, weder Brüder noch Schwestern, sondern, im Idealfall, ein Ensemble von Spiegelbildern, die unter dem Schutz der »vereinten Familie« miteinander kommunizieren. Wir haben gesagt: »im Idealfall«. Denn das »Postulat der Verschmelzung« kann jeden Augenblick von der Realität dementiert werden. Muß man wiederholen, daß die Fusion sich nur im Tode oder – in der Phantasie – im Wahn realisieren kann? Wir wollen unser einfaches Beispiel noch einmal aufgreifen. Wenn das Kind vor Hunger schreit, fühlt die Mutter sich schuldig; sie überträgt »empathisch« (Sullivan) eine Botschaft der Angst auf das Kind, das daraufhin ein unbestimmtes Schuldgefühl entwickelt, seine Mutter belastet zu haben. Es fühlt sich von ihr zurückgewiesen und noch einsamer als zuvor. Sein Verschmelzungswunsch wächst. Es schreit stärker, und die Verwirrung der Mutter wird noch größer. Solche »Teufelskreise« sind in Mutter-Kind-Beziehungen alltäglich. Die Situation wird erst dann pathologisch, wenn im Namen eines Postulates der Verschmelzung Mechanismen eingesetzt werden, die die Existenz der Teufelskreise verleugnen. In diesem Falle gehen Mutter und Kind einen Beziehungskompromiß ein, der darin besteht, in der Illusion einer vollständigen Einheit zu leben und so zu tun, als ob dieses Postulat (das bezeichnend für ihre Differenz ist) nicht existiere.[10]

Man kann sich die Zerbrechlichkeit einer solchen Realitätsverleugnung gut vorstellen. Das Postulat der Verschmelzung kann sich nur durch besonders strenge Verbote und Gebote erhalten. Einige von ihnen wollen wir hier als Folgen des Zusammentreffens des grundlegenden Postulats mit der bedrohlichen Realität beschreiben. Es wäre verlockend, die verschiedenen Anwendungen dieses Postulates als Verteidigung gegen die Trennungsangst und gegen den daraus entstehenden Wunsch zu dif-

10 Wynne nennt diese Situation »pseudomutuality«, ein Konzept, das mit unserem Postulat der Verschmelzung vergleichbar ist. Siehe: L. Wynne, I. Ryckoff, J. Day, S. Hirsch, *Pseudo-Gemeinschaft in den Familienbeziehungen von Schizophrenen*, in *Schizophrenie und Familie*, Frankfurt 1969.

ferenzieren. Man könnte zum Beispiel zwischen einer Hysterisierung, einer Besessenheit und einer Psychotisierung der Familie unterscheiden. Dieses Vorgehen erscheint uns jedoch unsicher, zumal es die Nosographie rekonstruiert. Wir ziehen es deshalb vor, die Vielzahl der familialen Verteidigungsmodi zunächst auf der strukturellen Ebene und später auf der Ebene ihres Funktionierens zu beschreiben. Dabei sind wir uns des willkürlichen Charakters dieser Unterscheidungen bewußt, deren einziger Zweck es ist, Klarheit in unser Exposé zu bringen.

Die strukturellen Zusammenhänge

Die Negation der Geburt

Manchmal – vorwiegend in ökonomisch benachteiligten Milieus – trifft man auf Mütter, die den Eindruck machen, noch nie entbunden zu haben. Man kennt sie in Gestalt der italienischen *Mamma* oder der *jüdischen Mutter* von Brooklyn, die ihre Familien immerfort im Innern ihres eigenen Leibes ernähren; vielleicht läßt sich ihr ständiger Heißhunger und ihre häufige Fettleibigkeit hieraus erklären. Viele Mütter großer Familien erzählen, daß sie sich während der Schwangerschaften besonders wohlgefühlt haben. In ihren Kindern sehen sie ein Wesen, das sich kaum von ihnen selbst unterscheidet, ein Stück ihres eigenen Fleisches. In ihrer Beflissenheit, auch die geringsten Wünsche dieser Verlängerungen ihres Selbst unverzüglich zu erfüllen, zeigt sich eine Unfähigkeit, Leiden zu tolerieren: Die Frustration des Kindes wird sehr schnell zu *ihrem eigenen* Leiden, *ihrer eigenen* Frustration. Der Ehemann wird in solchen Familien widerstandslos zum Ernährer abgestempelt, und unwillkürlich stellt man sich die sexuelle Vereinigung des Paares als eine Art Invagination vor, wo die Frau-Mutter sich »ihr eigenes Produkt« einführt.

Die Familie der Frau G. liefert uns ein gutes Beispiel für solche Familien, in denen alle Mitglieder in der kontinuierlichen Schwangerschaft des mütterlichen Körpers weiterleben.[11] Frau

11 An dieser Stelle möchte ich mich Frau Tisserand erkenntlich zeigen. Frau Tisserand, Sozialarbeiterin der Gemeinde, wurde in den Dienst des Service d'hygiène mentale infantile von Villeurbane gestellt. Mit ihr zusammen verfolgte ich die Psychotherapie dieser interessanten Familie.

G. ist eine dicke, heitere Frau mit hervorstehendem Bauch und schweren Brüsten, die ständig im siebten oder achten Monat schwanger zu gehen scheint. Sie selbst wurde von einer alleinstehenden Frau (als uneheliches Kind) und unter anderen Frauen großgezogen (ihren Halbschwestern, die alle von verschiedenen Vätern stammten). Der Mann war in dieser Welt nur ein Epiphänomen, das allzu schnell wieder vom familialen Horizont verschwand, als daß man einen Zusammenhang zwischen seiner eintägigen Anwesenheit, der neuen Schwangerschaft und dann der Geburt hätte herstellen können. Eine der Schwestern ist Prostituierte, d. h. daß auch sie nur instrumentelle, nützliche und befristete sexuelle Beziehungen eingeht.

Frau G. hat sich nie vollständig von ihrer Mutter getrennt. Manchmal besucht sie sie, um, wie sie selbst im Spaß sagt, »an der Brust zu lutschen«. (Man könnte fast sagen, daß sie selbst nie mehr entbunden wurde, als sie entbunden hat, daß sie im Innern ihrer Mutter und ihrer Kinder lebt, genauso wie sie sich die Familie introjiziert.) Sie hat einen kränklichen Mann geheiratet, der jahrelang nicht arbeiten konnte, weil er wegen einer Erkrankung des Rückgrates in Gips liegen mußte und häufig hospitalisiert war. Er hat ihr dennoch, recht und schlecht, sechs Kinder gemacht: erst drei Mädchen und dann drei Jungen. Der älteste der Jungen wurde zu einer Zeit geboren, in der es dem Vater besonders schlecht ging. Beim Laufenlernen stellte er sich im Spiegel das Bild eines »verkrüppelten« Vaters vor, und mit zwei Jahren hinkte er ohne irgendeinen anatomischen Grund.

Diese Familie hat schlechte Zeiten durchgemacht. Sie hat gegen das ökonomische Elend gekämpft, lebte in einer verfallenen Hütte, wurde jedoch nach und nach zum Adressaten aller sozialen Hilfen der Nachbarschaft. So bildete sich um sie herum ein Hilfsnetz, aber auch eine große Abhängigkeit gegenüber den verschiedenen sozialen Organen. Im Augenblick lebt die Familie in einer besseren Wohnung, der Vater kann wieder arbeiten und die älteste Tochter bringt ein zweites Gehalt mit nach Hause. Die Situation wird erträglicher. Diese Situation nimmt der älteste, zwölfjährige Sohn zum Anlaß, auf seine Art Profit aus dem gehobenen Lebensstandard der Familie zu schlagen: Er stiehlt Geld aus dem Portemonnaie seiner Mutter.

Es ist aber eine ganz besondere Art von Diebstahl. Einerseits benutzt er das Geld, um Süßigkeiten zu kaufen, die er an seine Freunde in der Nachbarschaft verteilt, andererseits legt er den Rest des Geldes sorgfältig in den Briefkasten zurück. Die Eltern reagieren zunächst mit Schlägen, aber vor allem sind sie beunruhigt. Auf Empfehlung der sozialen Dienststelle ließen sie sich von uns beraten. Ein Arzt und die Fürsorgerin begannen daraufhin eine familiale Psychotherapie.

Die Familie wird alle vierzehn Tage von ihnen besucht. Am Tisch des Wohnzimmers sitzend, sollen sich die Eltern, alle Kinder und die beiden Therapeuten eine Stunde lang zwanglos unterhalten. In dieser Familie wird die Intoleranz gegenüber allem, was differenziert, sehr schnell auffällig. Frau G. sagt: »Meine Kinder hab ich alle gern, bis sie zehn Jahre alt sind. Wenn sie größer werden, gehören sie mir nicht mehr.«

Der Ehemann konnte nur als eine Art »eingegipster« Säugling überleben, der auf seine männliche Stärke verzichtet. Der männliche Arzt wird seinerseits kaum akzeptiert, während die Frauen der Familie sich um die Fürsorgerin (die der Familie seit langer Zeit bekannt ist, während der Arzt ein Neuling ist) scharen. Wir haben den Eindruck, daß die Delinquenz des Sohnes im Lichte dieses Kontexts interpretiert werden kann. Ohne männliches, viriles Identifikationsmodell hat das Kind als »Wurmfortsatz« seiner Mutter gelebt, der alles von ihr empfing. Geben und empfangen sind die einzigen Tauschmodalitäten, die der Junge kennengelernt hat. Er lebt in einem reinen Konsumtionssystem; die Produktion ist ihm unbekannt. Sobald er merkt, daß es der Familie besser geht, sobald er mehr erhält und auch eine Vorahnung von der Differenzierung seines Vaters als Produzent hat, möchte er sich seinerseits differenzieren und mächtiger werden (um so mehr, als er am Anfang der Pubertät steht). Er versucht nicht, sich diese Macht zu schaffen (ein Produktionssystem, das er nicht gelernt hat), sondern er nimmt, um weiterzugeben (das Konsumtionssystem seiner Familie), d. h. er weitet die Vorteile der symbiotischen Beziehung auf seine Freunde aus (und gibt der Mutter den Rest auf den Pfennig genau zurück, damit von der Familiensubstanz, dem Pfand seiner Identität, nichts »verloren geht«). Frau G. verträgt diesen schwachen Versuch der Differenzierung nicht. Sie möchte, daß ihr Sohn in einer spezialisierten Anstalt

untergebracht wird, da sie unfähig ist, ihn – als Unterschiedlichen – an ihrer Seite zu dulden. Sie wünscht ihn »zum Teufel«, inexistent, vergessen, um den narzißtischen Blutsturz, den er in ihr und der Familie ausgelöst hat, zu »heilen«. Eines Abends seufzt sie: »Wenn wir doch nur alle gleich wären, dann hätten wir endlich Ruhe.« Sie erklärt ihren Wunsch nach einem undifferenzierten Universum mit der Vorstellung, daß die Kinder immer mit ihr verbunden wären und sich nur für die Erfüllung geheimer Wünsche von ihr trennen müßten, d. h. sie blieben selbst dann ihre Verlängerung, im Innern des Mythos des totalen Mutter. Ihre älteste Tochter antwortet sehr erstaunt darauf: »Denkst du wirklich, was du sagst? Vorausgesetzt, wir wären alle gleich, was würde passieren, wenn einer heiraten wollte?« Frau G. kommt plötzlich zu Bewußtsein, was sie gesagt hat. Sie bricht in Gelächter aus und deklariert stolz: »Sie ist nicht dumm, meine Tochter.« Dadurch stellt sie unbewußt das Gleichgewicht der Einheit, das ins Wanken gekommen war, wieder her. Die, die so gesprochen hat, ist immerhin ihre Tochter, ihr Stolz, ihr Blut, sie selbst.
Man kann sich vorstellen, welche Gefahren ein solches System für die Bedeutung des Körperschemas mit sich bringt, d. h. für die Vorstellung, die jeder von seinem eigenen Körper, von der Unterscheidung dessen, was Ich bin und was außerhalb von mir liegt, hat. Die Semiologie des Schizophrenen erreicht in diesem Bereich eine erstaunliche Rationalität. M. Woodbury hat auf die »fundamentale Bedeutung des Körperschemas bei der Behandlung von Psychosen und einiger Neurosen«[12] hingewiesen. Er macht auf den Aspekt der Perzeption, »die in einem sozialen Feld erlernt wird und eine genetische Entwicklung durchläuft«, aufmerksam. Alle unsere perzeptiven Erfahrungen konstituieren einen individuellen »perzeptiven Leitfaden«, anhand dessen wir die Welt wahrnehmen. Dieser perzeptive Leitfaden hat einen Bezug zu der Vorstellung vom »Körperschema«, das uns erlaubt, zwischen Ich und Nicht-Ich zu unterscheiden, die ganze Umgebung als nah oder fern, hoch

12 Siehe vor allem: M. Woodbury, *L' Equipe thérapeutique*, Sondernummer der *Information psychiatrique*, Dez. 1966; M. Woodbury, *Altered Body Ego Experiences: a Contribution to the Study of Regression, Perception and Early Development* in: *Journal of the Am. Psychoanalysis Ass.*, Vol. XIV, Nr. 2, 1966.

oder tief, hinten oder vorn, rechts oder links zu organisieren. Wir haben soeben ein *dreidimensionales* Körperschema beschrieben. Die Vorstellung eines fest ineinandergefügten Körpers gründet in einem dreidimensionalen Raum. Aber im Hintergrund dieses vollendeten Zustandes existieren andere »Körperschemata«, die vorhergehenden Entwicklungsstadien entsprechen, die aber auch beim Einschlafen und Aufwachen oder bei Psychotikern auftauchen. Das *»mittlere Körperschema«* ist eine regressive Desinvestition des dreidimensionalen Körperschemas, dessen Ich-Grenzen sich immer mehr verwischen, um sich schließlich im *»viszeralen Körperschema«* zu vereinen. Die Phänomene der Entpersonalisierung, aber auch einige halluzinatorische Phänomene, die Desorientierung in den Kategorien von Zeit und Raum, die Sprache und Gedanken verwirrt, zeugen von dieser Desinvestition. »Wenn die Vorstellung eines ganzheitlichen Objektes verloren gegangen ist, können zwei Objekte, die über eine gemeinsame Wahrnehmungsqualität verfügen, als ein und dasselbe Objekt angesehen werden: Meine Mutter hat rote Haare; diese Frau hat rote Haare; also ist diese Frau meine Mutter.«
Das »viszerale Körperschema« repräsentiert den letztmöglichen Stand der Desinvestition. »Die Beziehung zwischen der Ich-Repräsentanz und dem Objekt nimmt das Objekt innerhalb des Mundes zum Vorbild: das Objekt, das im Zwischenstadium den Eindruck machte, mit dem Ich verschmolzen zu sein, wird jetzt innerhalb des Ich wahrgenommen.« Woodbury zitiert einen Kranken, der eine mystische Erfahrung, in der er sich für Gott hielt, beschrieb: »In diesem Zustand enthalte ich das gesamte Universum; es ist in mir, ich betrachte es zufrieden, ich unterhalte es; wenn mir etwas zustieße, wäre das das Ende der Welt, das Universum wäre vernichtet.«
Wir erinnern uns an zwei andere Kranke, die ein Delirium durchgemacht hatten, in dessen Verlauf sie sich ebenfalls für Gott hielten. In analogen Termini beschrieben sie eine panische Angst vor dem Ende der Welt. Einer von ihnen, der sich in den Finger geschnitten hatte, erlebte den »Blutsturz des Universums« durch die Öffnung seiner Wunde.
Woodbury erklärt, daß das Erlernen der Vorstellung des Körperschemas »in einem affektiven, interpersonellen und sozialen Feld von ursprünglicher Bedeutung« geschieht. »Dieses affek-

tive Feld bildet das Klima, in dem der perzeptive Leitfaden, die Repräsentanzen und das Körperschema vereint und synthetisiert werden. [...] Die individuellen Beziehungen zwischen dem Kind und seinen Eltern, die affektiven Beziehungen zwischen den Eltern, zwischen den Familienmitgliedern und die zwischen der Familie und der Gemeinschaft: sie alle sind Faktoren, die zur Bildung des affektiven Feldes beitragen, auf dem die perzeptive und repräsentative Aneignung und die Genese des Körperschemas stattfinden.«

Ein Kind, das in einem Milieu aufwächst, in dem der Austausch nur metabolisch im Innern des mütterlichen Körpers vollzogen wird, kann kein tieferes Gefühl von seiner Unterschiedlichkeit erwerben; sein Körperschema wird ihm aufgestülpt. Genauer gesagt, wir haben heute das Recht, uns zu fragen – wenn wir uns auf die noch fragmentarischen klinischen Beobachtungen stützen –, ob das »familiale Körperschema« nicht in einigen Familien dem eigenen Körperschema substituiert wird. Mit anderen Worten: Manche besonders stark verschmolzenen Familien (vielleicht sogar die Mehrheit der subproletarischen Familien, die man der Sippenkultur zuzählen könnte) bringen ihren Kindern nur einen einzigen Typ von Grenzen bei: die, die das zur Familie Gehörende von dem trennen, was nicht zur Familie gehört. Sobald jedoch der schützende familiale Apparat, der den lebendigen Körper ersetzt, einen Fehler begeht, kann das Individuum sich nur noch regressiven Verhaltensweisen, die man »schizophren« nennt, überlassen; es unternimmt verzweifelte Anstrengungen, um mit irgendeiner Umwelt die familiale Schale wieder zu errichten.

Andere Beobachtungen lassen uns vermuten, daß diese Schale häufig extrem dünn und durchlässig ist. Wir kennen neuerdings Familien, deren Grenzen verschwommen sind, die, um den Ausdruck von Jacques Pellet aufzugreifen, wie unendlich viele ineinandergesteckte röhrenförmige Gerüste erscheinen. Hinter jedem Familienmitglied steht eine Reihe von Triaden, an denen Großväter, Onkel, Tanten und Paten beteiligt sind, die selber wiederum neue Verwandtschaften, Scheidungen, Zweitehen und Freundinnen, ja sogar Kinder, die aus inzestuösen Verbindungen zwischen Vätern und Töchtern stammen und zusätzliche Komplikationen verursachen, in die Familie einbringen. Diese Triaden sind ineinander verschachtelt, so daß es unmöglich erscheint, auf nicht willkürliche Art die Kernfamilie abzugrenzen.

Wahrscheinlich wird die Integration des Körperschemas durch die Erziehung gestört, die Kinder in solchen auseinanderfließenden Familien erhalten. Den Familienmitgliedern bleibt nur die Auflösung dieser Beziehungen im Spiegel (oder »narzißtische Objektbeziehungen«) übrig, wo jeder zur eigenen Bestätigung in den anderen sein Abbild sucht. Die Frauen vereinigen sich in einer undifferenzierten Gruppe von »Mitmüttern« mit den anderen Frauen; die Männer überlassen sich der homosexuellen Befriedigung im Bistrot; die Kinder rotten sich in mehr oder weniger asexuellen Banden zusammen.

Einer der Teilnehmer unserer Forschungsgruppe berichtete uns eines Tages von einer Ehetherapie, die ihm große Angst eingeflößt hatte. Er hatte plötzlich die totale Undifferenziertheit der beiden Ehepartner bemerkt. Wer war der Mann? Wer war die Frau? Wo endet der Körper des einen, und wo beginnt der Körper des anderen? Der eine befand sich in dem anderen, und umgekehrt. Wenn diese eigenartige »Komplementarität« zusammenbricht, gerät das Postulat der Verschmelzung in Gefahr. Der, der als Urheber dieses Zusammenbruchs gilt, kann nur noch verrückt werden und verschwinden, um denen, die übrig bleiben, eine Rekonstruktion zu ermöglichen.

Ganz am Rande wollen wir auf die Vorherrschaft von »komplementären« Rollen gegenüber »symmetrischen« Rollen in diesen Familientypen hinweisen. Man ist Vater oder Mutter, Sohn oder Tochter, nebenbei auch Ehemann und Ehefrau, Bruder und Schwester, aber niemals einfach Mann und Frau, X oder Y. Man sagt nicht: »Laß Jean in Ruhe«, sondern: »Stör deinen Bruder nicht.« Die Aufrechterhaltung der »Komplementarität« begünstigt die aufeinanderfolgende reziproke Einschachtelung und schließlich die Auflösung des Körpers in dem ungeheuren, grenzenlosen Körper der Mutter Familie. Diese Fusion – Konfusion innerhalb der Mutter kann mit einer Fragmentierung dieses einzigen Körpers in unteilbare Einheiten einhergehen.

Die Spaltung[13]

Die Analyse der psychiatrischen Institutionen hat gezeigt, daß eines der Mittel, die benutzt werden, um die schmerzliche Bewußtwerdung der Trennung zu umgehen, die *Spaltung* ist. Durch ihre Versuche, in einer undifferenzierten Masse zu verschmelzen, zur Verzweiflung gebracht, setzen die Familienmitglieder sich resolut voneinander ab und bilden *Clans*, innerhalb derer sie in Abgrenzung zu den anderen Clans verschmelzen. Diese Strukturierung verläuft immer binär: wir, die Männer im Gegensatz zu den Frauen, wir, die Ruhigen und Entspannten im Gegensatz zu den »Entnervten«, wir, Vertreter der mütterlichen Familie im Gegensatz zu den Vertretern der väterlichen Familie, etc. Sich selbst in Distanz begeben, in ein völlig anderes Universum, das Punkt für Punkt im Gegensatz zu dem Universum des anderen steht, heißt, sich außerhalb der »Solidarität«[14] mit dem anderen situieren. Diese Solidarität hätte die Erfahrung der Trennung konditioniert (und wäre rückwirkend konditioniert worden).
Das Postulat der Verschmelzung hat sich aus Angst vor Fehlleistungen und um der ätzenden Kritik durch die Realität zu entgehen, eingeschlossen. Damit der Mythos der vereinten Familie überleben kann, vermeidet jeder den Kontakt mit den anderen und stellt sich als ihr rigoroses Gegenteil dar. In diesen unreduzierbaren Antinomien erschöpft sich die Dialektik der Unterschiedlichkeit. Die Familie wird in gegensätzliche, unüberwindbare Blöcke zerrissen. Der kleine Pierre Nozière bei Anatole France erklärt, daß er das totale Gegenteil seines Vaters geworden sei, wie der »negative Abdruck der Brust einer Liebenden«. Ein Beispiel für solche »Spaltungen«, die

13 Diese Vorstellung der »Spaltung« ist vergleichbar mit der Vorstellung der »Ichspaltung«, die Freud in seinem Aufsatz über den Fetischismus beschrieb. »Tatsächlich ist es eine der Besonderheiten dieses Prozesses, daß es nicht zu einer Kompromißbildung zwischen den beiden vorhandenen Haltungen kommt, sondern daß beide gleichzeitig beibehalten werden, ohne daß sich zwischen ihnen eine dialektische Beziehung herstellt.« (Laplanche und Pontalis, *Das Vokabular der Psychoanalyse*, a.a.O., S. 210.) Analog zu der Spaltung auf der Ebene der individuellen Persönlichkeit könnte man die Spaltung auf der Ebene der Gruppe sehen. Auf mögliche Zusammenhänge werden wir später noch eingehen.

14 Dazu die Arbeiten von Max Pagès, *La Vie affective des groupes*, Paris 1968.

paradoxerweise dem Schutz des Postulats der Verschmelzung dienen sollten, bietet die Familie C. Frau C., dreißig Jahre alt, ist Mutter von acht Kindern. Acht Schwangerschaften waren ihr unmittelbar nacheinander von ihrem trunksüchtigen Ehemann aufgezwungen worden. Vor zwei Jahren, als sie völlig erschöpft war, klemmte ihr endlich ein verständnisvoller Gynäkologe die Eileiter ab. Seitdem fand sie »etwas Lebenslust« wieder, die Spannungen zu Hause wurden jedoch immer schlimmer. Zweimal hatte sie sich vorgenommen, sich scheiden zu lassen. Ihr Mann wehrte sich energisch gegen die Scheidung. Schlägereien kamen bei ihnen häufig vor.

Das war alles, was uns über die Familie bekannt war, als die Fürsorge uns zum Gespräch mit dem Ehepaar aufforderte.[15] Nach der ersten Unterhaltung konnten wir ihre Geschichte rekonstruieren. Sie hatten sich sehr jung »auf dem Markt« kennengelernt, wo die Eltern der Frau Verkäufer waren und der Mann manchmal einen Fleischerstand bediente.

Herr C. hatte eine schwierige Kindheit. Seine Mutter hat die Familie verlassen, als er noch sehr klein war. Sein Vater hat eine »tapfere Frau« wiedergeheiratet, an die Herr C. sich heute noch stark gebunden fühlt. Von seinem Vater redet er nicht gern. Wir erfuhren später, daß diesem Mann, einem Trinker, das Erziehungsrecht entzogen wurde und er wegen eines »Verstoßes gegen die guten Sitten« (er hatte sich an der jüngsten Schwester von Herrn C. vergangen) zu einer Gefängnisstrafe verurteilt worden war. Dieses Ereignis hatte für Herrn C. besonders tragische Folgen. Er mußte überstürzt das Gymnasium der Stadt, wo er anscheinend ein hervorragender Schüler gewesen war, verlassen und Geld verdienen. Zu dieser Zeit hat er angefangen zu trinken.

Die Vergangenheit von Frau C. sieht nicht viel besser aus. Ihre Eltern ließen sich scheiden, als sie sieben oder acht Jahre alt war. Der Vater zog in eine andere Gegend in Frankreich und nahm alle Brüder von Frau C. mit. Sie selbst, die einzige Tochter, blieb bei ihrer Mutter. Die Mutter von Frau C. tat sich bald darauf mit einem ausländischen Arbeiter zusammen, der gerade immigriert und viel jünger als sie war. Dieses Paar

15 Ich danke Frau H. Peyricot für ihre Mitarbeit bei dieser Beobachtung. Seit kurzer Zeit arbeitet auch Frl. André, Krankenschwester, in unserer Gruppe.

bekam eine Tochter, für Frau C. eine Halbschwester. Zur gleichen Zeit hatte der Vater in dem entlegenen Dorf wieder geheiratet und zeugte in dieser zweiten Ehe ebenfalls mehrere Kinder.

Frau C. spricht nicht gern von dem Freund ihrer Mutter. Man hat den Eindruck, daß sie ihn nicht liebt, und daß sie so jung geheiratet hat, um ihm zu entgehen. Ständige Anspielungen weisen auf eine »dicke Geschichte« hin, wahrscheinlich eine sexuelle (hat der Freund der Mutter vielleicht versucht, dem Mädchen nachzustellen? Wahrscheinlich ja.) Später gesteht uns Frau C., daß sie, bevor sie »Umgang« mit ihrem Ehemann hatte, schon mit dem Bruder ihres Stiefvaters, der im selben Haushalt lebte, »gegangen« ist. Damals war sie fünfzehn Jahre alt. Sie behauptet, daß ihr Mann ihr diese erste Erfahrung niemals verziehen habe und deshalb immer eifersüchtig gewesen sei. Herr C. ist mit dieser Interpretation seiner Eifersucht nicht einverstanden; er gesteht sie zwar ein, bezieht sie aber auf den »schlechten Umgang« seiner Frau. Seit sie von der Last der aufeinanderfolgenden Schwangerschaften »befreit« ist, hat Frau C. sich tatsächlich sehr verändert: Früher saß sie hinter dem Fenster und betrachtete das Leben auf der Straße, das sich außerhalb ihrer selbst abspielte. Sie selbst verblieb dabei in einer ewigen Erwartungshaltung. Jetzt will sie nur noch leben und vom Leben profitieren, wie die *unwürdige alte Dame* bei René Allio, aber viel früher als diese und viel stärker auf Wunsch ihres Mannes. Sie sitzt häufig mit mehr oder weniger emanzipierten Freundinnen (unter ihnen die Schwester des Stiefvaters: Rückkehr zum Inzest?) zusammen auf den Terrassen der Konditoreien.

Es gelingt Frau C. ziemlich bald, ihre Neigung zum Postulat der Verschmelzung zu exteriorisieren: »Du willst mir meine Gedanken vorschreiben, du kannst nicht ertragen, daß ich etwas anderes denke als du, du kannst nicht einmal ertragen, daß ich überhaupt denke, immer willst du für alle anderen mitdenken!« wirft ihr Mann ihr eines Tages vor. (Wir wollen hier nur am Rande bemerken, daß die Tatsache, daß er diese Bemerkung ausspricht, d. h., daß er das Postulat der Verschmelzung in Frage stellen kann, eine gute Prognose ist und uns auf einen gewissen Erfolg der Therapie hoffen läßt.)

Frau C. erklärt, daß sie sehr unter den Trennungen in ihrer

Familie leidet. Sie träumt davon, eine Vereinigung herbeizuführen – »für ihre Mutter«, behauptet sie, da sie ihre eigene Unfähigkeit, Trennungen zu ertragen, der Mutter zuschiebt. Bei einem rituellen Gastmahl möchte sie die beiden Zweige ihrer Familie versammeln: ihre geschiedenen Eltern, deren Ehepartner und die Kinder aus beiden Ehen. Durch das gemeinsame Essen – ein echt totemistisches Mahl – solle ein Bündnis wiederhergestellt werden, eine Verkettung durch den gemeinsamen Ahnen bestärkt werden. Die Kindheit von Frau C. hat im Schatten des Trennungsdramas gestanden, das sich durch die räumliche Trennung zwischen ihr und ihrem Vater und durch die rassische Fremdheit zwischen ihr und ihrem Stiefvater und ihrer Halbschwester materialisiert. Heute sucht sie dieses Drama zu verleugnen. Obwohl die Realität ständig unausweichlich auf die Trennung hinweist, will sie diese Realität nicht wahrhaben. Ihr Ehemann erklärt ihr eines Tages, daß die Kinder aus der zweiten Ehe seines Vaters seiner Mutter »nichts« bedeuten. Darauf antwortet sie in der Hochstimmung ihres Wahnes: »Meine Mutter ist die Mutter der ganzen Welt.«

Es scheint, daß die Materialisierung der ödipalen Wünsche, ihre Realisierung durch den Auszug des Vaters (den Ausschluß des Dritten) und später, in der Pubertät, durch den Inzest mit dem Stiefvater (dem einbezogenen Dritten, der deshalb nicht mehr als Dritter gilt), für diese Frau triadische Erfahrungen unmöglich gemacht hat. Man könnte sich außerdem noch über ihre Ehe mit einem Mann Gedanken machen, der eine fast parallele Entwicklung durchgemacht hat: die frühe Trennung von der Mutter, dann der Inzest zwischen der jüngeren Schwester und dem Vater, der schließlich mit dem Ausschluß des Vaters (und sogar mit seiner symbolischen Vernichtung), dessen »Rechte verfallen waren«, endete. Eine solche Begegnung ist wahrscheinlich kein Zufall.

In dieser Familie sind Annäherungen gefährlich, da sie zur Bewußtwerdung der individuellen Trennung führen können (das ist bei jeder Annäherung möglich), aber vor allem deshalb, weil in diesem Fall die Annäherung das Auseinanderfallen der familialen Einheit bewirkt. Als die Eltern von Herrn C. und die von Frau C. sich einander näherkamen, um sich zu vereinigen, bedeutete das zugleich die *Trennung* (im Sinne der Scheidung). Als der Vater von Herrn C. sich seiner Tochter näherte, folgte darauf der Ausschluß aus der Familie. Die Annäherung zwischen Frau C. und ihrem Stiefvater (oder dem Bruder des Stiefvaters?), die als Gefahr empfunden wurde, hat die verfrühte Heirat von Frau C., die sich auf diese Weise schützen wollte, verursacht etc.

Wenn die Familie weiterhin bestehen will, ohne sich dem Inzest oder der Scheidung zuzuwenden (eins zieht das andere nach sich, das eine läuft praktisch auf das andere hinaus), muß der Wunsch neutralisiert werden, indem man sich einerseits den Wunsch als schon realisiert vorstellt und sich andererseits im voraus durch ein rigoroses *Spaltungssystem* gegen die Einsprüche der Realität schützt.

Frau C. stellt sich eine machinäische Trennung des gesamten Universums vor, die ihr erlaubt, als Frau, Ehefrau und Familienmutter zu überleben. Sie sieht ihre ursprüngliche Familie als eine verschmolzene Einheit oder als eine Einheit, die beim totemistischen Mahl verschmelzen wird (auf Kosten enormer Realitätsverzerrungen). Dadurch kann sie sich besser gegen die Familie ihres Mannes, die sie für eine völlig fremde Realität hält, durchsetzen. Sie geht sogar so weit, daß sie während einer Unterhaltung in Anwesenheit ihres verblüfften Ehemannes (auch zum Erstaunen der beiden Psychotherapeuten) ihre Mutterschaft leugnet. Ihre Kinder sind nicht ihre Kinder. Sie anerkennt sie nicht als die Ihren. Sie sind vom Blute ihres Mannes, nicht von ihrem Blut. Sie kann die Einheit ihres Blutes nur durch den Gegensatz zum Blut ihres Mannes aufrechterhalten; gemischtes Blut ist unvorstellbar. In Wirklichkeit verleugnet sie die Existenz von unterschiedlichem Blut. Diese scharfe Spaltung schützt sie vor dem Inzest, der für sie die einzig vorstellbare Art der sexuellen Vereinigung ist. Wenn sie akzeptiert, daß die Kinder gemischtes Blut haben, müßte sie zugleich die Differenz zwischen ihrem Mann und ihr akzeptieren. In ihrem Traum sollen jedoch ihr Mann, ihre Kinder und sie selbst aus demselben Blut sein, sie sollen alle identisch sein. Manchmal stellt sie sich ein ideales Paar â la Philemon und Baucis vor. Ihr Mann würde mit seinen Freunden brechen, und sie mit ihren Freunden; beide würden sich in ihrer Liebe, in einem empfindlichen Narzißmus zu zweit, einschließen. Philemon und Baucis hatten keine Kinder; in einem solchen System ist kein Platz für Triaden durch Nachkömmlinge. Wenn sie jedoch ihren Traum verfolgt, müßte sie auch den erlebten Inzest (den ihr Mann auch erlebt hat) zulassen, sowie seine dramatischen Konsequenzen: die Aufsplitterung der Familie. Deshalb zieht sie eine Art Kompromiß vor. Da die Kinder aus einem einzigen Blute sein müssen (wie sie selbst aus einem einzigen Blute sein möchte), haben sie das Blut des Vaters. Auf diese Weise vermeidet sie innerhalb der Familie eine triadische Situation (Vater-Mutter-Kinder) und löst sie in einer dualen Situation auf: sie selbst auf der einen Seite, die verschmolzenen Vater-Kinder auf der anderen Seite. Dadurch schützt sie sich zugleich vor jeder gefährlichen Annäherung und befreit sich von ihrer Mutterschaft, um in den Schoß der eigenen Mutter zurückkehren zu können. Ihre häufigen Scheidungsaufforderungen, die sofort wieder rückgängig gemacht wurden, müssen als Spaltungsversuche interpretiert werden, die stattfanden, sobald ihr Fusionstraum Gefahren ausgesetzt war.[16] Die intrafamilialen Spaltungen werden übrigens von Frau C. auf das gesamte Wohnhaus übertragen. Sie klärt uns über ein ganzes Netz von Bündnissen und Feinden auf. Es gibt »zwei Clans«: die von oben, die für sie sind, und die von unten, die gegen sie sind. Das Drama liegt darin, daß sie sich ihrer Diagnose nicht ganz sicher ist und Schwierigkeiten hat, zwischen denen, die sie unterstützen, und denen, die sie bekämpfen, zu unterscheiden, so wie sie auch Schwierigkeiten hat, in ihrer verstrickten Familie die, die aus ihrem Blut sind, von denen, die nicht aus ihrem Blut sind, zu unterscheiden.

Um ihren Verschmelzungsmythos zu retten, wäre es vielleicht nötig, daß die ganze Geschichte für Frau C. das gleiche Ende nähme, wie das Märchen *Blondine* von der Comtesse de Ségur. Man erinnere sich: Blondine, die Tochter des Königs Bénin, hat sich im Zauberwald verirrt. Sie begegnet dem Prinzen Beau Minon, dem Sohn der Fee Bonne Biche. Nach verschiedenen Abenteuern kehrt Blondine mit ihren Freunden in den väterlichen Palast zurück. »Acht Tage lang wurde Blondines Heimkehr gefeiert; nach acht Tagen wollte die Fee wieder nach Hause zurückkehren. Blondine und der Prinz waren so traurig

16 In solchen pathologischen Familien kommt es häufig vor, daß die Ehepartner nur noch unter dem ständigen Schutz einer laufenden Scheidungsklage miteinander leben können.

über die Trennung, daß der König und die Fee beschlossen, daß sie für immer zusammenbleiben sollten. Der König heiratete die Fee, und Blondine heiratete den Prinzen, der für sie immer der Beau Minon des Fliederwaldes blieb. [...] Blondine hatte ihr ganzes Leben keine Sorgen. Sie schenkte zwei Töchtern, die ihr sehr ähnlich sahen, und zwei Söhnen, die ihrem Ehemann ähnlich sahen, das Leben. Jeder liebte sie, und sie strahlten so viel Glück aus, daß sie alle glücklich machten.«[17]

Die klinischen Erfahrungen mit solchen verschmolzenen Familientypen, in denen die Eltern sich dazu herablassen, einander zu heiraten, um die Trennung und die Differenz besser verleugnen zu können, in denen die Mädchen für Abbilder der Mutter und die Knaben für Abbilder des Vaters gehalten werden, in denen die Geschlechtsunterschiede einer rigorosen Spaltung zwischen den Geschlechtern Platz machen, veranlassen uns, diesen optimistischen Schluß ein wenig zu dämpfen. Handelte es sich nicht um ein Märchen, so könnte man sich vorstellen, daß Beau Minon Alkoholiker wird, um sich ein wenig Unabhängigkeit und die Illusion seiner Männlichkeit zu bewahren, daß Blondine ein böses Weib mit matriarchalischen Zügen war, und daß mindestens eines der Kinder schizophren wird. Es ist tatsächlich verständlich, daß ein Kind, das in einem solchen Kontext aufwächst, psychotisch wird, und daß im Mittelpunkt seiner Persönlichkeitsorganisation eine innere Spaltung steht.

Wir haben schon darauf hingewiesen, daß das Kind sich mehr mit der Beziehung zwischen den Eltern »identifiziert« als mit seinem Vater oder seiner Mutter. Genauer gesagt, die Eltern sind die »Architekten« der Familie, um eine Formulierung von V. Satir[18] zu gebrauchen. Ihre Beziehung dient für alle anderen familieninternen Beziehungen als Informationsmodell, und konsequenterweise dient sie auch der »Persönlichkeitsformation«, die integraler Bestandteil dieser verschiedenen Beziehungen ist.

Wenn die Eltern (wie bei der Familie C.) durch ein System geprägt sind, in dem Annäherungen gefährlich sind, die Trennungsangst unerträglich und die Aufrechterhaltung des Postulats der Verschmelzung unerläßlich ist, werden sie der Familie

17 Comtesse de Ségur, *Blondine, Bonne Biche et Beau Minon*, in: *Le Livre des Bêtes enchantées*, Paris 1956.
18 V. Satir, *Conjoint Family Therapy, Science and Behavior Books* 1964.

(und schließlich auch den Personen, die die Familie konstituieren) ein Spaltungssystem aufzwingen. Einige Familienmitglieder verinnerlichen dieses System so sehr, daß sie als der Ort des tragischen inneren Konfliktes zwischen Gut und Böse erscheinen. Dieser Konflikt läßt sich nur durch die kontrastierende Einfärbung der Außenwelt – in schwarz und weiß – und die Einteilung der menschlichen Umgebung in Gute (vollkommen Gute) und Böse (vollkommen Böse) auflösen. Oft wissen wir nicht, warum bestimmte Kinder und nicht alle Kinder in einer Familie schizophren werden; aber häufig kann die Erforschung der »Beziehungstriaden« in den Familien gerade auf diese Frage eine Antwort geben.

Die pervertierte Triade

Das System von Bündnissen und Spaltungen in der Familie nimmt bisweilen eine besondere Form an, die Jay Haley mit dem Begriff »perverse triangle« umschreibt, den wir mit »pervertierte Triade« übersetzen.[19] »Sie weist folgende Merkmale auf:

1. Die interagierenden Personen der Triade befinden sich nicht alle drei auf derselben Ebene. Eine von ihnen gehört einer anderen Generation an. Unter Generation verstehen wir eine unterschiedliche Stellung in der Machthierarchie, wie z. B. der Vater und das Kind, der Unternehmer und der Arbeiter sie innehaben.
2. Im Verlauf des Austausches bildet sich eine Koalition zwischen der Person einer Generation und einer Person der anderen Generation gegen den gleichgestellten Partner der letzteren. Mit ›Koalition‹ bezeichnen wir eine gemeinsame Handlung mit dem Ziel, gegen einen Dritten aufzutreten (im Gegensatz zu einem Bündnis, das aufgrund eines gemeisamen Planes zwei Individuen verbindet, ohne Bezug zu einer dritten Person).
3. Die Koalition zwischen den beiden Personen wird verleugnet. Einige Einstellungen weisen auf die Existenz einer Koali-

19 Jay Haley, *Toward a Theory of pathological System,* in: G. H. Zuk und I. Boszormenyi-Nagy, *Family Therapy and disturbed Families, Science and Behavior Books* 1967.

tion hin, sie wird aber als Koalition verleugnet, sobald sie als solche benannt wird. [...]
Die pervertierte Triade definiert im wesentlichen eine Situation, in der zwei Generationen im geheimen zu verschmelzen versuchen.«[20]

Eine Beobachtung mag das Gefälle von pervertierten Triaden erläutern, die sich durch drei Generationen einer Familie hindurchziehen. Die Familie Ch. besteht aus Vater, Mutter und fünf Kindern (vier Jungen und einem Mädchen). Zu der Konstellation kommen eine Großmutter väterlicherseits, ein Onkel, der »sozial erfolgreich ist« und mit der Großmutter zusammenlebt, und ein zweiter Onkel, der von seinen Brüdern und seiner Mutter als »mißratener Alkoholiker« angesehen wird, hinzu. Philippe, der älteste Sohn, ist sechzehn Jahre alt. Er lehnt sich gegen seinen Vater auf, den er wegen seiner bürgerlichen Normen und seiner konservativen Einstellung verspottet. Philippe selbst legt sich das Verhalten eines Beatnik zu und wird wegen seines »Existentialismus« ausgeschimpft. Er ist schon mehrere Male ausgerissen, geht unregelmäßig zur Schule und hat kleinere Delikte begangen. Die Mutter versteht sich sehr schlecht mit dem Vater. Sie hatte schon eine Scheidungsklage eingereicht, diese jedoch wieder zurückgezogen. Sie unterstützt Philippe heimlich, während sie ihn zugleich mißbilligt und so tut, als ob sie durch die Exzentritäten ihres Sohnes völlig verwirrt sei. Der Vater ist immer noch abhängig von der Großmutter, die sich als Schirmherrin der Familientraditionen aufspielt. Sie konnte jedoch – ebenso wie der erste Onkel – die Braut des Vaters nie leiden. Der zweite Onkel ist die »Schande der Familie«, er wird von der Großmutter verhöhnt, fühlt sich aber Philippe verbunden, weil zwischen diesem und seinem »erfolgreichen« Onkel eine starke Feindschaft besteht.

Marc, der zweite Sohn, ist vierzehn Jahre alt und das »Genie« der Familie. Er wird von der Großmutter und dem Vater bewundert, die ihn immer mit Philippe vergleichen. Von seinem älteren Bruder wird er jedoch nur für mittelmäßig gehalten, ohne wirklich beneidet zu werden.

Das dreizehnjährige Mädchen lebt in einem Internat. Die Mutter hat mit Unterstützung des Vaters auf dieser Entscheidung

20 Jay Haley, a.a.O.

bestanden, um »sie dem schlechten Einfluß ihres Bruders zu entziehen«. Der dritte Sohn ist elf Jahre alt und scheint ein »neutrales Element« zu sein, von dem wenig gesprochen wird. Der letzte Sohn, sieben Jahre alt, »wird so werden wie Philippe, dem er auch ähnlich sieht«, prophezeit die Mutter.

Bei dieser Struktur, so wie sie unten dargestellt ist, ist das Gefälle der »pervertierten Triaden« erschreckend:

Vater + Großmutter gegen Mutter,
Vater oder Onkel 1 + Großmutter gegen Onkel 2,
Vater + Großmutter gegen Philippe,
Mutter + Philippe gegen Vater,
Mutter + Bruder 4 gegen Vater,
Philippe + Onkel 2 gegen Großmutter oder Vater oder Onkel 1,
Vater + Schwester gegen Mutter, etc.

Wahrscheinlich reproduziert sich die Struktur, die die ursprüngliche Familie beherrscht hat und einen »mißratenen und trunksüchtigen« Onkel hervorgebracht hat, jetzt in Philippes Familie.

Auf Beschluß des Jugendrichters, den der Vater um Hilfe gebeten hatte, interveniert ein Erzieher der Erziehungsberatung in der Familie. Dieser übt seinerseits Druck aus und legt dadurch eine neue Triade fest:

Philippe + Erzieher gegen den Vater.

Diese Triade, die symmetrisch zu der zwischen den Eltern und Philippe ist, erklärt den Kampf zwischen der Mutter und dem Erzieher, die zumindest am Anfang dazu tendieren, sich gegenseitig zu ignorieren. Außerdem folgt eine weitere Triade daraus:

Vater + Erzieher gegen die Mutter.

Nur aufgrund der geschickten Taktik des Erziehers löst diese letzte Triade sich bald auf.

Als Philippe schließlich in ein Heim gebracht wird, wenden er und seine Eltern sich gemeinsam gegen das Heim. Die Eltern, die sich im Augenblick wieder verbündet haben, versuchen mit Philippe zusammen eine dritte Triade herzustellen und bitten den Erzieher um Unterstützung gegen den Heimleiter. Da der Versuch scheitert, holen sie Philippe wieder nach Hause. Jetzt kann das alte Spiel wieder von vorn anfangen und mit der Flucht des Jungen enden.

Hier kann man deutlich erkennen, in welchem Maße die Struktur, die wir unter dem Namen »pervertierte Triade« beschrieben haben, zu ihrer eigenen Reproduktion neigt und sich durch die Generationen einer Familie hindurchzieht, ja sogar außenstehende Personen erfaßt, die mit der Familie zu tun haben. Philippes Revolte, seine Auflehnung gegen den Vater, läßt sich nur in dem Kontext fassen, in dem die Großmutter, die Mutter, vier Onkel und vier Brüder und Schwestern intervenieren und Beziehungen zueinander unterhalten, die sie entweder verbünden oder trennen.
Wir haben versucht, diese Gegebenheiten in einem Diagramm zu formalisieren. Wir wollen klarstellen, daß dieses Diagramm, wie jedes andere, nur schematisch sein kann, d. h. daß es nur die dominanten Züge offenlegt. Wenn man die Erfahrung mit dieser Familie genau nimmt, muß man der Ambivalenz einen hohen Stellenwert einräumen. Obwohl der Vater zum Beispiel seinen ältesten Sohn ablehnt, bewundert er ihn heimlich, soweit dieser Sohn alle seine anarchistischen und bohémienhaften Träume realisiert, die im Unbewußten eines jeden puritanischen Bürgerlichen wirken. Außerdem hätte man das Beziehungsnetz auf seine Abhängigkeit von festgelegten Situationen hin untersuchen müssen (was Jay Haley in seiner Arbeit getan hat). Der Bruch zwischen Vater und Mutter wird offensichtlich, sobald beide in Beziehung zu ihrem ältesten Sohn treten; wenn es sich aber darum handelt, dem Heimleiter entgegenzutreten, dem der Sohn vorübergehend anvertraut wurde, vereinigen sie sich plötzlich. Ferner kann man sagen, daß beide die gemeinsame Sorge um die Zukunft eines Kindes teilen, ein echtes Vereinigungsprinzip für ein Paar, das am Rande der Scheidung steht. Es gibt keine Familie, so pathologisch sie auch sein mag, die sich in einer unbeweglichen Struktur verschlösse. Man kann sich allenfalls ein Spektrum vorstellen, das von der absoluten Beziehungsfreiheit (triadische Modalitäten, die sich unter dem Druck existentieller Notwendigkeiten modifizieren lassen) bis zur zwanghaften Rigidität reicht.

Darstellung der Beziehungsstrukturen in der Familie Ch.

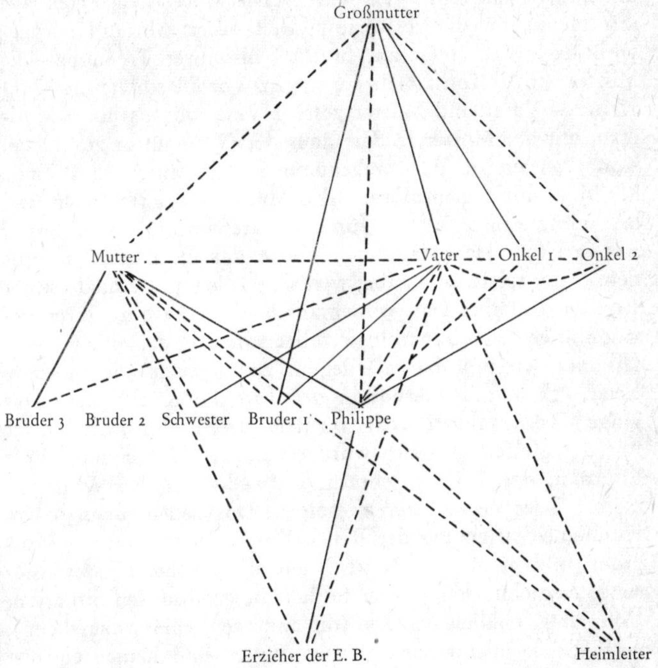

1 E. B. = Erziehungsberatung

2 Um die Originalität der therapeutischen Struktur zu kennzeichnen, müßte diese eigentlich außerhalb dieser Seite liegen.

3 Einige der Beziehungslinien konnten wegen unzureichender Informationen nicht eingetragen werden.

4 Die durchgehenden Linien stellen positive Beziehungen dar, die gestrichelten negative; unter »positiven« verstehen wir gegenseitig befriedigende, unter »negativen« gegenseitig unbefriedigende Beziehungen. Wenn zum Beispiel der Vater Philippe ablehnt und Philippe seinem Vater eine gewisse Zuneigung entgegenbringt, nennen wir das eine negative Beziehung.

5 Durch diese Darstellung wird offensichtlich, wie wichtig das Dreieck Mutter-Vater-Großmutter für das familiale Gleichgewicht im allgemeinen und für Philippe im besonderen ist.

Jay Haley schildert in seinem Aufsatz einen weiteren interessanten Fall. Es handelt sich um eine junge Schizophrene, die nach Hause entlassen wurde. Die Eltern reagierten auf ihre Heimkehr (die sie störte und ein zerbrechliches Gleichgewicht zu zweit in Gefahr brachte) mit ihrer Trennung. Die Mutter bat die Tochter, ihr zu folgen. Vor die schwierige Wahl zwischen Vater und Mutter gestellt, beschloß das junge Mädchen, mit der Mutter in das Haus der Großmutter zu ziehen. Kaum waren sie dort angekommen, telefonierte das junge Mädchen mit seinem Vater. Die Mutter reagierte heftig und beschuldigte ihre Tochter, für den Vater und gegen sie Partei zu ergreifen. Das Mädchen erklärte daraufhin, daß sie mit dem Vater telefoniert habe, weil sie ihn beim Abschied »schief angesehen« habe. Das »schief ansehen« gehörte zu ihrer gewöhnlichen Symptomatologie. Hier schien es das einzige Mittel, um einem unlösbaren Dilemma zu entgehen. Die implizite Regel der Familie verbot in der Tat alle Koalitionen. Das junge Mädchen durfte weder für den Vater noch für die Mutter Partei ergreifen; zugleich wurde es durch die Trennung ihrer Eltern in den Zwang gebracht, entweder bei dem Vater zu bleiben oder der Mutter zu folgen. Das bedeutete in jedem Falle eine Verletzung der Regel. Das schizophrenogene Symptom (und später der Rückfall und die erneute Hospitalisierung) erscheint als logischer Schluß dieser absurden Situation. Von der Krankheit besessen (die anderen »schief anzusehen«), verfügte sie über keinen eigenen Willen und keinen eigenen Körper mehr; sie war weder hier noch woanders, zugleich hier und woanders.

Wenn die pervertierten Triaden sich vervielfältigen, passiert es, daß die Individuen (aus quasi topographischen Gründen, weil sie im »geeigneten Augenblick« anwesend waren) in das Kreuzfeuer von Beziehungen geraten, die ihnen unter dem Druck von Koalitionen, die sie nicht denunzieren dürfen (da sie für inexistent erklärt werden), die permanente Rolle des »bösen Objektes« aufzwingen. Wenn diese Individuen ihrerseits das Beispiel der anderen Familienmitglieder imitieren und selbst mit anderen zu koalieren versuchen, um sich zu schützen (indem sie einen Dritten angreifen), werden sie hart bestraft.

Oft erscheinen diese Individuen, die von ihrer Umgebung frühzeitig in die Pathologie gezwungen wurden, als Schlüssel zu dem verschmolzenen Familiensystem. Sobald sie fehlen, muß umgehend ein anderer dazu angehalten werden, sie zu ersetzen. Wir haben schon darauf hingewiesen, daß manchmal, wenn ein Kranker gesund wird oder den Haushalt verläßt, er gewissermaßen einem Bruder oder eine Schwester das »heiße Eisen« übergibt.

Die »Verwerfung« des Kranken

Bisweilen enden die Koalitionen mit einem Sieg. Zuerst werden dem Opfer (dem Kranken) alle Übel zugeschoben, dann wird es ausgeschlossen, vergessen, seines symbolischen Wertes beraubt (einschließlich seiner Sündenbock-Rolle); sein Recht auf Sprache wird ihm genommen.

Wir erinnern uns an eine bestürzende Beobachtung. Herr J., sechzig Jahre alt, war vor dreißig Jahren »von Rechts wegen« (das bedeutet, daß er für die Öffentlichkeit als gefährlich galt) in einem psychiatrischen Krankenhaus interniert worden. Zur Zeit der Internierung war er verheiratet und hatte einen achtjährigen Sohn. Die genauen Umstände dieser Internierung waren uns nicht bekannt; angeblich hatte er in einem Wahnanfall einen Autobus mit Steinen beworfen, »weil er Angst hatte, daß dieses Riesenauto seinen kleinen Jungen überfahren würde«. Wenn man dem medizinischen Dossier Glauben schenken darf, hat sich sein Zustand ziemlich schnell gebessert. Aber die Affäre hatte Konsequenzen (Steinwürfe gegen ein öffentliches Fahrzeug), und eine Internierung von Rechts wegen ist nur schwer aufhebbar, da sie noch immer der fürchterlichen Verurteilung zum »zivilen Tod«, die erst um 1900 aus dem Gesetzbuch verschwand, gleichkommt. Vor allem seine Frau legte keinen Wert auf seine Entlassung; sie war mit zahlreichen außerehelichen Abenteuern beschäftigt. »Für sie war er tot«, sagt heute seine Schwiegertochter. Von da an verschachtelt sich die Situation, sie tritt aus der Zeit heraus, lokalisiert sich in einem rein räumlichen Universum und ignoriert die zehrenden Jahre. Auf der einen Seite steht Frau J. mit ihren Liebhabern und ihrem Sohn, auf der anderen Herr J. mit seiner ewig gleichen Beschäftigung, Flure und Toiletten zu fegen. Von Zeit zu Zeit, zyklisch wie ein Satellit, kommt Frau J. zu Besuch, dann verschwindet sie verstohlen und läßt keine Spur zurück außer einigen Süßigkeiten, die im Handumdrehen verschlungen, verdaut und vergessen sind. Auch ein Onkel, der Bruder von J., taucht in Abständen auf. J. hat zu ihm eine monotone Bindung aus der Vergangenheit, die in einer anderen Welt liegt: in der seines Geburtsdorfes, das in seiner Erinnerung eine heile Welt darstellt, das außerhalb der Zeit liegt und für unantastbar gehalten wird. Wenn J. ausnahmsweise einmal von diesem Dorf spricht, redet er im Präsens, und im Präsens erzählt er von einer ganzen Familie, die wahrscheinlich längst verschwunden ist.

Unterdessen war sein Sohn herangewachsen, hatte sich verheiratet, hatte sich scheiden lassen, hatte zum zweiten Mal geheiratet und Kinder gezeugt. Für diesen Sohn ereignete sich etwas; er lebte; für ihn verging die Zeit. Manchmal beunruhigte ihn dieser Vater, den er seit dreißig Jahren nicht mehr gesehen hatte, und an den er sich überhaupt nicht erinnern konnte. Zu Hause gab es kein Bild, keinen Satz, der an ihn erinnert hätte. J. war mehr als tot; er war vergessen wie die alten Hugenotten – ohne Epitaph begraben in düsteren, von Unkraut überwucherten Grabhöhlen, niemand weiß etwas von ihnen. Wenn der Sohn J. ausnahmsweise nach Neuigkeiten von seinem Vater fragte, antwortete der Onkel – oder die Mutter –: »Davon spricht man nicht, das bringt nur Unheil.« Das Tabu war so strikt, daß er nicht daran zu rühren wagte. Als er erwachsen war, hätte er zum Krankenhaus gehen und sich über diesen Vater, der ihn beunruhigte, erkundigen können; aber die unsichtbaren, mächtigen Ketten hielten ihn zurück. Dennoch quälte es ihn: »Was steckt hinter diesem Geheimnis, von dem man nie sprechen durfte?« Er wollte es sich nicht mehr vorstellen, genauer gesagt, er konnte es sich nicht mehr vorstellen. Das Phantasiegewebe, das von Generation zu Generation in den Familien weitergegeben wird, hatte bei ihm ein riesiges Loch. In gewissem Sinne war er niemandes Kind, da er sich seinen Vater nicht einmal vorstellen konnte. Ohne Vorwarnung setzte sich die Zeit, die dreißig Jahre lang immobil gewesen war, plötzlich wieder in Bewegung. Der reale Tod zerstörte das, was der »zivile Tod«, scheußlicher und kompletter als der Tod, vollbracht hatte. Unerwartet starb der Onkel.

Er hatte für den Sohn J. an Stelle des Vaters gestanden, er hatte eine Wand zwischen dem Sohn und dem Geheimnis des Vaters gebildet. Er war es in erster Linie, der die Wahrheit verhindert hatte, der ihm gesagt hatte: »Davon spricht man nicht.« Vielleicht hat er auch dem Sohn verboten, seine Mutter auszufragen (und sie wegen ihrer Unzuverlässigkeit und der Aufgabe des Vaters anzuklagen). An dieser Stelle wäre es verlockend, einige psychoanalytische Extrapolationen zu wagen. Kann man das Verbot des Onkels, der zugleich Vaterersatz ist, nicht mit dem Verbot vergleichen, das kleinen Kindern in bezug auf das, »was im Schlafzimmer der Eltern passiert«, auferlegt wird? Ist die Neugierde des Sohnes, die der Onkel mit Schuldgefühlen belädt, nicht ein geheimer Wunsch, wieder mit der »in Frage gestellten«, mit der »vor die Frage gestellten« Mutter eine Art »Urszene«[21] zu wiederholen? Ist es nicht ein Versuch, den Platz des Vaters, den Platz, den der Onkel in der Phantasie des Sohnes besetzt, selbst einzunehmen? Wir wissen es nicht genau.

Wie dem auch sei, kaum ist der Onkel unter der Erde, greift der Sohn J. seine Mutter an. »Warum hast du meinen Vater verlassen, warum hast du mir nichts von ihm erzählt?« Nach einer heftigen »Aussprache« beschließt er, ins psychiatrische Krankenhaus zu gehen, um den seit dreißig Jahren vergessenen Vater zu sehen. Als er hereinkommt, ist er ziemlich aggressiv: »Ich will alles wissen, die ganze Wahrheit!« Das Loch in seiner Genealogie ist so groß und klaffend, daß er es mit nichts stopfen kann. Deshalb verlangt er »alles«. Man fordert ihn auf, zu präzisieren, welche Konturen dieses »alles« für ihn hat. Ohne Erfolg. Wie besessen wiederholt er: »Ich will die ganze Wahrheit.« Des Streitens müde, liest man ihm kurz und bündig das Dossier vor, das für ihn nichts Neues enthält.

Die erste Begegnung von Vater und Sohn ist rührend. J. erkennt seinen Sohn nicht. »Mein Sohn ist ganz klein, er ist kein Mann«, wiederholt er immer wieder. Er akzeptiert ihn jedoch mit Freude als einen »Vetter«, der aus einer weit zurückliegenden Vergangenheit aufgetaucht ist. (Heute, sechs Monate nachdem die Beziehung wieder aufgenommen wurde, hat er immer noch nicht von dieser »bequemen« Version abgelassen.) Ein

21 Seit Freud versteht man unter diesem Ausdruck eine Rekonstruktion der sexuellen Beziehung der Eltern in der Phantasie.

Ausflugsprogramm wird entworfen. Der Sohn J. und seine Frau kommen jede Woche und holen ihren Vater ab. Sie nehmen ihn in seinen Geburtsort mit und arrangieren Begegnungen mit den Nachfahren von Verwandten, die er gekannt hatte. Zuerst murrt er: »Das ist nicht nötig, laßt mich doch zufrieden.« Aber dann gewöhnt J. sich rasch an die neue Existenz. Manchmal überkommt ihn die Angst, ein geheimes Gesetz zu überschreiten: »Im Krankenhaus wird man mich beschimpfen, wenn ich zu oft weggehe« (obwohl alle sich mit seinen Ausflügen einverstanden erklärt haben). Frau J. wird nicht »eingeweiht«. Sie wird wütend, als sie von den Besuchen ihres Sohnes und den Ausflügen erfährt, die man ihr verschwiegen hatte. In den Händen seines Sohnes und seiner Schwiegertochter wird J. langsam zu einer Waffe gegen Frau J. Man führt ihn aus, aber das geschieht (teilweise), um der Mutter zu demonstrieren, was sie hätte tun müssen und wie unwürdig sie ist. Die Kinder von J. gehen noch einen Schritt weiter. Sie beschließen, sich mit ihrer Mutter einen Spaß zu machen. Ohne Vorwarnung bringen sie an einem Samstag den Vater zu ihr hin, lassen ihn dort, in der Küche, wie einen Koffer stehen und kommen erst am Abend zurück. Sie finden Frau J. außer sich, zu einer Nachbarin geflüchtet. Herr J. dagegen hat sich friedlich auf einem Schemel niedergelassen und liest Zeitung. Welches Komplott stand unbewußt hinter dieser Handlung der Kinder von J.? Wollten sie (wie sie behaupten), daß das Paar sich wieder verträgt, oder hofften sie auf eine tragische Rache des lächerlichgemachten und verlassenen Ehemannes, die auch – zugleich – die Streitigkeiten mit dem Sohn bereinigt hätte? Oder bereiteten sie eine weitere »Urszene« vor? Ich weiß es nicht genau. Ich erinnere mich aber, daß ich die Degradierung dieses Kranken zum Werkzeug seines Sohnes nicht billigen mochte. Heute verzichten die Kinder von J. auf diese Spiele. Sie kümmern sich umsichtig um den Kranken. Jetzt ist die Mutter vergessen, sie ist jetzt an der Reihe. Die Kinder sehen sie nicht mehr und sprechen nicht mehr mit ihr. Der Sohn sagt: »Ich habe keine Mutter mehr, sie existiert für mich nicht mehr.« Herr J. hat einen Sohn wiedergefunden, aber dafür seine Frau verloren.

Der gesamte Ablauf erweckt den Anschein, als ob diese Triade ihr Gleichgewicht nicht einmal in einer Koalition gegen einen fühlbaren Feind, der noch zu Gegenschlägen in der Lage ist, finden kann, sondern für das Gleichgewicht eine gelungene Verwerfung benötigt. Letzten Endes hat sich, außer dem Rollentausch zwischen Herrn und Frau J., die familiale Struktur nicht verändert. Es liegt nahe zu behaupten, daß diese Struktur krank ist, und nicht dieses oder jenes ihrer Elemente, die völlig (und zum Spaß) austauschbar sind.

Man kann sich nun nach dem Sinn und Zweck der Verwerfung für die Familieneinheit fragen. Manchmal hat man den Eindruck, als ob man durch den Ausschluß eines Familienmitgliedes nicht nur in Frieden verschmelzen könnte (wie die Komplizen nach einem schlechten Streich), als ob man nicht nur die gesamte Negativität in einer Person individualisieren und sie dann mit der Person verwerfen könnte, sondern als ob man sogar eine feste Vernarbung an einer Stelle, die die gesamte Familiensubstanz hätte zerstören können, durch die Verwerfung konstruieren könnte. Ich denke dabei an Familien (bei der Familie J. ist das nicht der Fall), in denen die Verwerfung des Vaters eine resolute Spaltung mit der väterlichen Familie zustande gebracht hat.

In manchen Fällen geschieht die Verwerfung äußerst diskret. Mireille D. zum Beispiel, zwanzig Jahre alt und schizophren, lebt im Haushalt ihrer Eltern; aber sie hat dort keine Funktion, keine Rolle, konkreter gesagt: keinen Platz. Wenn sie ihrer Mutter in der Küche helfen will, bekommt sie die Antwort: »Geh, Mireille, das ist keine Arbeit für dich.« Wenn sie im Garten Unkraut jäten will: »Mireille, du weißt doch genau, daß du das nicht kannst.« Das gleiche geschieht mit allen ihren Initiativen. Mit der entwaffnenden Unlogik der psychotischen Familien klagen dann alle im Chor: »Mireille tut nichts, Mireille unternimmt nichts, Mireille ist passiv, träge, wie eine dicke Larve.« Eines Tages, während einer psychotherapeutischen Sitzung antwortet Mireille unter besonderer Hervorhebung ihrer Eltern: »Ich habe keinen Platz, ihr hättet besser daran getan, mich nicht in die Welt zu setzen.« Für »nichts« gezeugt, ohne Platz in der Linie der gegenseitigen Bedeutungen, über die jedes Familienmitglied dem anderen einen Sinn gibt, ist Mireille »sinnlos«.

In jeder Familie hat jeder, real oder in der Phantasie, sein Gebiet, das sich in Raum und Zeit definiert: ein Möbelstück, eine

Tür, aber auch eine Beschäftigung, eine Gewohnheit, somit auch ein affektives Feld, das den Platz eines jeden determiniert. Herr Z., der geschäftlich sehr viel unterwegs ist, ist innerlich niemals »zu Hause«. »Ach, du schläfst heute bei uns«, bemerkt sein Sohn und legt dadurch ein Gebiet fest: »bei uns«, das Gebiet der Familie. Mit derselben Geste schließt er seinen Vater aus.

Umgekehrt ist es möglich, ein Gebiet geschlossen einem Individuum in der Familie zuzuweisen. Mit anderen Worten, ein Individuum erhält den Auftrag, die Hauptfunktion zu »personifizieren«.

Die Personifizierung

M. Woodbury hat diesen häufigen Prozeß in pathologischen Familien, der eine Art Kompromiß zwischen zwei oder mehreren Familienmitgliedern darstellt, *Personifizierung* genannt. Um die Illusion einer Einheit trotz aller Hindernisse, die im Zusammenhang mit dem »Realitätsprinzip« stehen, aufrechtzuerhalten, »personifiziert« die Mutter zum Beispiel in einem ihrer Kinder einen Teil von ihr selbst, sie läßt es Rollen ihres intimen Theaters spielen. Das Kind, das durch das Postulat der Verschmelzung stark konditioniert ist, hält daran fest, im Guten und im Schlechten so zu werden, wie seine Mutter es möchte. Auf diese Weise wird das Postulat partiell verwirklicht.

Marie-Jeanne, das älteste der Kinder von Herrn und Frau E., ist in einem Netz von Personifikationen gefangen, das ihr ein Verhalten aufzwingt, welches oft zu Streitereien Anlaß bietet. Im Laufe wöchentlicher Sitzungen, in denen die Eltern und die fünf Kinder sich mit zwei Therapeuten trafen, konnte die Familiengeschichte rekonstruiert werden.[22] Herr E. wurde von seinem trunksüchtigen Vater erzogen, weil seine Mutter sehr früh den Haushalt verlassen hatte. Er hat einen Bruder und eine Schwester, und seinen Erzählungen zufolge waren in seiner Kindheit immer »zwei gegen einen«. Die Kindheit von Frau E. war durch eine komplexe Situation gekennzeichnet.

22 Auch bei dieser Familienpsychotherapie war Frau Tisserand meine Mitarbeiterin.

Frau E. war die älteste von zwei Kindern. Sie hat einen jüngeren Bruder von vier Jahren. Ihre Eltern kamen sehr schlecht miteinander aus. Ihr Vater trank, ihre Mutter war »sehr unglücklich«. In Wirklichkeit wurde Frau E. von einem Onkel, dem Bruder ihrer Mutter[23], und einer kindlosen Tante erzogen, die sie praktisch adoptiert hatten. »Ich bewunderte meinen Onkel. Als er gestorben ist, habe ich alles verloren.« Nach dem Tod des Onkels blieb sie noch einige Zeit bei der Tante (wegen der Verwandtschaft). Sie fühlte sich bei ihr nicht sehr wohl; deshalb war die Heirat die beste Lösung für ihre Schwierigkeiten. Diese Familie, deren symptomatische Kennzeichen Delinquenz, die Flucht von vier der fünf Kindern und häufiger Wechsel verschiedener Institutionen sind, durchlebt seit mehreren Jahren ein Drama. Wir brauchten mehrere Monate, bis wir die alte »Kruste« durchschauen konnten. Woodbury weist diesen »familialen Krusten« die Rolle von Erinnerungsbildern innerhalb der individuellen Psychoanalyse zu.
Es geschah vor vier oder fünf Jahren. Da Marie-Jeanne von klein auf kränkelte, hatte sie die meiste Zeit ihrer Kindheit in Luftkurorten und Krankenhäusern verbracht. Heute ist Marie-Jeanne etwa fünfzehn Jahre alt. Sie erzählt uns, daß sie sich zurückgesetzt und weniger geliebt fühlt als ihre Brüder und Schwestern. Deshalb versucht sie, die Geschichte ihrer Mutter, die ihr mehrere Male erzählt wurde, zu reproduzieren. Auch sie hat einen Onkel (den Bruder ihrer Mutter) und eine Tante. Marie-Jeanne hängt sehr an dem neugeborenen Baby ihrer Tante und versorgt es mit Begeisterung. Warum soll sie sich nicht auch adoptieren lassen wie einst ihre Mutter?
Sie reißt mehrere Male aus und flüchtet sich zu dem Onkel und der Tante. Dort trifft sie auch ihre Großtante wieder. Diese Großtante hatte Frau E. erzogen und deren Heirat nicht gutgeheißen. Jetzt ist sie Marie-Jeannes Patentante und bezeichnet diese als ihren Liebling. Sie fragt das Mädchen über ihren Vater aus. Mehr oder weniger von der Tante und der Großtante (und einer dritten Gevatterin: der Mutter der Tante) dazu verleitet, klagt Marie-Jeanne schließlich ihren Vater an, sie brutal geprügelt zu haben. Die Frauen wenden sich

23 In vielen pathologischen Familien spielt der Bruder der Mutter eine wichtige Rolle. Könnte ein Zusammenhang zu den archaischen, matriarchalischen Familien bestehen?

daraufhin einstimmig an den Onkel. Kann er nichts unternehmen, um das Kind diesen Brutalitäten zu entziehen, die als nahezu inzestuös empfunden werden? Der Onkel erstattet sofort Meldung bei der Polizei. Der Vater wird vorgeladen und in beschämender Weise bloßgestellt, dann bricht die ganze Geschichte zusammen: es handelt sich nur um die »Erfindung« eines Kindes.

Herr und Frau E. haben Marie-Jeanne dieses Verhalten nie verziehen und machen ihr deshalb immer neue Schwierigkeiten. Als der Onkel merkte, daß seine Frau, seine Tante und seine Schwiegermutter ihn »manipuliert« hatten, sei er angeblich von seiner Familie entsetzt gewesen. Er habe sich daraufhin dem Alkohol zugewandt und den Haushalt verlassen. Marie-Jeanne wird für diese Demütigung und die Destruktion der Familie verantwortlich gemacht.

Das sind die Fakten. Im Lichte des Familienkontextes konnten wir rekonstruieren, was Marie-Jeanne heute für das Spiel der Kräfte bedeutet, was sie »personifiziert«. Für Frau E. ist sie zweifellos die schlechte Hälfte ihres Selbst. Sie personifiziert alles, was Frau E. sich vorwirft. Sie ist die »böse Tochter«, die ihre Eltern anderen zuliebe verläßt, die, ebenso wie Frau E. es einst getan hat, zu denen geht, die verständnisvoller und vereint sind. Marie-Jeanne ist aber auch das Instrument für eine Wiedergutmachung. Nachdem Frau E. wegen ihres Ehemannes ihre Tante verlassen hatte (in einem durch Streitereien mit Schuldgefühlen beladenen Klima), wählte sie diese Tante als Patin für Marie-Jeanne und »gab« ihr damit alles »zurück«. Auf einer noch tieferliegenden Ebene ist Marie-Jeanne, die Tochter eines Alkoholikers, für Frau E. ein Racheinstrument. Sie »personifiziert« ihren Männerhaß und ihre destruktive Macht gegen alles Maskuline. Marie-Jeanne hat den Onkel »zerstört«, ihretwegen ist er trunksüchtig geworden; sie hat auch die Macht ihres eigenen Vaters »zerstört«. Fast könnte man sagen, daß Frau E. ihren Ehemann »durch das Mittel Marie-Jeanne« kastriert hat. Seit dem geschilderten Vorfall hat Herr E. seine Rolle als Vater und Ehemann völlig aufgegeben. Er wagt nicht mehr, seine Kinder zu bestrafen oder mit ihnen zu schimpfen, da er sich ständig unter der (eingebildeten) Kontrolle der Polizei wähnt. Er geht früh aus dem Haus und kommt erst spät abends zurück. Er opfert sich vollkommen für seinen Beruf als Kohlehändler auf. Er verhält sich, als müsse er durch Überstunden etwas büßen, etwas erkaufen.

Auch für ihn hat Marie-Jeanne einen besonderen Sinn. Als die alte »Kruste« bei einer Unterhaltung zum ersten Mal durchbrochen wurde, rief Herr E. pathetisch aus: »Marie-Jeanne, warum hast du mir das angetan? Warum bist du von uns weggelaufen, warum hast du uns verlassen?« Viel eindringlicher als die konkrete Vorladung zur Polizei hielt er ihr eine Flucht vor, die nie realisiert wurde. Hatte er vage gefühlt, daß es viel mehr seine Frau als seine Tochter war, die ihn vor Gericht gebracht hatte? »Personifizierte« seine Tochter einen anderen – die Mutter, die das kleine Kind verläßt, so wie seine Mutter ihn verlassen hatte?

Der Kreis von »Personifikationen« wird durch reziproke Interaktionen konstruiert. Jeder will die ihm zugewiesene Rolle spielen, als ob er eine Bindung herstellen wollte, die aus jedem die »Verlängerung« des anderen macht. Diese Bindung ist zwar pathologisch, aber immerhin eine Bindung. Die Familie mit ihren verschiedenen Verzweigungen organisiert sich wie eine wandlose Zelle.

Aus Vereinfachungsgründen haben wir die weitere Familie (Onkel, Tante, Großtante, etc.) aus dem Personifikationssystem ausgeklammert. Ihre Rolle scheint dennoch deutlich durch unsere Erzählung hindurch. Außerdem haben wir die anderen Kinder der Familie verschwiegen, insbesondere Josette, den »Engel« der Familie, die ganz deutlich das Ich-Ideal der Mutter »personifiziert«.[24]

Das oben dargestellte Personifikationssystem verstärkt die Interpretation der »Pathologie« als ein Verhalten, das vollständig in das familiale Gleichgewicht integriert und ihm nützlich ist. Sind die »Identitätsstörungen« bei den Psychotikern verwunderlich, wenn man bedenkt, daß sie widersprüchlichen

24 Durch die Beobachtung von Marie-Jeanne wird klar, daß das Konzept des »Sündenbocks«, mit dem sich im Bereich der familialen Psychotherapie vorwiegend Vogel und Bell befaßt haben, präzisiert werden müßte. Unserer Ansicht nach gibt es keine rein negative »Personifizierung«. Siehe Vogel und Bell, *Das gefühlsgestörte Kind als Sündenbock der Familie*, in: *Schizophrenie und Familie*, a.a.O.

Personifikationen ausgesetzt sind, die im Gegensatz zu ihrer eigenen Natur stehen?

Einer unserer Patienten, der aus einer deutlich gestörten Familie stammt und selbst neurotisch ist, projizierte das Bild eines autoritären Vaters, das er aus seiner eigenen Vergangenheit bezog, auf seinen zehnjährigen Sohn. Er fühlte sich in jedem Augenblick der Beobachtung und Beurteilung durch die väterliche Instanz, die das Kind verkörpert, ausgesetzt. Das Kind, das von Anfang an zu dieser Vaterrolle erzogen worden war, bemühte sich, mit dieser viel zu schwierigen Aufgabe fertig zu werden. Zugleich versuchte die Mutter, die sowohl ihrem Mann als auch ihren Kindern gegenüber übermäßig fürsorglich und »vereinnahmend« war, denselben Sohn wieder zum Baby zu machen, das unfähig ist, irgendeinem Bedürfnis selbst nachzugehen. Wie im Schraubstock zwischen den Ansprüchen seines Vaters (der ihn kräftig, mächtig und autoritär wünschte und ihn um Gnade und Vergebung ersuchte) und den Ansprüchen seiner Mutter (die ihn kindlich und zerbrechlich halten wollte) und den Ansprüchen seiner eigenen Physiologie, wußte der vorpubertäre Junge nicht mehr, wer er ist. Er benahm sich wie ein tyrannisches, kapriziöses, komisches Kind an den Grenzen der Psychose.

Das gleiche war bei Frau Ch. der Fall. Sie war sehr früh von ihrem Vater verlassen worden und hatte in ihrem schwachen Ehemann nur ein unzureichendes männliches Substitut gefunden. Deshalb machte sie ihrem fünfjährigen Sohn den Hof, von dem sie alles erwartete, was ihr Vater und ihr Ehemann ihr »verweigert« hatten. Das auf diese Weise konditionierte Kind agierte seinen Ödipuskomplex im Maße seiner spärlichen Möglichkeiten aus und fühlte sich abgelehnt. »Der glaubt, er ist ein Mann, und in Wirklichkeit ist er nur ein Baby«, empörte sich die erneut enttäuschte Mutter.

Das Machtsystem in der Familie war Untersuchungsgegenstand zahlreicher soziologischer Untersuchungen.[25] Parsons, der die Gruppenuntersuchungen von R. Bales wiederaufnimmt, erkennt in der Familie einen »emotionalen Führer«, der für das affektive Gleichgewicht zuständig ist (meist die Mutter) und

25 Siehe vor allem: T. Parsons und R. Bales, *Family Socialization and Interaction Process*, Glencoe 1960.

einen »instrumentellen Führer« (meist der Vater), der die Außenorientierung der familialen Gruppe bestimmt, ihr Überleben und die gesellschaftliche Integration garantiert und dadurch die »Sozialisation« des Kindes einleitet. Dieses Modell, das wahrscheinlich auf makrosoziologischer Ebene verifizierbar ist, vernachlässigt die subtilen störenden Einflüsse, die durch die verschiedenen Personifikationen bedingt sind. Die Bedeutung der Personifikationen und ihr manchmal widersprüchlicher Charakter machen eine Lokalisierung der Macht quasi unmöglich. Wer hat sie? Wer hat sie nicht? Wer repräsentiert sie? Die Macht (oder, um einen analytischen Terminus aufzunehmen, der Phallus) ist überall und nirgendwo. Ihre Lokalisierung würde für das verschmolzene Gleichgewicht eine Gefahr bedeuten. Die pathologischen Familien, die auch in diesem Punkt den totalen Institutionen entsprechen, unterhalten Störkreise, die den Phallus ständig schwächen und ihn »unsignifikant« machen, oder aber, wenn ihn doch jemand haben (oder darstellen) muß, es wird eine weise Verwirrung zwischen »haben« und »darstellen« geschaffen, und man wird sehen, daß der zwei Monate alte Säugling, der Stolz der Mutter, die Familie dirigiert . . .
Diese Paradoxien zu kommentieren und ihre Absurdität ans Licht zu bringen, wäre ein Mittel, um da »herauszukommen«. Aber diese Kommentare, die die Homöostase der Familie, die sich an dem Postulat der Verschmelzung festklammert, in Frage stellen würden, sind streng verboten. Man kann nur noch mit unschuldiger Miene »kommentieren«; man kann sagen, was passiert, und zugleich leugnen, es gesagt zu haben, oder man kann behaupten, daß ein anderer es gesagt habe. Der Wahn, die Parodie der Sprache, wird zu einer völlig logischen Antwort auf widersprüchliche Befehle. Freud lehrt uns, daß das Symptom auf individueller Ebene als Kompromiß zwischen einem Trieb und einem Verbot angesehen werden kann. Wenn man diese Konzeption generalisiert und den Kranken in seinen familialen Kontext stellt, wird das Symptom ein Kompromiß zwischen dem der Familie aufgezwungenen Postulat der Verschmelzung und dem Druck der triadischen Beziehungsstruktur, die das Postulat permanent in Frage stellt. Die Schizophrenie, die Delinquenz und jedes andere Leiden sind verzweifelte Versuche, den Verschmelzungswunsch und die ver-

leugnete Realität in Einklang zu bringen. Durch die familiale Situation zur Differenzierung *und* zur Verleugnung der Differenzen gezwungen, sucht der als Patient »Identifizierte« eine Lösung in der Pathologie. Er ist derjenige, der aus zahlreichen Gründen, von denen uns noch viele unbekannt sind, die Spannungen in der Familie schmerzhafter als die anderen Familienmitglieder durchlebt und sie uns in ergreifender Weise vorführt.

Das Symptom erscheint als Ausweg, als einzige Möglichkeit zur kritischen Differenzierung; es ist der einzige Zugang zur Individuation. Von seiner Schizophrenie »geheilt«, beklagte sich ein Kranker, wieder konform geworden zu sein, seine ewige – beklagenswerte – Suche nach Originalität aufgegeben zu haben. »Jetzt bin ich, wie meine Mutter, mein Vater und meine Brüder mich haben wollen: ihnen gleich. Ich habe mich eingeordnet.« Wir wollen hier keine Panegyrik des Wahnsinns betreiben; wir glauben, daß der Wahnsinn, wie Foucault sagt, ein »fehlendes Werk« bleibt, ein schwarzes Loch, in dem das Individuum durch seinen Schmerz zerstört wird. Wir wollen zeigen, daß der Wahn eine hilflose Bemühung ist, sich gegen alle zu differenzieren, und daß viele »Heilungen« nur die Rückkehr in die Verschmelzung unter dem Deckmantel der sozialen Anpassung sind. Die Depression, die oft auf einen psychotischen Schub folgt, erscheint wie die Trauer um verlorengegangene Illusionen über eine unmögliche Koexistenz von Fusion und Trennung, die nur in und durch den Wahn realisiert werden kann. Bei unseren heutigen therapeutischen Möglichkeiten beschränkt sich die Rückkehr zur Realität allzu oft auf die zur Konformität; manchmal bedeutet sie sogar den Verlust der leisen Bemühungen um Differenzierung und die Heimkehr in die Verschmelzungshölle der Familie.

Die chronisch Kranken, die in die weiche familiale Watte eingewickelt werden, sind die traurigsten Beispiele für den oben beschriebenen Prozeß. Herr M., dessen schizophrener Sohn früher das ganze Viertel verwüstet und beunruhigt hatte, dankte mir eines Tages: »Mit ihrem Rezept geht alles gut. Er ist ganz ruhig geworden, das ist alles, was wir wünschen.« Dann stellte er mir eine Art dicken Teddybär vor, der unbeweglich und steif dazu verdammt war, den ganzen Tag im Sessel zu sitzen und vor sich hinzudösen. Der Vater fügte hinzu: »Wir sehen zusammen fern, ohne etwas zu sagen. Wir rühren uns nicht und sind glücklich.« Diese »groteske« Welt, die mich an die totale Institution des Asyls erinnerte, reduzierte die Kommunikation auf das Minimum.

Die Kommunikation, d. h. die Gesamtheit der verbalen und averbalen Botschaften oder das Tauschsystem, bildet die Physiologie der familialen Organisation. Die Zirkulation der Botschaften innerhalb der Familie verleiht dem System, dessen Anatomie wir beschrieben haben, einen Sinn und erlaubt allen ihren Mitgliedern, es konkret auszuprobieren, es hier und jetzt zu manifestieren (und eventuell zu diskutieren). Die Negation der Geburt, die Spaltungen, die Verwerfung und die verschiedenen antagonistischen Personifikationen sind Botschaften oder, besser, sie sind Verständigungsebenen, deren lebendige Bestandteile die konkreten Botschaften sind. Nur der Einfachheit der Darstellung halber unterscheiden wir zwischen strukturellen Zusammenhängen und Funktionszusammenhängen (oder der Aktualisierung) eines konstanten Postulats der Verschmelzung.

Die Funktionszusammenhänge

Die Schule von Palo Alto, die sich um Gregory Bateson und Don D. Jackson gruppiert, hat die Kommunikationsformen innerhalb der Familie besonders eingehend untersucht. Wir beziehen vieles aus ihren Arbeiten, die uns theoretisch außerordentlich bereichert haben. Aber wir wollen dennoch klarstellen, daß wir uns in bezug auf die therapeutische Methode deutlich von dieser Gruppe unterscheiden, die unserer Ansicht nach dem behavioristischen Modell zu nahe steht.[26]

Erinnern wir uns an den paradoxen Charakter der Sprache. Durch den Versuch, die Summe der ihnen zur Verfügung stehenden Informationen auszugleichen, konstruieren zwei Per-

26 Zu diesem Problem hat die Schule von Palo Alto umfangreiche Literatur veröffentlicht. Wir nennen hier nur einige wichtige Titel: G. Bateson, D. Jackson, J. Haley und J. Weakland, *Auf dem Weg zu einer Schizophrenie-Theorie*, in: *Schizophrenie und Familie*, a.a.O.; P. Watzlawick, *Menschliche Kommunikation*, Bern 1969; und die Zusammenstellung *Human Communication*, 2 Bde., *Science and Behavior Books* 1967 (dieses Buch enthält die meisten grundlegenden Artikel der Palo Alto-Schule).

sonen im Gespräch eine Brücke über den Abgrund, der sie voneinander trennt. Die Bindung, die das Ziel ihrer gemeinsamen Anstrengungen ist, hebt sie ein wenig aus ihrer Isolierung heraus und hilft ihnen, ihre reziproken Differenzen durch den Tausch zu verringern. Du gibst mir etwas von dir, und ich gebe dir etwas von mir; dadurch bewirken wir, daß wir einander näher kommen, uns ein wenig durch einander identifizieren. Aber jede Kommunikation hat ihre Fallen. Der vollkommene Tausch, in dem du dich mir vollständig hingeben würdest und, umgekehrt, durch den wir identisch und zur Unkenntlichkeit verschmelzen würden, existiert nicht.
Zugleich ist jede Kommunikation ein Zeichen der Trennung. Wenn wir gleich wären, dächten wir dieselben Gedanken, und wir würden nicht miteinander sprechen. Aufgrund der Tatsache, daß ich mit dir spreche, bedeute ich, daß ich Dinge weiß, die du nicht weißt; ich bedeute unsere Unterschiedlichkeit.
Die Kommunikation stellt mich also immer wieder vor meine Einsamkeit. Einerseits läuft sie in die Falle und vermittelt mir das bittere Gefühl der Trennung, andererseits spricht sie selbst die Trennung aus.

Kommunikation und Metakommunikation

Die Schule von Palo Alto hat entdeckt, daß das Dilemma der Kommunikation in Widersprüchen zweier verschiedener Kommunikationsebenen besteht. Bateson und seine Mitarbeiter gehen von der Theorie der logischen Typen, die B. Russel entwickelt hat, aus, der zufolge eine Heterogenität zwischen der Klasse und ihren Gliedern besteht. »Weder kann die Klasse ein Glied ihrer selbst sein, noch kann eines ihrer Glieder die Klasse sein, da der für die Klasse gebrauchte Begriff einem anderen Abstraktionsniveau entstammt – ein anderer logischer Typus ist – als die Begriffe, die man für die Glieder gebraucht.«[27]
Wenn die Menschen Säugetiere sind, kann man natürlich nicht sagen, daß die Säugetiere Menschen sind, oder daß die Säugetiere eine Art der Säugetiere sind. (Die Psychotiker verwenden

27 Bateson u. a., *Auf dem Weg zu einer Schizophrenie-Theorie,* a.a.O.

solche logischen Inversionen häufig.) In der zoologischen Klassifikation bedeutet das Wort »Mensch« ein Glied einer besonderen Tierkategorie, die durch den Begriff »Säugetier« gekennzeichnet ist. »Säugetier« und »Mensch« sind Termini unterschiedlicher logischer Klassen; unter streng logischen Gesichtspunkten besteht zwischen ihnen Heterogenität oder Diskontinuität.

Bateson und seine Mitarbeiter haben gezeigt, daß es in der Kommunikation (der zwischenmenschlichen, aber auch der tierischen) Kategorien von Botschaften gibt und daß die besonderen Diskurse jeweils Arten dieser Kategorien sind. Das Spiel zum Beispiel stellt eine Kategorie von Botschaften dar. Ob ich einen Bauern auf einem Schachbrett vorziehe, ob ich mit dem Fuß gegen einen Ball trete oder ob ich auf der Theaterbühne eine scharfe Antwort gebe, ich spiele. Alle diese besonderen Botschaften lassen sich unter einem gemeinsamen Nenner zusammenfassen: dem Spiel.

Der Humor ist eine andere Kategorie. Gewisse verbale Botschaften oder Verhaltensweisen gelten als humoristisch. Eine weitere Kategorie, die Metapher, gruppiert ebenfalls eine größere Anzahl von Botschaften, etc.

Dabei ist wichtig, daß ich in jedem Augenblick meines Lebens nicht nur besondere Botschaften kommuniziere, sondern auch Botschaften von Botschaften, d. h. ein Zeichensystem, das meinen Gesprächspartner über die Kategorie informiert, der die an ihn gerichtete Sequenz von Botschaften angehört. Scherze ich, spiele ich, drücke ich mich durch eine Metapher aus oder meine ich es wörtlich? Diese Signale sind meist averbal, vom Tonfall, der Situation und dem, was sich aus der Gesamtheit der Botschaften schließen läßt, abhängig.

Wenn ich bei einer Theateraufführung als Nero verkleidet mit einer Krone auf dem Kopf genießerisch zusehe, wie Rom in Flammen aufgeht, dann ist es klar, daß alle »normalen« Individuen unserer Kultur mich deswegen nicht für einen gefährlichen Brandstifter halten. Der Kontext hat die Zuschauer informiert, sie können die Botschaften, die ich ihnen mitteile, einer bestimmten Kategorie zuordnen: dem Theaterspiel. Diese »Botschaften von Botschaften« nennt Bateson »Metabotschaften«.

Die Metakommunikation ist der problematische Punkt in der

zwischenmenschlichen Kommunikation (wahrscheinlich auch in der tierischen[28]).

Wenn sich auch die Majorität der Mitglieder einer gegebenen Kultur über die lexikalische Bedeutung (»Denotation«) der verschiedenen Worte einer Sprache einigen kann, so bleibt die affektive Tonalität (die Konnotation) dieser Worte für jeden von uns subjektiv, und der Kode, der zur Vermittlung dient, ist für den Gesprächspartner nur schwer zu interpretieren. Die metakommunikativen Zeichen, mit deren Hilfe wir eine Reihe von Botschaften einer gegebenen Klasse zuordnen können, sind oft sehr ungenau und begründen Mißverständnisse. Mein Gesprächspartner kann einen meiner Scherze ernst nehmen (oder umgekehrt). Bin ich mir in diesem Augenblick meines Unbewußten so sicher, daß ich den ernsthaften Hintergrund meines Scherzes abstreiten könnte?

Die Metakommunikation ist zwiespältig, sie macht (viel stärker als die eigentliche Kommunikation) die Vielfältigkeit meines Gesprächspartners sichtbar; sie ist die Schattenzone, in der sich die Hintergedanken abzeichnen – ohne daß man sie genau erkennen könnte. Das Verschmelzungsideal läuft darauf hinaus, die metakommunikativen Zeichen zu neutralisieren, die Sprache auf einen einfachen (unvermeidlichen) Austausch von Vokabeln zu reduzieren, deren Konnotation für jedermann identisch wäre. Unter dieser Bedingung ließen sich die Vokabeln in unverzüglich entzifferbare und völlig bewußte Klassen von Botschaften integrieren.

Die Metakommunikation und die Ambiguität, die sie in die zwischenmenschlichen Beziehungen bringt, stellen eine permanente Gefahr für das Postulat der Verschmelzung dar. Das ist der Grund für die den pathologischen Familien eigene Tendenz, die metakommunikativen Zeichen zu verleugnen und sie ihres besonderen symbolischen Wertes zu berauben.

28 Wenn sich zum Beispiel zwei Hunde spielerisch beißen, kann es vorkommen, daß einer der beiden eine Reihe von Botschaften als »Angriff« interpretiert, obwohl sie als »Spiel« gemeint waren. Infolge dieser Interpretation zerbricht das vorher bestehende Einverständnis.

Die Disqualifikation des Tausches

Es liegt auf der Hand, daß absolutes Schweigen unmöglich ist. Selbst wenn es nur darum geht, unmittelbare biologische Überlebensprobleme zu lösen, sind die Familienmitglieder zum Austausch einer gewissen Anzahl verbaler und averbaler Botschaften gezwungen. Wir stimmen mit P. Watzlawicks[29] These, »der Mensch kann nicht kommunizieren«, überein. Ob er spricht oder schweigt, ob er zusieht oder sich die Augen zuhält, ob er sich annähert oder entfernt, ja sogar wenn er einem den Rücken kehrt: der Mensch ist in einem zwischenmenschlichen System gefangen und Träger von Inhalten. Wir haben schon gesagt, daß das Individuum nur durch die Beziehung zu anderen Individuen existiert, daß das Individuum stets das Bedeutete und das Bedeutende des anderen ist. Die Forderung des Postulats der Verschmelzung, nicht zu kommunizieren, läßt sich nicht erfüllen.

Das Verbot in der Familie muß also auf einem anderen Niveau stehen. Der Austausch von Botschaften wird toleriert, tendiert aber zugleich zu einer Neutralisierung der Bedeutung des Austausches. Ein Schizophrener, den wir während der Psychotherapie beobachten konnten, hatte sich ein bequemes System ausgedacht, in dem der Tausch zwar möglich, aber unsinnig war. Er schlug mir vor, ihm einen Kredit von 30 000,– frs. zu geben. Von diesem Geld wollte er sich ein Auto kaufen, um es sofort und ohne Profit wieder zu verkaufen und mir das Geld zurückzugeben. Auf diese Weise könnte ich Vertrauen zu ihm gewinnen und ihm auch weiterhin Geld leihen, das er mir auf die gleiche Art zurückzahlen wollte. Der Tausch stellte also weder für den einen noch für den anderen einen Gewinn irgendwelcher Art dar (da er aus dem Weiterverkauf des Autos keinen Profit ziehen wollte, das Auto nicht benutzen wollte und auch mir keinen Gewinn zukommen lassen wollte). Er wäre also nur die Transferierung von einer Tasche in die andere und zurück in die ursprüngliche Tasche, die unendliche Bewegung eines Guthabens ohne Gewinn und Verlust. Vorher hatte der Kranke sich ein wenig beklagt, weil er sich mir nicht »erkenntlich zeigen« konnte. Er bat mich, ihn aus dem Krankenhaus zu entlassen, damit er arbeiten, Geld verdienen und

29 Bateson u. a., a.a.O.

mich bezahlen könne. Für ihn war es beängstigend, daß die Therapie »umsonst« sein sollte.[30]

Bei einer Versammlung, deren Thema die Aufteilung des bei der Arbeitstherapie verdienten Geldes war, wandte er sich gegen das »Sparsystem«. »Hier werden wir geheilt«, sagte er, »und wir müssen alles, was für uns getan wird, durch unsere Arbeit wiedergutmachen.« Dann schloß er einen »Pakt« mit dem Arzt seiner Station. Die Behandlung (die aus Infusionen bestand) wollte er durch Arbeitsleistung bezahlen. An Humor fehlte es ihm nicht, denn er fügte hinzu: »Geben Sie mir bitte etwas weniger Infusionen, dann brauche ich nicht so viel zu arbeiten.«

Für ihn war die Schuld die Manifestation eines untolerierbaren Machtgefälles zwischen uns und ihm, das er entweder durch geliehenes Geld (das er mir zurückgeben wollte) oder durch seine Arbeit als Gegenwert für die Infusionen ausgleichen wollte, aber er wollte die Arbeit für uns tun und nicht für sich selbst, er wollte unsere Wünsche erfüllen, nicht aber seinen eigenen nachgehen oder sie zum Ausdruck bringen. Er wollte auf diese Weise unsere Unterschiedlichkeiten aus der Welt schaffen, ein Organ für unsere Infusionen werden, mit uns in einem geschlossenen System untertauchen, in dem Begriffe wie der eines zahlenden Dritten (die für ihn zahlende Krankenkasse) sinnlos wären. Der Kauf eines Autos, das, ohne benutzt zu sein, wieder verkauft werden sollte, sowie das kümmerliche Produkt seiner Krankenhausarbeit (Wäscheklammern) sollten unsere symbiotische Einheit und unsere Undifferenziertheit, in der er sich mit uns verlieren wollte, bezeugen.

In Wirklichkeit ist nicht der Tatbestand des Tausches an sich gefährlich, sondern der ihm zugesprochene Sinn. Jeder Tausch bedeutet, daß A etwas anderes besitzt als B, daß A sich von B unterscheidet. Der paradoxe Zusammenhang des Postulats der Verschmelzung besteht darin, den Tausch aufrechtzuerhalten und zugleich die Unterschiede zu zerstören. Solche Versuche laufen notwendigerweise auf die Disqualifikation des Tausches hinaus.

Die Disqualifikation ist ein Prozeß, der sich auf verschiedenen

30 Michel Marie Cardine hat das Geldproblem zwischen Kranken und Ärzten in seiner Doktorarbeit genau untersucht: *Le Rôle de l'argent dans la relation thérapeutique*, Lyon 1968.

Ebenen abspielt und die Beteiligung aller Familienmitglieder, einschließlich des Disqualifizierten, erfordert. Sie kann sich auf alle fünf Bestandteile der Kommunikation beziehen: den Sender, den Akt der Sendung selbst, die Botschaft, den Empfänger und den Beziehungskontext. Jede Kommunikation läßt sich in fünf Begriffen zusammenfassen: *Ich sage jemandem etwas in einem bestimmten Kontext.* Auf jeden dieser Bestandteile kann sich der Prozeß der Disqualifikation beziehen. Wenn ich verrückt bin, spreche ich nicht selbst, sondern ein anderer spricht. Ich bin ein anderer (durch den Wahnsinn). Eine fremde Kraft beherrscht mich. Eine Maschine diktiert mir meine Gedanken und beeinflußt mich. Der Status des Geisteskranken impliziert für den Betroffenen eine generelle »Disqualifikation«. »Du bist nicht wiederzuerkennen, du bist nicht mehr der alte.«

Im Wahn wird der sprachliche Akt an sich disqualifiziert. Die bizarren Töne, die aus dem Mund dieser Kranken kommen, werden »Schizophasen« genannt, ihre Gesten werden als rein mechanische »Stereotypen« beschrieben. Alles hat seine sprachliche Qualifikation verloren; es ist kein »Gesagtes« mehr, sondern eine automatische und mechanische »Tatsache«. Oder aber die Sprache wird durch ihre Transformation, durch ihren anscheinend unsinnigen Charakter, als verbaler Inhalt disqualifiziert. »Habe ich etwas gesagt? Ich habe nichts gesagt!« könnte der Schizophrene sagen. »Und wenn ich etwas gesagt haben sollte, dann war es völlig bedeutungslos.« Von der Familie wird er bei solchen Bemerkungen noch überboten.

Der Gebrauch von Wortspielen, die permanente Verwechslung von Metaphorischem und Buchstäblichem, die dem Schizophrenen so oft unterläuft, verstärkt die Disqualifikation der Botschaft. Wenn der Gesprächspartner etwas wörtlich nehmen will, wird man ihm klarmachen, daß es sich um eine Metapher handelt. Wenn er aber dieselbe Botschaft als Metapher interpretiert, wird man sich ihm entziehen, indem man zu verstehen gibt, daß man gar nichts gesagt hat oder daß man es wörtlich gemeint hat. Anhand der Familie I. läßt sich diese Funktionsweise gut illustrieren.

Pierre I., ein junger Psychotiker, der in psychotherapeutischer Behandlung war, war in seiner Familie wegen seiner »unsinnigen Wortspiele« berühmt. Eines Tages hörten wir folgenden

Wortwechsel: Frau I.: »Pierre ist lieb, er hilft mir in der Küche.« Pierre: »Man kann Masseur werden, ohne sein Geschlecht zu verändern.«
Die Familie benutzt den Arzt als Zeugen für die absolute Inhaltslosigkeit der von Pierre gemachten Bemerkung (»Wieder mal ein idiotisches Wortspiel«). Dennoch ist dieses Wortspiel mit Inhalten beladen. Das Wortspiel wurde teilweise durch die darauf folgende Unterhaltung erläutert. Es stellte sich heraus, daß Pierres jüngerem Bruder von der Familie eine feminine Rolle aufgezwungen wurde. Auch der Schatten der Mutter lichtete sich. Sie wurde als Person empfunden, die ihren Ehemann und ihre männlichen Kinder kastriert hatte.
Pierre hatte uns also eine Menge wichtiger Informationen über die Familie mitgeteilt; dennoch hatte er den Eindruck erweckt, »nichts« gesagt zu haben. Tatsächlich kann seine Botschaft als Wortspiel etikettiert werden. Aber die verdrießliche Art, in der es vorgetragen wurde, und der nicht gerade lustige Kontext machten die Qualifikation ambivalent. Man kann sagen, daß das Wortspiel unmittelbar von Pierre selbst disqualifiziert wurde. Die Familie disqualifiziert es auf einer zweiten Ebene, indem sie es als »idiotisches Wortspiel« ansieht, »das symptomatisch für Pierres Krankheit ist«, d. h. als Wortspiel, das kein Wortspiel ist, das nicht das Merkmal von Wortspielen trägt: die unschuldige Bloßstellung einer Wahrheit, von der man besser nicht spricht. Die Familie (einschließlich Pierre) läßt Zweifel an den metakommunikativen Zeichen von Pierre bestehen.
Bateson und seine Mitarbeiter haben gezeigt, daß der Psychotiker ständig einer Disqualifikation der Metakommunikation ausgesetzt ist und dadurch in eine dreifache Schwierigkeit gerät:
»a) Er hat Schwierigkeiten, den Botschaften, die er von anderen empfängt, den richtigen Kommunikationsmodus zuzuordnen (zum Beispiel weiß er nie, ob es sich um eine Metapher, einen wörtlich gemeinten Inhalt, einen Witz oder eine ernsthafte Unterhaltung handelt).
b) Er hat Schwierigkeiten, jenen Botschaften, die er selbst verbal oder averbal äußert, den richtigen Kommunikationsmodus zuzuordnen (er lacht, wenn er etwas Ernsthaftes sagt, oder er macht ein trauriges Gesicht, wenn er einen deutlichen Witz erzählt).

c) Er hat Schwierigkeiten, seinen eigenen Gedanken, Empfindungen und Wahrnehmungen den richtigen Kommunikationsmodus zuzuordnen.«[31]
Alles, was er sagt und von sich hören läßt, wird für null und nichtig erklärt. Er selbst trägt zu dieser Abwertung bei. Sobald ein Familienmitglied das Etikett »wahnsinnig« trägt, wird es nicht mehr für seine Handlungen und Reden verantwortlich gemacht. Die Stimme des Wahnsinnigen wird zur Stimme des Unbewußten der Familie. Er sagt, was die anderen nicht sagen dürfen.
Im Wahn wende ich mich nicht an meinen Gesprächspartner. Genauer gesagt, mein Gesprächspartner wird als solcher disqualifiziert. Er wird jemand anderes als er selbst, ein Verfolger zum Beispiel. P. Watzlawick erzählt die Geschichte eines kleinen Mädchens, das von einem trunksüchtigen Vater terrorisiert wird. Dem Mädchen wird von der Familie verboten, dem Vater seine Ausfälligkeiten vorzuwerfen. Eines Tages, als der Vater wieder einmal betrunken nach Hause kommt, flüchtet das kleine Mädchen auf die Straße und behauptet in einem halluzinatorischen Anfall, von einem feuerspuckenden Monstrum verfolgt zu werden.[32]
Zu der Zeit, als Pompidou noch Premierminister des Generals de Gaulle war, empfing mich ein Kranker auf der Station, auf der ich »Assistent« war (für ihn war ich der »Premierassistent«, weil ich mich um ihn kümmerte), mit den Worten:
»Pompidou ist der König der Scheusale.« Die Spitze ging gegen einen anderen. Die direkte Kommunikation wird durch die Disqualifikation des Gesprächspartners geleugnet.
Auch der Kontext kann disqualifiziert werden. Der internierte Kranke kann sich zum Beispiel an einen Pfleger wenden und so tun, als ob er ihn für einen Kumpel in der Fabrik hält. Er kann wie besessen behaupten, sich in der Fabrik zu befinden. Dann verkündet er eine Reihe von Botschaften, die in der Beziehung Kranker-Pfleger einen Sinn gehabt hätten (»Ich habe Bauchschmerzen«; »Darf ich in die Cafeteria gehen?«), die aber in diesem Kontext völlig unsinnig erscheinen.

31 Bateson u. a., a.a.O.
32 P. Watzlawick, *An Anthology of human Communication, Science and Behavior books* 1965.

Bateson und seine Mitarbeiter haben das Funktionieren der Familie auf Kommunikations-»Sequenzen« hin untersucht, die die Lernvorgänge bei der Disqualifikation erklären könnten. Sie haben sich die Frage gestellt, welche Erfahrungen dem zukünftigen Verhalten des Psychotikers zugrunde liegen, wie er lernt, die Botschaften dermaßen durcheinanderzubringen. »Die Spezifizität, nach der wir suchen, muß auf einer abstrakten bzw. formalen Ebene liegen. Die Abfolgen müssen dadurch gekennzeichnet sein, daß der Patient durch sie die Geistesverfassung erwirbt, die in der Kommunikation des Schizophrenen exemplifiziert wird. Das heißt, er muß in einem Universum leben, in dem die Abfolge der Ereignisse dergestalt ist, daß seine unkonventionellen Kommunikationsgewohnheiten in gewissem Sinn angemessen sind. Die von uns angebotene Hypothese lautet, daß Abfolgen dieser Art in der Außenwelterfahrung des Patienten für die inneren Konflikte in der Bestimmung logischer Typen verantwortlich sind.«[33]

Das Konzept des *double bind* beschreibt eine Wiederholungssituation, ohne den Inhalt der ausgetauschten Botschaften zu berücksichtigen. Diese immer wiederkehrende Situation ist so geartet, daß sie den Psychotiker die ganze Kindheit hindurch auf die Disqualifikation seiner Botschaften vorbereitet, indem sie der Metakommunikation ihren Wert nimmt. Für die Entstehung einer »double bind-Situation« müssen mehrere Bedingungen zusammenkommen:

1. Mindestens zwei Personen müssen anwesend sein. Eine ist der Bedroher und die andere das Opfer. Sie müssen durch eine lebenswichtige Beziehung miteinander verbunden sein (zum Beispiel die Mutter-Kind-Beziehung).

2. Der Bedroher richtet eine wörtlich gemeinte Botschaft an das Opfer, die mit einer möglichen Bestrafung verbunden ist: »Wenn du deine Suppe nicht ißt, bekommst du keinen Nachtisch.«

3. Zugleich gibt der Bedroher auf der Metaebene, durch den Tonfall, weitere Sätze und vor allem durch die Gewohnheitsregeln der Familie, die die Beziehungen zueinander determinieren, zu verstehen: »Wenn du mich als Strafinstanz ansiehst, insbesondere wenn du dich vor meiner Drohung fürchtest,

33 Bateson u. a., a.a.O.

wirst du bestraft; denn damit würdest du sagen, daß wir uns nicht lieben, daß ich kein guter Vater (oder Mutter) bin, daß du dich durch mich terrorisiert fühlst, du würdest Dinge behaupten, die in einer vereinten Familie undenkbar sind. Meine Bedrohung gehört nicht in die Kategorie der ›Bedrohung‹, und wenn du sie als Bedrohung ansiehst, wirst du bestraft.«

3. Schließlich muß die Situation sich seit der frühesten Kindheit oft wiederholt haben, und die Strafe muß eine tatsächliche Bedrohung des psychischen Überlebens darstellen. Für das Opfer darf keine Möglichkeit bestehen, das Feld zu räumen. Die einzige Lösungsmöglichkeit wäre die, den Bedroher auf die Paradoxie, in der er sein Opfer gefangenhält, hinzuweisen. Diese Möglichkeit kann das Opfer jedoch nicht ausnutzen, da es durch seine Konditionierung den paradoxen Aspekt der Situation nicht zu erkennen vermag. Außerdem ist der »Kommentar« streng verboten, da er auf der metakommunikativen Ebene einen Zweifel beinhalten würde, d. h. er würde das Postulat der Verschmelzung in Frage stellen. Die Frage: »Was willst du damit sagen?« oder die Bloßstellung des Widerspruches unterstellte die Existenz von Unterschiedlichkeiten, deutete auf eine Individualität hin und schlüge eine Bresche in die Fusion.

Die Mutter des psychotischen Kindes ist unfähig, die Trennungserfahrung zu akzeptieren. Sie wird ängstlich, sobald das Kind sich ihr nähert. Die Nähe impliziert die Gefahr, daß sie die Unterschiedlichkeiten erleben und ihr eigenes Geburtstrauma wiederholen muß. Jeder intime Kontakt mit ihrem Kind ist für sie eine Quelle der Unlust und oft der Feindschaft; unbewußt möchte sie die Fremdheit ihres Produkts entweder durch erneute Einverleibung oder durch Auslöschen zerstören. Diese Feindschaftsgefühle jedoch (die auf die eigenen Erlebnisse der Mutter hinweisen) erzeugen extreme Schuldgefühle. Um sie zu neutralisieren, bekundet die Mutter ostentativ ihre Zuneigung zu dem Kind. Diese oberflächliche Zuneigung (oder, statt dessen, extreme Unterwürfigkeit, übermäßige erzieherische Anstrengung etc.) dient zur Kodierung einer Reihe signifikanter Verhaltensweisen auf der metakommunikativen Ebene (heftige Bewegungen, Muskelanspannungen etc.), die normalerweise der Kategorie feindlicher Verhaltensweisen angehören. So entsteht für das Kind ein Konflikt zwischen dem, was ihm auf einem

Niveau (der Feindschaft) mitgeteilt wird, und dem, was ihm auf einem anderen Niveau (der Zuneigung) gesagt wird. Genauer, die Mutter bringt ihm bei, feindliche Verhaltensweisen als Zuneigung zu interpretieren.

Angenommen, das Kind akzeptiert die Inversion, reagiert »richtig« auf die ihm erwiesene »Zuneigung« und nähert sich der Mutter; die Folge wäre, daß die Mutter die Nähe alsbald als Gefahr empfände und das Kind bestrafte. Angenommen, das Kind verhält sich »üblich«, es versteht, daß die Zuneigung der Mutter vorgetäuscht und ihr Verhalten in Wirklichkeit feindselig ist; es zieht sich von der Mutter zurück und beweist ihr dadurch die wahre Natur ihres Verhaltens; hier wäre die Folge, daß die Mutter Schuldgefühle entwickelt und das Kind wiederum bestraft. Das Kind kann also weder den »richtigen« metakommunikativen Sinn verstehen, noch kann es einen diagnostischen Fehler zugeben, wenn es eine »simulierte« Zuneigung für »wahr« gehalten hat; es kann sich weder zurückziehen noch kann es sich nähern; es ist in einem »double bind« gefangen. Da der Kommentar verboten ist, bleibt ihm als einziger Ausweg, jede Metakommunikation für null und nichtig zu erklären, das heißt, ein schizophrenes Verhalten zu manifestieren.

Durch die Darstellung der Situation als Zweier-Beziehung haben wir sie vereinfacht. Aber es liegt auf der Hand, daß die gesamte Familienstruktur zu diesem besonderen Funktionieren, das auf die »Herstellung« eines oder mehrerer Psychotiker hinausläuft, beiträgt.[34]

Einen besonderen Typ des »double bind« stellt das *Gedankenlesen* dar, das in enger Beziehung zu dem Postulat der Verschmelzung steht.

Die Familie X. beschäftigte sich während einer psychotherapeutischen Sitzung mit einem freien Assoziationsspiel. Es wurde vom Bauchtanz gesprochen. Plötzlich rief Frau X.: »Wenn man vom Bauchtanz spricht, muß ich an einen nackten Mann denken.« – Der Mann gab empört zurück: »Aber nein, du denkst an eine nackte Frau, der Bauchtanz bezieht sich auf eine nackte Frau!« Für ihn war es ein Skandal, daß seine Frau

34 Es ist klar, daß die »double-bind«-Situation eine reziproke Situation ist, in der auch der Psychotiker den anderen Familienmitgliedern Fallen stellt.

andere Phantasien hatte als er, daß sie an etwas anderes denken konnte als er und seiner Fähigkeit, die Gedanken seiner Frau lesen zu können, eine Falle stellte. Durch sein Schweigen oder seine unverständliche Sprache (die eine Art Schweigen ist) begünstigt der Psychotiker das Gedankenlesen in der Familie. Da das, was er sagt, für null und nichtig erklärt wird (wer achtet schon auf die Meinung eines Verrückten), muß man sich an seiner Stelle vorstellen, was er denkt, und seine Gedanken dechiffrieren. Da die Kommunikation eines Segments der Familie durch einen gemeinsamen Beschluß geleugnet wird, kann jeder dieses Loch nach eigenem Belieben ausfüllen und sich seiner Lieblingsbeschäftigung hingeben (die Gedanken eines anderen mit der Sicherheit lesen, daß sie nie dementiert werden).
Der Psychotiker könnte auf das Gedankenlesen mit der Darstellung seiner eigenen Ansicht reagieren. Er würde jedoch wegen seines Verstoßes gegen das Postulat der Verschmelzung und wegen der Zurückweisung der Kenntnisse, die sein Gesprächspartner (seine Mutter zum Beispiel) von ihm hat, sofort bestraft. Er kann auch schweigen und den (oder die), der (oder die) an seiner Stelle spricht, fortfahren lassen. Dann wird er aber oft wegen seiner Stummheit von der gesamten Familie bestraft. Ob er spricht oder nicht, er wird auf jeden Fall gerügt. Wenn er die Sanktion (als Sanktion) akzeptiert, macht er seiner Familie Schuldgefühle. Darf man einen armen Verrückten bestrafen? Dafür wird er aufs neue bestraft, zur Sühne auf dem Altar der verschmelzenden Familie geopfert.

Die pathologische Familie scheint sowohl in ihrem Funktionieren als auch in ihrer Struktur dem Postulat der Verschmelzung unterworfen zu sein; sie möchte exemplarisches Vorbild der von Goffman beschriebenen »totalen Institutionen« sein, deren Abkömmling das psychiatrische Krankenhaus ist. Damit stellt sich die Frage, ob die Familie nicht der Stammvater der Institution ist, der zur ständigen Reproduktion neigt.
Einerseits scheinen die aus solchen Familien hervorgegangenen Personen eine Tendenz zur Rekonstruktion ähnlicher Familien aufzuweisen. (Das läuft darauf hinaus, die Probleme der Erblichkeit von Geisteskrankheiten zu erneuern. Die Geisteskrankheit wird nicht mehr als sogenannte biologisch erbliche »Schan-

de« angesehen, sondern als Tradition von Beziehungstypen. Wir wollen nur beiläufig erwähnen, daß diese Konzeption den Vorteil hat, eine praktische Arbeit anzuregen. Eine Tradition läßt sich immer verändern, wir kennen jedoch noch kein Mittel, um Chromosomen zu verändern.) Andererseits scheinen die Heil- oder Kontrollanstalten für Geisteskranke alle Fehler des Funktionierens und der Struktur von pathologischen Familien zu wiederholen. In diesem Sinne sind die soziale Entfremdung und die geistige Entfremdung nur zwei Aspekte derselben Realität, die sich gegenseitig konditionieren.

Umgekehrt kann man die Frage stellen, inwieweit die kulturellen Normen und das Funktionsmodell, das allen Familien unserer Gesellschaft als beispielhaft angeboten wird, den Glauben in das Postulat der Verschmelzung begünstigen (oder verhindern). Mit anderen Worten, man kann sich fragen, ob die heutige westliche Gesellschaft sich als differenzierender Dritter zwischen die Familienmitglieder stellt, oder ob im Gegenteil ihre Vorschriften dem Verschmelzungsdrang zugute kommen.

In der Literatur werden wir mit zahlreichen Beschreibungen idealer Familien konfrontiert, die zu Beginn der Industrialisierung, der bürgerlichen Gesellschaft, eine Zeit erlebten, in der sie sich dem naiven Glauben an ein goldenes patriarchalisches Zeitalter (das vermutlich nie existiert hat) hingeben konnten. In diesen Familien sind die Rollen übertrieben kodifiziert. Jeder muß genau wissen, was er zu tun hat und wie er es zu tun hat. Durch die sorgfältige Eingrenzung des Rollenspielraums eines jeden einzelnen, des Vaters, des Ehemannes, des Sohnes, der Tochter, der Mutter, der Ehefrau, des Ältesten, des Jüngsten etc., scheinen sich diese Systeme einer rein räumlichen Denkweise zu unterwerfen und erinnern dadurch stark an das System der Armee (einen Offizier begrüßt man mit drei Schritt Abstand). So entsteht eine geölte, inaffektive, zeitlose Mechanik, die jeden Gedanken an Veränderung ausschließt. *Sub specie aeternitatis* verschwindet die Person hinter der Rolle.

Heutzutage stoßen wir öfter auf das Beispiel von Familien, in denen alle Rollen verwirrt sind. Die Mythen des väterlichen Freundes, des Ehemannes, der in der Küche hilft und Babysitter spielt, der Frau, die arbeiten geht, um ihre materielle und psychologische Unabhängigkeit zu sichern, stehen in voller

Blüte. In ihnen kann man eine Antwort auf die Verwirrung einer extrem mobilen Gesellschaft sehen. Kürzlich rühmte sich ein Schneider während eines Radio-Interviews, daß er eine völlig identische Mode für Sie und Ihn entworfen habe. Die Industrialisierung, die Urbanisierung, das Ende der ländlichen Kultur, die Zerstreuung der Großfamilien, das Schwinden der großelterlichen Rollen etc. haben die mystifizierte Organisation der Rollen und des Status der alten Zeit ruiniert. Man spricht jetzt viel von einer Autoritätskrise, von der Entwertung der Elternrolle und einer generellen Entmachtung der Väter. Wir haben jedoch den Eindruck, daß alle diese Analysen nicht sehr weit gehen. Sie geben sich damit zufrieden, eine mythologische Materie, die kulturell variabel ist und von der die Familieneinheit zehrt, zu beschreiben; sie befassen sich jedoch nicht mit der Realität. Die Mythen der patriarchalischen oder der egalitären Familien liefern Traummaterial, das im Dienste einer gespannten Struktur zwischen dem Fusionswunsch und dem Fusionsverbot – Symbol der Triade – steht. Eine rein deskriptive Rollenanalyse der Familien gibt zwar Aufschluß über die Bestandteile, nicht aber über die Struktur. Die Wahnvorstellungen der Kranken variieren in bezug auf ihren Inhalt und in Funktion von technischen Errungenschaften, aber nicht in bezug auf ihre Struktur. Eine Soziologie der Konflikte, die uns nicht nur über den Inhalt von familialen und sozialen Normen und Werten, sondern auch über deren Manifestation Aufschluß gäbe, eine Differentialstudie, wäre hierbei sehr wertvoll.

Unter diesem Blickwinkel werden vor allem Normenkonflikte auffällig. Eine Arbeiterfamilie kann der kulturellen Evolution, die vorwiegend die Bourgeoisie und die Intelligenzia betrifft, nicht immer folgen. Frau C. beispielsweise sieht emanzipierte Frauen im Fernsehen, die ohne ihren Mann ausgehen. Sie möchte das gleiche tun, aber ihr Ehemann, der sich auf die Normen seiner Kultur stützt, auf das »Was – wird – man – dazu – sagen« des Arbeiterviertels, in dem die Familie lebt, verbietet ihr diese neue Freiheit. »Wie würde ich vor den Nachbarn dastehen?« bemerkt er. In den Familien, die wir beobachten konnten, wehrten die Ehemänner sich oft entschieden gegen die Arbeit ihrer Frau. Dieser Normenkonflikt, der in die Familie hineingetragen oder von ihr benutzt wird, ist in nordafrikanischen Familien, die nach Frankreich immigriert sind, teilweise ganz offensichtlich. Die Frauen, die sich gut mit ihrer durch das Gesetz des Koran und die Tradition bedingten Stellung abgefunden hatten, widersetzen sich plötzlich dem Kontakt mit französischen Frauen. Bei Frau B. wurde dieser Widerstand sogar krankhaft. Sie war verheiratet und Mutter von fünf Kindern (vier Mädchen und einem Jungen) und kam nicht zur Ruhe, bis sie sich die beiden Männer »vom Hals geschafft« hatte. Sie nutzte die Trunksucht ihres Ehemannes aus und brachte es fertig, ihn in ein psychiatrisches Krankenhaus einweisen zu lassen. Gegen seine Entlassung leistete sie energischen Widerstand. Ihr abweisendes Verhalten trieb ihren Sohn zur Delinquenz. Als dieser Sohn eines Tages festgenommen wurde, faßte ein Vetter des Ehemannes die ganze Geschichte folgendermaßen zusammen: »Sie ging zum Arzt und ließ ihren Mann internieren. Sie ging zum Richter und ließ ihren Sohn ins Gefängnis stecken.« (Diese Version stimmt natürlich eher mit der psychologischen Realität als mit der materiellen Realität überein.) Als Belohnung für den doppelten Ausschluß konnte Frau B. nun über ihren Töchtern, über ihresgleichen, über ihrem emanzipierten Harem thronen.

Unsere Erfahrungen beziehen sich oft auf unterprivilegierte Schichten. In diesem Bereich machen sich auch Normenkonflikte zwischen den sozialen, erzieherischen, schulischen oder medizinischen Diensten und den »Randgruppenfamilien« unserer Kultur schroff bemerkbar. (Die sozialen, erzieherischen, schulischen und medizinischen Dienste vermitteln die Archetypen der bürgerlichen Kultur.) Es kommt zu Kommunikationsschwierigkeiten, die den Fürsorgern wohlbekannt sind. Das wirft das Problem auf, ob die Familientherapie nicht Gefahr läuft, ein sprachförderndes Funktionsmodell anzubieten, das von der »Armenkultur« gar nicht adaptiert werden kann. Die extremen Mißstände machen Aufschub und Planung unmöglich. Eine Familie, die von den materiellen Lebensbedingungen völlig erschöpft ist, kann zusätzliches Leid nicht ertragen; ihre Mitglieder verlangen die unverzügliche Befriedigung eines Wunsches, für die sie in ihrer Realität keinen Ersatz finden. Sie können sich nicht mit einer »Approximation« begnügen. Deshalb funktioniert die Familie nach dem »größenwahnsinnigen« System des Alles oder Nichts. Entweder wird die Verschmelzung sofort realisiert oder alles bricht zusammen. Es ist verständlich, daß die »ungewisse Spannung« der Sprache dort schwer zu ertragen ist und das Handeln dem Sprechen vorgezogen wird. Aus dieser Situation heraus entfaltet sich ein spezielles Kommunikationssystem, das Woodbury »Metakommunikation« genannt hat (mit einer anderen Bedeutung als das gleichnamige System der Schule von Palo Alto). Die Trunkenheit, die Ablehnung der Sexualität und die Rauferei werden zur Sprache, zur einzig möglichen Sprache.

Die widersprüchliche Realität des subproletarischen Milieus erzeugt eine schmerzliche Trennung zwischen dem Mythos und dem Alltäglichen, die so unerträglich ist, daß sie nicht verbalisiert werden kann. Der einzige Ausweg ist der Glaube an das Wunder der Verschmelzung (mit all seinen Zusammenhängen) oder die Auflösung der Familie.

V. Die Gemeinde[1]

»Wachet auf, geht hinaus auf die Straßen, sagt den Damen guten Tag ...«

M. Paillot, *Le Baron d'Ostende*

Um seinem Minister zu gefallen, wagt der Psychiater die ersten Schritte ins Freie; aber schon auf der Schwelle des Asyls wird ihm schwindlig. Wo soll er hingehen? Wohin führt sein Weg? Was soll er tun? Jahrelang hat er – wie Paillot bemerkt, der ihn ironisch im *Baron von Ostende* beschrieb – »an seiner kleinen, eigenen Welt herumgezimmert [...], die ungeheuer nationalistisch und antineokolonialistisch war. In seinem Turm kostete der Herr mit Wohlgefallen die Früchte seiner aufgeklärten Tyrannei. Aber plötzlich [...] bricht alles um ihn herum zusammen, die Freiherrschaft lohnt sich nicht mehr. Die

1 Die Themen dieses Kapitels sind Überlegungen zu der psychiatrischen Gemeindearbeit, die seit vier Jahren in den Gemeinden Bron, Villeurbanne und Vaulx-en-Velin unter der Leitung von Professor J. Guyotat durchgeführt wird. Weitere Mitarbeiter sind: die Ärzte Beaudet, Marie Cardine, Pellet, Safar, Sassolas und Simonnet, die Fürsorger Herr und Frau Dill und Martin, die Psychologinnen Frau Edel und Frau Audras, die Soziologin Frau Reboul, die Sekretärin Frl. Etienne, die Krankenschwestern Frau Royannez und Michaut, Frl. Thivisol, Cuzon und André und zahlreiche Spezialärzte, praktische Ärzte und Sozialarbeiter der Gemeinden. Sie alle haben viel zu dieser Arbeit beigetragen. Sehr hilfreich war uns die Unterstützung der departmentalen Leitung der Action sanitaire et sociale, der Gemeindeverwaltung der drei Gemeinden und, für die Forschung, das Institut national de la Santé et de la Recherche médicale. – Wenn wir den Ausdruck »Gemeinde« (»communauté«) verwenden, meinen wir kein bestimmtes soziales Funktionsmodell, sondern nur die ursprüngliche Umgebung des Kranken, die Fabrik, in der er arbeitet, den Stadtteil, in dem er wohnt, sein Viertel, sein Wohnhaus etc. So wie man in Amerika von *Community Mental Health spricht,* so sprechen Ph. Paumelle und seine Mitarbeiter im XIII. Arrondissement von »Gemeindepsychiatrie« (»psychiatrie de communauté«) oder von der »Psychiatrie in der Gemeinde« (»psychiatrie dans la communauté«). Die so definierte Gemeinde hat also ungenaue Grenzen, die sich ständig verändern und in Extremfällen sogar mit denen des sozialen, ökonomischen und kulturellen Hintergrundes des Kranken verwechselt werden können. Dieser ungenaue begrenzte Hintergrund verleiht der Geisteskrankheit eine andere Form als die »Kultureinheiten« (Krankenhaus oder Familie), in denen wir sie bisher gefangengehalten haben. Das Ziel der Gemeindepsychiatrie besteht darin, diese neue Form zu verstehen (und zu behandeln).

Kultur ist nichts wert. Es ist kein Schloß mehr, sondern ein Zauberhof.«[2] Nun steht der Psychiater auf der Straße. In Wirklichkeit hat ihn dort niemand erwartet; aber sobald er auftaucht, hängen ihm alle am Rockzipfel, mit unterschiedlichen Gefühlen und Motivationen. Manche wollen ihn zwingen, mit einer noch größeren Schar Verrückter zurückzukehren, andere wollen ihm um seine Hilfe bitten. Wie soll man diesen Hilferuf verstehen, mit welchen Mitteln soll man darauf antworten?

Für die meisten psychiatrischen Krankenhäuser bleibt die Bezirkspsychiatrie nur ein Projekt. Die einzige derartige Organisation Frankreichs befindet sich im XIII. Arrondissement von Paris; sie ist jedoch gegen ihren eigenen Willen immer noch ein »Vorläufer«. Ihre jüngere Schwester in Villeurbanne befindet sich noch in den ersten Anfängen. Man könnte auch von einer vorteilhaften Situation sprechen, die dem Zukunftstraum eine konkrete Basis verschafft (wie der Träumer, der seinen Wunsch in das tägliche Geschehen einkleidet).

Bei der Durchdringung der Gemeinde folgt jeder seinen eigenen, mehr oder weniger verzerrten Wünschen. Der Begriff »Durchdringung«, der aus der Ethnologie stammt, läßt an eine Dialektik der Aufnahme und Entlassung, der Identität und der Differenz denken. Was steht hinter der Beziehung zwischen den psychiatrischen Mitarbeitern und der Gemeinde – eine Vergewaltigung, eine Einverleibung oder ein Bund? Manche werden in Zukunft die Existenz des Wahnsinns abstreiten. Es gibt keine Verrückten mehr, also auch keine Psychiater, sondern nur noch soziale, ökonomische und politische Probleme. Laßt uns die Revolution machen oder, wenn wir etwas friedlicher gelaunt sind, laßt uns alle Fürsorger werden.

Andere hingegen sehen überall Verrückte; sie möchten, daß jeder zum Psychiater wird, vom Pfarrer bis zum Arzt, vom Bäcker bis zur Hausfrau.

Noch andere mit einer »klassischen« Ansicht schließen sich hochmütig mit ihren Kranken in einer neuen Festung ein und verweigern den Dialog. Sie fordern für jeden einen eigenen Bereich: für die Fürsorge die sozialen Probleme, für die Ärzte die medizinischen Probleme und für die Psychiater »das psych-

2 M. Paillot, *Le Baron d'Ostende*, in: *Recherches* Nr. 2, 1966.

iatrische Feld mit seinen Besonderheiten«. So werden die Grenzen des psychiatrischen Territoriums festgelegt.

Auf diese Weise meint man, die Dialektik von Verschmelzung und Ausschluß erkannt zu haben. Entweder sind wir alle gleich (alle Psychiater, alle Revolutionäre, alle Fürsorger) oder wir haben überhaupt keine Gemeinsamkeit, jeder bleibt an seinem Ufer und betreibt seine Selbstbefriedigung. Der Austausch, d. h. einander als unterschiedlich und zugleich nahe anzuerkennen, ist weitaus schwieriger. Wir wollen versuchen, anhand der alltäglichen Bezirksarbeit die verschiedenen Stufen dieses Austausches zu verfolgen.

Zunächst müssen wir jedoch klären, weshalb es überhaupt zu einer Gemeindepsychiatrie gekommen ist. Die Erweiterung der institutionellen psychiatrischen Arbeit auf die Gemeinde beruht auf mehreren Notwendigkeiten. An erster Stelle steht die Notwendigkeit der *Entlastung*. Seit den Analysen von Marx, die Sartre in seiner *Kritik der dialektischen Vernunft* wiederaufgenommen hat, ist die Bedeutung des »Mangels« für die Entwicklung von Gruppen bekannt. Dem psychiatrischen Krankenhaus »mangelt« es an Plätzen. Die Bewegung, die heutzutage die gesamte Psychiatrie aufrüttelt, hätte ohne diese grundlegende Realität: die Überfüllung, sicherlich nicht stattgefunden. Am Anfang handelte es sich um eine *absolute Überfüllung*. Sie beruht auf mehreren Faktoren: dem Anstieg der demographischen Zahlen, der Urbanisierung, der Verringerung der sozialen Toleranz als Folgeerscheinung einer überbeanspruchten Zivilisation, dem Fortschritt der somatischen Medizin, der die Zahl der Pflegebedürftigen, denen seinerzeit ein früher Tod bevorstand (stark Zurückgebliebene, Alte), vergrößerte, und dem Fortschritt der Hygiene und Ernährung innerhalb der psychiatrischen Krankenhäuser selbst. Das grausame Blutbad der Geisteskranken, die während des Krieges verhungern mußten, hatte die Öffentlichkeit, die durch die Konzentrationslager der Nazis empfindlich geworden war, schockiert. Seitdem wird man in Gefängnissen oder psychiatrischen Krankenhäusern, kurz: in totalen Institutionen, besser behandelt. Früher waren diese Institutionen einer besonderen Bevölkerungsgruppe vorbehalten; aber plötzlich mußten Mitglieder der herrschenden Klassen die einschneidende Erfahrung der Ausstoßung und Internierung am eigenen Leibe machen. In

diesen Institutionen wird man jetzt zwar besser behandelt, aber konsequenterweise muß man auch länger darin leben.
Später kann man von einer *relativen Überfüllung* sprechen. Durch den Fortschritt der Psychiatrie (der besondere Fortschritt der Medizin bestand darin, daß sie immer mehr Wert auf Heilung legte, die Gesellschaft dementsprechend aber auch immer bessere »Resultate« erwartete) hat sich die Orientierung der Asyle in den letzten Jahren verändert. Aus einfachen Bewachungsorten sind (zumindest im Idealfalle) Therapiezentren geworden. Die Heilung erfordert jedoch viel Platz. Jetzt wird dort, wo früher mit Leichtigkeit fünf Betten untergebracht wurden, ein Einzelzimmer errichtet. Der Kranke findet einen gastlichen Komfort, der seinen in den Sozialwohnungen (die allmählich die Behelfsunterkünfte ersetzen) erworbenen Gewohnheiten halbwegs entspricht. Arzt und Pfleger können moderne biologische Behandlungen durchführen (Insulintherapien, Schlafkuren oder Nervenkuren). Als der Baron von Ostende über seine Viehherde regierte, genügte ihm ein einziger »Turm«. Heute umgeben sich seine Nachfolger mit therapeutischen Vasallen aller Art, und die Büros vervielfältigen sich – auf Kosten des Platzes. Die »Umschichtung« eines Dienstes, die Verkürzung des Krankenhausaufenthaltes und möglicherweise auch die Vorbeugung geschehen aus rein materiellen Gründen mit äußerlichen Zielen, vielleicht sogar aus einer ständigen Bedrängung heraus.
Immer wieder wird der Bau neuer psychiatrischer Krankenhäuser diskutiert. Die von der Routinearbeit völlig gelähmte Verwaltung fällt bei solchen neuen Projekten ins Gewicht; aber auch die auserwählten Repräsentanten mit ihrer Sorge um neue Berufsmöglichkeiten in industriearmen Gebieten, in denen die Landwirtschaft ausstirbt, sind ein Problem. Hinzu kommen einige »Barone von Ostende«, denen die rationale Verwaltung ihrer Lehen gefällt, die sich an den »zur Ruhe erstarrten« weiten Asylanlagen ergötzen.
Auf Betreiben von Henri Duchêne und seinen Mitarbeitern wurde ein neuer Vorschlag zur Therapie von Geisteskranken ausgearbeitet, der seit dem 15. März 1960 zur offiziellen Politik Frankreichs wurde. Diese Politik soll die veraltete Vorstellung des »Krankenhausbettes« (der einzigen institutionellen Antwort auf die Geisteskrankheiten) durch den »Platz«

in einer Struktur, die innerhalb oder außerhalb des Krankenhauses liegen kann, ersetzen.[3] Dennoch steht das Krankenhaus im Mittelpunkt dieser Politik. Der Stationsarzt eines Krankenhauses wird – manchmal gegen seinen Willen – zum »Bezirksleiter« ernannt, und die Mitarbeiter des Krankenhauses werden mit der »Überwachung« des Bezirkes beauftragt.

Die immer vielfältiger werdende Aufgabe des Psychiaters führt dazu, daß heute nach Methoden gesucht werden muß, die nicht nur »Ergänzungen« des psychiatrischen Krankenhauses sind, sondern eine völlig neue Antwort auf die Probleme geben. »Die großen Wahnsinnigen sind verschwunden, die herrliche, große Psychiatrie ist tot«, erklärt der Baron von Ostende enttäuscht. Die »schönen« typisierten Figuren (die stark vom psychiatrischen Krankenhaus, dem Auftraggeber sowie den ausführenden Kräften geprägt waren) der Kraepelinschen Nosographie sind der polymorphen Pathologie gewichen. Die Alkoholiker, die »sozial Unangepaßten«, die Delinquenten und die Obdachlosen, all die, die unsere Gesellschaft durch ihre widersprüchlichen Anforderungen gevierteilt hat, passen schlecht in die leeren Hüllen der inzwischen ausgestorbenen Paranoiden, Paraphrenen oder Manisch-Depressiven hinein. Die Psychose selbst wird zunehmend »atypisch« und diffus. Man spricht immer häufiger von »border line«, von »Grenzfällen«.
Nachdem alle fundamentalen biologischen Bedürfnisse befriedigt sind (Nahrung, Heizung, Kleidung, Unterkunft etc.) entsteht ein neues Bedürfnis. Auf die Verbreitung des Mythos von der »Seligkeit« des Helfers folgt eine gesteigerte Nachfrage nach psychologischem Beistand. Mit fortschreitender Technisierung unserer Zivilisation wendet sich diese Nachfrage – die

3 Nach der Vorschrift der Weltgesundheitsorganisation müssen in den industrialisierten Ländern 3 psychiatrische Betten pro 1000 Einwohner zur Verfügung stehen. Die Association du XIIIe Arrondissement von Paris versucht nachzuweisen, daß 1 Bett für 1000 Einwohner ausreicht, wenn die offenen und halboffenen Institutionen über genügend Mittel verfügen. In Villeurbanne hatten wir 288 Betten für 220 000 Einwohner (oder 1,3 Betten für 1 000). Dazu muß gesagt werden, daß viele dieser Betten von chronisch Kranken aus dem Asyl besetzt werden – ein düsteres Erbe der Vergangenheit –, und daß viele Kranke aufgrund der Brillanz gewisser Stationsärzte in den »Außenbezirk« abwandern.

sich früher an den Pfarrer, den Freund oder Familienmitglieder richtete – an den Spezialisten. Dem praktischen Arzt fällt auf, daß der Anteil seiner »gestörten« oder neurotischen Klientel, oft durch eine unklare körperliche Symptomatologie verkleidet, immer größer wird. Zweifellos begünstigen auch die verschiedenen sozialen Vorsorgesysteme diese Zuflucht zur medizinischen Beratung. Die anerkennenswerten Arbeiten von Michael Balint[4] bestätigen diese Vermutung. Eine ganze Reihe von Faktoren, die im Zusammenhang mit der sozialen Entwicklung stehen (und vielleicht auch mit dem diffusen psychologischen Unbehagen an einer Zivilisation zusammenhängen, die unter der atomaren Bedrohung leidet, in der Gewalttätigkeiten überhandnehmen und in der der Reichtum der einen mit der Unterdrückung und der Armut der anderen bezahlt wird), haben eine bis vor kurzem »psychologisch« schweigsame Bevölkerung zum Sprechen gebracht. Wie jede andere Sprache variiert auch diese von Individuum zu Individuum, selbst wenn die Ausdrucksmöglichkeiten relativ beschränkt sind.

Dank der therapeutischen Errungenschaften und der Veränderung der Lehrmeinung ist man heute nicht mehr darauf aus, die Sprache der Unglücklichen zum Verstummen zu bringen, im Gegenteil, man versucht, sie zu analysieren, und fördert den Gebrauch der Sprache (als Ausdruck eines vereitelten Wunsches). Die neue Einstellung ermöglicht eine Entwicklung der Geisteskrankheiten. Wir haben schon darauf hingewiesen, daß der Zeitfaktor zumindest in der Idealvorstellung bisher aus dem psychiatrischen Krankenhaus verbannt war. Die Förderung therapeutischer Aktivitäten und das Votum für die Psychotherapie haben die Wiedereinführung der Diachronie zur Folge. Der Geisteskranke heute verändert und entwickelt sich. Diese Entwicklung verursacht ihrerseits den Polymorphismus der Geisteskrankheiten. Der Kranke ist aus der Betäubung

4 Dazu: M. Balint, *Le Médecin, le Malade et la Maladie*, PFU. Durch eine Befragung praktischer Ärzte, die M. Beaudet in Villeurbanne durchgeführt hat, bevor die Bezirksarbeit dort aufgenommen wurde, konnte die steigende Nachfrage nach psychologischer Hilfe deutlich bestätigt werden. Nach Auskunft der Ärzte wiesen etwa 25 bis 50% ihrer Patienten vorwiegend psychische Störungen auf. (Siehe M. Beaudet, *Thèse*, Lyon 1966.) Aus dem Umfang der gestiegenen Nachfrage erklärt sich auch die Notwendigkeit einer psychologischen Ausbildung des allgemeinen Arztes (siehe J. Guyotat et coll., *Psychiatrie et Formation psychologique du médecin*, a.a.O.).

durch das Asyl erwacht, er hat die Unbeweglichkeit und die treue Wahnergebenheit, den Glauben an den Wahn als einzige Lebensmöglichkeit, überwunden; er zeigt jeden Tag ein anderes Gesicht und verlangt differenzierte Antworten.
Angesichts dieser vielfältigen Anforderungen kommen die psychiatrischen Kenntnisse ins Wanken. Seines traditionellen eigenen Raumes beraubt, versucht das Krankenhaus, sich draußen auf neue Weise zu rekonstituieren. Wir beschäftigen uns mit einer Psychiatrie, in deren Mittelpunkt nicht mehr das Asyl steht; die Psychiatrie, von der wir sprechen, stützt sich auf offene und halboffene Institutionen, die sich allmählich entfalten. In diesem Sinne handelt es sich um eine andere Psychiatrie.

Die offenen und halboffenen Institutionen

Die »psychohygienische Beratungsstelle« (»dispensaires d'hygiène mentale«) repräsentieren die ersten Bemühungen um öffentliche psychiatrische Hilfeleistung für die Bevölkerung. Sie sind im Zuge einer Vorsorgepolitik entstanden und sind, zumindest ihrer offiziellen Definition nach, ausschließlich für die »frühzeitige Erkennung und Vorsorge« zuständig. Ihre Aufgabe ist die Entdeckung der psychischen Störung in einem frühen Stadium sowie die Weitervermittlung der Kranken an die Institution, die den besten Heilerfolg verspricht. Sie sind jedoch in immer stärkerem Maße Behandlungsstätten geworden, zugleich aber auch Orte der Kommunikation zwischen der Bevölkerung und dem Mitarbeiterstab. Wir haben den Eindruck, daß diese Beratungsstellen verschiedene Funktionen erfüllen: Sie garantieren die »Nachkur« (d. h. die Weiterbehandlung nach der Entlassung aus dem Krankenhaus) der ehemaligen Insassen der psychiatrischen Institutionen. Dadurch helfen sie dem Kranken, seine Beziehungen zu dem Asyl abzubauen. Zugleich ermöglichen sie die Fortsetzung der Behandlung durch den Mitarbeiterstab des Krankenhauses an einem anderen Ort: an einem Ort, an dem die Begegnungen in ziemlicher Gleichberechtigung stattfinden.
Durch seine Heimkehr zur Familie, zu seinen Freunden und Arbeitskollegen konnte der Kranke in gewisser Weise der

Konditionierung durch das Asyl entgehen. Er kommt jetzt in ziviler Kleidung, von vielen Ideologien beeinflußt und als Mitglied verschiedener Gruppen. Er erwirbt Verteidigungsmöglichkeiten gegen die psychiatrische Ideologie, die er im Krankenhaus zusammen mit den Medikamenten »nehmen«, hinnehmen mußte. Kurz, die Arzt-Patient-Beziehung gewinnt außerhalb des Zwangsklimas der totalen Institution einen bestimmten Grad an Freiheit.[5] Vor allem läßt die Beratungsstelle – als Ort klinischer Begegnungen – Dreiecksbeziehungen zu. F. erlebt die Behandlung im Krankenhaus als homosexuelle Aggression, als destruktive Vergewaltigung, die der Arzt ihm aufzwingt, der außerdem die Türen verschlossen hält, um die Flucht aus einer ebenso gefährlichen wie ersehnten Beziehung – die gefährlich ist, weil sie ersehnt wird – zu verhindern. In der Beratungsstelle wird derselbe Arzt anders eingeschätzt. Man hält ihn zwar auch dort für einen mächtigen, homosexuellen Aggressor, aber man kann bei geöffneten Türen mit ihm reden und hat jederzeit eine Rückzugsmöglichkeit. Das, was sich im Krankenhaus auf einen Kampf beschränkte (»Lassen Sie mich hier raus!« – »Nein, Sie kommen hier nicht raus!« »Ich will meine Behandlung nicht!« – »Sie bekommen aber Ihre Behandlung!«), läßt sich nun auf eine andere, durchsichtigere Weise verbalisieren. Das Spiel gewinnt gegenseitige Anziehungskraft. Das beunruhigt F. Wird er nicht selbst zum Aggressor, wenn er nicht mehr so stark angegriffen wird? Mehrere Male kommt er völlig verstört in die Beratungsstelle, um nachzusehen, ob der Arzt noch lebt, oder aber er kommt ins Krankenhaus und verlangt neue Medikamente. Man beschließt, die Hintergründe dieser Situation zu erforschen, und verordnet F. ein Mittel mit Langzeitwirkung, das ihm zweimal im Monat von einem Pfleger der Station gespritzt werden soll. Einmal im Monat soll F. zur Beratungsstelle kommen, um den Arzt zu treffen. F. akzeptiert dieses Arrangement. »Ich gehe ins Krankenhaus, lasse mir meine Spritze geben und verschwinde ungesehen und

5 Wir haben an anderer Stelle zu zeigen versucht, daß eines der Kennzeichen totaler Institutionen darin besteht, daß alle Vorgänge der interpersonellen Beziehung (insbesondere der Arzt-Patient-Beziehung) in eine von der betroffenen Person relativ unabhängige, mehr oder weniger feste Form gepreßt werden. (Siehe J. Hochmann, *La Relation clinique en milieu pénitentiaire*, Coll. de Médecine légale, Masson, 1964).

unerkannt.« (Tatsächlich fragt er dort nie nach dem Arzt, obwohl dieser zur gleichen Zeit auf der Station ist.) Sein Vertrauen jedoch genießt ausschließlich die Beratungsstelle.

Beratungsstelle und Krankenhaus haben dem zufolge verschiedene Bedeutungen. Eines wird als das »gute Objekt« und eines als das »böse Objekt angesehen, eines gilt als Träger aggressiver Verhaltensweisen und das andere als Ort der Zuneigung. Auf diese Weise kann eine Beziehung fortgesetzt werden, die es F. vielleicht eines Tages ermöglicht, seine Ambivalenz zu überwinden. Er wird entdecken, daß die Beziehung zu seinem Arzt hier anders ist als dort, obwohl es sich um denselben Arzt handelt. Das erlaubt es ihm vielleicht, sich selbst als Verschiedenen und dennoch Identischen zu erkennen, das heißt: als Veränderbaren. Der Psychotiker ist unfähig, die Veränderung zu akzeptieren; er empfindet jede Differenzierung als Desintegration und jede Trennung als Spaltung. Die Fähigkeit, sich von einem Ort zu einem anderen zu begeben, von einer Zeit in eine andere überzuwechseln, von einem Beziehungstyp zu einem anderen, ohne sich dabei zu zerstückeln oder zu spalten, hat großen therapeutischen Wert. Der Kranke wird dadurch in die für jedes Identitätsgefühl grundlegende Dialektik von Gleichem und Unterschiedlichem wieder eingeführt.

Man müßte sich eigentlich noch viel eingehender mit diesen topographischen Problemen beschäftigen. F. begegnete sowohl in der Beratungsstelle als auch im Krankenhaus demselben Arzt, und dennoch war die Art ihrer Beziehung sehr unterschiedlich. Vielleicht reagiert der Kranke (vor allem, wenn es sich um einen Psychotiker handelt) viel stärker auf das »soziale Klima« als auf die Personen. Wenn der Arzt der Beratungsstelle ein anderer ist als der des Krankenhauses, kann es vorteilhaft sein, wenn die Kranken diesen Ärzten und auch dem übrigen Pflegepersonal sowohl an dem einen als auch an dem anderen Ort begegnen.

M. war mehrere Male interniert gewesen und jedesmal schriftlich gebeten worden, beim Arzt der Beratungsstelle vorzusprechen. Nach einem Gespräch zu dritt in der Beratungsstelle (mit Dr. S., dem Arzt der Beratungsstelle, mir, dem Stationsarzt während seines Krankenhausaufenthaltes, und ihm) sagte er mir: »Ich habe nicht gewußt, daß Sie mit Dr. S. befreundet sind!« Die Unterhaltung wurde fortgesetzt. Zuerst trafen wir uns zu dritt im Krankenhaus; später, nach seiner Entlassung, hielten wir weitere »Dreierkonferenzen« in der Beratungsstelle ab. Wir hatten bald den Eindruck, daß Beratungsstelle und Krankenhaus zu Projektionsfeldern der inneren Spaltung des Kranken wurden. Der zwischen beiden *Orten* stattfindende Dialog und ihre Annäherung begünstigten die Heilung der Spaltungen und die Erfahrung der Differenz. Woodbury legte auf diese Beobachtung großen Wert.

Die Beratungsstelle ermöglicht einen neuen Typ der Triade. Der Kranke, der früher im Krankenhaus war, begegnet anderen Kranken, die nie hospitalisiert gewesen sind. Unter den Psychiatern, Psychologen, Sozialarbeitern oder psychiatrischen Pflegern, mit denen er gewöhnlich zu tun hatte (denen er hier jedoch *anders* begegnet, in einem anderen Kontext), entdeckt er andere Mitarbeiter, die aus dem Bezirk kommen.

M. Sassolas hat als erster in Villeurbanne einen interessanten Versuch der Gruppenberatung unternommen. Bevor die Aktivitäten der offenen und halboffenen Institutionen sich entfalteten, hat er eine psychotherapeutische Gruppenarbeit mit etwa zehn jungen Psychotikern begonnen. Nachdem die meisten dieser Kranken entlassen waren, regte er an, die Gruppe in der Beratungsstelle wieder zusammenzuführen. Die Modalitäten der Zusammenkünfte sollten jedoch keinen festen Regeln unterliegen. Die Kranken wußten, daß der Arzt einmal in der Woche drei Stunden lang zu ihrer Verfügung stand. Sie kamen während dieser Zeit, wann es ihnen gefiel oder paßte, und gingen weg, wann sie Lust hatten. Die Beteiligung konnte unregelmäßig sein. Wenn jemand ein besonderes Gespräch wünschte oder der Arzt mit jemandem allein sprechen wollte, konnte ein benachbartes Büro benutzt werden, und die Gruppe wurde für kurze Zeit sich selbst überlassen. Langsam erweiterte sich die Gruppe. Neue Kranke, die nie im Krankenhaus gewesen waren, kamen hinzu, und vor allem beteiligten sich andere Ärzte, die innerhalb oder außerhalb der Belegschaft arbeiteten. Die Gruppe wurde zu einer Art Forum, einem Club, der aber immer seine eindeutige therapeutische Bestimmung behielt.

Die Kommunikation von Behandelnden und Behandelten kann unter solchen Voraussetzungen auf einer weiteren sozialen

Ebene analysiert werden. Schon nach kurzer Zeit verschwinden die abstrakten Einheiten (Behandelnde-Behandelte) zugunsten einer individuellen Differenzierung. Ein Kranker wird zum Helfer eines anderen, und er wird sich bewußt, daß er zur Ausbildung eines anderen Gruppenmitgliedes beiträgt.[6]
Die Tätigkeit der Beratungsstelle beschränkt sich nicht auf die »Nachkur«. Sie steht jedem zur Verfügung, der eine psychologische oder psychiatrische Beratung braucht. Der Öffentlichkeisdienst, der darin besteht, die Hilfe der Beratungsstelle anzubieten, entspricht einem doppelten Mangel: mangelnder Hilfe durch den privaten Bereich und mangelnden finanziellen Möglichkeiten bei einem Teil der psychiatrischen Klientel. Jedem ist bekannt, wie viele öffentliche und private Psychiater in unserem Lande fehlen. Deshalb ist es notwendig, mit beschränkten Mitteln den bestmöglichen Dienst zu garantieren, entweder durch Arbeitsteilung oder durch die Verfolgung einer einzigen Aufgabe. Die Arbeitsteilung (die »schwere« Psychiatrie im Asyl, die »leichte« Psychiatrie in der Privatpraxis, die »mittelschwere« Psychiatrie in Kurheimen oder im öffentlichen Krankenhaus) hatte lange Zeit die Vorherrschaft. Der Polymorphismus und die Evolution der Geisteskrankheiten machen diese Politik heute hinfällig und verlangen den Einsatz aller zur Verfügung stehenden Mittel. Unter diesen Bedingungen wird der Psychiater der Beratungsstelle seinem privaten Kollegen gegenüber ein gleichgestellter Berater, umgekehrt kann der private Psychiater in die Beratungsstelle oder ins Krankenhaus kommen, um dort zu arbeiten.
Außerdem muß gesagt werden, daß die Sozialversicherungen den Eingriff (chirurgischen, medizinischen, radiologischen, elektrischen etc.) viel höher bewerten als die Sprache. Sie verweigern der Sprache die bürgerlichen Ehrenrechte und sind auch bei stark geschädigten Kranken nicht bereit, die Kosten für eine derartige Therapie zu übernehmen. Folglich müssen öffentliche Einrichtungen, d. h. die Beratungsstellen, für die Ko-

6 M. Sassolas und seine Mitarbeiter werden in der *Information psychiatrique* genauere Beobachtungen und Überlegungen in bezug auf diese Erfahrung veröffentlichen. Eine Identifikation mit dem Therapeuten bewirkt bei dem Kranken erstaunliche Reifungsvorgänge, die sogar bis zur – übrigens sehr nützlichen – Übernahme einer therapeutischen Funktion führen können.

sten derjenigen aufkommen, die eine Psychotherapie benötigen, sie aber nicht bezahlen können.

In der Beratungsstelle gibt es besondere Behandlungsrichtlinien, die uns erst langsam vertraut werden. Insbesondere für die Psychotiker, aber auch für die Alkoholiker wird Gruppentherapie empfohlen. Die therapeutische »Nachfrage« wird von der Beratungsstelle nicht als Sache des Individuums, sondern als Angelegenheit einer Gruppe (der Familie, Nachbarn oder der sozialen Einrichtungen) angesehen. Die laute und ungeschickte Stimme des Kranken drückt das Leiden der ganzen Gruppe aus. Die Therapie wird also immer auf einen gewissen sozialen Druck hin begonnen, in einem Zwangsklima, das mit den Regeln der liberalen Praxis nicht zu vereinbaren ist. Für die Intervention, insbesondere für die Intervention mehrerer Personen, ist die Beratungsstelle ein wertvolles Werkzeug.

Seit acht Tagen hat X. sich zu Hause eingeschlossen und weigert sich, irgend jemandem die Tür aufzumachen. Er stirbt einen langsamen Hungertod. Der private Psychiater stünde dieser Situation hilflos gegenüber. Der Psychiater der Beratungsstelle dagegen kann vorsichtig ein Gespräch mit dem Kranken einleiten, er kann sich mit Nachbarn, der Fürsorgerin und dem Hausarzt treffen, er kann die steigende Angst und Abwehr des Kranken beruhigen und ihn schließlich sehen. Er kann den Kranken veranlassen, eine psychiatrisch ausgebildete Pflegerin zu empfangen und eine Behandlung beginnen.

Bei der Familie B. geht alles schief. Der Vater trinkt, die älteste Tochter will sich umbringen, ein Sohn ist auf dem besten Wege, delinquent zu werden, und die Mutter will, von Depressionen befallen, die Familie verlassen. Für eine gemeinsame Familientherapie ist diese Familie schon zu sehr »zerbrochen«; aber eine Krankenpflegerin kann sich um die Frau kümmern, der Psychiater um den Mann, der Psychologe um die Tochter und die Fürsorge um den Sohn. Später können sie sich alle bei der Familie treffen und über die wichtigsten Probleme miteinander sprechen. Auf diese Weise versuchen die Mitarbeiter, die pathogenen Spaltungen zu überwinden. Die private Praxis – mit ihren besonderen ökonomischen Strukturen – eignet sich schlecht für ein derartiges Vorgehen, das für die Beratungsstelle selbstverständlich ist. Die Arbeit in der Be-

ratungsstelle hebt die Entfremdung der Mitarbeiter in gewissem Maße auf. Nach langem Asylaufenthalt wagen der Baron von Ostende und seine Dienerschaft sich mit zaghaften Schritten auf ein vermintes Feld vor. Plötzlich fliegt alles in die Luft. Das hierarchische Gefälle hatte die Sprache erstickt; als man die Sprache befreien wollte, wurde es jedoch noch schlimmer. (»Aber sprecht doch, sprecht doch, meine Kinder«, schärfte der Psychiater den eingeschüchterten Pflegern ein. Diese Aufforderungen vermittelten den Pflegern jedoch das Gefühl der Unterjochung, und sie wurden noch verschlossener.) Sobald sie draußen waren, begannen die Pfleger miteinander zu sprechen, alles in Frage zu stellen. Sie forderten eine Beteiligung an der Psychotherapie, eine bessere Ausbildung und mehr Überblick. Der Baron von Ostende, vor Schreck versteinert, muß mit ansehen, wie sie die Rolle, die im Asyl erfolglos von ihnen gefordert wurde, draußen perfekt spielen. – Die Institutionen sind stärker als die Menschen. Als die Psychiater, von abstrakten Vorstellungen über die »therapeutische Gemeinschaft« und die »institutionelle Psychotherapie« beeinflußt, das Asyl reformieren wollten, als sie die Pfleger zusammen mit den Verrückten befreien wollten, haben sie die große Sonne des Asyls hinter ihrem Rücken nicht bemerkt. Diese Sonne blendete ihre Gesprächspartner, und trotz ihrem guten Willen warfen die Psychiater einen ungeheuren erstickenden Schatten. Außerhalb des Asyls gibt es diese Sonne nicht (oder es scheint eine andere Sonne). Man hat es nicht nötig, irgend jemanden zum Widerstand zu zwingen; er entwickelt sich ganz von selbst.
Außer der Aufhebung der Entfremdung innerhalb des Mitarbeiterstabs (die nicht immer ideal ist: das Asyl reproduziert sich schnell) wird unter den neuen Arbeitsbedingungen eine weitere Entfremdung abgebaut. Die Mitarbeiter werden plötzlich sichtbar; sie arbeiten in einem »neutralen«, »unmarkierten« Bereich; sie tauchen in der Nähe von Tuberkuloseanstalten, bei der arbeitsmedizinischen Beratungsstelle, beim Mutterschutz, in Kurheimen oder im Sozialzentrum, manchmal sogar in den Stammkneipen auf. Wieder einmal gibt die Topographie den Ton an. Sobald man auf den Ausschluß verzichtet, der sich durch Mauern und abschreckende Namen materialisiert – Bron, Charenton, die Schreckgespenster für unartige kleine Kinder (»Du bist reif für Bron«, sagte man in meiner

Kindheit, wenn man einen potentiellen Devianten *verrückt machen* wollte) –, merkt man, daß die Leute, die die Psychiatrie betreiben, nichts »besonderes« sind: sie sind Leute »wie alle anderen« und behandeln Leute, die »wie alle anderen« sind. Die Voraussetzung für den Abbau der Entfremdung des Wahnsinnigen ist der Abbau der Entfremdung der Therapeuten und der Orte, an denen die Therapie ausgeübt wird.
Wir haben hiermit noch nicht alle therapeutischen Vorteile genannt, die eine Zusammenarbeit mit den sozialen Einrichtungen oder den praktischen Ärzten zur Folge hätte. Früher gab es nur wenige behandelnde Ärzte, die ihren Widerwillen überwinden konnten und das Asyl betraten. Ich habe den Eindruck, daß auch die Fürsorger nicht mehr Mut hatten. Der Kranke war also auf dreifache Weise ausgeschlossen. Er war aus seiner Familie und seinem Viertel ausgeschlossen und ins Asyl verbannt; er war ausgeschlossen, weil er von Ausgeschlossenen behandelt wurde; er war ausgeschlossen, weil er vom System der Therapie und der Hilfe der anderen im Stich gelassen wurde.
Die Therapie der Beratungsstelle gilt diesem dreifachen Ausschluß; sie sucht den Kranken so nahe wie möglich in seinem sogenannten »natürlichen« Milieu auf, sie betreibt dessen Rehabilitierung und Resozialisierung und vermittelt einen Informationsaustausch zwischen dem Mitarbeiterstab, der Beratungsstelle und den Praktikern der Gemeinde.
Die »Hausbetreuung« ist eine räumliche Erweiterung der Beratungsstelle, die »Tagklinik« eine zeitliche Erweiterung. Die psychiatrische Hausbetreuung, die im Ausland, vor allem in den USA und in Kanada, weit verbreitet ist, ist in Frankreich noch unterentwickelt. Auf Betreiben von Ph. Paumelle und seiner Mitarbeiter im XIII. Arrondissement hat Michael Woodbury einen Verein der »Hospitalisierung zu Hause« gegründet. Der Kranke wird von pflegerischen und medizinischen Mitarbeitern versorgt, die ihn täglich zu Hause besuchen. Außerdem hat er die Möglichkeit, in der Beratungsstelle mit Mitarbeitern zusammenzukommen. Zu jeder Tageszeit kann er innerhalb einer »permanenten Gruppe« diesen oder jenen Mitarbeiter ungezwungen aufsuchen oder sich mit diesem oder jenem Kranken treffen, der wie er zu Hause »hospitalisiert« ist. Einmal in der Woche findet eine Vollversammlung mit allen

Kranken und Mitarbeitern statt – an der auch Familienmitglieder teilnehmen. Die Vollversammlung ist das Äquivalent der »Hausversammlung«.

Das ursprüngliche Prinzip dieser Therapieform besteht darin, dem Kranken in seiner vertrauten Umgebung alle therapeutischen Möglichkeiten, die bisher den Krankenhausinstitutionen vorbehalten waren, anzubieten. Aber durch die Arbeit in einem nicht genau abgesteckten Bereich sehen die Therapeuten sich veranlaßt, eine andere Strategie zu entwickeln: der soziale Kontext des Kranken muß in die therapeutischen Bemühungen einbezogen werden. Im Krankenhaus schien die Behandlung ohne die Benutzung des institutionellen Kontextes als »Übertragungskraft« oder Bestandteil des Programmes unmöglich. Das Krankenhaus selbst mußte mitbehandelt werden. In gleicher Weise bedeutet Hausbehandlung die Behandlung des Kranken in und mit seiner Familie, der Nachbarschaft und den sozialen und medizinischen Einrichtungen des Bezirkes. Daraus geht hervor, daß die Hausbehandlung immer mehr auf Techniken der familialen Psychotherapie zurückgreift.

Unsere Erfahrungen mit Hausbehandlungen betreffen Psychotiker, schwierige Alkoholiker und Alte. Die tägliche Anwesenheit einer Pflegerin vergrößert die Toleranz der Umgebung, und häufig ermöglicht sie diesem oder jenem Familienmitglied eine bislang vermißte psychotherapeutische Aussprache.

Der Psychiater kann durch die neuen Erfahrungen seine eigenen Widerstände, nach draußen zu gehen, analysieren. »Sieh an, die Ärzte von Vinatier gehen neuerdings aus dem Krankenhaus heraus«, wunderte sich der erste Kranke, den ich zu Hause besuchte. Um ehrlich zu sein, ich wußte wirklich nicht recht, wie ich mich verhalten sollte, da ich seit meinen früheren »Praxisvertretungen« nicht mehr an den Hausbesuch gewöhnt war. Der Verzicht auf den Kittel fiel mir leicht, der Verzicht auf den Komfort des schützenden Büros nicht.

Eine völlig neue Semiotik, die bislang nur unvollständig durch klassische »soziale Umfragen« übermittelt war, tut sich auf. Die angebotene oder verweigerte Tasse Kaffee, die Anordnung der Stühle um den Tisch herum, das Wohnzimmer, das man verlassen kann, um sich in der Küche oder einem anderen Zimmer einzuschließen, kurz, die häuslichen Räumlichkeiten organisieren die Begegnung zwischen den Mitarbeitern und dem

Kranken in einer neuen Weise und mit einer neuen Sprache. In den Wohnräumen und vor dem Hintergrund des Familienlebens verändern die Symptome ihre Form und gewinnen einen spezifischen Sinn; sie können sogar zu vollkommen anderen Symptomen werden. Im Krankenhaus ist Herr B. ein leutseliger, gesprächiger Kranker, während sich seine Frau verschlossen, verdrossen und passiv verhält. Daheim jedoch gibt sie den Ton an, sie verteilt sowohl die Redeerlaubnis als auch die Kopfnüsse. Herr B. spielt nur eine traurige »Zweitrolle«; man könnte ihn als bescheidenen Statisten beschreiben, den man in eine Ecke auf einen Stuhl gesetzt hat.
Leider gewinnt man den Eindruck, daß die Psychiatrie, kaum aus dem Asyl heraus, nun mit der Komplizenschaft der sozialen Körperschaften schon wieder zur Rekonstruktion einer Festung tendiert. Besondere Wachsamkeit ist erforderlich, um einer erneuten Gefangenschaft in irgendeinem Gesundheitszentrum aus dem Wege zu gehen. Der Hausbesuch ist ein unerläßliches Element für die analytische Durchdringung der Arbeit der Therapeuten und Helfer selbst. Unserer Erfahrung nach ist der Hausbesuch das stärkste antihierarchische und antiinstitutionelle Virus.
Das Zuhause des Kranken kann auch ein »künstliches« Zuhause sein: öffentliches Krankenhaus, Hospiz, Rehabilitationszentrum oder Pflegefamilie. Vor allem in Kanada wird viel mit der Unterbringung in Familien gearbeitet. Dieses System hat zu einer beträchtlichen Entlastung der Krankenhäuser geführt. Der Kranke wird einer Familie anvertraut, die ihm Unterkunft, Nahrung und Gesellschaft bietet und dafür eine Entschädigung erhält. Der für die »Hausbetreuung« zuständige Mitarbeiterstab gewährt diesem neuen Haushalt rein therapeutische Hilfe. Es wurden sogar »austauschbare Unterkünfte« vorgeschlagen, wo die Psychotiker regelrecht unter den Familien ausgetauscht werden sollten. Diese Strategie haben wir noch nicht ausprobiert, sie könnte jedoch die Dialektik Familie-Individuum ins Spiel bringen und sowohl für den Kranken als auch für seine Umgebung heilsam sein.
Wir haben bereits darauf hingewiesen, daß die *Tagklinik* den zeitlichen Spielraum der Beratungsstelle erweitert. Sie erlaubt in der Gemeinde intensive therapeutische Handlungen. Es ist eine Art Ganztagsberatung. Der Kranke, der in seiner Familie,

in einem Haushalt, eventuell auch im psychiatrischen Krankenhaus wohnen kann, geht dort ein und aus. Er kann sich tagsüber an verschiedenen therapeutischen Aktivitäten beteiligen (Individual- oder Gruppentherapie, Arbeitstherapie etc.) Die *Tagklinik* kann auf diese Weise zu einem gemeinsamen Lebensbereich für die Kranken, ihre Familien und die Einwohner des Viertels werden; zugleich kann es Stätte der sozialen Dienste sein.

Die *Nachtklinik* dagegen ermöglicht denen, die sich auf dem Wege der Resozialisierung befinden, eine berufliche Aktivität aufzunehmen und zugleich im Krankenhaus zu wohnen und mit den pflegerisch-medizinischen Mitarbeitern eine intensive Therapie fortzuführen. Sie ist schwer von den *Resozialisationszentren* zu unterscheiden. Die verschiedenen Modalitäten der zeitweiligen Hospitalisierung können in verschiedenartigen architektonischen Bauten ausgeübt werden. Manchmal sind Tag- und Nachtklinik nur Funktionstypen des psychiatrischen Krankenhauses selbst; manchmal werden sie in gesonderten Gebäuden untergebracht, die möglicherweise ziemlich weit vom psychiatrischen Krankenhaus entfernt sind; manchmal haben sie zusätzlich eine kleine psychiatrische Krankenstube im selben Viertel, so daß sie in besonderen Fällen vorübergehend auf die vollständige Hospitalisierung zurückgreifen können, ohne jedoch die Beziehung zu dem Mitarbeiterstab des Tageskrankenhauses zu unterbrechen und ohne den Kranken von seinem Milieu zu entfernen.[7]

Günstigenfalls löst sich das Krankenhaus in zur Rehabilitation geeignete Wohnungen auf, die in den Mietshäusern der Gemeinde verstreut sind und im Zuständigkeitsbereich des Mitarbeiterstabes für Hausbehandlung liegen.

Die Wiederaufnahme der Arbeit stellt sowohl den Kranken als

7 Heutzutage wird häufig vorgeschlagen, die psychiatrischen Krankenhäuser aus dem 19. Jahrhundert durch kleine, beweglichere, in der Gemeinde verstreute Strukturen zu ersetzen. Anscheinend entspricht der pathogene Charakter des Asyls seinen gigantischen Ausmaßen. Für die Zukunft empfehlen sich Rehabilitationszentren mit höchstens 100 Betten, Krankenzimmer für das Viertel und eine kleine, dem allgemeinen Krankenhaus angeschlossene psychiatrische Station. Heute müßte es verboten sein, auch nur ein einziges neues Bett in einem alten psychiatrischen Krankenhaus aufzustellen. Noch strenger müßte die Neueinrichtung rein psychiatrischer Krankenhäuser unterbunden werden.

auch den Arbeitgeber vor schwierige Probleme. Deshalb wurden – leider in viel zu geringer Anzahl – verschiedene Werkstätten errichtet. Sie reichen von der *therapeutischen Werkstatt* (zur »Wiederherstellung der Arbeitsfähigkeit«), die eine differenzierte Arbeitstherapie anbietet, bis zur *protegierten Werkstatt,* wo der Kranke ein Gehalt bekommt und einem bestimmten Produktionsrythmus, der seine Fähigkeiten berücksichtigt, unterworfen ist.

Die Anhäufung von Zwischeninstitutionen – die wir weder vollständig aufgezählt noch umfassend beschrieben haben – enthält freilich die Gefahr einer »spitzfindigen« Therapie, die für den Kranken nachteilig ist und seine Identitätssuche nicht befördert.[8]

Es ist notwendig, daß die Auflösung der alten Institution und die räumliche Verlagerung der therapeutischen Verankerungen mit einer Kontinuität des Mitarbeiterstabes einhergehen. Die Absicht der Auflösung besteht darin, dem Kranken Möglichkeiten der Erfahrung von gleichzeitiger Kontinuität und Unterschiedlichkeit (d. h. Veränderung) zu vermitteln. In unterschiedlichen Umgebungen soll eine Beziehung zu denselben Personen hergestellt werden oder aber es soll eine Beziehung zu verschiedenen Personen in derselben Umgebung hergestellt werden; so wird die Rolle des Kontextes als differenzierende Kraft deutlich.

Über die verschiedenen institutionellen Konzepte und die unterschiedlichen Stadien der Geschichte des Kranken hinaus garantiert die »Bezirkspolitik« eine kontinuierliche Therapie durch ein und denselben Mitarbeiterstab. Im Idealfall gehen dieselben Mitarbeiter zur Therapie der Kranken ihres Bezirkes ins psychiatrische Krankenhaus, ins öffentliche Krankenhaus, in die Beratungsstelle, nach Hause, in die Tag- und Nachtkliniken, in das Rehabilitationszentrum und in die Werkstatt – derselbe Mitarbeiterstab, nicht notwendigerweise derselbe Arzt. Der Mitarbeiterstab war schon bei der institutionellen Therapie ein wesentliches Instrument; bei der Bezirks-

8 Diese Anhäufung läßt sich nicht nur unter rein ökonomischen und administrativen, sondern auch unter technischen Gesichtspunkten kritisieren. Man könnte darin eine Flucht aus dem Aktivismus und der beängstigenden Problematik des Wahnsinns sehen. Wird hier nicht ein »Mangel« deutlich, den auch keine andere neue Institution beheben kann?

arbeit erhält er noch größere Bedeutung. Ein bekannter Aphorismus sagt: »Das einzelne Individuum ist sterblich, die Gruppe ist unsterblich.« Der Mitarbeiterstab kann die Unsterblichkeitsphantasien des Psychotikers befriedigen und ihm die progressive Individualisierung ermöglichen; außerdem gewährleistet er über Jahre hinaus eine kontinuierliche Therapie. Er kann sich erneuern, ohne jemals zu verschwinden. Darüber hinaus zeigt der Mitarbeiterstab dem noch zerstückelten Kranken seine verschiedenen Gesichter, indem er die Herstellung unterschiedlicher Beziehungen begünstigt. Durch deren Gegenüberstellung kann der Kranke seine verlorene Identität rekonstituieren. Die meisten Autoren sind sich darüber einig, daß der Mitarbeiterstab die wichtigste Stütze der Bezirksarbeit ist. »Wir sind überzeugt, daß die psychiatrische Arbeit die Arbeit eines Mitarbeiterstabes sein muß. Um zu gewährleisten, daß jede neu geknüpfte Beziehung einmalig und bereichernd sein kann, sind mehrere Therapeuten notwendig. Damit jedoch die Antworten auf die Frage eines Kranken, so unterschiedlich sie auch erscheinen mögen, dennoch konvergent und kohärent sind, muß die gesamte Aktion einheitlich sein. Wenn dies nicht der Fall ist, können die Antworten als Mißverständnisse der Therapeuten unter sich interpretiert werden.«[9] Und: »Die Vorstellung von einem Mitarbeiterstab als Ausdruck potentieller Vielfältigkeit scheint tatsächlich nützlich zu sein. Der Kranke ist nicht mehr Eigentum einer Person, sondern die Mitarbeiter sind mit ihm zusammen dem gleichen, reziproken Risiko ausgesetzt.«[10]

Die soziopsychiatrische Arbeit

Wenn der Mitarbeiterstab sich mit offenen und halboffenen Institutionen befaßt, gerät er sehr schnell an die Institutionen der Gemeinde, mit denen er eine völlig neue Kooperation beginnen muß. Wir beschränken den Begriff Soziopsychiatrie auf

9 Ph. und E. Koechlin, *L' Individu malade, l'institution et le secteur,* Communication au Colloque de Courchevel, 25. bis 27. März 1968.

10 Balduzzi, G. Alberti, P. Saccani, *Psychiatrie dans la communauté et politique de secteur.* Rapport au colloque de Courcheval, 25. bis 27. März 1968.

diese spezifische Dimension der Bezirksarbeit, die wir als Psychiatrie des sozialen Kontextes und durch den sozialen Kontext verstehen.
Bisher ist die Psychiatrie dem medizinischen Modell treu geblieben. In der Tag- und Nachtklinik, in der Beratungsstelle und sogar bei den Hausbesuchen ist es immer noch ein Arzt, der die Kranken behandelt. Aber schon nach kurzer Zeit sieht er sich gezwungen, sein Handlungsfeld zu erweitern. Zunächst wendet er sich an bereits existierende soziale, medikosoziale, erzieherische und administrative Institutionen. Wir wollen an dieser Stelle eine gewagte Regel aufstellen: *Bei der sogenannten »Bezirkspsychiatrie« darf keine einzige spezialisierte Institution neu geschaffen werden, ehe nicht alle therapeutischen Möglichkeiten der Gemeinde erforscht und voll ausgenutzt sind.*
Ökonomische Überlegungen reichen aus, um diese Regel zu rechtfertigen. Vom technischen Standpunkt aus begünstigt sie außerdem die Integration der Therapeuten (als Garantie für die Integration der Kranken) in die Gemeinde; sie verhindert eine allzu leichte Rekonstruktion des Asyls außerhalb der Mauern, d. h. sie verhindert die Entstehung eines spezialisierten Territoriums, das als feindlich empfunden wird, in dem besondere Leute (die Psychiater) sich mit anderen besonderen Leuten (den Verrückten) umgeben. Weiterhin bemüht sich der Mitarbeiterstab, die anderen Institutionen des Bezirkes zur Kooperation bei der Prophylaxe und der Behandlung von Geistesstörungen anzuregen.
Die sozialen und medikosozialen Zentren öffnen der Beratung bereitwillig ihre Türen. Die Zusammenarbeit ist zwar schwieriger, aber auf lange Sicht durchaus fruchtbar. So entstehen zum Beispiel Diskussionsgruppen von Eltern, die ihre Erziehungseinstellungen erläutern, Altenvereine, die den Vereinsamungssymptomen vorbeugen, Informationsgespräche über Alkoholismus oder Sexualität etc.
In Jungarbeiterheimen muß man sich häufig mit den schwierigen Problemen gestörter Jugendlicher auseinandersetzen. Mitarbeiterversammlungen mit den Psychiatern erleichtern die Einsicht in »Gegenübertragungen« (d. h. in hintergründige Einstellungen der Erzieher gegenüber ihren Pensionären). Viele Fälle, die die Klientel der Beratungsstelle unnötig belasten

würden, können direkt von den Mitarbeitern behandelt werden. Umgekehrt tragen die Erzieher positiv zu den Therapien der Jugendlichen bei, die in der Anstalt behandelt oder einem Kollektiv angegliedert werden.
In der Schule können psychologische Störungen frühzeitig erkannt werden. Manchmal verschlimmern sich diese Störungen auch erst während der Schulzeit. Ein gegenseitiger Informationsaustausch der Mitarbeiter und der Lehrer ermöglicht sowohl auf pädagogischer als auch auf psychotherapeutischer Ebene eine effektivere Arbeit. Auch andere, spezialisierte Institutionen gelangen auf ganz selbstverständliche Weise zur Kooperation mit dem Mitarbeiterstab. Sie lassen sich beraten und benutzen dessen Räumlichkeiten. Verschiedene Institutionen für verhaltensgestörte Kinder (Internate, medizinisch-psychopädagogische Zentren, Heime etc.) bemühen sich seit langem um die Kollaboration zwischen Psychiatern, Psychologen und ihren Sonderpädagogen und Fürsorgerinnen. Es ist wünschenswert, daß diese direkte medizinisch-psychologische Hilfe (die psychiatrische Versorgung der Kinder) und vor allem die indirekte Hilfe (die Ausbildung der Erzieher) mit der psychiatrischen Bezirksarbeit koordiniert wird. In den »Gemeindezentren für geistige Gesundheit« der USA werden 30 bis 50% der Arbeitszeit von Spezialisten auf die »indirekte Beratung« verschiedener Institutionen des Bezirkes verwandt.
Wenn die Mitarbeiter sich wirklich in die Gemeinde integrieren wollen, müssen sie in engem Kontakt mit den politischen und administrativen Strukturen bleiben. Im finanziellen und hierarchischen Bereich sind sie meist vom Landesministerium für Sozialwesen abhängig. Auch die Krankenkassen können zum Funktionieren der offenen und halboffenen Institutionen beitragen. Außerdem müssen die Behörden und Vereine des Viertels sowie alle übrigen Organisationen der Gemeinde an der Entwicklung beteiligt werden. Eine gemeinnützige Organisation (nach dem Gesetz von 1901), die sich aus Vertretern aller betroffenen Dienststellen zusammensetzt, würde sich gut zur Koordination dieser Gesundheitspolitik eignen.[11] Dieser Verein muß *auf die Öffentlichkeit ausgerichtet* sein. Durch

11 Siehe den Schluß dieser Arbeit.

Vollversammlungen, Informationskampagnen und verschiedene Veranstaltungen soll er Kontakte zwischen den Benutzern der Einrichtungen für geistige Gesundheit, Sozialarbeitern, Stadtvätern, Polizeibeamten und der großen Öffentlichkeit fördern. Ziele dieser Diskussionen sind die Entmythifizierung der Geisteskrankheit und derer, die sie behandeln, die Steigerung der Toleranz gegenüber Geisteskranken und der Hinweis auf Probleme der Ausrüstung und Rekrutierung von Mitarbeitern, kurz, auf Geldprobleme. Es darf allerdings nicht verschwiegen werden, daß die Vermehrung von Psychiatern und psychiatrischen Hilfskräften trotz ihrer hohen Bedeutung angesichts der ständigen Inflation der Nachfrage immer unzureichend bleiben wird. Jede Neueröffnung einer Beratungsstelle, jede neue Versammlung weckt latente Bedürfnisse, die nach Befriedigung verlangen. Sogar wenn der Wunschtraum der Psychiater sich erfüllt, wenn sie die Zahl 5000[12] erreichen, werden ihre Kräfte immer noch überfordert sein. Das amerikanische Beispiel ist ein schlagender Beweis. Ist es überhaupt günstig, die »Psychiatrisierung« gegenüber den anderen psychologischen Problemen so stark hervorzuheben? Meist geht die »Psychiatrisierung« mit einer Beziehungsverarmung in den anderen Bereichen einher. Die Anwesenheit eines Spezialisten scheint die übrigen Praktiker von jeglichem Engagement zu befreien und erniedrigt sie – halb erleichtert, halb frustriert – zu einer rein instrumentellen Rolle. Die Anwesenheit des Psychiaters fördert die Sicherheit. Daraus entsteht eine neue Abwehr, eine Wand zwischen der großen, unbeteiligten Öffentlichkeit und dem abgesonderten Kranken, der »in guten Händen ist«. Der Wahnsinnige wird als möglicher Gesprächspartner abgelehnt, er wird in eine einseitige Beziehung zu dem delegierten Spezialisten gedrängt. Es scheint unerläßlich, das Überhandnehmen von Psychiatern durch die aktive Ausbildung von »therapeutischen Vermittlern« in der Gemeinde einzuschränken.

Diese *Vermittler* lassen sich durch ihre Funktion in der Gemeinde erkennen. Der Lehrer, der Pfarrer oder der Polizeibeamte können eine wichtige therapeutische Rolle spielen. Wir wollen uns jedoch mehr mit dem praktischen Arzt und der »polyvalenten Fürsorgerin« befassen.

12 Siehe: Ergebnisse des *Livre blanc de la psychiatrie francaise*, veröffentlicht in *L' Evolution psychiatrique*, Sondernummer 1965 und 1966.

In Saskatchewan gibt es weite Ebenen, eine spärliche, aber wichtige Bevölkerung, kompetente praktische Ärzte und keinen Psychiater. Als die Regierung einen einzigen Spezialisten hinschickte, entdeckte dieser sehr schnell, daß er die Geisteskranken nicht direkt behandeln konnte. Wie die Ärzte in den Entwicklungsländern, die es vorziehen, Informationskampagnen zu machen und einheimische Kompetenzen ausnutzen, ohne direkte Therapie zu betreiben, beschloß auch er, die vielseitigen Ärzte für alle psychiatrischen Aufgaben auszubilden, die sie später unter seiner Anleitung ausführen sollten. Er hatte Erfolg.

Wir befinden uns jedoch nicht in Saskatchewan und verfügen über bessere Mittel. Dennoch kann die Mitarbeit der praktischen Ärzte des Bezirkes bei der psychiatrischen Therapie auch in Frankreich zu wesentlichen Verbesserungen führen. Der traditionsgemäß liberale praktische Arzt sieht nicht ohne Mißtrauen, daß auf *seinem* Territorium eine Beratungsstelle eröffnet wird, die *seine* Klientel abwerben könnte. (»Ich sorge schon dafür, daß meine Kranken bei mir bleiben«, sagte mir ein Kollege lächelnd, als ich ihn fragte, warum keiner seiner Patienten sich von uns beraten ließe.) Oder aber er wälzt die Last der »schwierigen Patienten« schnell auf den Spezialisten (der freiwillig arbeitet und dafür ein wenig verachtet wird) ab.

Durch Zusammenarbeit können solche Antagonismen leicht überwunden werden. Sie öffnet dem praktischen Arzt die Augen für die psychologische Problematik und läßt ihn sowohl bei der Prophylaxe als auch bei der Behandlung und Nachbehandlung der Kranken eine wichtige Rolle übernehmen. J. Guyotat hat in Villeurbanne eine Arbeitsgruppe praktischer Ärzte gegründet, die sich einmal im Monat treffen, um sich mit Problemen der geistigen Gesundheit zu beschäftigen. Auf diese Weise wurde ein ganzes Beziehungsnetz zu den praktischen Ärzten hergestellt. Seitdem überweisen die praktischen Ärzte etwa 50% der Kranken an die Beratungsstelle, und wir schicken unsererseits viele Kranke zu ihrem Hausarzt zurück. Aus diesem Austausch entsteht eine Interaktion, die sowohl für die Weiterbildung des praktischen Arztes als auch für die des Bezirkspsychiaters nützlich ist.

Man wird hier einwenden, daß die psychologische Ausbildung »am Objekt« – die die heutzutage ziemlich fortschritt-

liche Universitätsausbildung ergänzt[13] – die freien Berufe an ihrer Entwicklung hindert. Der Zuwachs des medizinischen Konsums, insbesondere die Nachfrage nach psychologischer Hilfe, steigt viel schneller an als die Anzahl der praktischen Ärzte. Auf das Problem des Versicherungssystems haben wir weiter oben schon hingewiesen; die Versicherungen begünstigen »verlängerte Beratungen« keinesfalls, obwohl diese für die Klärung der psychologischen Probleme unerläßlich sind.
Diese Argumente halten wir jedoch nicht für ausreichend, sie können keine Barriere auf dem Weg der Ausbildung durch medizinisch-psychiatrische Zusammenarbeit im Bezirk sein. Wir hoffen, daß ein erweitertes Medizinstudium mit gründlicher psychologischer und soziologischer Ausbildung die Kooperation erleichtern wird. Wenn der praktische Arzt lernen würde, seine Beziehung zum Kranken in einem therapeutischen Sinne zu verwenden, könnte er im Idealfall einen großen Teil der psychiatrischen Arbeit »mediatisieren«.
Die Aufwertung der Allgemeinen Medizin und die Herausbildung des »Omnipraktikers«, der viele Kranke, die sich heute noch an Spezialisten wenden, versorgen könnte, sind Entwicklungen, die nicht nur die Psychiatrie betreffen. In allen medizinischen Spezialbereichen besteht im Augenblick das Problem der Inflation von Kranken und Spezialisten. Die allgemeine Medizin wurde abgewertet, schlecht bezahlt, sie war anstrengend, und die Ausbildung des medizinischen Personals wurde immer schlechter. Unterdessen haben die Spezialisten sich vervielfacht. Auch sie werden oft hastig und unvollständig ausgebildet, aber ihre Berufstätigkeit ist halbwegs zufriedenstellend. Wenn die Medizin sich weiter in dieser Richtung entwickelt, werden wir den Patienten bald nur noch ein Siebengestirn von mehr oder weniger kompetenten Spezialisten, die auf ihr Fach beschränkt sind, anbieten können; dann wird für den Kranken ein lähmender Rundgang beginnen: vom Cardiologen zum Rheumatologen, zum Endokrinologen etc. zum Neurologen, bis er schließlich – mit einem Schwindelanfall und ganz legitimen Gefühlen der Entpersonalisierung – dem Psychiater in die Arme fällt. Den Preis, den Kranker und Gesellschaft für eine derart extensive Segmentierung bezahlen müs-

13 Dazu J. Guyotat, *Psychiatrie et Formation psychologique du médecin*, a.a.O.

sen, kann man sich leicht vorstellen. Wenn dagegen mehr gut ausgebildete (im somatischen, psychologischen und sozialen Bereich), kenntnisreiche praktische Ärzte in den Krankenhäusern und den offenen oder halboffenen Institutionen eingesetzt würden, könnte die Effektivität und Rentabilität des Gesundheitswesens steigen.

Es scheint, daß sich heute viele Reformer für die Verbesserung der Stellung der praktischen Ärzte engagieren. Dieses Engagement könnte die Vermehrung von Spezialisten und Spezialfächern eindämmen. Die Ausbildung des Spezialisten sollte auf der Ausübung von wirksamer Verantwortung in einem universitätsklinischen Zentrum oder einer angegliederten Institution beruhen. So würde der Spezialist zu seiner eigentlichen Funktion als Berater des praktischen Arztes und, im Rahmen seines Spezialfaches, als Ausbilder von Universtiätsabsolventen zurückfinden. In der Psychiatrie und der medizinischen Psychologie läßt sich diese doppelte Funktion innerhalb von »Balintschen Gruppen« ausüben, in denen die praktischen Ärzte die psychologischen Probleme ihrer Patienten mit einem Psychoanalytiker erörtern.[14] Im übrigen haben wir den Eindruck, daß es nicht vorteilhaft wäre, wenn diese »Balintschen Gruppen« den psychiatrischen Bezirk zu ihrem Mittelpunkt wählten. Es scheint sinnvoller, solche Gruppen in öffentlichen und privaten Institutionen, die keinem Bezirk angeschlossen sind, einzurichten. Wenn die Teilnehmer aus benachbarten Vierteln stammen, besteht die Gefahr, daß die Gruppe durch »Konkurrenzprobleme« lahmgelegt wird. (In Villeurbanne konnte diese Schwierigkeit umgangen werden, da die Ärzte schon lange die Gewohnheit hatten, sich untereinander zu treffen.) Außerdem hat die Bezirksarbeit besondere Ausbildungsqualitäten, die durch eine zu enge Orientierung am »Modell« von Balint verloren gehen könnten.

Das gleiche gilt für die Fürsorgerinnen. Besonders im städtischen Milieu ist die »polyvalente« Fürsorgerin eine der wichtigsten Personen des Viertels. Sie besucht die Säuglinge, sie vermittelt Ferienaufenthalte oder Kurheimplätze für die Kinder, sie ist Ratgeberin bei allen möglichen Anträgen, die sich an soziale oder andere Behörden richten. Seit einigen Jahren ist die

14 Siehe Anhang: Bemerkungen zu den Gruppenmethoden.

Ausbildung der Fürsorger auf psychologische und erzieherische Arbeit ausgerichtet. Die Unterstützung von Familien, die besonderen Schwierigkeiten ausgesetzt sind, spielen dabei eine wichtige Rolle (Immigranten, Subproletariat, unvollständige Familien etc.)

Für den Bezirkspsychiater sind die Gruppen der Fürsorgerinnen eine Art Gelenkstelle zur Gemeinde. Über die Erfahrungen dieser Praktiker lernt er die Wohnviertel, ihre Gewohnheiten, ihre Normen etc. kennen. Den Fürsorgerinnen geben die Gruppen Gelegenheit, ihr Material mit dem ihrer Kolleginnen zu vergleichen und sich durch die Darstellung von Unterhaltungen oder Fällen über ihr eigenes Verhalten in der Beziehung zu dem Klienten klar zu werden.

Der soeben beschriebene Funktionstyp erinnert an die Balintsche Gruppe. Wir haben jedoch schon nach kurzer Zeit ihre Grenzen entdeckt. Mit der Zeit schälten sich zwei Idealtypen der Interaktion mit den Fürsorgerinnen heraus:

1. Das *Koordinationstreffen* versammelt Vertreter aller sozialen Einrichtungen eines Viertels. Die Fürsorgerin der Beratungsstelle ist eine gleichberechtigte Teilnehmerin. Durch dieses Treffen sollen Überschneidungen in der Sozialarbeit und zu häufige Interventionen bei derselben Familie vermieden werden.

2. Die *Versammlung für »geistige Gesundheitslehre«* bezieht sich stärker auf den psychiatrischen Mitarbeiterstab. Es kann ein Informationstreffen mit einem allgemeinen Thema (Alkoholismus, Selbstmordversuche) sein, oder sich mit einem besonderen Problem des Viertels (Eröffnung eines Altenheimes zum Beispiel) befassen. Ein interessanter Punkt bei derartigen Treffen ist die Entstehung von Mikrogruppen, in deren Zentrum irgendein Kranker oder eine Familie steht, und die den Psychiater, die Fürsorgerin der Beratungsstelle, die psychiatrische Krankenschwester oder die polyvalente Fürsorgerin des Bezirks zur Beratung heranziehen. Die wechselseitige Ausbildung geschieht nicht nur durch den verbalen Austausch (wie bei Balint), sondern zusätzlich durch die konkrete Zusammenarbeit.

Solche Gruppen, in deren Mittelpunkt ein Kranker steht, sind nur durch den Fall verbunden (nicht durch irgendeine hierarchische Organisation oder die Zugehörigkeit zu einem

Dienst), sie sind interdisziplinär, und je nach der Nachfrage bilden sie sich und lösen sich wieder auf. So sind sie gegen die Gefahr der institutionellen Verkalkung gefeit.
Die Mitarbeiterversammlung wird zu einem wichtigen pädagogischen Instrument für die Vermittlung therapeutischer Fragestellungen; vor allem werden die Fürsorgerinnen (aber auch die Ärzte) auf diese Weise für die familiale Psychotherapie ausgebildet.
Mit der Zeit treten noch andere potentielle therapeutische Vermittlungsmöglichkeiten hervor. In jedem Viertel gibt es »Schlüsselfiguren« (der Lebensmittelhändler, ein Hausmeister oder eine Familienmutter), die für die Informationsübermittlung – folglich auch für die Informationskontrolle – eine vorrangige Rolle spielen; ihre Mitwirkung kann sehr wertvoll sein.
Schon nach kurzer Zeit befindet sich der Kranke in einem Kommunikationsnetz, dem er Bedeutung verleiht und das ihm etwas bedeutet. Eric Berne hat halb scherzhaft, halb ernst darauf aufmerksam gemacht, daß die Geisteskrankheit ein »Spiel« für mehrere Personen ist[15], zum Beispiel der Alkoholismus: »Die Spiel-Analyse kennt weder den ›Alkoholismus‹ noch ›einen Alkoholiker‹, es gibt nur in einem bestimmten Spiel eine Rolle, die man als ›Alkoholiker‹ bezeichnet. Ist eine biochemische oder physiologische Anomalie die Hauptursache für ekzessives Trinken – diese Frage ist noch nicht hinreichend geklärt –, dann gehört eine diesbezügliche Untersuchung in den Bereich der inneren Medizin. Die Spiel-Analyse ist an ganz anderen Problemen interessiert – daran nämlich, was für soziale Transaktionen mit derartigen Exzessen verbunden sind. Daher das Spiel ›Alkoholiker‹. In voller Besetzung handelt es sich hier um ein fünfseitiges Spiel, doch lassen sich die Rollen so kondensieren, daß es als zweiseitiges Spiel beginnen und enden kann. Die Hauptrolle ist die des ›Alkoholikers‹ – sie wird von ›Weiß‹ gespielt. Die wichtigste Nebenrolle ist die des ›Nörglers‹, die normalerweise von einem Vertreter des anderen Geschlechts gespielt wird, gewöhnlich von der eigenen Ehefrau. Die dritte Rolle ist die des ›Retters‹, sie wird für gewöhnlich von einem Geschlechtsgenossen gespielt, häufig vom guten Hausarzt, der sich ebenso für den Patienten interessiert wie

15 E. Berne, *Spiele der Erwachsenen*, Hamburg 1967.

für die Probleme des Trinkens. In der klassischen Situation gelingt es dem Arzt, den Alkoholiker zu heilen. Weiß hat inzwischen sechs Monate lang keinen Tropfen mehr zu sich genommen, man beglückwünscht sich gegenseitig zu diesem Erfolg. Tags darauf findet man Weiß wieder im Rinnstein.
Die vierte Rolle ist die des ›Stummen Helfers‹. In der Literatur wird sie meist vom Besitzer einer Imbißstube gespielt, der Weiß Kredit einräumt oder ihm gelegentlich ein Sandwich und eine Tasse Kaffee spendiert, ohne daß er ihm Vorwürfe macht oder versucht, ihn zu ›retten‹. Im Leben findet man in dieser Rolle häufiger Weiß' Mutter, die ihm Geld gibt und ein mitfühlendes Verständnis dafür zeigt, daß seine Frau ihn nicht versteht. In dieser Phase des Spiels muß Weiß für seinen Geldbedarf eine plausible Erklärung finden, eine Erklärung, die beide Partner nach außen hin als glaubhaft hinnehmen, obschon sie genau wissen, wofür Weiß in Wirklichkeit den größten Teil des Geldes ausgibt. Manchmal nimmt der ›Stumme Helfer‹ auch eine andere, allerdings nicht so wesentliche Rolle an, nämlich die des ›Agitators‹, des ›guten Kerls‹, der weiteren ›Stoff‹ anbietet, ohne daß er darum gebeten worden wäre: ›Komm, laß uns einen hinter die Binde gießen (und es wird mit dir noch rascher bergab gehen).‹
Der Versorgungs-Experte in allen Trinkspielen ist der Barmixer. Im Spiel ›Alkoholiker‹ spielt er die fünfte Rolle, die des ›Verbindungsmannes‹; er ist die direkte Versorgungsquelle, versteht sich auf Gespräche unter Alkoholeinfluß und ist gewissermaßen die wichtigste Person im Leben jedes Süchtigen. Der Unterschied zwischen dem ›Verbindungsmann‹ und den anderen Spielern ist der gleiche, wie er in jedem Spiel zwischen einem Profi und einem Amateur besteht: der Profi weiß, wann er aufhören muß. Von einem bestimmten Zeitpunkt an verweigert ein guter Barmixer den weiteren Ausschank von Getränken an den Alkoholiker; dieser bleibt nun auf dem Trokkenen sitzen, wenn es ihm nicht gelingt, einen nachgiebigeren ›Verbindungsmann‹ ausfindig zu machen.
In den ersten Phasen des Spiels ›Alkoholiker‹ können der Ehefrau alle drei Nebenrollen zufallen: um Mitternacht die des ›Stummen Helfers‹: sie bringt ihren Mann zu Bett, macht ihm Kaffee und nimmt es hin, wenn er sie schlägt; am Morgen die des ›Nörglers‹: sie macht ihm Vorhaltungen wegen seines üb-

len Lebenswandels; und am Abend die des ›Retters‹: sie fleht ihn an, sich zu bessern. In späteren Phasen – und das geschieht häufig auf Grund der Verschlechterung seines organischen Zustands – können die Rollen des ›Nörglers‹ und des ›Retters‹ wegfallen; sie werden jedoch toleriert, wenn sie sich gleichzeitig bereit zeigen, als Versorgungsquellen zu fungieren. Weiß geht zur Karitas oder zur Inneren Mission und läßt sich ›retten‹, wenn er dafür gratis eine warme Mahlzeit erhält; oder er läßt Beschimpfungen und Vorwürfe – sei es von Amateuren oder Profis – über sich ergehen, wenn man ihm dafür nachher etwas spendiert.«[16]

In ihrem sozialen Kontext wird die Krankheit zur Krankheit des Systems. Wenn wir das Modell der familialen Psychotherapie ausweiten, so müssen wir schließlich den Kranken als Ausdruck gestörter Beziehungen auf der Ebene des Sozialzusammenhangs, aus dem er hervorgeht, betrachten (des Wohnhauses, der Fabrik, des Viertels etc.). Seine Pathologie verweist ständig auf die der anderen und läßt sich von dieser »ernähren«. Nun besteht die Möglichkeit, eine »Netzpsychotherapie« ins Auge zu fassen, deren Ziel nicht nur die Erhöhung der Toleranzschwelle, sondern die Behandlung eines Gruppenleidens ist. Das individuelle Leiden des Kranken ist zumindest zum Teil ein Symptom der Gruppenerkrankung. Damit befinden wir uns freilich in einem kaum erforschten Feld. Die Hypothesen, die wir über die Geisteskrankheit und, allgemeiner, über die Devianz im Sinne einer Soziopathie, des Leidens einer Gesamtheit, aufgestellt haben, veranlassen uns, uns mit dem Kommunikationssystem der Viertel und seinen Perversionen auseinanderzusetzen. Wir können jedoch über das, was dort vor sich geht, schwerlich theoretisieren; wir können uns höchstens anstrengen, durch unser therapeutisches Projekt analytische Strukturen zu entwickeln, die uns einen Einblick in die Gemeinden verschaffen.

Zusammen mit J. R. Gallé-Tessonneau haben wir gerade begonnen, die Psychopathologie und die Psychotherapie von Wohnhäusern zu untersuchen. Die Interventionen finden in kleinen Miethäusern statt, deren Bewohner sich durch das Verhalten eines »Kranken« gestört fühlen. Ein Projektionsfeld für alle Ängste der anderen Mieter, beginnt der Kranke, alles, was

16 E. Berne, a.a.O., S. 91 ff.

an ihn herangetragen wird, zu »personifizieren« – die Phantasien seiner Nachbarn auszuagieren. J. R. Gallé-Tessoneau hat in seiner Doktorarbeit, der wir die folgenden Beobachtungen entnehmen, mehrere Beispiele genannt.[17]

»Auf Antrag der Polizeidienststelle in V. wurde der 55jährige Herr M. im November 1966 von der Polizei ins psychiatrische Krankenhaus gebracht. Eine Lokalzeitung berichtete über die Umstände seiner Hospitalisierung: ›J. M. M., Eigentümer eines kleinen Miethauses, war in seinem ganzen Viertel als ein Mann bekannt, mit dem nicht gut ›Kirschen essen‹ ist. Seine Nachbarn – also seine Mieter – befanden sich in einer üblen Situation. Es verging keine Woche, ohne daß der 55jährige Junggeselle, der als freier Elektriker gearbeitet hatte, sich einen bösen Streich ausdachte. Er ließ die Mülltonnen abbrennen, versteckte die Abfalleimer, machte Kurzschlüsse und bohrte die Wasserrohre an etc. Besonders legte er sich mit seiner Schwester an, die im ersten Stock wohnte und zu der er nicht gerade die beste Beziehung hatte. Seit Sonntag machte er einen auffallend nervösen Eindruck. Die Nachbarn hatten sich wiederholt bei der zuständigen Polizeidienststelle beschwert. Gestern war endlich das Maß voll. Frau Ro., die eine Wohnung im ersten Stock bewohnt, fand das Schlafzimmer ihres Babys völlig verqualmt. Daraufhin beschloß sie, etwas zu unternehmen. Sie rief die Polizei. Die Polizisten kamen zum Tatort, sie konnten jedoch nicht in die Wohnung von M. eindringen. Zwei weitere Kommissare kamen zur Unterstützung. Auch sie hatten kein Glück. Dann mußte Verstärkung von der Sicherheitspolizei angefordert werden. Vor der Wohnungstür hörte man das Schreien des Rasenden: ›Ich bring euch alle um! Lebendig kriegt ihr mich nicht!‹ Um seine Drohungen glaubhaft zu machen, fuchtelte er mit einer Waffe. Vorsichtig hielten sich die Polizisten außerhalb der Schußlinie. Da der Rauch immer dichter wurde und die Flammen schon auf den Dachbalken seiner Wohnung zu tanzen schienen, riefen die Polizisten die Feuerwehr. Der Mann wollte sich immer noch nicht ergeben. Daraufhin wurde die Intervention einer polizeilichen Sondergruppe mit kugelsicheren Westen beschlossen. Das ganze Viertel war in größter Aufregung und konnte aus der Ferne die spektaku-

17 J. R. Gallé-Tessoneau, *Maladie mentale et Psychopathologie d'immeuble*, Thèse, Lyon 1968.

lären Vorgänge beobachten. Dann war die Aufführung plötzlich zu Ende. Als die Polizei gewaltsam in die Wohnung des völlig verstörten Mannes eindrang, wollte dieser sich gerade mit einer Rasierklinge die Venen aufschneiden. Die Waffe, die er vorher gezeigt hatte, war tatsächlich eine 7,65 mm-Pistole, aber sie hatte weder Schlagbolzen noch Lader. J. M. M. machte keinerlei Schwierigkeiten mehr und folgte den Polizisten zum Präsidium. Der Brand war folgendermaßen zustandegekommen: J. M. M. hatte einen Deckenbalken direkt unter der Wohnung seiner Schwester mit einer Lötlampe angesteckt. Er hatte das Feuer jedoch mit einem Topf Wasser rechtzeitig wieder löschen können. Nach einem Verhör in der Polizeidienststelle des Viertels wurde J. M. M. zum psychiatrischen Krankenhaus gebracht und dort aufgenommen.‹ (*Le Progrès* vom 26. 2. 1966)

Nach der Darstellung seiner turbulenten Hospitalisierung wollen wir nun die Lehre aus der Geschichte unseres Kranken ziehen. Sein Vater war selbständiger Elektriker; er war als Alkoholiker bekannt. Nach dem Schulabschluß absolviert der Sohn eine technische Ausbildung und arbeitet dann mit seinem Vater zusammen. Mit siebzehn Jahren leidet der Junge unter ›Rheuma‹, er wird bucklig und sein Rücken bleibt steif. Aus diesem Grunde wird er bei der Musterung nicht zum Militärdienst zugelassen. Nach dem tödlichen Unfall seines Vaters im Jahre 1944 übernimmt er als Junggeselle das Geschäft und lebt weiterhin mit seiner Mutter in der alten Familienwohnung. Auch seine jüngere Schwester lebt im selben Haus. Sie wird sehr früh Witwe. Die Mutter stirbt 1957. Danach teilen sich Bruder und Schwester als gemeinsame Eigentümer die Unkosten und Gewinne des Hauses. Der Bruder behält die Familienwohnung und kümmert sich um die finanziellen Angelegenheiten, während die Schwester ihm den Haushalt führt und das Essen kocht.

Bis Dezember 1959 geht alles gut. Dann stirbt ein Cousin von J. M. M., der ebenfalls im Hause wohnt: er erstickt bei einem Bad in der Wohnung des Kranken. Durch die Nachforschungen und den Autopsiebericht wird festgestellt, daß der Wassererhitzer nicht in Ordnung war. Als Installateur des Wassererhitzers wird J. M. M. zu Schadensersatz verurteilt. Der Schaden ist allerdings voll durch eine Versicherung gedeckt.

Trotzdem akzeptiert der Kranke seine Verurteilung nicht. Nach einiger Zeit ist er sogar überzeugt, einer Intrige zum Opfer gefallen zu sein; die Frau des Cousins hat ihrem Mann zum Tode ›verholfen‹, da sie viel jünger war und sich nicht mit ihrem Mann verstand. Außerdem waren die Ermittlungen nachlässig geführt worden, der Wassererhitzer war nicht versiegelt worden; der Erhitzer war eigentlich völlig in Ordnung, aber die Arbeiter von Gaz de France haben den Apparat bei einer Kontrolle verstellt. J. M. M. wird abgeraten, Gaz de France anzuzeigen, aber er hat herausgekriegt, daß schon andere Privatleute Prozesse gegen große Verwaltungen gewonnen haben. Er sammelt also Material über solche Prozesse. Außerdem bestreitet er die Gültigkeit des Autopsieberichtes, weil die Frau des Cousins nicht mit der Autopsie einverstanden gewesen war. Er hält sich für das Opfer eines verzweigten Komplotts, das ihm die Verantwortung für den Tod des Cousins aufbürden will, deshalb verteidigt er sich. Er zeigt die Versicherung an, weil sie ihn schlecht verteidigt – und seine Verurteilung zugelassen hat. Er weigert sich, seine Stromrechnungen zu bezahlen, um sich an der E. D. F.-G. D. F. zu rächen; daraufhin wird ihm der Strom abgestellt; er stellt die Stromverbindung selbst wieder her und wird wegen Stromdiebstahls ins Gefängnis gesteckt; daraufhin weigert er sich, seine Steuern zu zahlen. Aus diesem Grunde bekommt er Streit mit seiner Schwester und beschuldigt nun auch sie, an dem Komplott beteiligt zu sein. Er wirft ihr vor, mit der Frau des Cousins zusammen eine Abtreibung gemacht zu haben; diese habe zehn Monate nach dem Tod ihres Mannes eine Fehlgeburt gehabt. Er streitet sich mit seinen Mietern, weil diese die Mietzahlungen verweigern und sich auf die Seite seiner Schwester stellen. Von dieser Zeit an wird er für die Nachbarschaft unerträglich, und man beschuldigt ihn, die Abfalleimer zu verstecken oder sie anzustecken, den Strom abzudrehen oder Wasser in die Badewanne laufen zu lassen, um Krach zu machen.
Sieben Jahre dauerte diese Situation, es gab ruhige Phasen und Krisenzeiten in der Beziehung von J. M. M. zu seiner Nachbarschaft. Im November 1968 war endlich die Toleranzschwelle erreicht und der Kranke wurde von Rechts wegen hospitalisiert.
Bei der ganzen Geschichte gewinnt man den Eindruck, daß die

Beziehungen innerhalb der Familie schon immer schwierig gewesen sind. Ein alter Familienkonflikt scheint im Hintergrund zu stehen. Folgende Elemente lassen auf einen solchen Konflikt schließen:
Die Schwester erzählt, daß der Kranke schon als Kind nervös und cholerisch gewesen sei und einen ›sehr schlechten Charakter‹ gehabt habe. ›Er hat unserer armen Mutter viel Kummer gemacht.‹ Für das augenblickliche Verhalten gibt es eine rationale Erklärung: ›Die rheumatischen Anfälle, die er hatte, als er siebzehn war, sind an allem schuld.‹ ›Der Kranke hatte bei den Frauen im allgemeinen einen schlechten Ruf; da er Junggeselle war, waren seine Beziehungen zu Frauen immer sehr kurzfristig. Dennoch behauptet der Kranke, daß er seinem verstorbenen Cousin, als dieser sich aus Eifersucht von seiner Frau getrennt hatte, ›eine Strafpredigt gehalten und mit Unterstützung einer jungen Verwandten der Frau die beiden aufgefordert habe, einander zu verzeihen und wieder zusammenzuleben.‹ Die Schwester versucht, die positive Rolle ihres Bruders bei der Versöhnung ihres Cousins herunterzuspielen und spöttelt: ›Als wenn er an allem schuld wäre, der Ärmste.‹ Ihrer Darstellung nach hat M. dieser Frau hartnäckig den Hof gemacht und später auch der Nachmieterin, Frau Ro., nachgestellt.
Der Kranke beschreibt seine Mutter als ›sehr dickköpfig‹; sie kaufte elektrische Geräte, ohne ihm, dem Elektriker, etwas davon zu sagen; sie ließ gegen den Willen ihres Sohnes einen Gaserhitzer in der Wohnung anbringen, obwohl er einen elektrischen wollte: ›Wenn sie auf mich gehört hätte, wäre das alles nicht passiert. Aber so war sie immer.‹
Nach dem Tod der Mutter arbeiteten Bruder und Schwester als gemeinsame Eigentümer des Hauses ein präzises und rigides System reziproker Einverständnisse aus, an dem deutlich wird, daß in ihrer Beziehung nichts dem Zufall überlassen blieb. Man kann es folgendermaßen schematisieren:

DIE SCHWESTER
überläßt ihrem Bruder die größte Wohnung,
dieser überläßt ihr die Mieteinnahmen aus dem Haus.
Sie kümmert sich um das Essen und den Haushalt,
er kümmert sich um alle Rechnungen: Steuern – EDF – GDF.

Ein unvorhergesehenes Ereignis zerstört dieses System: der Tod des Cousins. Der Prozeß und die Verurteilung zum Schadenersatz werden von dem Kranken nicht akzeptiert. Er legt Revision ein, aber die Verurteilung wird bestätigt. Daraufhin agiert er seinen Konflikt auf ähnliche Weise aus, wie er es früher bei seiner Mutter gemacht hat. Um sich an der Gesellschaft, die ihn zu Unrecht verurteilt hat, zu rächen, weigert er sich, die Stromrechnungen und Steuern zu bezahlen. Dadurch bricht das Gleichgewicht der Vereinbarungen zwischen ihm und seiner Schwester zusammen. Der Bruder bezahlt die Rechnungen nicht, und die Schwester will kein Essen mehr kochen. Er regt sich auf, weil die Mieten dennoch weiter an seine Schwester gezahlt werden, und wendet sich gegen die Nachbarn, die er für Komplizen seiner Schwester hält. Da so viele Leute zur gleichen Zeit gegen ihn sind, ist er schließlich überzeugt, daß sie alle unter einer Decke stecken. Er versteht sich als Opfer eines weitreichenden Komplotts, an dem seine Schwester, die Frau des Cousins, die Versicherung und alle Mieter des Hauses beteiligt sind. Aus diesem Grund entwickelt er im ganzen Haus ein neues, aggressives Beziehungssystem. Dazu verwendet er gemeinnützige Objekte: Mülleimer, Wasser- und Stromleitungen.

Als Strom und Wasser gesperrt werden, um die rückständigen Gelder einzutreiben, entsteht ein neues Gleichgewicht. Der Konflikt mit den Nachbarn beruhigt sich, aber die Schwester ist frustriert. Das System ›Schwester und Nachbarn gegen den Bruder‹ wird durch das ebenfalls triadische System ›Bruder und Nachbarn gegen die Schwester‹ ersetzt. Die Schwester versucht mit allen Mitteln, ihren Bruder auszuschalten, um das Bündnis mit den Nachbarn wiederherstellen zu können. Ein neues außenstehendes Element kommt hinzu: in der Familie Ro., die die Wohnung des Cousins übernommen hat, wird ein Kind geboren. Es ist das einzige Kind im Hause. Dieses Kind wird von der Schwester benutzt, um den aufgestauten Haß zu aktualisieren. Wenn der Kranke wieder einmal einen aggressiven Ausbruch hat, ›schwebt das Baby in Gefahr.‹ Da man alle aggressiven Regungen auf den Kranken überträgt, ist das Kleinkind allein schon durch seine Anwesenheit bedroht. Außerdem läßt der Kranke seit dem Tod des Cousins ständig Wasser in die Badewanne laufen, eine Art Ritual, durch das der unheilvolle Ort gereinigt werden soll (als M. uns seine Wohnung zeigt, nennt er das Bad ein Leichenhaus). Das laufende Wasser erzeugt Lärm; die Nachbarn nehmen an, daß er dies absichtlich tut. Wieder interpretiert jeder das Verhalten des anderen, jeder projiziert auf den anderen, und der Austausch von Freundlichkeiten nimmt wieder seinen Lauf. Zehn Jahre hält diese Struktur an, bis der Kranke unter den schon bekannten Umständen »eliminiert« wird. Daraus kann man schließen, welche Vorteile jeder aus dieser Situation ziehen konnte.

Während der Hospitalisierung des Kranken beruhigt sich die Situation allmählich, die Beziehungen zu der Schwester bessern sich. Diese Entwicklung geht auf Kosten einer möglichen Aufteilung des Eigentums. Bruder und Schwester kommen sogar beide auf den gleichen Gedanken, nämlich daß der Tod des Cousins vielleicht gar nichts mit dem Gas zu tun hat. Sie selbst sind die ersten, die von dieser Übereinstimmung überrascht sind. Man nimmt Kontakt zu den Mietern auf – ein erstes Mal in der Wohnung irgendeines Mieters, ein zweites Mal trifft man sich zusammen mit dem Kranken in dessen Wohnung. Bei dieser Gelegenheit entdeckt man im wahrsten Sinne des Wortes die Existenz eines algerischen Nachbarn, der schon seit zehn Jahren im Haus wohnt, mit dem aber noch nie jemand gesprochen hat. Herr M. befreundet sich mit seinen eingeschworenen Feinden, der Familie Ro. Die Schwester, die diese Annäherung schlecht erträgt, erklärt daraufhin, daß sie sich definitiv mit ihrem Bruder überworfen habe. Sie wird depressiv, aber es ist nicht möglich, eine therapeutische Beziehung anzuknüpfen, da der Arzt als Verbündeter ihres Bruders als wirklicher Feind angesehen wird.

Nachdem der Kranke einige Zeit in der Nachtklinik gelebt hat, wird er am 1. 9. 1967 entlassen. Der Kranke bittet um eine versuchsweise Entlassung, um sich dadurch vor seinen Gläubigern zu schützen. Einige Wochen später berichtet die Fürsorgerin, daß M. seit seiner Entlassung ruhig ist und sich angepaßt zu haben scheint. Er hat seine Arbeit wiederaufgenommen und erzählt, daß er von Freunden des Viertels, die nicht im selben Hause wohnen, umgeben ist. Das erweckt den Eindruck eines doppelten Bündnisses: die Nachbarn mit der Schwester auf der einen Seite und der Bruder mit dem Viertel auf der anderen Seite. Einige Zeit bleibt die Situation im

Gleichgewicht. Die Beziehung zwischen Bruder und Schwester ist auf ein Minimum reduziert. Dennoch konnte man eine Vereinbarung vermitteln, auf Grund deren der Bruder, der wegen seines Prozesses mit der EDF keinen Strom erhält, ihre Stromleitung anzapfen darf. Das wird jedoch der Vorwand für eine neue Krise. Die Schwester hat das Gefühl, daß ihr Bruder sie mißbraucht, weil er zu viel Strom verbraucht. Sie sperrt ihm den Strom. Auch bei diesem neuen Ereignis spielen die Nachbarn eine Rolle, sie verstärken die Intrige durch Bemerkungen folgender Art: ›Gestern abend sind wir sehr spät nach Hause gekommen, da brannte bei ihm noch überall das Licht. Was der Ihnen an Elektrizität verbraucht!‹ Da die Situation wieder zu explodieren droht, versucht man zu intervenieren. Das Café des Viertels, das sich für geringe Gegenleistungen des Kranken angenommen hat und ihn ernährt, bietet einen günstigen Hintergrund. Hier kommt es zu heftigen Anklagen gegen die Hausbewohner. Diese jedoch sind der Meinung, daß man mit diesem gefährlichen Individuum ›endlich Schluß machen muß.‹ Herr Ro. schreibt dem Arzt einen Brief. Er macht den Psychiater für das Verhalten des Kranken verantwortlich und beschuldigt ihn der Komplizenschaft, die in seinen Augen gefährlich ist. Er schreibt, der Psychiater ›simuliere noch stärker als der Kranke‹. Man gewinnt immer mehr den Eindruck, als Kommunikationskanal zwischen den verschiedenen Protagonisten zu fungieren. Wenn man die streng symmetrischen und gegensätzlichen Versionen der beiden Parteien anhört, sind es immer die anderen, die verrückt sind, die interniert werden müssen. Am Ende wird der Kranke wieder hospitalisiert, diesmal aber nicht, weil die Situation sich verschärft hat, sondern aus einem äußerlichen Grund: der Präsident der Republik kommt zu einem offiziellen Besuch in die Stadt.[18] Bevor M. sich ins Krankenhaus begibt, öffnet er den Wasserhahn. Das veranlaßt die Schwester zu einem empörten Telefonanruf. Gleich am nächsten Tag geht der Kranke in Begleitung einer Fürsorgerin nach Hause, um den Wasserhahn zuzudrehen. Nachdem die

18 Bei derartigen Gelegenheiten wird die Polizei angewiesen, besonders wachsam zu sein und eventuell diejenigen, die die öffentliche Ruhe stören könnten, zu internieren. Dieser skandalöse Eingriff in die persönliche Freiheit hat für manche ehemalige Kranke außerdem schwerwiegende psychologische und finanzielle Konsequenzen.

Geister sich wieder beruhigt haben, wird der Kranke entlassen. Die Fürsorgerin kümmert sich von nun an regelmäßig um das Mietshaus, da wir vermuten, daß immer dann etwas passiert, wenn der Wunsch besteht, uns zu sehen. Sechs Monate lang macht sie regelmäßige Hausbesuche, einmal bei dem Kranken, ein andermal bei der Schwester oder den Nachbarn. Sie wird immer sehr freundlich empfangen, und da sie Neuigkeiten über die einen oder anderen berichten kann, bietet sie einen Ersatz für das frühere Kommunikationssystem, und die Situation bleibt die ganze Zeit ruhig. Dann fährt sie in Ferien und bleibt einige Wochen fern. Das Resultat läßt nicht auf sich warten. Ein Mann, der sich als Freund der Familie Ro. vorstellt, ruft an und warnt den Arzt: ›Ihr Kranker fängt wieder an: er hat den Mülleimer versteckt und die frischen Farben im Flur verschmiert. Er läßt dauernd das Wasser laufen und stellt es den anderen ab.‹ Wir begeben uns an Ort und Stelle. Wir finden Herrn M. im Café, von Freunden umgeben. Er leugnet hartnäckig, das Wasser laufen zu lassen. Wenn er es den Nachbarn doch einmal abgedreht habe, so habe er es nach der ersten Beschwerde sofort wieder angestellt. Er gibt zu, den Mülleimer versteckt und die Farbe im Flur verschmiert zu haben, aber er fügt hinzu: ›Meine Schwester hat mir den Strom abgestellt.‹ Er nimmt uns mit in seine Wohnung, um uns zu zeigen, daß er keinen Strom hat. Seine eigenen Handlungen rechtfertigt er mit dem Verhalten der anderen. Wir bemerken, daß der Wasserhahn in seiner Küche leckt. Er verspricht, das defekte Teil zu reparieren, kann sich jedoch den spöttischen Zusatz nicht verkneifen: ›Für diese Arbeit muß man aber das Wasser abstellen.‹

Später gehen wir zu seiner Schwester. Diese gibt sich natürlich mit der Erklärung, daß der Wasserhahn leckt, nicht zufrieden und bestreitet, daß sie ihrem Bruder den Strom gesperrt hat: ›Er ist doch Elektriker und weiß genau, wie man den Strom an- oder abstellt.‹ Sie erzählt, daß ihr Bruder sich am letzten Sonntag beinahe mit Herrn Ro. in die Haare gekriegt hätte, und zeigt uns die Schmiererei im Treppenhaus, wo der Bruder die frische Farbe mit den Nägeln abgekratzt hatte. Zur Abrundung ihrer traurigen Mission beschreibt sie ihren Bruder, geifernd und aggressiv. ›Wenn Sie ihn nur gesehen hätten, Herr Doktor!‹ Unmittelbar darauf sagt sie, daß sie gar nicht da war, als es passierte. Da wir uns wundern, warum die anderen Leute im Viertel ihren Bruder so gern mögen, erklärt sie: ›Aber ich verstehe mich auch mit allen Leuten ausgezeichnet, nur nicht mit denen im Café; ich gehe übrigens auch nie ins Café; es wird auch erzählt, daß der Sohn des Wirts schon im Gefängnis war und daß sie Pleite machen. Das wird auf jeden Fall behauptet.‹ Sie weigert sich, zu ihrem Bruder Kontakt aufzunehmen: ›Von mir aus soll er abkratzen, ich würde nicht einmal zu seiner Beerdigung gehen; soll er doch wie ein Hund begraben werden. Er hat mir einfach zuviel angetan.‹ Später fügt sie hinzu: ›Manchmal habe ich Mitleid mit ihm: ich habe die Kaution bezahlt und ihn aus dem Gefängnis geholt. Als er im Krankenhaus war, habe ich ihm durch meine Tochter Geld zukommen lassen. Vor kurzem habe ich ihm die Rechenmaschine zurückgegeben, die ich ihm weggenommen hatte; verstehen Sie, eigentlich wollte ich eine Entschädigung haben für den ganzen Strom, den er verbraucht, aber ich habe ihm die Maschine hinter die Tür gestellt, weil ich dachte, daß er sie im Winter vielleicht für seine Arbeit braucht; er hat sich nicht einmal bedankt.‹

Frau Ro. ist mit ihrer Tochter allein zu Hause. Sie versichert uns, daß sie gar keinen Grund habe, anzurufen und noch weniger, einen Freund zu beauftragen. Obwohl ihr Mann M. ertappt hat, als dieser das Treppenhaus beschmierte, hätten sie keinen Streit mit dem Kranken angefangen. M. habe zwar die Mülltonne versteckt, er habe sie aber auch wieder hingestellt. Sie ist jedoch überzeugt, daß M. ein ›Spezialsystem‹ erfunden hat, mit dem der das Wasser abstellen kann, ohne in den Keller zum Haupthahn zu gehen: ›Ich habe auf die Uhr geguckt und ausgerechnet, wie lange es dauert, bis das Wasser kommt, wenn M. das Haus betritt. Ich glaube, er hat keine Zeit, in den Keller zu gehen.‹ Die Schwester, die sich inzwischen zu uns gesellt hat, findet, daß Frau Ro. übertreibt, ›da sie selbst sich so etwas nicht einmal vorstellen kann.‹ Sie bittet uns, ihrem Bruder nicht zu erzählen, was sie über die Leute im Café gesagt hat: ›Das würde nur Ärger bringen‹.

Wir beschließen, uns mit dem Kranken und einigen Nachbarn zu treffen. Die Schwester weigert sich zu kommen. Dieses Treffen leitet einen Dialog zwischen M. und Frau Ro. ein. Von Stund ab sagen sie sich guten Tag. Es gelingt jedoch nicht, eine

Begegnung zwischen dem Kranken und einem Trinker, der auch im Haus wohnt und abends spät nach Hause kommt, zu arrangieren. Man sagt uns: ›Wenn die sich begegnen, bringen sie einander um.‹ Obwohl der anonyme Anruf immer noch nicht aufgeklärt ist (man hat sogar vermutet, daß der Kranke selbst dahintersteckt), hat unser Besuch zumindest bewirkt, daß der Strom wieder angestellt wird. Seitdem läuft auch das Wasser nicht mehr. Die Fürsorgerin hat ihre regelmäßigen Besuche wiederaufgenommen, Ruhe ist wieder eingekehrt.

Die Rigidität der Einstellungen, die Bemühung, jede Überraschung auszuschalten, die intensiven projektiven Aktivitäten, die feindselige Beobachtung des anderen und die bewaffnete Verteidigungshaltung sind charakteristisch für diese Art von Beziehungen. Nur die eigene Erklärung ist zugelassen und richtig. All das sind paranoide Züge, die nicht nur für den Kranken, sondern für das ganze Haus bezeichnend sind. Ein weiterer wichtiger Faktor ist die Reproduktion der Spaltung zwischen Bruder und Schwester auf der Ebene des Wohnhauses und Viertels. Ob ein solches System durch den Kranken erzeugt wird oder ob der Kranke als Opfer erscheint, ist im Grund unwichtig. Die Unterstellung kausaler Zusammenhänge ist bei einer derartigen Geschichte wirklich nicht angebracht. Das System muß als Ganzheit betrachtet werden, in der die Verhaltensweisen des Kranken und die der Nachbarn miteinander zusammenhängen und interagieren. Der Kranke und sein Milieu sind nicht voneinander zu trennen; man kann sie nicht unabhängig voneinander untersuchen, und in manchen Fällen können sie auch nicht unabhängig voneinander behandelt werden. Es wird deutlich, daß die Geisteskrankheit eine soziale Dimension hat. Sie bezieht sich auf die soziale Umgebung. Diese soziale Dimension darf nicht vernachlässigt werden. ›Die Krankheit verzweigt sich durch verschiedene Kommunikationskanäle und erreicht auf irgendeine Weise eine ganze Gruppe, meist die Familie, es kann aber auch die Nachbarschaft oder eine Gruppe von Arbeitskollegen sein.‹ (R. Bastide, *Sociologie des maladies mentales*).«[19]

Im Hause M. wird alles zur Sprache; auch die »unbedeutenden« Dinge erhalten plötzlich einen Sinn. Hinter diesen patho-

19 J. R. Gallé-Tessonneau, *Maladie mentale et Psychopathologie d'immeuble,* Thèse, Lyon 1968.

logischen Übertreibungen steht die Problematik der Kommunikation zwischen den Hausbewohnern. Die Kommunikation kann außerhalb jeglicher Verbalisierung verlaufen. Die physische Erscheinung, das Nach-Hause-Kommen oder Weggehen, eine zugeknallte oder nicht geschlossene Tür sind Botschaften und als solche der Interpretation ausgesetzt. Diese Botschaften nehmen ungewöhnliche Bahnen. Gallé sieht in dem vermittelnden Objekt ein häufig verwendetes Kommunikationsmittel zwischen dem Kranken und seiner Umgebung. Das Kennzeichnende an diesem Objekt ist, daß es ohne Schwierigkeit Zugang zu allen Wohnungen hat. Es kann ein Kind sein, das vom einen zum anderen geht und um Süßigkeiten bettelt, es kann aber auch ein Haustier sein; in unserem Fall sind es die Strom- und Wasserleitungen. Der Psychiater und die Fürsorgerin – die den zahlreichen Tabus im Hause nicht unterworfen sind und das Recht haben, an jede Tür zu klopfen – können ihrerseits diese Funktion des vermittelnden Objekts erfüllen.

Wir haben an einem Stück Praxis einige Aspekte der Gemeindepsychiatrie zu beschreiben versucht. Wir wollen dieses Kapitel mit der Frage nach dem Sinn dieser neuen Psychiatrie beschließen und versuchen, im Lichte der oft sehr lebhaften Kritiken ihre Grenzen zu erläutern.

Es wird oft behauptet, daß der »Bezirk« einer militärischen Konzeption der Psychiatrie entspricht. Der Kranke werde gezwungen, einen bestimmten Arzt, eine bestimmte Beratungsstelle aufzusuchen. Einige Grundgesetze der medizinischen Praxis, die »freie Wahl« und die »Geheimhaltung«, würden nicht respektiert. Wir haben mehrere Male darauf hingewiesen, daß tatsächlich die Gefahr besteht, daß der Mitarbeiterstab des Bezirks außerhalb des Asyls eine totale Institution im Asylstil wiederherstellt. Der Bezirk, »der eine Explosion außerhalb der Institution darstellt, besteht oft nur aus Trümmern der letzteren«.[20]

Wenn die chronisch Kranken in ihren Familien oder irgend welchen Heimen verschwinden, sind sie minder sichtbar und weniger beunruhigend (vielleicht auch besser toleriert und we-

20 G. Benoit, *Les Tares originelles du secteur, ses déviations et son destin*, Communication au Colloque de Courcheval, in: *Information psychiatrique*, Januar 1970.

niger unglücklich). Die Kontrollbeziehung – die Wächter und Bewachte im Asyl verbündete – spielt sich diskreter und weniger bedrückend ab. Die Fürsorgerin, der praktische Arzt, der Lehrer, die Nachbarn und natürlich auch die Polizisten teilen ganz einfach die Wächterrolle mit dem Psychiater. Auf diese Weise aufgelöst, ist die Kontrolle wahrscheinlich nicht mehr so schmerzhaft (sowohl für den Voyeur als auch für den Gesehenen), sie macht jedoch auf subtilere Weise verrückt. Im Namen eines »Psychiatrisierungsprozesses« der Öffentlichkeit kann jedermann die repressive psychiatrische Ideologie internalisieren, jeder kann sich zu seinem eigenen Psychiater und zum Psychiater seines Nächsten machen und seine eigene Verrücktheit sowie die seines Partners bewachen und unterdrükken. Wenn dem so ist, dann kann man auf der Stufe der Fiktion von Huxley »die beste Gemeinschaft der Welt« prophezeien: die gesamte Gesellschaft wird zum Asyl, zu einer totalen Institution.

Welchen Wert diese Warnungen auch immer haben mögen, es ist jedenfalls angebracht, der Psychiatrie (und den Psychiatern) einen bescheideneren Platz zuzuweisen. Wir sind nur Funktionäre einer gegebenen Gesellschaft; wir werden dafür bezahlt, gesellschaftlichen Ansprüchen zu dienen und möglicherweise diese Ansprüche durchschaubar zu machen. Wir haben nicht die Macht, die Zukunft dieser Gesellschaft zu bestimmen. Die von uns betriebene Psychiatrie (ob sie in der Klinik oder außerhalb ausgeübt wird) wird immer im Gesichtskreis der Gesellschaft bleiben und den Status einnehmen, der dem Wahnsinn zugewiesen wird. Wenn die Gesellschaft technokratisch ist, werden wir eine technokratische Psychiatrie betreiben (der Bezirk kann sogar als erster Schritt in diese Richtung angesehen werden). Wenn die Gesellschaft »revolutionär« ist, werden wir vielleicht eine »revolutionäre« Psychiatrie betreiben. Und wenn die Gesellschaft verrückt ist, werden wir überhaupt keine Psychiatrie mehr machen.

Der absolute Liberalismus kann auf den Kranken den Eindruck machen, daß gefährdeten Personen jegliche Hilfe verweigert wird. Für den Psychotiker hat der Zwang manchmal eine reale, restrukturierende Funktion; er beruhigt seine fürchterliche Zerstücklungsangst, die unstrukturierte Situationen nicht verkraften kann. Wenn der Kranke gezwungen wird, eine bestimmte Beratungsstelle aufzusuchen – es sei denn, er wechselt den Wohnsitz –, so kann man das als Angriff auf die »freie Wahl« des Arztes, die im Code de Déontologie vorgeschrieben ist, auffassen. Wir wollen nur am Rande bemerken, daß wir uns weniger hartnäckig wehren, wenn unsere Kinder gezwungen werden, in eine bestimmte Schulklasse zu gehen. Außerdem sollte man sich erinnern, daß die »freie Arztwahl« auch in den besten Zeiten des Asyls gänzlich zufällig und von den freien Betten abhängig ist; es gibt viele Kranke, die von Rückfall zu Rückfall sämtliche Stationen eines Krankenhauses durchlaufen haben.

Vom theoretischen Standpunkt aus ist der Wechsel des Arztes für den Kranken – und für den Arzt – oft eine Gelegenheit, der psychotherapeutischen Problematik auszuweichen. Wenn Kranker und Arzt dazu gezwungen werden, sich jahrelang gegenseitig zu ertragen und ihre Schwierigkeiten gemeinsam zu analysieren, sehe ich darin auch auf der theoretischen Ebene keine Nachteile.

Ein anderer Punkt, der der Gemeindepsychiatrie oft vorgeworfen wird, ist ihre Unentgeltlichkeit. Als »Lücken-Büßer-Medizin« hat sie den Auftrag, alle »Mängel« zu beheben: den Mangel an privaten Psychiatern, die mangelnden Mittel bestimmter sozialer Schichten und den Mangel an Toleranz und Verständnis verschiedener sozialer Gemeinschaften, denen der Kranke angehört; sie wird zur Medizin der Armen und Verworfenen, zu einer Sub-Medizin. Die Unentgeltlichkeit der medizinischen Handlungen wirft in einer Konsumgesellschaft, wo alles (oder fast alles) bezahlt werden muß, tatsächlich Probleme auf. Der Kranke fühlt sich manchmal von solchen Wiedergutmachungsschulden so sehr belastet, daß sie sich kaum noch in Geld aufrechnen lassen.[21] Andererseits ist der Begriff der Rentabilität im Gesundheitswesen schwerlich kompatibel mit dem Begriff der Hilfeleistung. Eine Autofabrik rentiert sich, wenn sie viele Fahrzeuge produziert und sie mit Gewinn verkaufen kann. Das Ziel des Mitarbeiterstabes für Psychohygiene ist jedoch die Verhinderung von Geistesstörungen im Bezirk. Seine »Produktion« bedeutet also gleichzeitig den Schwund der eigenen Klientel.

21 M. Marie Cardine, a.a.O.

Wenn der Mitarbeiterstab nach dem Vorbild eines gewinnbringenden Unternehmens arbeitet, besteht sein Interesse darin, so wenig wie möglich zu produzieren, um finanziell rentabel zu bleiben. Da sich Rentabilität und Produktivität im umgekehrten Sinne entwickeln, darf der Mitarbeiterstab nicht von der Klientel oder dem zahlenden Dritten abhängig sein.
Außerdem wird uns oft vorgeworfen, daß der »geographische Bezirk« eine künstliche Schöpfung sei, daß die Psychiatrie nur noch für Frauen (oder sogar für »alte Weiber«) und Kinder da sei. Die Männer seien zum Beispiel in der Fabrik, die nicht zum Bezirk gehört. Auch auf Ab- und Zuwanderer nehme der Bezirk keine Rücksicht. Ursprünglich dazu gedacht, die Arbeitskontinuität für den Mitarbeiterstab zu erleichtern, transformiere er sich in eine »Zwangsvorschrift des Wohnsitzes«.
Schließlich wird gesagt, der Bezirk sei eine Erfindung, die auf bäuerliche Strukturen zurückgehe; sie orientiere sich an dem Vorbild der Kirchengemeinde oder der traditionellen Gemeinde, sie sei das Erbstück einer vergangenen Zeit, in der man am selben Ort wohnte und arbeitete, geboren wurde, lebte und starb. Vom Asyldorf zum dörflichen Bezirk. Tatsächlich ist die Psychiatrie im allgemeinen und die Bezirkspsychiatrie im besonderen stark von der Vorstellung der Seßhaftigkeit und vom Gedanken des Territoriums geprägt.
Die Psychiatrie konstituierte sich als Wissenschaft des Raumes. Die Berufung auf den Raum hat dem anatomisch-klinischen Modell gute Dienste erwiesen. Am Anfang war der Psychiater vorwiegend der Verwalter eines Raumes (eines Raumes übrigens, dessen Grenzen nicht der Psychiater bestimmt hat. Die Grenzen lagen schon lange vor seiner Intervention fest, und er hat sie verspätet durch seine Anwesenheit bestätigt). Der Psychiater hat den ihm anvertrauten Raum verordnet, rational zerschnitten, und dann hat er diesen Raum vor Einbrüchen geschützt, während er gleichzeitig Ausbrüche vorbereitete. Der Psychiater hat den ihm anvertrauten Raum geordnet, rational wohl seine Gedanken als auch seine Funktion sind gleich geblieben. Er kann sich damit beschäftigen, die Verrückten seines Bezirks zu besichtigen, die Toleranz zu erhöhen, möglicherweise das Problem auf eine politische Ebene zu stellen und Mittel für die Auftragsarbeit zu fordern, er bleibt dennoch der Gefangene eines Raumes, des Raumes. Der Bezirk ist ein wenig

zum Symbol der Raumtreue des Psychiaters geworden. Sobald ein Kranker sich in einen falschen Bezirk verirrt, wird er beschimpft. Es scheint, als ob die täglich zurückgehaltene Intoleranz und Aggressivität endlich einen Ausweg fände. Die Psychiatrie kann sich nicht wohlfühlen. Sie, die sie sich ihr Brot durch die Verworfenen verdient, verbietet die Verwerfung. Daher stammt das Bedürfnis, ein eigenes Territorium zu haben, ein Territorium, das niemand verlassen und niemand betreten darf. Nach dem Zerfall der Nosographie, die den einen akzeptierte und den anderen ächtete, bildet sich im Bezirk eine neue Struktur des Ausschlusses. In diesem Sinne besteht tatsächlich die Gefahr, daß der geographische Bezirk, obwohl in einer anderen Form, die asylhaften Institutionen und die nosographische Vernunft überleben läßt, das heißt, daß der Raum begünstigt und die Zeit zerstört wird.

Trotz alledem: die Analyse institutioneller Strukturen und die Ausbildung therapeutischer Vermittler sowie alle Handlungen innerhalb des sozialen Kontextes des Kranken lassen sich nur in einem bestimmten geographischen Rahmen durchführen. Die Gemeindepsychiatrie therapiert sowohl die Gemeinde (und den Kranken durch die Gemeinde) als auch einzelne Patienten. Ist der Umzug eines Einzelnen denn so wichtig, wenn doch der Behandlungsrahmen und der zu behandelnde Rahmen an Ort und Stelle bleiben?

Ein letzter Vorwurf besteht darin, daß die »Gemeindepsychiatrie die Flucht aus den Institutionen veranlasse und eine Regression dieser Institutionen« (denen die »aktivsten« Helfer und Kranken weggelaufen sind) verschulde. Ich habe Klagen von Pflegern gehört, das Krankenhaus sei der »Mülleimer« des Bezirks geworden. Sie drückten ihre Frustration darüber aus, von therapeutischen Resultaten abgeschnitten und in die undankbare Rolle des Revanchespielers beim Schach geraten zu sein.

Eine Zeit lang bestand die Versuchung, den »Eisenvorhang« vor das Asyl zu ziehen, die chronisch Kranken ohne Psychiater und ohne Pfleger nur mit einigen Wächtern ihrem Schicksal zu überlassen, bis sie friedlich einschlafen. In der Zwischenzeit wollte man draußen neue Institutionen gründen. Das trügerische Wesen solcher Projekte ist uns heute bekannt. Das Asyl ist ein soziales Monstrum, dessen Gifte auch die anspruchsvollsten Neuerfindungen zu vernichten droht. Bezirk und Institution sind zu einer paarweisen Evolution verurteilt. In einer Struktur, in der das Krankenhaus nur noch ein Element unter anderen ist, müssen sich Kranke und Therapeuten ständig austauschen.

Der Bezirk ist in erster Linie ein Werkzeug, er ist nicht die endgültige Lösung. Die Gemeindepsychiatrie repräsentiert eine technische Etappe in der Entwicklung der Psychiatrie (eine Etappe, die vielleicht sehr schnell beendet ist und zum Verfall der Psychiatrie führt). Wenn man aus dem »Bezirk« und der »Gemeinde« kein Idealobjekt macht, wenn man in ihnen keine Götzen sieht, dem man Opfer bringen muß, wenn man sie ganz bescheiden als ein Mittel (unter anderen) zur Therapie von Geisteskranken oder Kranken ansieht, wird manche Kritik hinfällig. Nur die Ideologie der Gemeinde ist theoretisch anfechtbar, die Bezirkspraxis muß nach ihren Ergebnissen beurteilt werden.

VI. Folgerungen

> »Man sage nicht, daß die gesellschaftliche Bewegung die politische ausschließt. Es gibt keine politische Bewegung, die nicht gleichzeitig auch eine gesellschaftliche wäre.« Karl Marx, *Das Elend der Philosophie*

Wir haben versucht, einige der Projekte zu beschreiben, die heute an der veralteten Welt der Verrücktenanstalten rütteln. Wir hoffen, daß diese Welt mit den Psychiatern unserer Generation untergeht.

Zum Schluß wollen wir zeigen, daß unsere theoretischen Perspektiven nicht nur eine Praxis anregen, sondern auch eine Umgestaltung der administrativen Strukturen verlangen. Die Behauptung, daß der Psychiater Gemeinschaften behandeln will; daß er den Kranken als Beispiel einer allgemeinen Pathologie ansehen will; daß er seine Verurteilung durch die objektivierende Nosographie erkennen und nun seine Augen und Institutionen den Veränderungen öffnen will, hat lediglich episodische Bedeutung, wenn die sozialen Instanzen nicht mithelfen, wenn keine tiefgreifenden Veränderungen stattfinden, wenn die Beziehung zwischen dem Geisteskranken und der Gesellschaft, also die Aufgabe, mit der die Gesellschaft den Psychiater und seine Mitarbeiter befaßt, sich nicht grundlegend wandelt. Diese Aufgabe muß mit Hilfe von radikal neuen Arbeitsinstrumenten umdefiniert werden. Es wird deutlich, daß das Problem über den einzelnen Bezirk hinausgeht. Die Kritik am Asyl als Symbol der Verwerfung führt unweigerlich zur Kritik an der verwerfenden Gesellschaft.

Bei ein- und demselben Vorgehen muß man sich vor zwei kennzeichnenden und zugleich gegensätzlichen Gefahren in Acht nehmen. Die eine ist so alt wie die ärztliche Verordnung sozialer Verhaltensweisen gegenüber Wahnsinnigen unter dem Namen Psychiatrie. Sie besteht darin, den Verrückten, den Psychotiker, den »Kranken« aus dem Kontext, der ihn realisiert und den er realisiert, zu isolieren. Dadurch wird die psychiatrische Institution selbst zu einer Kultureinheit, einer psychosoziologischen Abstraktion und verschleiert sowohl den für ihre Konstitution verantwortlichen Ausschluß als auch das sie tragende sozioökonomische System. In einer absoluten »sozialen Leere« spricht man von Reformen, von der Analyse der Schwierigkeiten, von der Beruhigung der Spannungen oder dem Durchschaubarmachen der Konflikte; man stellt sich nicht einmal die Frage, welchen Einfluß die Art der Finanzierung auf das Funktionieren der Institutionen hat.

Andere wiederum geben sich dem modischen Romantismus hin und begnügen sich mit einem Verbalradikalismus; sie erklären jede partielle Reform zum Verrat. Auf diese Art und Weise tragen sie objektiv zur Erhaltung einer völlig erstarrten Ordnung bei. Dieser flinke Maximalismus gibt vor allem dem jungen Psychiater Gelegenheit, den unerträglichen Aspekt vieler täglich erlebter Situationen zu kaschieren und auf die Lösung aller psychologischen Probleme durch einen fernen Umbruch zu verweisen.

Grundlegend ist in beiden Fällen die uns schon bekannte Schwierigkeit, den Kranken *und* seine Umgebung, das Individuum *und* die Gesellschaft als ein Ganzes zu begreifen.

Wir müssen noch einmal betonen, daß wir es für unmöglich halten, die Psychiatrie zu verändern, ohne gleichzeitig ihren sozialen Status zu verändern, das heißt, ohne in der Gesellschaft eine »beträchtliche, obschon begrenzte Umwälzung« zu bewirken, um mit M. Balint zu sprechen. Wir müssen festhalten, daß die Revolution noch nicht auf der Tagesordnung steht; außerdem hätte sie wahrscheinlich wichtigere Dinge zu erledigen als die psychiatrische Versorgung.[1]

Wir halten es für entscheidend, unverzüglich Programme zu entwickeln, die das Leben derer, die unsere Hilfe brauchen, erleichtern können. (Nebenbei gesagt, wir hoffen, daß sie, wenn sie einmal in ihrer Kritik bestärkt sind, wenn sie ihre Trennung und eigene Identität wahrnehmen können, eher bereit sein werden, unsere Armee von Kämpfenden und Unzufriedenen zu stärken als die anonyme Horde von Konformisten.) Wie dem auch sei, wenn man sich

1 Wir verwerfen die Hypothese, der zufolge die Revolution den Wahn »heilen« und die Devianz zum Verschwinden bringen wird. Einerseits erlaubt keine der bisher stattgefundenen sozialen Veränderungen, diese Hypothese zu validieren; andererseits ist sie für die tägliche Arbeit unbrauchbar, da sie dazu auffordert, die »große Stunde« abzuwarten und auf diese Weise die herrschende Ordnung zu dulden oder sich in die sozial-politische Arbeit zu stürzen, ohne auf den Hilferuf des Psychotikers zu antworten.

auf strukturelle Reformen einläßt, so bedeutet das weder, daß man seine Bemühungen einzig und allein auf den psychiatrischen Bezirk, der willkürlich von der übrigen Gemeinde abgesondert wird, beschränkt, noch daß man sich innerhalb des Bezirks oder anderswo mit oberflächlichen Verbesserungen zufriedengibt. Ganz im Gegenteil. Die uns vererbte psychiatrische Organisation hat mit unseren Vorstellungen nicht das geringste zu tun. Diese Ordnung muß von Grund auf zerstört und vollkommen anders konstruiert werden (im Bewußtsein der Gefahr, wieder zu dem zu werden, was sie einmal gewesen ist, was sie nie wieder werden darf). Im übrigen zwingen uns unsere prophylaktischen Aufgaben, die psychiatrische Fragestellung weit über die »Asylmauern« und die Glaswände unserer Beratungsstellen hinauszutreiben und in die Institutionen einzudringen, in denen unsere Klientel lebt: die Schule, die Fabrik, das Viertel. Damit diese Fragestellung sich entfalten kann, damit die vermummte und angekettete Sprache sich befreien und Gehör verschaffen kann, muß ein neues Therapiesystem organisiert werden.

Wir schlagen eine Operation auf zwei Ebenen vor: auf der Ebene der Finanzierung sowie auf der der Gestaltung und Verwaltung.

Zunächst wollen wir kurz den heutigen Zustand der öffentlichen psychiatrischen Organisation umreißen. Das Budget für »geistige Gesundheit« besteht aus zwei getrennten Bereichen, zwischen denen es keine Vermittlung gibt. Die Vorbeugemaßnahmen gegen Geisteskrankheiten unterliegen den Departements. Diese richten eine gewisse Zahl von Beratungsstellen ein (trotz der Fortschritte der letzten Zeit sind es immer noch sehr wenige), die vom Staat, dem Bezirksrat und einer Subvention der regionalen Krankenkasse finanziert werden. Wir erinnern daran, daß die Beratungsstellen, zumindest theoretisch, ausschließlich zur Aufdeckung neuer Fälle bestimmt sind. Fürsorge ist im Prinzip verboten. Der Arzt wird nach der »Vakanz« und nicht nach seinen Leistungen bezahlt. Sein Klient ist die Gesellschaft, die er von Verrückten säubern muß – ein sehr unbefriedigender Status. Als »Dienstmädchen« der Gesellschaft, das die Verworfenen zusammenkehrt, wird der Psychiater bald, neben der Putzfrau, der letzte Stundenarbeiter unseres Landes sein, der zudem noch schlecht bezahlt wird. Im

Gegensatz dazu wird die Therapie individuell bezahlt; der Behandelte bezahlt entweder direkt oder durch einen Verantwortlichen: wenn er minderjährig ist: durch seine Eltern, wenn er nicht arbeitet: durch seinen Ehepartner, wenn er mittellos ist und Anspruch auf kostenlose medizinische Versorgung hat: durch die Stadt oder das Departement. Im Rahmen der Krankenversicherung muß die Krankenkasse den entsprechenden Betrag an den Kranken zurückzahlen.
Wenn die Behandlung in einer öffentlichen oder staatlich anerkannten Einrichtung stattfindet, wird der »zahlende Dritte« benachrichtigt; er überweist den entsprechenden Betrag direkt an die Einrichtung. Der Kranke muß das Geld in solchen Fällen also nicht vorstrecken. Die einzigen Einrichtungen der öffentlichen Versorgung sind die psychiatrischen Krankenhäuser, die wenigen psychiatrischen Stationen in den allgemeinen Krankenhäusern und einige öffentliche oder halböffentliche Einrichtungen, die nach dem Vorbild des Krankenhauses funktionieren (Rehabilitationsheime, Tagklinik etc.). Die psychiatrischen Krankenhäuser sind departementale Einrichtungen und unterstehen direkt der Präfektur. Im Gegensatz zu den allgemeinen Krankenhäusern haben sie keine administrative Autonomie.[2] Ihre unzureichende Anzahl hat den Staat veranlaßt, gewissen privaten Einrichtungen, die meist religiösen Gemeinschaften oder gemeinnützigen Organisationen wie der Mutuelle générale de l'Education nationale oder der Association d'hygiène mentale du XIII arrondissement von Paris gehören, die staatliche Anerkennung zu gewähren. Sie werden dadurch zwar von Rechts wegen öffentliche Einrichtungen, behalten aber eine gewisse Unabhängigkeit in ihrer Verwaltung. Man gewinnt den Eindruck, daß die öffentliche Hand mit einigen wenigen Ausnahmen bezüglich der psychiatrischen Versorgung nur die totale oder partielle Hospitalisation kennt und die gesamte ambulante Therapie und Fürsorge dem privaten Bezirk überläßt. (Das ist übrigens nur eine Karikatur dessen, was sich in allen medizinischen Spezialgebieten unter dem Druck eines wirksamen liberalen Berufsverbandes abspielt.)

2 In diesem Punkt, der allerdings auch der einzige ist, haben sich die Bestimmungen seit der Redaktion dieses Buches verändert. Im Zuge einer laufenden Krankenhausreform werden wahrscheinlich noch weitere Veränderungen vorgenommen.

In den öffentlichen oder staatlich anerkannten Krankenhauseinrichtungen (oder angegliederten Einrichtungen) läßt sich die geldliche Maßeinheit der Versorgung an dem Tagessatz ablesen. Dieser wird durch die Teilung der jährlichen Gesamtunkosten der Einrichtung plus einigen zusätzlichen Investitionen durch die in Anspruch genommene Tageszahl eines Jahres errechnet. Der Tagessatz deckt also sowohl die Ausgaben für die Unterbringung als auch die Pflege, Nahrung und Medikamente. In den Privatkliniken und den allgemeinen Krankenhäusern werden die Arzthonorare extra berechnet. Die psychiatrischen Krankenhäuser, Gefangene einer unverhältnismäßig schwerfälligen gestaffelten Administration, müssen bis heute die Totalität ihrer Ausgaben, inbegriffen das Gehalt der Ärzte, mit einem Tagessatz decken, der nicht einmal die Hälfte des billigsten Tagessatzes in einem allgemeinen Krankenhaus beträgt.

In den letzten Jahren sind einige Versuche gemacht worden, die Antithese zwischen Versorgung und Prophylaxe zu überwinden. Die Association du XIII arrondissement von Paris hat versucht, das Problem durch die einheitliche Verwaltung eines Budgets mit zwei verschiedenen Finanzierungsquellen zu lösen. Einerseits werden die Zentren für Psychohygiene zu 40% durch das Departement und zu 60% durch die Krankenkasse subventioniert; diese Zentren kümmern sich um die ambulante Behandlung und die Prophylaxe im XIII. Arrondissement. Andererseits finanziert sich eine Reihe von Institutionen (Krankenhäuser, Tagkliniken, Heimhospitalisierung, therapeutische Werkstätten, Rehabilitationsheime und die Unterbringung in Familien) durch jeweils unterschiedliche Tagessätze. Dieses System, das zweifellos einem fortgeschrittenen Entwicklungsstadium der Verwaltung entspricht, blieb nicht unkritisiert. Es erhält die Trennung von zwei verschiedenen Budgets für Prophylaxe und Therapie aufrecht und führt zu zwei unabhängigen Diensten. Besteht nicht außerdem die Gefahr, daß die Vervielfältigung von Institutionen mit einem jeweils anderen Tagessatz, folglich auch mit einem eigenen Budget (auch wenn das Budget in eine gemeinsame Kasse fließt), den institutionellen Partikularismus begünstigt? Bringt das nicht Schwierigkeiten mit sich? Unterstützt das nicht die institutionelle Starrheit?

Wir haben den zahlenden Körperschaften ein anderes Verfahren empfohlen, das übrigens auch eine Veränderung an der Basis voraussetzt. Als Grundlage nehmen wir das Einheitsprinzip bei der therapeutischen Handlung an, das ein gleiches Engagement aller Institutionen sowie aller Einrichtungen, die sich nicht durch Mauern als Institutionen materialisieren, verlangt.[3] Aus dieser Sicht haben wir der Einrichtung einen einheitlichen Tagesbeitrag für die psychiatrische Versorgung vorgeschlagen. Für einen psychiatrischen Mitarbeiterstab, der aus einem Arzt, fünf Helfern, einer Sekretärin und zwei Familienberatern besteht, wird der Tagesbeitrag durch die Teilung des täglichen Gesamtlohnes plus Unkosten für Betrieb durch die Anzahl der täglich versorgten Kranken errechnet. (Bei uns beträgt er 25.) Jedesmal, wenn der Kranke sich mit dem gesamten Mitarbeiterstab oder einzelnen Delegierten, einmal wöchentlich oder täglich, den ganzen Tag oder nur stundenweise, individuell oder in der Gruppe trifft, bezahlt die Krankenkasse einen Tagessatz. Treffpunkt kann die Wohnung des Kranken, die Beratungsstelle, aber auch eine Institution sein. Die Krankenkassen müßten in Zukunft die Unkosten für Halb- oder Vollpension, je nachdem, ob der Kranke vollständig oder nur zeitweise hospitalisiert ist (am Tag oder nachts), gesondert erstatten. Diese Aufteilung in einen festgelegten Tagesbeitrag für die Behandlung und einen variablen Preis für Unterkunft und Versorgung entspricht übrigens auch den allgemeinen Reformbestrebungen der Krankenkasse.
Die Mediziner und Psychologen machen unterdessen weiter wie in alten Zeiten. Sie richten departementale Dienststellen für die Psychohygiene ein. Für derartige Dienststellen gibt es keine identifizierten Kranken, folglich auch keine Krankenkasse, die dafür bezahlt. (In den Bereich der Psychohygiene fallen Kontakte mit den Sozialarbeitern, Stadtteilversammlungen etc.) Auch wenn zeitweise im Rahmen dieser Dienststellen Beratungen von Kranken durchgeführt werden, sehen die Krankenkassen keinen Grund, dafür einen Tagesbeitrag zu zahlen.
Obgleich die genannten Dispositionen unter den augenblicklichen Umständen als die bestmöglichen oder die am wenigsten

3 Wir setzen uns dafür ein, daß unsere institutionelle Ausstattung auf ein Minimum beschränkt wird, um die Entstehung neuer Ausschlußstrukturen zu vermeiden.

schlechten erscheinen, befriedigen sie uns nicht; die Trennung von Prophylaxe und Behandlung ist immer noch nicht aufgehoben. Vor allem halten sie uns in dem Modell der privaten Medizin gefangen, das für die öffentliche psychiatrische Arbeit völlig ungeeignet ist. Es bleibt dann dabei, daß der Konflikt aus der Gesellschaft ausgelagert und in einem Individuum angesiedelt wird, daß Kranke und Nicht-Kranke getrennt werden, daß unterschieden wird zwischen dem, der behandeln kann, und dem, der es nicht darf und auch die notwendigen Mittel nicht hat, kurz, es bleibt bei dem medizinischen Monopol. Entsprechend bleibt die Trennung von geistiger und körperlicher Arbeit als Grundlage unseres sozialen Systems unangetastet. So wird unser Projekt vereitelt. Unsere Ziele werden nicht erreicht: die Erleichterung der Therapie des Geisteskranken durch die, die ihn leiden machen und die mit ihm leiden; die Therapie zu einer Angelegenheit aller Betroffenen und durch die Therapie der Gesamtheit Individuum-Familie-Gesellschaft Hilfe und Prophylaxe zu einer Einheit zu machen. Sobald wir uns diesen Zielen nähern, werden wir unrentabel. Und umgekehrt gilt: um ein nahezu defizitäres Budget auszugleichen, müssen »Kranke hergestellt werden«.
Ich habe den Einwand schon im Ohr: »Mit welchem Recht legen Sie Ihre eigenen Ziele selbst fest? Warum unterwerfen Sie sich nicht den Imperativen Ihres Arbeitgebers, der Gesellschaft?« Aber der Vertrag zwischen dem Psychiater und der Gesellschaft beruht auf einer Ambiguität. Der Psychiater hat die Gesellschaft glauben gemacht (die um diesen Glauben gebeten hat und den Psychiater für die Überzeugung bezahlt), daß seine Kranken ganz gewöhnliche Kranke sind und seine Spezialität eine medizinische Spezialität wie jede andere ist. Heute wird diese Ambiguität eklatant – zumal ja der Psychiater auch für die Behandlung bezahlt wird, das heißt für die Aufdeckung der Ambiguitäten und des Latenten.
Wenn ich damit einverstanden bin, irgendeinen kranken Störenfried zu hospitalisieren, wen soll ich dann behandeln? Ihn allein? Oder auch seine erschöpften Eltern, die wieder zu sich kommen müssen, seine beunruhigten Kinder, seine Nachbarn, oder gar seinen verängstigten Arzt? Soll ich mich um die Prophylaxe oder die Therapie kümmern? Warum muß der eine bezahlen und der andere nicht? Wenn bei einer Versammlung

des Viertels einem geholfen werden kann oder ein anderer die Kraft findet, seinen Partner zu unterstützen, soll ich das dann Therapie oder Prophylaxe nennen? Es ist ganz klar, daß die individuelle Versorgung und die Dichotomie zwischen Therapie und Prophylaxe angesichts einer Situation, die als ganze pathologisch ist, absurd erscheinen. Wenn wir die getrennten Budgets, die getrennten Einrichtungen und Funktionsweisen aufrechterhalten, bringen wir uns in Widerspruch zu unseren wirklichen Zielen. Deshalb setzen wir uns dafür ein, daß die Einrichtungen für Psychohygiene umfassend subventioniert werden, so daß die gesamte präventive und therapeutische Aktivität der psychiatrischen Organe innerhalb und außerhalb der Institutionen gedeckt ist.[4] Diese Subvention könnte zwischen der Krankenkasse, für die sie vertragsgemäß das Risiko der »Geisteskrankheit« einer Gemeinschaft bedeuten würde, einerseits und dem Staat, dem Departement und der Stadtverwaltung andererseits aufgeteilt werden. Aufgrund einer solchen einheitlichen Subvention könnte die psychiatrische Hilfe, die sich nicht mehr von der Prophylaxe unterscheiden ließe, ebenso kostenlos wie soziale Dienstleistungen und die Schule angeboten werden.

Nun stellt sich freilich das Problem, wem die Verwaltung anvertraut werden soll. Die Bürokratisierung der Gesamtheit der psychiatrischen Bezirkseinrichtungen, analog der Entwicklung in der Fürsorge, erscheint als erste Möglichkeit. Sie enthält jedoch einige Nachteile, in erster Linie den, daß die Be-

4 Im Krankenhaus verleitet das System des Tagessatzes dazu, stärker auf höhere Einnahmen und die Verzögerung von Entlassungen als auf eine baldige Befreiung vom Wahn zu achten. Ein Chefarzt gestand mir eines Tages: »Ihr Bezirk ist ja ganz schön und technisch einwandfrei, aber wir haben dadurch weniger Kranke, und das macht mir mein Budget kaputt.« Wenn der Arzt des psychiatrischen Krankenhauses im Krankenhaus wirklich seine Arbeit tut oder sogar den Krankenhausaufenthalt verkürzt und Vorsorge betreibt, ruiniert er die Verwaltung, von der er bezahlt wird. Selbst wenn seine Arbeit insgesamt rentabel ist, erscheint durch die Magie der getrennten Budgets und der innerhalb des öffentlichen Bezirks herrschenden Konkurrenz ein Defizit. Bonnafé hat einmal gesagt, wenn der öffentliche Psychiater vom Wahn befreien will, dann besteht seine Aufgabe darin, für den Verfall der Institutionen zu kämpfen, die den Wahn stigmatisieren, erhalten und paradoxerweise noch belohnen. Seine Position unterscheidet sich also erheblich von der des im allgemeinen Krankenhaus arbeitenden Arztes, der seine Institution benutzt und ihr dient.

zahlung nicht den Maßstäben des privaten Bezirkes und der öffentlichen Krankenhäuser entspricht. Die Ärzte der psychiatrischen Krankenhäuser haben einhundertfünfzig Jahre lang die Nachteile der bürokratischen Medizin am eigenen Leibe erfahren; nach einem langen Kampf haben sie jetzt endlich den Status des »Vollzeitarztes« errungen, der sie halbwegs zufriedenstellt. Außerdem ist die Rigidität der französischen Verwaltung bekannt. Die Ärzte müssen sich einer lähmenden Zentralisierung beugen und werden Opfer kleinlicher Kontrollen.

Eine zweite Lösung würde mit der augenblicklichen Entwicklung der psychiatrischen Krankenhäuser, die ebenso wie die allgemeinen Krankenhäuser ein eigenes Profil und mehr Autonomie anstreben, in Konflikt geraten. Das Konzept bestünde darin, das Krankenhaus zum Vorkämpfer des Bezirks zu machen und ihm die Totalität der Subventionsverwaltung anzuvertrauen. Alle Aktivitäten der halboffenen und offenen Institutionen würden mit dem psychiatrischen Krankenhaus verknüpft. Allein die Formel »offene und halboffene Institutionen« beinhaltet einen ganzen Komplex. Der Bezirksplan wird als Wurmfortsatz des Krankenhauses angesehen, eine Verlagerung nach außen, die sich dem Nomadentum der Geisteskrankheit anpaßt, die von der Psychose zur Neurose, vom Alkoholismus zur Delinquenz irrt. Aus dem Bezirk wird eine Art Krankenhauskolonie. Das Krankenhaus versetzt einige seiner Leute in Zweigstellen (die Beratungsstellen), gewinnt sein Primärmaterial, die Kranken, und gibt die transformierten Produkte, die angeblich geheilten oder gebesserten Subjekte, wieder zurück. In dieser Kolonie herrscht eine hierarchische Ordnung. Die Macht liegt in den Händen des Krankenhauses und seiner Meister. Als Verwalter des Wissens und der Technik verordnen diese eine Behandlung, die auf der medizinischen Autorität beruht.

Zur gleichen Zeit herrscht eine von den Technikern völlig unabhängige Administration auf ihre Art und Weise. Weder die Behandelnden noch die Behandelten haben das Recht, darauf irgendeinen Einfluß zu nehmen. Da die Behandelnden vollkommen von dieser Administration abhängig sind, suchen sie ihre letzte Zuflucht in der leeren Illusion der technischen Unabhängigkeit, die in Wirklichkeit durch die ökonomischen Imperative stark eingeschränkt ist, und halten zugleich ihre Kranken in einem Zustand totaler Abhängigkeit fest. Mit Vorschlägen wie der finanziellen Mitbeteiligung der Kranken an ihrer Behandlung, die in der privaten Praxis gefordert wird, oder durch den Kampf gegen die unentgeltliche Therapie soll diese Abhängigkeit abgeschafft werden. Fällt man mit solchen Argumenten nicht auf den Geldfetischismus herein, hält man, wenn man sich ihrer bedient, das Geld nicht für das, was es symbolisiert? Es gibt andere Möglichkeiten, den Klienten – und wir gehen davon aus, daß die Klienten sich nicht nur auf die »identifizierten« Patienten beschränken – eine Beteiligung an ihrer Therapie zu gestatten, zum Beispiel die Übertragung von Verantwortung in der Verwaltung. Die aktuelle, ja sogar die zukünftige Struktur der psychiatrischen Krankenhäuser lehnt sich dagegen auf. Ein besonderer Hemmschuh ist das Gesetz vom 30. Juni 1838, das immer noch den Status der meisten Krankenhäuser festlegt. Dieses Gesetz von Louis-Philippe hat nichts mehr mit unserer heutigen Realität zu tun. Wir wollen die fünf grundlegenden Implikationen dieses Gesetzes, die überholt oder durch neuere juristische Bestimmungen hinfällig sind, kurz zusammenfassen.

a) *Der Geisteskranke ist ein gefährliches Subjekt, das unschädlich gemacht werden muß. Er sollte hinter Mauern gesperrt und von kräftigen Wärtern umgeben werden.* Durch die modernen Therapieformen und insbesondere eine gute Ausstattung des psychiatrischen Bezirks ist diese »Gefährlichkeit« erheblich reduziert worden. Wir haben gezeigt, daß die Gefahr viel eher von den schwierigen Beziehungen innerhalb zerstörter oder gestörter Gemeinschaften als vom Individuum ausgeht.[5] Eine neue amerikanische Kriminalstatistik bestätigt, daß der prozentuale Anteil ehemaliger Internierter unter dem Durchschnitt der übrigen Gesellschaft liegt.

b) *Der Geisteskranke ist unfähig, sein Hab und Gut zu verwalten. Er muß deshalb gegen den Betrug einer skrupellosen Umgebung geschützt werden.* Heute unterliegt die Vermögensverwaltung und die Verantwortung für den Geisteskranken sowie jedes anderen Menschen, der juristisch für »nicht zurechnungsfähig« erklärt wird, dem Gesetz über »Unzurech-

5 Siehe J. Hochmann und M. Colin, *Diagnostic et traitement de l'état dangereux*, in: *Etudes de criminologie clinique*, Masson 1963.

nungsfähigkeit« von 1968, das weitaus differenzierter ist als das Gesetz von 1838.

c) Der Gesetzgeber von 1838 behauptet: *Der Geisteskranke weigert sich, die pathologische Natur seiner Störungen anzuerkennen und widersetzt sich der Behandlung. Angesichts der Gefahr, die er für sich selbst und für die anderen darstellt, ist es angebracht, ihn zwangsweise zur Therapie zu verpflichten.* Die Entwicklung der institutionellen Psychotherapie hat bewiesen, daß es in den meisten Fällen möglich ist, die Zustimmung des Kranken und seiner Umgebung zu einem therapeutischen Plan zu gewinnen, und daß die Weigerung im Zusammenhang mit dem jämmerlichen Zustand und den herrschenden Zwangsmaßnahmen der meisten Therapiestätten gesehen werden muß. Im übrigen ist für viele Krankheiten, die die Öffentlichkeit berühren, in den Bestimmungen des Gesundheitswesens eine obligatorische Behandlung vorgesehen (ansteckende oder Geschlechtskrankheiten). Die Verweigerung aller Sozialleistungen für jeden, der seine Krankheit nicht medizinisch rechtfertigt und sich einer Behandlung entzieht, impliziert ebenfalls eine Verpflichtung zur Behandlung. Im übrigen muß erwähnt werden, daß es in der Praxis viel schwieriger ist, die Therapie eines Kranken abzubrechen, als ihn zur Behandlung zu motivieren.

d) Das Gesetz von 1838 besagt darüber hinaus: *Der Geisteskranke ist einer fremden Kraft ausgeliefert, er wird durch einen unausweichlichen Prozeß wahnsinnig und kann deshalb im juristischen Sinne nicht als verantwortlich für seine Handlungen gelten.* Diese Bemerkung ist eine unnütze Wiederholung des Artikels 64 des Strafgesetzbuches.

e) Als der Gesetzgeber von 1838 sich über die Maßlosigkeiten bei den Internierungen klar wird, als er merkt, daß er den Einweisungsbeschluß wieder ins Leben gerufen hat, versucht er mit allen Mitteln, die Bürger gegen willkürliche Internierungen zu schützen. Um den Mißbrauch des Gesetzes zu unterbinden, bestätigt er den Wahnsinn und legt die Bedingungen der Internierten gesetzlich fest. Der Ausnahmecharakter von willkürlichen Internierungen ist uns bekannt (es sei denn, man hält jede Internierung für willkürlich). Das Problem würde uns nicht mehr belasten, wenn die Möglichkeit der Internierung an sich verschwände. Sofern es stimmt, daß die Einführung des

Gesetzes als Bestandteil der Triade einen strukturierenden Effekt in der Arzt-Patient-Beziehung hat, ist es wahrscheinlich therapeutisch wirkungsvoller, wenn das angewandte Gesetz das aller Bürger und nicht das Ausnahmegesetz für Geisteskranke ist. Wir sind der Meinung, daß das psychiatrische Krankenhaus mitsamt seinen Gesetzen verschwinden muß. Wir wollen nicht leugnen, daß es nützlich ist, wenn man in einem bestimmten Stadium der Krise, unter der eine Gemeinschaft leidet, einen oder mehrere Protagonisten des Dramas hospitalisieren kann (obwohl eine gute Ausstattung im Bereich der offenen Institutionen solche Indikationen weniger notwendig macht[6]). Doch den Hospitalisierten muß auf jeden Fall etwas anderes angeboten werden als die Konzentration in einem altmodischen, ungemütlichen, medizinisch unzulänglich ausgerüsteten Gebäude, in dem es an Pflegepersonal mangelt, in dem die Pfleger oft schlecht augebildet sind und der von chronisch Kranken, die das Asyl definitiv »zeitlos« gemacht hat, übervölkert ist. Wer begreifen will, welch unverschämter Betrug hinter der Behauptung steht, in einem derart totalen Universum könne geheilt werden, der sollte Gentis[7] lesen.

Verschiedene Lösungen für die unzumutbare institutionelle Ausstattung unseres Landes wurden vorgeschlagen. Bei der ersten braucht man sich nicht erst aufzuhalten. Sie besteht in der Konstruktion neuer psychiatrischer Krankenhäuser oder psychiatrischer Stationen innerhalb der schon bestehenden Krankenhäuser. Wer mit uns darin übereinstimmt, daß die Ideologie die Basis des psychiatrischen Krankenhauses ist, daß sie es zu einem geschlossenen Raum macht, in dem der Wahn unterdrückt und eingeschränkt und der Wahnsinnige überrumpelt wird, der wird auch den monströsen Charakter dieses Vorschlags bemerken.

Man erwägt immer häufiger, Hospize oder zweckentfremdete

6 Auf der psychiatrischen Station, um die wir uns seit vier Jahren kümmern, sind zahlreiche Hospitalisierungen entweder auf das Fehlen einer adäquaten offenen Institution oder auf die Intoleranz der Umgebung zurückzuführen, für deren Behandlung uns wiederum nicht genügend Mittel zur Verfügung stehen. Ein weiterer Grund ist das Überhandnehmen »sozialer« Faktoren (Arbeitslosigkeit, Wohnungsnot, fehlende Unterstützung seitens der Familie), die für die Behandlung der Gemeinde zugleich Unsicherheitsfaktoren sind.

7 R. Gentis, *Les Murs de l'asile,* a.a.O.

Sanatorien in Bewahranstalten für Verrückte zu verwandeln, so daß im psychiatrischen Krankenhaus Betten für aktive Behandlungen freiwerden. Bisweilen läßt der Psychiater sich von diesem Luftgespinst beeindrucken und vermutet, daß er mit den »unheilbar« Kranken auch den »bösen Geist« magisch aus dem Asyl vertreiben und im gereinigten Krankenhaus seinen »neuen Methoden« freien Lauf lassen könne. Wir wiederholen noch einmal, daß er durch die Rekonstruktion des Asyls an einem anderen Ort tödliche Keime in seine eigene Praxis bringt: Auf der einen Seite kann man sich der Heilung rühmen, um auf der andere Seite einen noch schlimmeren Wahnsinn zu verdecken. Es wäre verlockend, gewisse Kranke, die einem nicht mehr gefallen, zu chronisch Kranken zu erklären, sie in einer neuen Gefangenschaft zu vergessen. Unsere Wissenschaft, die nicht hinreichend abgesichert ist, um Unheilbarkeit irrtumslos vorauszusagen, würde dieser Versuchung entgegenkommen. Wir hätten keine andere Wahl mehr, als die chronisch Kranken durch die Therapie zur Bestätigung unserer Prognose zu zwingen. Seit Kraepelin war das in den Asylen immer der Fall. Der Umwandlung von im Verfall begriffenen Institutionen in Heime für chronisch Kranke muß man daher mit Vorsicht begegnen; sie kann nur unter der Bedingung eines verstärkten therapeutischen Engagements, das die Opfer unserer alten Herrschaft berücksichtigt, akzeptiert werden.

Im Augenblick wird viel über die Eröffnung psychiatrischer Stationen in den allgemeinen Krankenhäusern diskutiert. Dieses Konzept hat den Vorteil, daß die Kluft zwischen psychiatrischer und allgemeiner Therapie verringert und der Wahnsinnige durch den »gleichberechtigten« Krankenstatus in die Gesellschaft reintegriert wird. Diejenigen, denen die Privilegien und Interessen als Arzt wichtiger sind als die Kranken, befürchten, daß die »guten Kranken« von den neuen Stationen »aufgesogen« werden und nur noch die weniger »interessanten« im Asyl verbleiben. Wenn die Stationen der allgemeinen Krankenhäuser tatsächlich einer immer größeren Anzahl von Kranken die Grausamkeiten der Internierung ersparen und ihre Heilung beschleunigen könnten, würde ich applaudieren. Ich vermute die Gefahr jedoch an einer anderen Stelle. Ich befürchte, daß diese Stationen durch eine allzu konformistische Ergebenheit gegenüber dem medizinischen Modell des allgemeinen Krankenhauses für den diagnostizierten und von seinem Kontext abgeschnittenen Kranken zu einem vergoldeten Gefängnis werden. Die Ansteckung könnte allerdings auch umgekehrt verlaufen und die neue Psychiatrie die Medizin beeinflussen ...

Dennoch befürworten wir kleine, polyvalente, in der Gemeinde verstreute Therapieeinheiten, die als Kurhaus, Heim, Tagklinik oder psychiatrische Krankenstube des Viertels verwendet werden können. Diese Kleinstrukturen können entweder unabhängig bleiben oder dem nächsten allgemeinen Krankenhaus angegliedert werden; sie müssen in der Bezirksplanung aufgehen, so daß sie keine zentrale Stellung einnehmen und nur ein Element ohne weitere Kontrollfunktion über die anderen darstellen. Wir sind überzeugt, daß es verhängnisvoll wäre, wenn alles, was im offenen Bereich des Bezirks entsteht, dem psychiatrischen Krankenhaus unterstellt würde. Vielmehr müssen die meist zerbrechlichen Gegenversuche unterstützt werden, damit sie ihrer Aufgabe der institutionellen Kritik, ihrem Kampf gegen das immer wieder entstehende Asyl nachkommen können.

Wenn wir die uneingeschränkte Bürokratisierung, deren Schädlichkeit offenkundig geworden ist, ablehnen, wenn wir uns gegen den »Krankenhauszentrismus« wenden, mit dem die Reformen uns lahmlegen wollen, wen würden wir dann für die Verwaltung des einheitlichen Budgets, für das wir kämpfen, akzeptieren? Die Antwort ist einfach. Die gesamte Orientierung unserer Arbeit führt natürlicherweise zu dem Schluß, daß die Benutzer der Station, die Behandelnden, die Behandelten und die Einwohner der Gemeinde, die einzigen sind, die unter der Kontrolle der zahlenden, für die Steuergelder verantwortlichen Instanzen die »Gesundheitspolitik« wirksam beeinflussen und leiten können.

In Kapitel IV sind wir auf die Vorzüge von gemeinnützigen Organisationen, die nach dem Gesetz von 1901 aus öffentlichen Mitteln finanziert werden, eingegangen. Merkwürdig an diesem Gesetz ist die Tatsache, daß es zur Zeit der Trennung von Staat und Kirche mit dem Ziel erlassen wurde, der Verwaltung eines Teiles des Nationalerbes, nämlich der Kultstätten, einen legalen Status zu geben. Nachdem dieses Gesetz schon den Boulespielern, den Glasbläsern oder den Feuerwehrvereinen zum Vergnügen verholfen hat, wird es nun zur »Entklerikalisierung« der Psychiatrie gebraucht. Derartige Vereine sind flexibel genug, um sich auf die Gegebenheiten jedes Bezirks einzustellen. Dadurch, daß Gemeindevertreter, Mitglieder von lokalen Vereinen, die Familien der Kranken, die Kranken selbst und alle, die mit den Kranken beruflich zu tun haben oder den Störungen vorbeugen, repräsentiert sind, entsteht eine wirkliche therapeutische Gemeinschaft. Im Unterschied zu den »Gemeinschaften«, die innerhalb der psychiatrischen Krankenhäuser anfangs nützlich und später abträglich wirkten, hat diese den Vorzug, daß sie sich der Bevölkerung öffnet und sich nicht nur mit Träumen, Wahnsystemen oder spielerischen, ansatzweise soziotherapeutischen Projekten beschäftigt. In ihr wird ein reales Budget diskutiert und aufgeteilt. Man betreibt ein authentisches Unternehmen. In den Versammlungen, in denen Verrückte und Nichtverrückte, Familien, Nachbarn, Sozialarbeiter, Stadtverordnete und Polizisten Seite an Seite sitzen, kann die Frage nach dem Sinn der Geisteskrankheit und ihrem sozialen Status eines Tages gestellt werden.[8]

Die Kontrolle der Helfer durch die Kranken hat sich in einigen laufenden Experimenten als erfolgreich erwiesen. Auch die durch die unentgeltliche Therapie entstehenden Schwierigkeiten können so behoben werden. Als Mitverwalter des Therapieunternehmens können die Kranken mit den Therapeuten, de-

8 Die linke Theorie, die heute in bestimmten Kreisen vertreten wird (siehe vor allem die schon zitierten Arbeiten von Basaglia und Cooper), hält dies für die wesentlichste Frage. In den meisten Punkten stimmen wir mit diesen Autoren und ihren Schülern völlig überein. Wir unterscheiden uns jedoch gerade in bezug auf die genannte Frage von ihnen. Wir sind der Meinung, daß die der psychiatrischen Arbeit zugrunde liegenden, bestehenden Sozialstrukturen so geartet sind, daß eine solche Frage gar nicht erst auftaucht. Im psychiatrischen Krankenhaus und, so wie sie augenblicklich ist, auch in der Beratungsstelle, noch mehr natürlich in der Privatpraxis, ist es unmöglich, sich nach der Bedeutung der Etikettierung des Wahns, der Gefangenschaft von Verrückten oder der Therapiemethoden zu fragen. Wir halten es deshalb für unmöglich, eine *politische* Antwort auf ein Problem zu geben, das noch nicht einmal gestellt werden kann. – Unsere erste Aufgabe ist die, die psychiatrische Organisation so weit zu verändern, daß sie zu Stätten der Interaktion zwischen den verschiedenen Protagonisten des – unserer Definition der »Geisteskrankheit« zufolge – soziopathischen Spiels zu mehreren werden. Was danach aus der Psychiatrie, ihrem Gegenstand, ihren Zielen und ihren Mitteln wird, können wir nicht vorhersagen.

ren Dienste sie in Anspruch nehmen, Verträge schließen und somit der Abhängigkeit entgehen.
Die Arbeit solcher Vereine müßte selbstverständlich auf der Ebene von departementalen, regionalen und nationalen Organisationen koordiniert werden, und die Staatsrepräsentanten müßten als Dritte intervenieren. Unter diesen Bedingungen ließe sich verhindern, daß die psychiatrischen Stellen des Bezirks technokratisch verformt werden; sie würden von den Gemeinden selbst hervorgebracht und richteten sich an deren Bedürfnissen aus. Der von der Gemeinde angestellte Mitarbeiterstab könnte in die verschiedenen Kommunikationsnetze des Bezirks eindringen. Der Mitarbeiterstab würde zum Bestandteil der Organisation der Gemeinde. Die Zusammenarbeit, die in bezug auf einen gegebenen individuellen oder kollektiven Fall entsteht, würde schon nach kurzer Zeit eher durch die Bedürfnisse und die Nachfrage des Klienten motiviert als durch den Wunsch der Sozialarbeiter, ihre Organisation nutzbar zu machen. Das Bedürfnis des Klienten wäre ausschlaggebend für die Interaktion – nicht die Zugehörigkeit zu dieser oder jener Hierarchie. Wenn der Mitarbeiterstab nach diesem Modell, das den Klienten in den Mittelpunkt stellt, funktionieren soll, wenn er für alle Veränderungen und Umstrukturierungen je nach dem gegebenen Fall bereit sein soll, muß er selbst notwendigerweise demokratisch strukturiert sein. Je stärker der Mitarbeiterstab enthierarchisiert ist, je schwächer die internen und externen organischen Bindungen sind, um so eher sind zeitlich beschränkte Neuorganisationen von interdisziplinären Mikrogruppen, in denen Praktiker aus verschiedenen Bereichen zusammen einen Fall bearbeiten, möglich. Unserer Erfahrung nach, die noch in den Anfängen steckt, kann der psychiatrische Pfleger ebensogut mit dem Sozialarbeiter des Viertels, dem praktischen Arzt oder dem Lehrer wie mit dem Psychiater kooperieren. Das gleiche gilt für alle anderen Mitglieder des Mitarbeiterstabes. Aber dieses Eintauchen in eine Kollektivarbeit, die zerfließenden Rollengrenzen und der Verlust des Schutzes, den eine durch die Zugehörigkeit zu einer rigiden Körperschaft geprägte professionelle Identität gewährt, lösen oft Ängste aus; aus diesem Grunde ist es wichtig, daß der Mitarbeiterstab sich zu einer kommunizierenden und hilfsbereiten Gruppe entwickelt. Das wiederum verstärkt die Not-

wendigkeit der Kollegialität und der Neuverteilung von Rollen und Funktionen und steht in Widerspruch zu der Starrheit einer Hierarchie, die nicht aus der Gruppe hervorgeht, sondern durch eine äußere Autorität aufgepfropft wird. Auch das Kooptierungsverfahren läßt sich unter diesen Umständen nicht mehr mit dem alten Rekrutierungsprinzip durch Wettbewerb oder Ministerbeschlüsse vereinbaren, das seit Napoleon die gesamte französische Administration lähmt.

Diese wenigen Vorschläge werden sicherlich manchem harmlos und abwieglerisch vorkommen. Andere werden nur den zweifelhaften Wert von Utopien darin erkennen. Wir sind jedoch überzeugt, daß sie vollständig und schnell realisierbar sind und in all ihrer Begrenztheit Vorstufen zu Veränderungen sein können, die über die Psychiatrie hinaus das gesamte öffentliche Versorgungssystem betreffen und den Weg für unvorhersehbare Umwälzungen öffnen können.

VII. Anhang: Bemerkungen zu den Gruppenmethoden

Wenn die zunehmende Festigung der Psychoanalyse und die Entwicklung von individuellen Psychotherapien die grundlegenden Errungenschaften der ersten Hälfte des zwanzigsten Jahrhunderts sind, so kann man für die letzten 10 oder 15 Jahre behaupten, daß sie durch die Ausbreitung von Gruppenmethoden im Bereich der Sozialhygiene gekennzeichnet sind.

Die verschiedenen Konzepte der Gruppenpsychotherapie und Psychopädagogik repräsentieren einen fruchtbaren Ansatz, der sich insbesondere für die öffentliche Psychiatrie in der Konsumgesellschaft eignet. Für den Gemeindepsychiater sind sie ein wertvolles Werkzeug bei seinen Aktionen. Da sie die Basis für eine Therapie der »menschlichen Gemeinschaften« darstellen, wollen wir ihnen diesen Anhang widmen. Die Konzeptualisierung der Devianz als Soziopathie, d. h. als Pathologie der Beziehungen in einem zwischenmenschlichen System, ist aus der Anwendung von Gruppenmethoden hervorgegangen. Das bedeutet zugleich eine Rechtfertigung und Nutzbarmachung dieser Methoden.

Die erzieherischen Auswirkungen von Gruppenerfahrungen sind seit langer Zeit bekannt. Daniel Gonin[1] weist in seinem Buch auf die »kollektive geisterbeschwörende Rolle« in der griechischen Tragödie und die kollektiven Zeremonien in den heiligen Stätten des Asklepios hin. Camus, Schüler von Dejerine, der unserer Zeit näher steht, betont die wohltuende Wirkung der kollektiven Therapie, und in den USA behandelt Pratt Tuberkulosekranke in Gruppen. Nach dem Zweiten Weltkrieg entfalteten sich zunächst drei verschiedene Richtungen der Gruppentechnik, die sich jedoch in zunehmendem Maße einander annähern.

J. L. Moreno »erfindet« zunächst in Wien und später in den USA das »Psychodrama« und entwickelt unter dem Begriff »Soziometrie« ein theoretisches Modell, in dessen Mittelpunkt

1 D. Gonin, *Psychothérapie de groupe du délinquant adulte en milieu pénitentiaire*, Paris 1967.

das soziale Atom steht. Dieses Atom definiert er als »Kern, der sich durch die anziehenden und abstoßenden Beziehungen im Umkreis eines Individuums konstituiert, die aus einem Netz interrelationaler Ketten bestehen, welche durch affektive Ströme hervorgerufen werden.« In einer Vielzahl von »aktiven« Techniken versucht das dramatische Spiel, die Spontaneität des Individuums zu befreien. Bisher war das Individuum unter einer Masse von sozialen Stereotypen begraben, die Moreno unter dem Namen »Kulturkonserven« bloßstellt. Durch ein regelrechtes »Spielen« des Subjektes und seiner Geschichte, durch Rollentausch, die Verwendung von Doppelgängern und des stabilisierenden Ich will der Spielleiter sowohl für den Protagonisten als auch für das Auditorium eine intensive gemeinsame Erfahrung herbeiführen. Sein Vorhaben besteht darin, den Weg für einen interpersonellen Austausch auf der affektiven Ebene zu öffnen.

Ausgehend von der Gestaltung der Sozialpsychologie als Wissenschaft des interpersonellen Beziehungsfeldes entwickelt Kurt Lewin zur gleichen Zeit eine theoretische Kleingruppenanalyse. Später wird sie unter dem Namen »Gruppendynamik« verbreitet. Darunter versteht man sowohl eine bestimmte theoretische Richtung (die »group dynamics«) als auch eine seit einigen Jahren häufig verwendete pädagogische Methode. In unserem Zusammenhang interessiert uns die Methode. Es begann 1947 in dem kleinen Dorf Bethel (Maine) in Neuengland. Dieses Dorf wurde wegen seiner isolierten Lage inmitten von Wäldern und Seen ausgewählt. Die Mitarbeiter von Kurt Lewin (Ronald Lippitt, Kenneth Benne, Leland Bradford u. a.) machten ein erstes pädagogisches Experiment, das heute unter verschiedenen Namen bekannt ist (der verbreitetste ist der des gruppendynamischen Seminars). Etwa zehn Tage lang versammeln sich die Teilnehmer, die aus verschiedenen Berufen stammen: Universitätsangehörige, Industriemanager, Pfarrer, Ärzte, Sozialarbeiter etc. unter der Leitung eines »nichtdirektiven« Trainers in kleinen Gruppen von 7 bis 10 Personen; intendiert ist, das eigene Verhalten und das Verhalten aller anderen Teilnehmer zu analysieren und das Funktionieren der Gruppe verstehen zu lernen.

Im Prinzip kennen die Teilnehmer sich vorher nicht, und es wird auch nicht empfohlen, sich nach Abschluß des Seminars wiederzusehen. Die Zeit wird für eineinhalb bis zweistündige Gruppensitzungen, die über den Tag verteilt sind, und andere Übungen und Vorträge verwendet. Die Gruppensitzung (die »training group« oder »T-group«) steht im Mittelpunkt des Seminars. Da der Trainer die Gruppe nicht dirigiert, ihr keine Aufgabe, kein bestimmtes Thema stellt, öffnet er eine Art soziale Leere, die die Teilnehmer ängstlich auszufüllen suchen, während sie gleichzeitig die Art und Weise, in der sie diese Leere betreten, die Ängste, Hoffnungen oder einfach Gewohnheiten und Stereotypen, die sie hineintragen, analysieren. Kenneth Benne schreibt: »In der Lewinschen Tradition verstand der Trainer das Funktionieren der Gruppe als einen gemeinsamen Forschungsprozeß nach dem Modell der ›action research‹. Er hatte die Rolle, den Teilnehmern behilflich zu sein, durch die Diskussion möglichst viele adäquate und validierte Gegebenheiten zu begreifen. [...] Die Gruppe diente also als Mittel, verschiedenartige Lernprozesse zu fördern. Ihre wichtigste Funktion war die, den Teilnehmern zur Internalisierung einer Reihe von mehr oder weniger systematisierten Konzepten zu verhelfen, wie zum Beispiel zum schematischen, geplanten Entwurf von Veränderungen, zu den notwendigen Handlungsfähigkeiten bei einer solchen Veränderung oder zu Hinweisen und Kriterien für Gruppenentwicklungen. Ein weiteres Ziel bestand darin, die Teilnehmer in Diagnostik und Handlung als verändernde Kraft, Teilnehmer oder Leiter von Gruppen zu üben. [...] Eine dritte Hoffnung bezieht sich auf die Ebene des Verhaltens. Die Erfahrungen sollten alle Möglichkeiten der menschlichen Organisation im interpersonellen Bereich sowie die Möglichkeiten der Gruppen im Bereich der Gruppenbeziehungen abdecken. Daher die Auseinandersetzung mit Ereignissen im Hier und Jetzt der Gruppe und die Diskussion über außenstehende Fälle.«[2] Die Veranstalter der ersten Seminare legten Wert darauf, die neuen, durch die Gruppenerfahrung erworbenen Vorstellungen auf reale Situationen (»back home«) anwendbar zu machen. Sie bemühten sich um ein besseres Verständnis der Teilnehmer von ihrer eigenen Person innerhalb der Gruppensituation. Vor al-

2 Kenneth Benne, *History of the T. Group in the Laboratory Setting*. in: J. Gibb, K. Benne, *T. Group Theory and Laboratory Method*, J. Wiley ed., New York 1964.

lem die stereotypen Verhaltensabweichungen sollten bewußtgemacht werden, von denen man annehmen kann, daß sie natürliche Gruppen, insbesondere berufliche, blockieren. Auf diese Weise entdeckte Douglas MacGregor die beiden grundlegenden Theorien der »leadership«: die Theorie X, die dem Menschen mißtraut und behauptet, daß man als Herrscher regieren muß, um Gehorsam zu erzeugen; und die Theorie Y, die den demokratischen Ansatz vorzieht. Die »T-group« war als ein positives Erlebnis in der praktischen Anwendung von Demokratie gedacht und sollte als »emotional korrektive Erfahrung« (so würde Alexander sagen) der Theorie Y wirken. Außerdem wurde angestrebt, daß die Teilnehmer in der Gruppe lernen sollten, selbst »trainers« zu werden und ihre neuen Techniken und Einsichten in den Dienst ihrer beruflichen Arbeitsteams zu stellen.

So hat sich die »Gruppendynamik« zumindest vor 10 Jahren noch dargestellt; manchmal wird sie noch heute genauso angewendet oder beschrieben, jedoch nicht ohne Kritik.[3] Seitdem – als ob sie ihre Nutzlosigkeit rechtfertigen müßte – hat die »Gruppendynamik« sich so stark weiterentwickelt, daß einige ihrer Vertreter sie in den heutigen Seminaren von Bethel nicht wiedererkennen und ihre Verwirrung, wenn nicht sogar ihr Entsetzen, zum Ausdruck bringen.[4] Der Wirbel, den der Besuch von Carl Rogers im April 1966 in Frankreich ausgelöst hat, ist bezeichnend für die Differenz zwischen dem Lewinschen Entwurf der »T-group« und den heutigen »Gruppenexperimenten«. Diese umwälzenden Veränderungen der Methode sind weitgehend einer dritten Richtung, nämlich der Gruppenpsychotherapie und -psychoanalyse, zu verdanken.

Die Psychotherapeuten und vor allem die Psychoanalytiker haben sich ihrerseits der Erforschung von Gruppenphänomenen zugewandt. Freud, der sich hauptsächlich mit der intrapsychischen Dynamik und der Geschichte der Persönlichkeitsentwicklung befaßte, hat zur Gruppenforschung relativ wenig beigetragen. Sein Aufsatz über die *Massenpsychologie* und sein eth-

3 Siehe vor allem die schonungslosen – aber zum Denken anregenden – Kritiken von J. B. Pontalis in seinem Buch *Nach Freud*, Frankfurt 1968.

4 Chris Argyris, *On the Future of Laboratory Education*, in: *The Journal of Applied Behavioral Science*, Vol. III, Nr. 2, 1967, S. 153-184.

nologisches Buch *Totem und Tabu* enthalten dennoch Ansätze einer psychoanalytischen Interpretation von sozialen und kulturellen Phänomenen. Freud zufolge tendiert jede menschliche Gruppe zur Reproduktion einer mythischen Ursituation, in der der Vater die Horde beherrschte. Die erste Gesellschaft konnte sich nur durch das Komplott der Brüder, die Tötung des Vaters, die Einverleibung der väterlichen Macht durch den Sohn im Laufe einer kannibalischen Mahlzeit und schließlich die Totemisierung des Vaters als Schutzgeist des Stammes konstituieren. »Im Jahre 1912 habe ich die Vermutung von Charles Darwin aufgenommen, daß die Urform der menschlichen Gesellschaft die von einem starken Männchen unumschränkt beherrschte Horde war. [...] Der Urvater der Horde war noch nicht unsterblich, wie er es später durch Vergottung wurde. Wenn er starb, mußte er ersetzt werden; an seine Stelle trat wahrscheinlich ein jüngster Sohn, der bis dahin Massenindividuum gewesen war wie ein anderer. Es muß also eine Möglichkeit geben, die Psychologie der Masse in Individualpsychologie umzuwandeln, es muß eine Bedingung gefunden werden, unter der sich solche Umwandlung leicht vollzieht, ähnlich wie es den Bienen möglich ist, aus einer Larve im Bedarfsfalle eine Königin anstatt einer Arbeiterin zu ziehen. Man kann sich da nur dies eine vorstellen: Der Urvater hatte seine Söhne an der Befriedigung ihrer direkten sexuellen Bestrebungen verhindert; er zwang sie zur Abstinenz und infolgedessen zu den Gefühlsbindungen an ihn und aneinander, die aus den Strebungen mit gehemmtem Sexualziel hervorgehen konnten. Er zwang sie sozusagen in die Massenpsychologie. Seine sexuelle Eifersucht und Intoleranz sind in letzter Linie die Ursache der Massenpsychologie geworden. Es läßt sich etwa auch annehmen, daß die vertriebenen Söhne, vom Vater getrennt, den Fortschritt von der Identifizierung miteinander zur homosexuellen Objektliebe machten und so die Freiheit gewannen, den Vater zu töten. [...] Wir ahnen bereits, daß die gegenseitige Bindung der Massenindividuen von der Natur einer [solchen] Identifizierung durch eine wichtige affektive Gemeinsamkeit ist, und können vermuten, diese Gemeinsamkeit liege in der Art der Bindung an den Führer. [...] Eine [solche] primäre Masse ist die Anzahl von Individuen, die ein und dasselbe Objekt an die Stelle ihres Ichideals gesetzt und sich infolgedessen in ihrem Ich miteinander identifiziert haben.«[5]

Aus dieser Sicht haben die Psychoanalytiker versucht, die therapeutischen Möglichkeiten in Gruppen durch die Analyse von Übertragungen der Teilnehmer auf den »Führer«, von Gegenübertragungen und von gegenseitigen Identifikationen zu erforschen. Bion entwickelte in England eine eigentümliche Theorie. Seiner Ansicht nach dominieren drei Prozesse das Gruppenleben: der erste ist bewußt und produktiv; die »work group« entspricht der instrumentellen Funktion in der Gruppe und stellt in der Massenpsychologie das dar, was das Ich für die Individualpsychologie bedeutet, das heißt: die Begegnung mit der Realität. Der zweite ist unbewußt und völlig emotional; Bion bezeichnet ihn mit dem Begriff Basishypothesen. Die Gruppe verhält sich so, »als ob« sie nach einem Führer sucht, der ihr Halt gibt. Durch die Neutralität und die Nicht-Intervention des Leiters, dem durch seine Berufsrolle die Führerschaft zugewiesen wird, völlig verwirrt, legen die Teilnehmer eine Reihe gemeinsamer Verhaltensweisen an den Tag, die nur dann rational werden, wenn sie mit den Hypothesen, die die Gruppe bezüglich des Führers entwickelt, in Zusammenhang gebracht werden. Der ersehnte, gesuchte oder angenommene Führer kann als gefährlich erlebt werden; man muß vor ihm flüchten oder ihn vernichten. Dieses Binom Angriff-Flucht charakterisiert die erste Basishypothese. Man kann aber auch annehmen, daß der Führer ein allmächtiger Vater ist, dem die Gruppe sich ergeben muß, von dem sie sich aber befreien will. Das ist das Binom Dependenz-Gegendependenz.

Das »pairing« schließlich, die Aktivität, durch die die Gruppenmitglieder versuchen, »Duos« zu bilden, bezieht sich auf eine dritte Hypothese: der zukünftige Führer wird seine Schäfchen in das Land führen, in dem es Milch und Honig gibt, in das glückliche Tal, in dem die Konflikte erlöschen. Er ist das Vorbild für Liebe und Vereinigung. »Die Behauptung, daß die aktuellen Probleme eine Lösung finden werden, ist ein nie eingelöstes Versprechen – eine messianische Anmaßung.«[6] Die auf diesen Hypothesen beruhenden Verhaltensweisen richten

5 S. Freud, *Massenpsychologie und Ich-Analyse*, Frankfurt 1967, S. 47, 55, 62, 64.

6 J. B. Pontalis, a.a.O.

sich nicht ausschließlich an den Leiter, sondern sie können sich auch auf die verschiedenen Gruppenmitglieder beziehen. Sie übersetzen diffuse Emotionen, die die Gruppe durchziehen und auf irgend jemanden projiziert werden. Sie stellen einen Verteidigungsmechanismus dar und kristallisieren sich in der Gruppenphantasie als überindividuelle, autonome Realität heraus, die sich nicht mehr auf die Summe der gruppenbildenden Individuen reduzieren läßt.

Diese Phantasie und die Basishypothesen haben für Bion eine Abwehrfunktion; sie schirmen die Gruppe gegen ein drittes Niveau ab: die »psychotische Gruppe«. Die Gruppenerfahrung reaktiviert Urängste der Zerstückelung, der Zerstörung, der Beeinflussung, der Verwirrung zwischen Ich und Nicht-Ich, die nach Bion für die von Melanie Klein beschriebene »paranoide Position« verantwortlich sind.[7]

Die drei bedeutsamsten Konzepte – Psychodrama, Gruppendynamik und Gruppenpsychotherapie – machen heute eine Entwicklung durch, die die einst gegensätzlichen oder gar rivalisierenden Ansätze einander näher bringt. Gruppenpsychotherapie und -pädagogik sind beinahe verwechselbar. Neue Techniken sowie ein wachsendes Interesse der Psychosoziologen und der Psychiater für die im »Hier und Jetzt« durchgemachte Erfahrung und die affektiven Implikationen der aktuellen Situation begünstigen diese Annäherung.

Carl Rogers, Psychotherapeut und Pädagoge, beschäftigt sich seit langem mit der Ausbildung in kleinen unstrukturierten Gruppen. Er bringt alle Voraussetzungen mit, um in diesem Gebiet eine wichtige Rolle zu spielen. Aber seine Forschung orientiert sich in immer stärkerem Maße an der »Basisgruppe« (*»basic encounter group«*), einer Version der »T-group«. In einer neueren Arbeit schreibt er: »Durch die Erfahrung in einer freien und kaum strukturierten Gruppe kann das Individuum nach und nach so viel Sicherheit erwerben, daß es einige seiner Widerstände und Fassaden aufgeben kann; es kann auf der affektiven Ebene eine unmittelbarere Beziehung zu den anderen Gruppenmitgliedern anknüpfen (es kann die Erfahrung basischer oder dialogischer Begegnungen machen). Es lernt sich selbst und auch seine Beziehungen zu den anderen

7 Die Theorien von W. Bion sind in seinem Buch *Recherches sur les petits groupes* dargestellt.

besser verstehen. Seine persönlichen Einstellungen und Verhaltensweisen ändern sich; die Beziehung zu den anderen spielt sich also auf einer realeren Grundlage ab. Die intensive Gruppenerfahrung erscheint als kultureller Versuch, vor der Isolierung des Lebens zu schützen. Die Person, die die Erfahrung einer Ich-Du-Beziehung gemacht hat, die eine basische Begegnung erlebt hat, ist kein isoliertes Individuum mehr. [...] Die Gruppenerfahrung führt zur Selbstverwirklichung. [...] Es scheint das implizite Ziel des Gruppenprozesses zu sein, das Leben im *hic* und *nunc* der Beziehungen voll auszuschöpfen. [...] Es ist ganz klar, daß die Gruppenmitglieder in einem freiheitlichen Klima zu größerer Spontaneität neigen, daß sie flexibler werden und ihren eigenen Gefühlen näher stehen, daß sie sich eigenen Erfahrungen stärker öffnen und im Ausdruck ihrer interpersonellen Beziehungen vertrauter und intimer sind.«[8]

Man sieht, daß die Vorstellungen an dieser Stelle eindeutig psychotherapeutisch sind, und daß das Individuum sowie der affektive Austausch, der zu anderen Gruppenmitgliedern geknüpft wird, vorrangige Bedeutung bekommen.

Die familiale und institutionelle Psychotherapie hat das unbegrenzte und faszinierende Feld der »natürlichen Systeme« für die Gruppenmethoden freigegeben. Die Psychosoziologen haben das ursprüngliche Dogma, das die Erfahrung der »T-group« Personen vorbehalten wollte, die einander nicht kennen, die zwar durch eine gemeinsame Motivation zusammenfinden, jedoch künstlich, nach Zufall oder dem Willen des Leiters gruppiert werden, überwunden; sie bieten den Mitgliedern von Arbeitsteams, Freizeitklubs oder sogar den Kranken einer Krankenhausstation solche Seminare an. James V. Clark hat dafür den Ausdruck *»task group therapy«*, Arbeitsgruppentherapie, erfunden. Er bemüht sich um die Therapie neurotischer Züge, die die Mitglieder eines gegebenen Systems in ihrer Interaktion zeigen.

In einem ganz anderen Bereich versucht man seit Jahren, averbale oder paraverbale Methoden aufzuschlüsseln. Der körperliche Ausdruck wird von Joyce Weir benutzt, um sich der Körperempfindungen zu bemächtigen. Durch Übungen, die

8 Carl Rogers, *The Process of the Basic encounter Group*, in: J. F. T. Bugental, *Challenges of Humanistic Psychology*, New York 1967.

teilweise vom Joga und von Entspannungstechniken, teilweise durch einfache Tänze angeregt sind, lernen die Teilnehmer, ihre Bewegungen zu fühlen, die Räumlichkeit zu erfahren. Die Akteure des Living Theatre haben einige dieser Methoden in Europa verbreitet.

William Schutz hat unter der Anleitung von Desoile den Tagtraum für die Gruppe zugänglich gemacht. Die Gruppenteilnehmer sollen ausgestreckt und entspannt, mit geschlossenen Augen die Vorstellungen, die ihr Bewußtsein durchziehen, nach dem Verfahren der freien Assoziation austauschen. So entsteht eine Art Kommunikation auf der Ebene des Unbewußten, die innerhalb der Gruppe erleichtert wird.

Das »personal growth laboratory«, das in Bethel und in Kalifornien errichtet wurde und jetzt unter der Mitarbeit von John und Joyce Weir, William Schutz, Sherman Kingsbury, Charles Seashore u. a. steht, repräsentiert die Konvergenz von Psychoanalyse, Psychodrama und Gruppendynamik. Es ist zur Zeit zweifellos das meist kritisierte Gruppenexperiment, das aber auch die reichsten Arbeitsmöglichkeiten bietet. Den Teilnehmern wird eine Reihe erleichternder Umstände geboten, um ihre Fähigkeiten zu affektiver Kommunikation zu erforschen und die dialogischen Möglichkeiten durch verbale (T-Group) und kreative averbale (körperlicher Ausdruck, freies Malen, Tagtraum, Psychodrama) Übungen zu fördern. Es bahnt sich hier eine ganze Ideologie von Reifung, Persönlichkeitsentwicklung und Austausch an, der über die sozialen Stereotypen hinausgeht. William Van Dusen spricht in diesem Zusammenhang von einer »anderen Welt«, einem Stück Leben, das der moderne Mensch, der von der Gesellschaft verstümmelt worden ist, die nur die Produktion materieller Güter und kognitive Fähigkeiten honoriert, während sie Gefühle verachtet, abgelegt hat. Diese »andere Welt« soll wiedergewonnen werden (notfalls auch durch Drogen).

In seiner neuesten Veröffentlichung gibt William Schutz einen Überblick über die Techniken, die innerhalb der neuen Bewegung benutzt werden.[9] »Das Thema dieses Buches ist das Glück. Das Ziel der hier dargestellten Theorien und Methoden ist die Herstellung des Glücks. Glück ist das Gefühl, das einen

9 Siehe W. Schutz, *Joy, Expanding Human Awareness*, Grove Press 1967.

überkommt, wenn man seine Fähigkeiten voll ausschöpfen kann. [...] Das Selbstvertrauen gibt dem Individuum einen Sinn, es bestätigt seine Kompetenzen, seine Fähigkeit geliebt zu werden, mit einer gegebenen Situation fertig zu werden, seine eigenen Kapazitäten zu nutzen und seinen Gefühlen freien Ausdruck zu geben. Das Glück bedarf eines lebendigen, gesunden Körpers, der Eigenliebe und produktiver, befriedigender Beziehungen zu den anderen sowie einer gelungenen Beziehung zur Gesellschaft.«[10] Dies ist ein ungeschminktes Glaubensbekenntnis – mit einem gehörigen Schuß Naivität. Die Sorge der Vertreter des »personal growth laboratory« um die »Vervollkommnung der Persönlichkeit« hat die soziale, ökonomische und politische Problematik fahrlässig unterschlagen. Letzten Endes errichtet man abseits von der Welt eine utopische Gesellschaft, ein vom industriellen Kontext unbeeinflußtes Terrain, auf dem eine Handvoll Auserwählter den Zugang zum »wahren Leben« finden.

Einige dieser Methoden sind eng verwandt mit denen, die die Schüler von Korzybski anwenden. Korzybski ist der Begründer einer nicht-aristotelischen Logik, die er unter dem Ausdruck »Allgemeine Semantik« zu formalisieren versucht und in seinem Werk *Science and Sanity* erklärt hat.[11] Grob gesagt ist sein Vorhaben die Vorbereitung einer neuen Pädagogik, die die Logik dialektisch macht, die Psyche »öffnet« und sie von der sterilen Identifikation mit veralteten Modellen befreit. Eine ganze Reihe von Techniken, die sich sowohl verbaler als auch averbaler Mittel bedienen, sollen unsere Sinne und unseren »Geist öffnen« und uns den Stereotypen entreißen. »Eine Erziehung der systematischen Deformation«[12] wird angestrebt. Die Schüler von Korzybski haben unbegrenztes Vertrauen in die Veränderungsmöglichkeiten und die Entfaltungskraft der menschlichen Psyche. Sie glauben blind an ihre Methoden und enden manchmal in Fanatismus und sektenhafter Geheimkrämerei.

Der Information halber wollen wir noch einige andere Experimente, die im Augenblick entwickelt werden und die Praktiken der Intensivkurse vervollständigen, skizzieren. In den

10 W. Schutz, a.a.O.

11 A. Korzybski, *Science and Sanity*, New York 1933.

12 G. Bachelard, *Philosophie du Non*, Paris 1962, S. 129.

USA hat Georges Bach das »Marathon« erfunden, eine Intensivgruppe, die sich 24 bis 48 Stunden ohne Unterbrechung versammelt. Die Teilnehmer bleiben die ganze Zeit im Versammlungsraum, in dem sie auch schlafen und essen. Sobald sie ermüden, brechen die Widerstände zusammen und geben den Weg zu einem privilegierten Beziehungsmodus frei.
Im Gegensatz dazu erstreckt sich das »sensitivity training« über 1 bis 2 Jahre. Jede Woche werden hierbei einige Sitzungen abgehalten, die jeweils eineinhalb bis zwei Stunden dauern.
Im Bereich der langfristig arbeitenden Gruppen soll die Erfahrung mit Diskussionsgruppen, die unter dem Einfluß von Michael Balint vorwiegend in England entstanden sind, besonders hervorgehoben werden.[13] Etwa 10 Praktiker (niedergelassene Ärzte, Sozialarbeiter, Medizinstudenten, Krankenpfleger oder Lehrer) treffen sich in regelmäßigen Abständen in Anwesenheit von ein oder zwei Leitern, um die Beziehungen zu ihren Klienten zu untersuchen. Das Gruppenthema ist also die Arzt-Patient-Beziehung oder das Lehrer-Schüler-Verhältnis, so wie es sich denen, die praktisch damit umgehen, darstellt. Das Untersuchungsziel ist eine Einstellungsveränderung desjenigen, der die therapeutische Beziehung initiiert. Einer der Teilnehmer berichtet einen Fall (entweder ein Einzelgespräch oder das Verhalten einer Gruppe); in der Diskussion soll die Beziehung zwischen dem Darsteller und seinem Klienten analysiert werden. Die Diskussionsgruppe versucht also, Beziehungspädagogik zu betreiben, die auf eigenen Erfahrungen beruht; sie ist eine Stätte der Ausbildung, der »trotz ihrer Begrenztheit beträchtlichen« Umgestaltung der Persönlichkeit (Michael Balint).

Nach diesem kurzen Überblick über ein Feld, das voll neuer Ansätze steckt, ist nun die Frage angebracht, inwieweit die Gruppenmethoden den Psychiater betreffen. Wir erheben hier keine weiteren Ansprüche als den der Klärung der therapeutischen und pädagogischen Ziele der Gruppenarbeit. Wir stüt-

13 Dazu die Veröffentlichung von Balint, *Le Médecin, le Malade et la Maladie*, und der neuere Vortrag von J. Guyotat et coll. auf dem Congrès de psychiatrie et de neurologie de langue francaise, *Psychiatrie et Formation psychologique du médecin*, 1967.

zen uns dabei auf die eigenen Erfahrungen als Teilnehmer, Beobachter oder Leiter von gruppendynamischen, psychotherapeutischen oder »Balintschen« Gruppen.[14]
Jede Kommunikation in einer Gruppe läßt sich schematisch als ein Prozeß beschreiben, in dem drei Elemente ins Spiel gebracht werden: der Sender der Botschaft, der Empfänger und das soziale Klima, in dem die Kommunikation stattfindet, das heißt: die anderen mit ihren Emotionen, Normen und übereinstimmenden Regeln, kurzum, die Anwesenheit eines Dritten, den wir Resonator nennen wollen.
Immer, wenn ich in einer Gruppe spreche, wende ich mich vor den Augen der anderen an jemanden. Die anderen begründen meine Differenz in bezug auf diesen Jemand und stellen den Resonator der Botschaft dar.
Die Kommunikation innerhalb einer Gruppe läßt sich in folgendem Schema formalisieren:

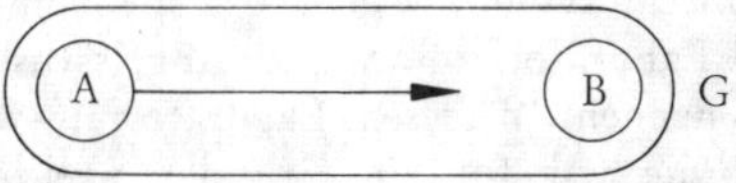

Wir machen darauf aufmerksam, daß die drei Funktionen (Sender, Empfänger und Resonator) nicht notwendigerweise in Individuen lokalisiert werden müssen. Wenn sich ein Individuum zum Beispiel an mehrere andere wendet (bei einem Vortrag), sind Resonator und Empfänger räumlich (aber nicht funktionell) austauschbar. Den umgekehrten Fall haben wir bei dem antiken Chor, der sich an einen Protagonisten hält.
Wir haben versucht, eine Theorie der menschlichen Gemeinschaften zu entwickeln, der zufolge der Einzelne sich nur durch seine Differenz zu einem anderen Einzelnen in Anwesenheit des sozialen Dritten realisieren (und existieren) kann. Die

14 Die Rudimente dieser Theorie wurden in Zusammenarbeit mit Ann Dreyfuß, die damals als *Research Assistant* im *Western Behavioral Sciences Institute* arbeitete und sich mit diesem Thema beschäftigt hatte, zusammengestellt. Im Laufe dieser Arbeit fanden wir eine Reihe von Aufzeichnungen über Gruppen, die von verschiedenen Leitern geführt worden waren.

Kleingruppe repräsentiert (im Lichte der von uns dargestellten Methoden) eine experimentelle Situation, in der der Dritte physisch sichtbar wird. Die anderen, die im täglichen Leben im Isomorphismus der Masse untergehen, zeigen *hier* ihr Gesicht, ihre Mimik und den Ton ihrer Stimme.

Die Regeln, Normen und sozialen Stereotypen, die uns im täglichen Leben, ohne daß wir es merken, beeinflussen, werden ausgeklammert. Das bezieht sich insbesondere auf die Norm, die vorschreibt, daß man sich mit einem festumrissenen Thema oder zu einer definierten Aufgabe versammelt – das Stereotyp, das nach einem Führer verlangt. Im Idealfall ist es Angelegenheit der Gruppe, den Weg zu eigenen Regeln und Normen herauszufinden und zu analysieren und die abschirmenden Stereotypen zu demaskieren.

Sicherlich kann die Kleingruppe nicht die Gesellschaft in ihren ökonomischen, politischen und kulturellen Dimensionen repräsentieren; sie ist nur eine Mikrokultur, eine »restringierte« Gruppe. In ihrem symbolischen Wert sowie in ihren Zielen bleibt sie ein »Laboratorium«, wie die angelsächsischen Psychosoziologen es nennen. In diesem Laboratorium wird die Dreieckssituation, die wir für ein Grundkennzeichen der Conditio humana halten, chemisch purifiziert. Der Dritte nimmt konkrete Gestalt an. Durch die Betonung seiner Anwesenheit werden die Möglichkeiten der Verwerfung erschwert, zumindest wird die Verwerfung leichter durchschaubar. Wie in jeder Dreieckssituation haben Ich, Du und der Andere – Sender, Empfänger und das resonierende Gruppenklima – nur in der Beziehung zueinander einen Sinn. Ein Sender ohne Empfänger ist nichts (und umgekehrt), und eine Botschaft muß die Resonanz eines bestimmten Milieus erzeugen, welches wiederum nur in bezug auf die Botschaft einen Resonator darstellt. Ohne diese Entsprechung gibt es keine Kommunikation, keine Resonanz erzeugende Botschaft mehr. Umgekehrt ist eine Resonanzbox, auf die keine Schwingungen einwirken, nur ein leerer, funktionsloser Kasten. Sender, Empfänger und Resonator stehen in einem Wechselverhältnis; sie definieren sich durcheinander und verlieren, sobald sie isoliert sind, ihren Sinn.

Es handelt sich hier nicht um die Frage, ob die Gruppe lediglich ein »Aggregat von Individuen« und ihre einzige Realität die Summe der individuellen Psychologien ist, oder ob es ein

Gruppengesetz gibt, das sich nicht auf die einfache Arithmetik zurückführen läßt. Die Gruppe ist weder ein Aggregat von Individuen noch eine autonome Realität. Die zu einer Gruppe gehörenden Individuen haben – als Gruppenmitglieder – allein durch ihre Beziehung zu den anderen und zur Gesamtheit einen Sinn. Und die Gruppe als Gesamtheit ist wiederum nur im Rahmen der einzelnen Interaktionen sinnvoll. Die Gruppe unterstützt diese Interaktionen und ist ihr unerläßlicher Zeuge. »In gewissem Sinne ist die Gruppe nur eine Vielfalt von Beziehungen und Beziehungen zwischen diesen Beziehungen.«[15]

Man kann sich vorstellen, daß eine solche Situation – die experimentell und, wie jede experimentelle Situation, künstlich und begrenzt ist – den Ausbruch der Trennungsangst maximal begünstigt. Sowohl als Verteidigung gegen diese Angst wie auch zur Befriedigung des Fusionswunsches kann die Kleingruppe verkürzt und in exemplarischer Weise alle soziopathischen Prozesse durchmachen. An erster Stelle steht die Verschmelzungsillusion. Die Gruppe verschmilzt in der Undifferenziertheit. Die Alters-, Geschlechts-, Berufs- und bald auch die Meinungsunterschiede werden im Namen des Glaubens an die Einheit der Conditio humana geleugnet. »Auch in den Massen, die sich aus Männern und Frauen zusammensetzen, spielen die Geschlechtsunterschiede keine Rolle. Die Frage, ob die Libido, die den Zusammenhalt der Massen gewährleistet, homosexueller Art ist, stellt sich gar nicht, da die Masse sich nicht nach dem Geschlecht differenziert. Genauer gesagt, sie abstrahiert von den Zielen, die in der genitalen Organisation vorherrschen.«[16] Man kann allerdings sagen, daß die Gruppe wie eine homosexuelle Organisation funktioniert, in der jeder narzißtisch in dem anderen nur sich selbst liebt: »Anscheinend paßt sich die homosexuelle Liebe Massenbeziehungen leichter an [...], eine erstaunliche Tatsache, auf die wir hier nicht näher eingehen können.«[17]

Die emotionsbeladenen Augenblicke des messianischen »pairing« bei Bion scheinen dem oben beschriebenen Gruppen-

15 J.-P. Sartre, *Kritik der dialektischen Vernunft*, Hamburg 1967.
16 S. Freud, *Massenpsychologie und Ich-Analyse*, a.a.O.
17 J.-P. Sartre, *Kritik der dialektischen Vernunft*, a.a.O.

stadium zu entsprechen. Die Gruppenmitglieder substantivieren und verherrlichen den Dritten, um ihn leichter loszuwerden. Eines der Elemente der Dreierstruktur, die nur aufeinander bezogen sinnvoll sind, erheben sie zu einem »An sich«: die Gruppe. Es wird nur noch von der »Gruppe« gesprochen. Man bringt ihr jedes Opfer. Sie wird zu einer unabhängigen, übergeordneten Realität, vor der man niederkniet und in deren Namen man seiner Individualität absagt. Welche Verantwortung trägt der Leiter, der »sich auf die Gruppe ausrichtet«, der »nur auf der Ebene der Gruppe interpretiert«, für solche Entwicklungen? Offenkundig handelt es sich um eine soziopathische Deformation. »In diesem Zusammenhang passiert etwas Frappierendes: Nachdem sich in einer diagnostischen Gruppe[18] die Unmöglichkeit aller Arten von ›leadership‹ erwiesen hat, kommt der Augenblick, in dem auch die leiseste Selbstbestätigung von dem anderen als willkürlich und bedrohlich empfunden wird. Dies ist zwar die Geburtsstunde der Gruppe, aber sie wird beherrscht von Kooperationsschwierigkeiten und den Widersprüchen, die alle Formen der Organisation mit sich bringen. Man kann sagen, daß die Gruppe lebt, aber, mit Bichat gesprochen, lebt sie als eine Vereinigung von Kräften, die mit dem Tode kämpfen.«[19] Als überindividuelle, souveräne, unsterbliche und unbewegliche Realität organisiert die Gruppenphantasie das mikrosoziale Feld derart, daß Kommunion und Fusionen erleichtert werden. Besser gesagt, zwischen der Verherrlichung der Gruppe und der Verleugnung individueller Differenzen und Konflikte besteht ein zirkulärer Kausalzusammenhang.

Wir haben gesagt, daß Gruppenmitglieder und Gruppe nur durch ihre wechselseitige Beziehung einen Sinn erhalten. Diese Beziehung ist hier zerstört. Beim Austausch symbolisiert die Gruppe nicht mehr den Resonator einer Botschaft, den Dritten. Sie ist isoliert. Eine Zäsur im Innern der Gemeinschaft trennt von nun an zwei unabhängige Realitätsebenen voneinander, die des Einzelnen und die der Masse. Wenn man einmal mit Psychotikern gearbeitet (und Melanie Klein gelesen) hat, so kann man sich die Gefahren, die in dieser Situation lauern,

18 In Frankreich wird die »training group« entweder »group de diagnostic«, »groupe de formation« oder »groupe de base« genannt.
19 J. B. Pontalis, a.a.O.

leicht vorstellen. Allzu oft wird die Gruppe (als zürnender Gott) zum verfolgenden, »bösen Objekt«, das im Gegensatz zur vom »guten Objekt« repräsentierten individuellen Realität steht. Oder aber die Phantasie selbst setzt das beruhigende, utopische Bild einer idealen Gesellschaft, die als existent erklärt wird, einem bedrohlichen, scheußlichen Etwas entgegen, das sich entzieht, sobald man es fassen möchte.

Manchmal spielen sich innerhalb eines Kursus eigenartige Balanceakte ab zwischen einer guten Gruppe (der unseren) und einer bösen Gruppe (seiner oder ihrer) oder zwischen der innigen Freundschaft in einer kleinen Gruppe und der destruierenden Leere des Plenums, wo sich verschiedene Kleingruppen treffen. Die Arbeiten von Bion über die »psychotische Gruppe« geben einigen Aufschluß über diesen Urzustand, zu dem alle Gruppenorganisationen regredieren. »Wenn der Erwachsene sich in den Klauen der Komplexität des Gruppenlebens befindet, flüchtet er sich durch massive Regression zu solchen Mechanismen, die Melanie Klein als charakteristisch für die ersten Stadien der geistigen Entwicklung beschrieben hat.«[20] Von der spiegelbildlichen Fusion, die die Gruppenmitglieder mit der Verwerfung der Gruppensubstanz bezahlen, ist es nicht mehr weit zur Psychose. Nach Gruppenkursen kommt es häufig zu kurzen depressiven oder manischen Anfällen, die meist einen wirksamen Widerstand gegen die psychotische Angst aufbauen. Solche Mechanismen unterbinden den Ausbruch authentischer Wahnanfälle, die mit den bitteren Gefühlen der Entpersonalisierung und Zerstückelung einhergehen.

Um sich gegen die psychotische Angst zu wehren, können die Gruppenmitglieder außerdem versucht sein, die Dialektik von Fusion und Verwerfung neurotisch auszuspielen. Die »neurotische« Gruppe (um auf den Ausdruck von Bion zurückzukommen) wird dann zu einem geschlossenen Feld, in dem jeder seine Macht ausübt, den anderen zu beherrschen sucht und ihn zur »Verlängerung des Selbst«, zum manipulierbaren, der eigenen Befriedigung dienenden Objekt herabwürdigt. Die »Basishypothesen« konditionieren die Entfaltung von »Beziehungen zu Partialobjekten«. Beim Angriff oder auf der Flucht zieht

20 W. R. Bion, *Erfahrungen in Gruppen und andere Schriften,* Stuttgart 1971.

man den anderen mit sich und benutzt ihn als Schutzschild. Eine ganze Gruppenmythologie – die sehr zählebig und deren Ausbreitung äußerst suspekt ist – begünstigt ein solches Verhalten. Man »macht Gruppendynamik, um zu verdrängen«. Endlich kann man alles, was man auf dem Herzen hat, einmal aussprechen. Was kümmern einen die anderen mit ihren Problemen, ihren Ängsten oder Wünschen? Die Gruppe ist zum Kämpfen da, man kann also zeigen, daß man beherzt ist und die Gewalt nicht fürchtet. Die anderen werden zu Zielscheiben oder zu Reaktionsfolien.

Im Gegensatz dazu bietet die wiederholte Teilnahme an Intensivkursen einigen »Gruppensüchtigen« Gelegenheit für unbeschreibliche Annäherungen. Im anderen wird ein Ohr gesucht, das zuhören kann, ein reines Auge, das sich trübt, oder im Gegenteil (oder zugleich) ein Elend, das einen bewegt. Es duldet keinen Zweifel, daß früher oder später jeder eine Entlastung und zugleich eine Gelegenheit zur Ausübung seiner therapeutischen Macht in der Gruppe sucht. Entspricht nicht auch das »pairing« von Bion dieser heimtückischen Suche, die die Züge der Fusion trägt? Was soll man von der Dependenz-Gegendependenz anderes sagen, als daß die gesamte Problematik der »leadership«, die die Spezialisten der »Gruppendynamik« so lange beschäftigt hat, sich offensichtlich immer um dieselbe Achse des Ich-Es dreht? Der Reihe nach will jeder der Gruppe sein Gesetz aufzwingen. Unter dem Deckmantel des »Kollaborationsgeistes« will jeder seine eigene Macht zur Geltung bringen, sich selbst seine Mächtigkeit beweisen und den Widerstand der anderen verringern. Und wenn es mir gelungen ist, die anderen meinem Gesetz zu unterwerfen, zollen sie mir auch noch Respekt, ja Bewunderung. Ist es nicht eine Bestätigung für sie, wenn sie sich als mein Objekt erfahren und sich teilweise mit mir verschmolzen fühlen? Endlich ist jemand da, der die unerträgliche Leere, die der »nicht-direktive« Leiter zurückgelassen hat, ausfüllt, jemand, der die Wunde der Trennung schließt. Die Frösche haben endlich einen König gefunden und freuen sich, sich mit ihrer Abhängigkeit zu besudeln und ihn zu bewundern – ein Unglück für jeden, der daran zu rühren wagt. Er wird verachtet, zum Sündenbock erklärt, mit der gesamten Gruppenangst beladen und dann verstoßen.

Der jeweilige Gruppenleiter ermöglicht also eine dreifache Fusion: die Fusion mit ihm in der Rolle des unterwürfigen Instrumentes, die Fusion zwischen den Teilnehmern, die sich durch ihre gemeinsame Orientierung am selben Ich-Ideal vereinen und sich miteinander identifizieren, und schließlich die Fusion zwischen dem Leiter und den Teilnehmern gegen den erblich belasteten »Gegendependenten« – bis dann der erblich Belastete von gestern wieder der Führer von heute wird und der ganze Prozeß von vorn anfängt.
Und die Gruppe? Sie ist wieder einmal »ausgeklammert«, vergessen und verworfen. Sie wird nicht mehr mit den Zügen des doppelgesichtigen Gottes, der ein terrorisierender Moloch und zugleich eine wohltuende Utopie ist, ausgestattet, sondern zu einer soziologischen Totalität erklärt. »Bei Lewin zum Beispiel (wie bei allen Gestalttheoretikern) findet man den Fetischismus der Totalisierung: anstatt die reale Bewegung der Geschichte darin zu sehen, hypostasiert und *realisiert* er sie in *schon bestehenden* Totalitäten.«[21] Der soziale Dritte, die Gruppe, wird nicht länger in ihrem Prozeß als Zeuge erfaßt, der in mühsamer Arbeit aus den Gegensätzen und der Zäsur, die er zwischen die Individuen schiebt, hervorgebracht wird, sondern als ein Mechanismus, den man erklären und dessen »Dynamik« man erforschen muß.
Die Konflikte und Gegensätze, aus denen die Subjekte in langsamer Entwicklung hervortreten, sind nun hinter Rollen und Funktionen versteckt: Rollen, die man annimmt oder fallenläßt; Funktionen *für etwas*, nicht lebendige Funktionen *von etwas*. Definiert man die Rolle abstrakt als unbewegliche Hülse, so verliert sie ihren Sinn. Sie kann einen Sinn nur in einem dynamischen Kontext, in dem sie gespielt wird, finden. Allerdings läßt sich das Individuum nicht nachhaltiger durch die Rolle definieren, als die Rolle selbst sich definieren läßt. Es ist Teil eines ganzen, in voller Evolution befindlichen Systems, in dem Rollen, Status, Regeln und Normen gleichermaßen Momente des Austauschs sind. Sobald der Austausch ruht, verlieren diese Momente ihre Bedeutung. Wenn man den Komplex

21 J.-P. Sartre, *Kritik der dialektischen Vernunft*, a.a.O. Max Pagès nuanciert diese Kritik, indem er zeigt, daß die Gruppe für Lewin zwar einen »Prozeß«, jedoch einen von der affektiven Substanz entleerten Prozeß bedeutet. Siehe M. Pagès, *La Vie affective des Groupes*, 1968.

und das System auseinandernimmt, um einzelne Elemente zu bestimmen, erhält man ein gefälschtes Bild der Realität. Die Rolle ist Ausdruck einer Interaktion zwischen den Teilen des Systems; sie ist eine notwendige Funktion des Systems, das sich seinerseits nicht ohne sie entwickeln kann. Wenn also jemand in einer Gruppe »die Rolle des Kranken spielt«, so kann man in soziologischen Termini sagen, daß für das homöostatische Gruppengleichgewicht eine Krankenrolle ausgefüllt werden muß; Parsons oder Lewin würden sich zweifellos so oder ähnlich ausdrücken, sie würden in dem Kranken ein sozial konditioniertes Individuum sehen, das in diese vorgegebene Rolle gedrängt, hineingestoßen wird. Unter einem anderen Gesichtspunkt jedoch ist die Rolle eine gemeinsame Schöpfung, die aus verschiedenen Interaktionen innerhalb der Gruppe entspringt und die von demjenigen, der sie spielt, ebensosehr geprägt wird wie dieser von ihr. Die »neurotische« Gruppe sterilisiert diese lebendige, also auch beängstigende Rolle. Gibt es keine signifikante Korrelation mehr zwischen der Gruppe und der Abfolge des Austausches in ihrem Innern, so ist sie nur noch ein Ort gegenseitiger Manipulation.

Die Fusionsutopie der »psychotischen Gruppe« sowie die »psychosoziologischen Übungen« (eine Art von Rollenspielen, die sich auf die Analyse von isolierten Faktoren beschränken) laufen auf die gleiche Zerteilung der Umgebung hinaus. »Restringierte Gruppe wird sie genannt; dieser Name ist sicherlich angebracht«, kommentiert Pontalis ironisch.[22] In beiden Fällen soll eine von der wirklichen Gesellschaft abgetrennte Gemeinschaft, die die Realität verleugnet und die Welt verwirft, etabliert werden. »Wir haben das wahre Leben entdeckt, wenn man nur immer so leben könnte«, meinen die Utopisten. Und der »Gruppendynamiker«, der Ingenieur in Zivil, antwortet: »Wenn mein Unternehmen nur genauso eindeutig funktionieren würde, wenn es nur genauso leicht erklärbar wäre wie die Simulation im Laboratorium.« Solche oder ähnliche Bemerkungen, die man oft hört, leiten in der Tat die wichtigste, aber auch schmerzhafteste Phase jeder Gruppe ein, die Trauerarbeit[23], die lange Agonie der Gruppe, die zur Trennung führt.

22 J. B. Pontalis, *Nach Freud*, a.a.O.

23 Wir verwenden hier den Freudschen Begriff »Trauerarbeit«, um die Gesamtheit der psychosozialen Prozesse zu beschreiben, deren Funktion dar-

Man hat auf sie gewartet, ohne es auszusprechen. Denn in den stärksten Augenblicken der Fusion warf der Tod seinen Schatten auf die Gruppe. Das ersehnte »wahre Leben« war nur eine Nostalgie der Ewigkeit. Die Verwerfung auf zwei Ebenen – die Verwerfung der Gruppe und, wenn diese fehlschlägt, die Verwerfung der Gesellschaft – ist in Wirklichkeit ein verzweifelter Versuch, die Unterschiede auszugleichen, die Trennung zu leugnen und die Angst zu heilen – entweder durch den Wahnsinn oder durch neurotische Rollenrigidität. Und am Ende »klappt es doch nicht«, man muß abreisen und kehrt ebenso isoliert zurück, wie man von daheim aufgebrochen war.

Vielleicht sieht es so aus, als hätten wir uns über die Experimente mit Intensivgruppen oder die Art und Weise, wie sie von bestimmen Leuten zeitweise praktiziert wurden, lediglich lustig gemacht. Wenn wir hier Pontalis und Sartre zitiert haben – die nicht gerade zart mit der Gruppendynamik umspringen –, so deshalb, weil ihre Kritik uns geeignet erscheint, genau das klarzumachen, was wir für den einzigen Nutzen der Gruppe halten: die gelebte Erfahrung der Soziopathie (wie die Erfahrung der Übertragungsneurose den Nutzen einer Analyse ausmacht). Wir behaupten, daß jede menschliche Beziehung auf eine Soziopathie hinausläuft (und sich auch in der Soziopathie der Trennung oder des Todes beschließt). Jede menschliche Beziehung wird konstruiert und durch eine immer wieder aufs neue einsetzende Arbeit gegen die tödlichen Fusionskräfte gewonnen. Die Gruppe ist eine experimentelle und karikierende Demonstration dieser Gesetze. Sie gibt jedem Teilnehmer Gelegenheit, sich mit der Faktizität der Trennung auseinanderzusetzen und die unzähligen Schlupfwinkel des Widerstandes, die trügerisch konsolidierenden Irrtümer und Fusionsillusionen wahrzunehmen. Schließlich macht man die Erfahrung, daß man in eine Falle gelaufen ist. Die Trauerarbeit endet mit der Entdeckung dieser Falle. Was man in einer Gruppe – bewußt oder unbewußt – verliert, sind die eigenen Illusionen. Der Gewinn liegt wohl darin, daß man gemeinsam das Grauen einer unmöglichen Fusion durchlebt und mit

in besteht, eine veränderte Einstellung zum Tode und zur Trennungsangst zu ermöglichen.

einer kläglichen Verwerfung dafür bezahlt hat, daß man mit geringem subjektiven Aufwand kollektiv die psychosozialen Mechanismen des Wahnsinns abgebaut hat.

285 Ödön von Horváth, Von Spießern, Kleinbürgern und Angestellten
286 André Maurois, Auf den Spuren von Marcel Proust
287 Bertolt Brecht, Über Klassiker. *Betrachungen*
288 Jiří Kolář, Das sprechende Bild
289 Alfred Döblin, Die beiden Freundinnen und ihr Giftmord
290 Alexander Block, Der Sturz des Zarenreichs
292 Ludwig Hohl, Nächtlicher Weg. *Erzählungen*
293 Djuna Barnes, Nachtgewächs. *Roman*
294 Paul Valéry, Windstriche
295 Bernard Shaw, Die heilige Johanna
296 Hermann Kasack, Die Stadt hinter dem Strom
297 Peter Weiss, Hölderlin. *Stück in zwei Akten*
298 Henri Michaux, Turbulenz im Unendlichen
299 Boris Pasternak, Initialen der Leidenschaft. *Gedichte*
300 Hermann Hesse, Mein Glaube. *Eine Dokumentation*
301 Italo Svevo, Ein Mann wird älter
302 Siegfried Kracauer, Über die Freundschaft. *Essay*
303 Samuel Beckett, Le dépeupleur. Der Verwaiser
305 Ramón José Sender, Der König und die Königin
306 Hermann Broch, James Joyce und die Gegenwart. *Essay*
307 Sigmund Freud, Briefe
309 Bernard Shaw, Handbuch des Revolutionärs
310 Adolf Nowaczyński, Der schwarze Kauz
311 Donald Barthelme, City Life
312 Günter Eich, Gesammelte Maulwürfe
313 James Joyce, Kritische Schriften
314 Oscar Wilde, Das Bildnis des Dorian Gray
315 Tschingis Aitmatow, Dshamilja
316 Ödön von Horváth, Kasimir und Karoline
317 Thomas Bernhard, Der Ignorant und der Wahnsinnige
318 Princesse Bibesco, Begegnungen mit Marcel Proust
319 John Millington Synge, Die Aran-Inseln
320 Bernard Shaw, Der Aufstand gegen die Ehe
321 Henry James, Die Tortur
322 Edward Bond, Lear
323 Ludwig Hohl, Vom Erreichbaren und vom Unerreichbaren
324 Alexander Solschenizyn, Matrjonas Hof
325 Jerzy Andrzejewski, Appellation

326 Pio Baroja, Shanti Andía, der Ruhelose
327 Samuel Beckett, Mercier und Camier
328 Mircea Eliade, Auf der Mântuleasa-Straße
329 Hermann Hesse, Kurgast
330 Peter Szondi, Celan-Studien
331 Hans Erich Nossack, Spätestens im November
332 Weniamin Alexandrowitsch Kawerin, Das Ende einer Bande
333 Gershom Scholem, Judaica 3
334 Ricarda Huch, Michael Bakunin und die Anarchie
335 Bertolt Brecht, Svendborger Gedichte
336 Francis Ponge, Im Namen der Dinge
337 Bernard Shaw, Wagner-Brevier
338 James Joyce, Stephen der Held
339 Zbigniew Herbert, Im Vaterland der Mythen
340 Hermann Broch, Barbara
341 Nathalie Sarraute, Tropismen
342 Hermann Hesse, Stufen
343 Rainer Maria Rilke, Malte Laurids Brigge
344 Hermann Hesse, Glück
345 Peter Huchel, Gedichte
346 Adolf Portman, Vom Lebendigen
347 Ingeborg Bachmann, Gier
348 Knut Hamsun, Mysterien
349 Boris Pasternak, Schwarzer Pokal
350 James Joyce, Ein Porträt des Künstlers
351 Franz Kafka, Die Verwandlung
352 Hans-Georg Gadamer, Wer bin Ich und wer bist Du
353 Hermann Hesse, Eigensinn
354 Wladimir W. Majakowskij, Ich
356 Werner Kraft, Spiegelung der Jugend
357 Edouard Roditi, Dialoge über Kunst
359 Bernard Shaw, Der Kaiser von Amerika
360 Bohumil Hrabal, Moritaten und Legenden
361 Ödön von Horváth, Glaube Liebe Hoffnung
363 Richard Hughes, Ein Sturmwind auf Jamaika
365 Wolfgang Hildesheimer, Tynset
366 Stanisław Lem, Robotermärchen
367 Hans Mayer, Goethe
369 Hermann Hesse, Iris
371 Paul Ludwig Landsberg, Die Erfahrung des Todes
384 Zbigniew Herbert, Inschrift
386 Joseph Conrad, Jugend

530 Eduard Parow, Psychotisches Verhalten
531 Dieter Kühn, Grenzen des Widerstands
533 Materialien zu Ödön von Horváths ›Geschichten aus dem Wienerwald‹
534 Ernst Bloch, Vom Hasard zur Katastrophe. Politische Aufsätze 1934–1939
535 Heinz-Joachim Heydorn, Zu einer Neufassung des Bildungsbegriffs
536 Brigitte Eckstein, Hochschuldidaktik
537 Franco Basaglia, Die abweichende Mehrheit
538 Klaus Horn, Gruppendynamik und der ›subjektive Faktor‹
539 Gastarbeiter. Herausgegeben von Ernst Klee
540 Thomas Krämer-Badoni / Herbert Grymer / Marianne Rodenstein, Zur sozio-ökonomischen Bedeutung des Automobils
541 Über H. C. Artmann. Herausgegeben von Gerald Bisinger
542 Arnold Wesker, Die Küche
543 Detlef Kantowsky, Indien
544 Peter Hacks, Das Poetische
546 Frauen gegev den § 218. 18 Protokolle, aufgezeichnet von Alice Schwarzer
547 Wlodzimierz Brus, Wirtschaftsplanung. Für ein Konzept der politischen Ökonomie
548 Otto Kirchheimer, Funktionen des Staats und der Verfassung
549 Claus Offe, Strukturprobleme des kapitalistischen Staates
550 Manfred Clemenz, Zur Entstehung des Faschismus
551 Herbert Achternbusch, L'Etat c'est moi
552 Über Jürgen Becker
553 Hans Magnus Enzensberger, Das Verhör von Habana
555 Alfred Sohn-Rethel, Geistige und körperliche Arbeit
556 Becker / Jungblut, Strategien der Bildungsproduktion
557 Karsten Witte, Theorie des Kinos
558 Herbert Brödl, Der kluge Waffenfabrikant und die dummen Revolutionäre
559 Über Ror Wolf. Herausgegeben von Lothar Baier
560 Rainer Werner Fassbinder, Antiteater 2
561 Branko Horvat, Jugosl. Gesellschaft
562 Margaret Wirth, Kapitalismustheorie in der DDR
563 Imperialismus und strukturelle Gewalt. Herausgegeben von Dieter Senghaas
565 Agnes Heller, Marxistische Theorie der Werte
566/67 William Hinton, Fanshen
568 Henri Lefebvre, Soziologie nach Marx
569 Imanuel Geiss, Geschichte und Geschichtswissenschaft
570 Werner Hecht, Sieben Studien über Brecht

571 Materialien zu Hermann Brochs »Die Schlafwandler«
572 Alfred Lorenzer, Gegenstand der Psychoanalyse
573 Friedhelm Nyssen u. a., Polytechnik in der Bundesrepublik Deutschland
574 Ronald D. Laing / David G. Cooper, Vernunft und Gewalt
575 Determinanten der westdeutschen Restauration 1945–1949
576 Sylvia Streeck, Wolfgang Streeck, Parteiensystem und Status quo
577 Prosper Lissagaray, Geschichte der Commune von 1871
580 Dorothea Röhr, Prostitution
581 Gisela Brandt, Johanna Kootz, Gisela Steppke, Zur Frauenfrage im Kapitalismus
582 Jurij M. Lotmann, Struktur d. künstl. Textes
583 Gerd Loschütz, Sofern die Verhältnisse es zulassen
584 Über Ödön von Horváth
585 Ernst Bloch, Das antizipierende Bewußtsein
586 Franz Xaver Kroetz, Neue Stücke
587 Johann Most, Kapital und Arbeit. Herausgegeben von Hans Magnus Enzensberger
588 Henryk Grynberg, Der jüdische Krieg
589 Gesellschaftsstrukturen. Herausgegeben von Oskar Negt und Klaus Meschkat
590 Theodor W. Adorno, Zur Metakritik der Erkenntnistheorie
591 Herbert Marcuse, Konterrevolution und Revolte
592 Autonomie der Kunst
593 Probleme der internationalen Beziehungen. Herausgegeben von Ekkehart Krippendorff
594 Materialien zum Leben und Schreiben der Marieluise Fleißer
595/596 Ernest Mandel, Marxistische Wirtschaftstheorie
597 Rüdiger Bubner, Dialektik und Wissenschaft
598 Technologie und Kapital. Herausgegeben von Richard Vahrenkamp
599 Karl Otto Hondrich, Theorie der Herrschaft
600 Wislawa Szymbroska, Salz
601 Norbert Weber, Über die Ungleichheit der Bildungschancen in der BRD
602 Armando Córdova, Heterogenität
603 Bertolt Brecht, Der Tui-Roman
606 Henner Hess / Achim Mechler, Ghetto ohne Mauern
607 Wolfgang F. Haug, Bestimmte Negation
608 Hartmut Neuendorff, Der Begriff d. Interesses
610 Tankred Dorst, Eiszeit
611 Materialien zu Horvaths »Kasimir und Karoline«. Herausgegeben von Traugott Krischke
612 Stanislaw Ossowski, Die Besonderheiten der Sozialwissenschaften

613 Marguerite Sechehaye, Tagebuch einer Schizophrenen
614 Walter Euchner, Egoismus und Gemeinwohl
617 Probleme einer materialistischen Staatstheorie. Herausgegeben von Joachim Hirsch
618 Jacques Hochmann, Thesen zu einer Gemeindepsychiatrie
619 Manfred Riedel, System und Geschichte
621 Gaston Salvatore, Büchners Tod
622 Gert Ueding, Glanzvolles Elend
623 Jürgen Habermas, Legitimationsprobleme im Spätkapitalismus
624 Heinz Schlaffer, Der Bürger als Held
625 Claudia von Braunmühl, Kalter Krieg und friedliche Koexistenz
626 Ulrich K. Preuß, Legalität und Pluralismus
627 Marina Neumann-Schönwetter, Psychosexuelle Entwicklung und Schizophrenie
628 Lutz Winckler, Kulturwarenproduktion
629 Karin Struck, Klassenliebe
630 Alfred Sohn-Rethel, Ökonomie und Klassenstruktur des deutschen Faschismus
631 Bassam Tibi, Militär und Sozialismus in der Dritten Welt
632 Aspekte der Marxschen Theorie 1
635 Manfred Jendryschik, Frost und Feuer, ein Protokoll und andere Erzählungen
636 Paul A. Baran, Paul M. Sweezy, Monopolkapital. Ein Essay über die amerikanische Wirtschafts- und Gesellschaftsordnung
637 Alice Schwarzer, Frauenarbeit – Frauenbefreiung
638 Architektur und Kapitalverwertung
639 Oskar Negt, Alexander Kluge, Öffentlichkeit und Erfahrung
640 Probleme des Sozialismus und der Übergangsgesellschaften. Herausgegeben von Peter Hennicke
641 Paavo Haavikko, Gedichte
642 Martin Walser, Wie und wovon handelt Literatur
643 Arzt und Patient in der Industriegesellschaft. Herausgegeben von Otto Döhner
644 Rolf Tiedemann, Studien z. Philosophie Walter Benjamins
646 H. J. Schmitt, Expressionismus-Debatte
647 Über Peter Huchel
650 Hans Ulrich Wehler, Geschichte als Historische Sozialwissenschaft
665 Alexander Kluge, Lernprozesse mit tödlichem Ausgang
670 Peter Bulthaup, Zur gesellschaftlichen Funktion der Naturwissenschaften
671 Materialien zu Horváths ›Glaube Liebe Hoffnung‹. Herausgegeben von Traugott Krischke

Alphabetisches Verzeichnis der edition suhrkamp